中华当代学术著作辑要

中国乡土小说史论

丁 帆 著

商务印书馆
创于1897 The Commercial Press

图书在版编目（CIP）数据

中国乡土小说史论 / 丁帆著 . — 北京：商务印书馆，2024
（中华当代学术著作辑要）
ISBN 978-7-100-23943-1

Ⅰ . ①中⋯　Ⅱ . ①丁⋯　Ⅲ . ①乡土文学—小说史—文学史研究—中国—当代　Ⅳ . ① I207.409

中国国家版本馆 CIP 数据核字（2024）第 092196 号

权利保留，侵权必究。

中华当代学术著作辑要

中国乡土小说史论

丁　帆　著

商 务 印 书 馆 出 版
（北京王府井大街 36 号　邮政编码 100710）
商 务 印 书 馆 发 行
北京雅昌艺术印刷有限公司印刷
ISBN 978-7-100-23943-1

2024 年 8 月第 1 版　　　　开本 710×1000　1/16
2024 年 8 月北京第 1 次印刷　印张 20¼
定价：98.00 元

中华当代学术著作辑要
出版说明

学术升降,代有沉浮。中华学术,继近现代大量吸纳西学、涤荡本土体系以来,至上世纪八十年代,因重开国门,迎来了学术发展的又一个高峰期。在中西文化的相互激荡之下,中华大地集中迸发出学术创新、思想创新、文化创新的强大力量,产生了一大批卓有影响的学术成果。这些出自新一代学人的著作,充分体现了当代学术精神,不仅与中国近现代学术成就先后辉映,也成为激荡未来社会发展的文化力量。

为展现改革开放以来中国学术所取得的标志性成就,我馆组织出版"中华当代学术著作辑要",旨在系统整理当代学人的学术成果,展现当代中国学术的演进与突破,更立足于向世界展示中华学人立足本土、独立思考的思想结晶与学术智慧,使其不仅并立于世界学术之林,更成为滋养中国乃至人类文明的宝贵资源。

"中华当代学术著作辑要"主要收录改革开放以来中国大陆学者兼及港澳台地区和海外华人学者的原创名著,涵盖文学、历史、哲学、政治、经济、法律、社会学和文艺理论等众多学科。丛书选目遵循优中选精的原则,所收须为立意高远、见解独到,在相关学科领域具有重要影响的专著或论文集;须经历时间的积淀,具有定评,且侧重于首次出版十年以上的著作;须在当时具有广泛的学术影响,并至今仍富于生命力。

自1897年始创起,本馆以"昌明教育、开启民智"为己任,近年又确立了"服务教育,引领学术,担当文化,激动潮流"的出版宗旨,继上世纪八十年代以来系统出版"汉译世界学术名著丛书"后,近期又有"中华现代学术名著丛书"等大型学术经典丛书陆续推出,"中华当代学术著作辑要"为又一重要接续,冀彼此间相互辉映,促成域外经典、中华现代与当代经典的聚首,全景式展示世界学术发展的整体脉络。尤其寄望于这套丛书的出版,不仅仅服务于当下学术,更成为引领未来学术的基础,并让经典激发思想,激荡社会,推动文明滚滚向前。

商务印书馆编辑部

2016 年 1 月

再版序言[①]

我一直信奉文学史家罗伯特·魏曼的那句至理名言:"尽管文学史家写出了一本文学史(总结性的著作),但从某种意义上来说,他本人也是文学史(即读过的书的总和)的产物。因此,撰写历史既是创造历史,也是被历史所创造。"我虽才疏学浅,读书有限,却是遵照此信条努力为之的。

在构想这部拙著的行文"视角"时,我曾几次在研究的"新方法"上打过主意,但始终觉得有生搬硬套之嫌。于是,还是老老实实地回到"原点",用自己习惯了的老式方法来构架此书。我始终觉得,"方法"是没有优劣之分的,问题在于各人掌握这门"方法"时的熟练程度如何,能否将自己的学识和阅历融入其中,重新创造出一种崭新的历史观念——当然,这是必须建立在史实基础之上的。除此而外,文学史的批评意义又何在呢?这才是罗伯特·魏曼那句文学史箴言的滥觞。诚然,我也想在写此书时去"创造"些什么,试图开拓出一些新的观念和疆域,但又确确实实被那纷繁斑斓的文学历史所"创造"着。这种互为因果的作用与反作用,似乎成为写作中的一种"怪圈现象",但也只有在这个"怪圈"中,我才获得了某种理论重构的愉悦和自由。

在梳理七十年乡土小说的历史发展过程中,首先碰到的难题是,对于乡土小说概念和边界的界定很费周折。文学史家之间,理论家之间,作家之间,文学史家与理论家之间,理论家与作家之间,文学史家与作

[①] 这篇文章是《中国乡土小说史论》江苏文艺出版社1992年版的"后记",现进行小幅删改,作为再版序言。

家之间……甚至各国的理论家之间理论概念的碰撞,构成了一个斑斓多元的理论世界。为了行文的方便(因为它是我论证的一个"载体"),我对乡土小说概念在中国的阈定做了"自我"阐释,也许这有些自说自话,有对约定俗成规范的"越轨"之嫌,但我却以为,作为文学史家的界定,如缺乏一个有弹性限度的标准,那将会陷入一种"伪科学"的历史陷阱。所以我以较长的篇幅喋喋不休地为概念而辨证,目的就在于纠正某种业已形成"隐形规范"的观念模态。

从鲁迅开始的乡土小说创作,历经了七十年的蜕变,其中的许多文学现象很值得探讨。从个体作家来看,鲁迅、茅盾、沈从文等人的乡土小说之所以成为现代文学史上的"绝唱",它并不是我们过去所简单归纳的世界观改变的问题,而是个体经验(作家主体)进入乡土视阈(客观世界)后,主客体的反差形成了内心世界冲突所造成的"幻象"与"现实"叠印出的迷惘尔后的心理宣泄。但不同的个体作家,因着种种心理因素、世界观以及经历的各异,所表现出的对农业社区活动以及农民的描写视觉有明显差异,所选择的艺术视角也就不同。鲁迅的文化批判意识、茅盾的世界观显现与异域情调的悖反、沈从文的生命意识的张扬等等并非原先文学史著作所描述的那样简单,在每每的创作活动中,作家个体意识往往是在矛盾中运行的,因此,揭示这种矛盾现象,或许也是本书文学史钩沉的重要基点。

作为乡土小说的"流派史"分析,我以为所谓流派就是在某个特定"时空"中"群体作家"对于"个体作家"的模仿,而标志着这一"时空"的最佳创作思想和艺术风格一旦被"群体"所接受和扩张,由此说来,它便预示着"个体风格"的消亡,这就是布封一再强调"风格即人"的道理。如果说流派的确立是好事,那么,它对弘扬一种思想和艺术风格起着莫大的普及作用;如果说它是一种并不美妙的创作态势,那么,它在某种程度上是消泯了创作作为一种个体思维活动的本质特征。因此,在分析流派时,我们不能离开群体和个体之间那种悖反的关系,从文学发展史的视角来考察其利与弊,指出中国乡土小说在七十年的流派发展过程中所历经的坎坷。

历史不可能重复,但历史总有惊人的相似之处。在考察各个作家的乡土小说创作时,我力图注意到其相互的历史渊源关系,这样也许不至于平面地、孤立地去解读一个个单体作家。同时,对于单个作家来说,重要的是考察他们在所处时代的创作位置,从思想和艺术两方面来确定这一作家在文学史上的坐标,将过去偏移的"测绘"加以纠正。这也是我多年来写单篇论文的一个经验。否则,就目前的研究状况来看,那种失却历史感的作家作品论则是很难立足于论坛的。

马克思主义的文艺学方法论建立在"历史的和美学的"基础之上。作为乡土小说最重要的艺术思想特征,悲剧和悲剧意识始终是中国现当代文学历史和理论探讨的焦点。从鲁迅与茅盾的创作和理论,一直到近期的各种乡土小说创作和"寻根文学"理论,这七十年的悲剧观念也起了很大的变化,当然,其中也有美学思潮的历史循环现象存在,但就这一美学问题的探讨远远没有深入下去。本书试图打开这一缺口,更深入一点去探讨其中之奥秘,其观点或许有过激之处,但我以为这种探讨是有益的。从大量的文学现象以及作家作品的分析中,把握一种小说思潮,进而总结出时代发展中的美学导向,无疑是一件有益的工作。相对来说,喜剧和喜剧感,在历史的进程中往往会被我们这个并不缺乏幽默感的民族所抛弃,这也是一个值得深思的美学理论问题。

从人本意义上来说,我试图以大文化的视角来提炼分析出传统文化与现代文明之间的冲突,给我们这个民族带来的心理嬗变,总结出"五四"以来中国人文化情感的两重性。就乡土小说这一"载体"来看,它最能够反映出一个从汪洋大海的农耕社会向工业社会渐进的民族文化心理状态。从这个意义上讲,文学史上的每一个乡土小说现象都不是孤立存在的,它所依傍的文化背景制约着乡土小说的思想、艺术导向,制约着美学思潮的走向。

无疑,中国乡土小说以鲁迅开创的批判现实主义为主潮,而另一支以沈从文、废名为代表的"田园牧歌"式的乡土小说也不可小觑,这种对农耕文明的深刻眷恋,也同时影响着新时期的乡土小说创作,我试图以"风景画"、"风俗画"和"风情画"加以概括,就是想论证中国乡土小说史的巨大丰富性。

从文本意义上来说,乡土小说的叙述状态从"五四"以来就是一个多元的辐射状态,但为什么到了 20 世纪 40、50、60、70 年代越来越趋向单一化呢?除了时代背景外,作家主体意识的审美僵化则是一个重要因素。我试图通过着重分析两个时代("五四"和"新时期")的具体文本,来阐释叙述视角对于整个作品内容的重要制衡作用。从这个意义上来说,这种文体意识的分析在我们的文学史中还很欠缺,因此,我在本书中的某些阐释只是抛砖引玉罢了。

1991 年 12 月 1 日子夜一稿
1992 年 2 月 19 日上午重写
2024 年 5 月 16 日修订

尽管文学史家写出了一本文学史(总结性的著作),但从某种意义上来说,他本人也是文学史(即读过的书的总和)的产物。因此,撰写历史既是创造历史,也是被历史所创造。

——罗伯特·魏曼

目 录

序 …………………………………………………… 朱建华 1

第一章 绪论 ……………………………………………… 5
第一节 "乡土小说"作为世界性母题的发展轮廓 ………… 5
第二节 "乡土小说"概念在中国的阈定与蜕变 …………… 13
第三节 "乡土小说"与"乡土意识"临界之辨析 ………… 22
第四节 "地域乡土"的逃离与"精神返乡"的情绪 ……… 28

第二章 乡土小说的开端与发展 ………………………… 34
第一节 鲁迅小说——乡土小说的被仿模式 ……………… 34
第二节 "乡土小说流派"——文化批判的背反和"异域情调"的
餍足以及"再现"和"表现"的融合 ……………… 39
第三节 茅盾乡土短篇小说——一次与其理论的悖反 …… 60
第四节 从废名到沈从文——"京派小说"返归自然的生命
体验和"田园诗"的张扬 …………………………… 70
第五节 各个作家群落的乡土小说创作 …………………… 98

第三章 乡土小说的变调 ………………………………… 123
第一节 赵树理和"山药蛋派",孙犁和"荷花淀派"——"乡土
写实"的"转型" …………………………………… 123
第二节 从柳青到浩然——乡土小说的全面蜕变 ………… 141

第四章　乡土小说的递嬗和演进 … 149

第一节　从汪曾祺到高晓声——寻觅"田园诗"和"鲁迅风"的踪迹 … 149

第二节　"寻根文学"解构期——乡土文化小说的递嬗 … 156

第三节　"新写实主义小说"——生命意识的涌动和叙述方式的蜕变 … 175

第四节　新时期文学精神的蜕变对乡土小说的影响 … 185

第五章　乡土小说的悲剧与喜剧的审美特征 … 197

第一节　鲁迅乡土小说的悲剧精神 … 197

第二节　"乡土小说流派"的古典悲剧精神 … 205

第三节　沈从文野性思维对古典悲剧的超越 … 209

第四节　赵树理的喜剧审美特征和"崇高"美感的滥觞 … 213

第五节　乡土小说悲剧审美观念的蜕变 … 218

第六章　静态传统文化与动态现代文化之冲突 … 229

第一节　"五四"文化情感能量释放的负面 … 229

第二节　"乡恋"与怀乡意识及其负面效应 … 232

第三节　对传统文化的认同与农民式的"造反"情结 … 236

第四节　在二律背反中的"眩惑" … 239

第五节　"亵渎"的反文化意识——《红蝗》意义的解析 … 243

第六节　男性文化视阈的终结——女权主义意识在城乡小说中的显现 … 254

第七章　乡土小说创作视角和形式技巧之嬗变 … 264

第一节　参照系："五四"后小说的二元倾向 … 264

第二节　新时期乡土小说中的"复调"意味 … 272

第三节　叙述视角转换的意义与局限 … 284

第四节　叙述模态文本(一):乡土小说范例的分析 ………… 287

第五节　叙述模态文本(二):从城市到乡土小说范例的

　　　　分析 …………………………………………… 293

再版后记 …………………………………………………… 306

序

认识丁帆是十年前的事。

那时的丁帆待在北京做一件大事——协助茅盾研究家叶子铭先生编辑《茅盾全集》。记得是冬去春来的光景,他从人民文学出版社给我写来一封信。其时,我到出版社做编辑还仅是开始。我们便从此开始认识熟悉起来。

丁帆是个教书的先生,先前在扬州师范学院,尔后才调入南京大学。教书之外,业余便做中国当代文学的学问。知道他很是勤奋,也经常在全国大大小小刊物上看到他不懂得歇一会的长长短短的文字。他写的这些,未必被新时期众多的文学评论家所认同,只是中青年一代的作家倒还喜欢他,并不以为丁帆写了他们的评论就觉着坍台。这就是我原先看到的丁帆。

没料到他竟做起自"五四"迄新时期的长逾七十年的中国乡土小说的史论学问来。我想,这恐怕得益于编辑《茅盾全集》时的一大段辛苦的积累。茅盾是中国现代文学史上的大家,于中国乡土小说的创作与理论上用力甚巨,且颇多建树。爬梳茅盾的资料,自然就多有旁及,振荡开来,20世纪二三十年代的中国乡土小说以至更晚一些的这一地域上的收成便可能入目入心的了。由此出发,经过对新中国成立后三十年的当代乡土小说的整体扫描,直接导入评估新时期乡土小说的制作,便构成了这部书的原始框架。丁帆从1986年着手写它,断断续续操作了五六年,不啻是一回学术上的"马拉松"似的远足了。

去年秋天,他和我说起此事,云:这本书艰难地写了这些年,那价值和学问的大小不敢说,只是希望让我给他做一回责任编辑。我原本就应允了他。孰料同事伍恒山先生竟掠去了这一个选题。于是,他教我给这本书写个序。我素来懒散,又怕个招摇,当时便回绝了。他也还识趣,从此就不再提起过。

近日,我用了两个星期的日子翻来覆去地读了这部书的校样。结果,才算明白了丁帆写它的所谓艰难和不容易,于是有些怜悯他,后悔当初说得有点决绝了。丁帆委实不容易,从十多年前学着弄当代文学评论这个行当,他真格儿是宵衣旰食,靠着脚踏实地的一步一个脚印的努力,才熬到眼前有些知名度的火候。其间,我知道他的荣辱毁誉,知道他不时摆脱颓唐的勃起。他用他的劳心劳力的辛苦,难能可贵地描画了自己的学术行状。于是,在读熟了他的这部描述中国乡土小说的著作后,我出自内心的愿意,涂抹出这篇叫做"序"的文字。

乡土文学是世界文学中的一支。中国的乡土小说自然就是这一支中的一支。源于中国这特异的地理、特异的环境、特异的国情,七十年的现代乡土小说的递嬗变异来得个厉害,这种递嬗变异是其他类型的小说难以匹配的。在丁帆的笔下,自"五四"以来的中国乡土小说几乎是一个巨大而复杂的文学现象,这一现象正在引起东西方以至全世界的瞩目,不同肤色、不同民族、不同信仰、不同观念的人们于此表现出了愈来愈大的兴趣,1991年在北京举行的有多国汉学家和中国学者、作家参加的国际性的"中国乡土小说研讨会"是为一凿凿的证据。

于是,丁帆作《中国乡土小说史论》就不是没有意义或可有可无的事。丁帆大致是一个靠灵性写作的人。他敏锐地抓住了乡土小说的根柢——"地方色彩"和"异域情调"做足文章。诚然,我无意恭维他。我不以为丁帆就是一位成熟的写家,他的这部书的确还有不尽人意不臻完整的地方,叙述的文字并不老到凝练,张扬贬抑的臧否未必就圆通到人皆认定首肯的至处。我只想说,这部书的写作视点检讨视点是高远得有些治史的意味的,他往日的批评文字大多囿于"论"的天地,如今的史论一锅煮来的味道,自然就要比他先前的道德学问高明,品一品便领略得出其间配伍、火候诸元的调置少了滑腻多了酸甜苦辣咸五味谐和的味觉,口感应该说是不坏的。

中国的乡土小说,大致由鲁迅那一代人发轫,他们从西方引来火种,得力于其学问和中国的国情、乡情的融会,初起的乡土小说制作便出手不凡,大致十年的工夫,一下子就崛起了至今也难说就可以攀援超越的高峰。后来便有了废名、沈从文一流荡开去的有别于前一辈人"乡土小说"作法的"田园诗"风的乡土小说炮制的路数。只是40、50、60年代的几位作家如赵树理、柳青、浩然等出于历史的原因,对既往的乡土小说的内蕴做了偏振,多少躲开了"地方色彩"、"异域情调"内在规定的纠缠,以其创作的实绩奏出了乡土小说的变调;此期的乡土小说制作大约也只有孙犁好歹把住了自家的机杼,对于"变调"的乡土小说是个例外。新时期的一代作家对新中国成立后前三十年的乡土小说制作来了一回反动,反动出驳杂又斑斓的色彩,其间相当的一批作品大致接续上了二三十年代不同风味、路数的乡土小说的余脉,并张扬起自己的品质,往后似乎有在二三十年代的高山边再造一座峰峦的趋向。这些,作为审美的对象、治史的对象,均被丁帆爬梳得有迹可寻,见得出轮廓之上的学术眼光。只要愿意且有耐心读丁帆这部书的,如果不持大的偏见,是应该承认他的这一份奉献的——因着他扣死了"地方色彩"、"异域情调"的乡土小说本相,一切的创作都要经由这一洗礼才会给出理性的情感的判断,这就不容易,就有些勇敢。

读这部书,给我最大的感触是:中国乡土小说发展的美的抑或含着非美的全部历程,无论哪一派作家的作法,几乎都见出文明与野蛮的冲突或抵触。文明与野蛮的纠缠,好像就是娘胎里带出的不可后天改得了的恒定。这大约就是文学的温床了。中国的人的生存状态和心灵的发抒的幅度频率波长,该不是特别特别地便捷于乡土小说的描摹?要不然,何以任何政治的经济的条件下它都会被功利地或非功利地利用?还总脱不开文明与野蛮的母题?(当然,这里无法离析变味的抑或没变味的乡土小说的分野,也无从界定文明与野蛮的性质,文明与野蛮有时我怎么看都以为它可以画个符号互相颠倒。)

孩子小时喝他妈的奶,冷不丁情紧时居然用刚顶出的小齿叼住那乳头啮它一下,做母亲的也居然可以不用意识捂住小东西令他窒息一回以解脱。我见着总是滑稽:那小东西自然是野性的玩意儿,母亲可是文明到了圣洁的角儿,这么着一弄一折腾,文明与野蛮就教人分不清是非来,总疑惑那文明的法儿也真格儿地野蛮。说回头来,乡土小说持久地纠缠在这上面,确实也真够写书立传的头疼了。

由此,便牵连出文明与愚昧的纠葛。文明与野蛮,大致相对于物质而言;文明与愚昧,就严格到精神的方面了。中国乡土小说中的好的篇什,大多是在文明与野蛮、文明与愚昧、物质与精神的大落差撞击中生成的,如鲁迅的《阿Q正传》、茅盾的《春蚕》、沈从文的《边城》、汪曾祺的《大淖记事》、高晓声的《李顺大造屋》等(至于新时期"新写实主义"的乡土小说,因着距离近,姑且不作援例)。离开了对文明与野蛮、文明与愚昧的冲突与抵触的富于个性和灵性的体悟,是写不出上乘的乡土小说的。而因着一时的风潮作图解,颠倒了文明与愚昧甚或文明与野蛮的性状和内质,敷衍而出的乡土小说,就更难有生命力。在丁帆的这部书中,可以见出所谓学术的"骨骼"或曰"骨格"。第五章"乡土小说的悲剧与喜剧的审美特征"、第六章"静态传统文化与动态现代文化之冲突",是很能见出理性的冷峻寒光来的。丁帆并不回避七十年间乡土小说在"文明与野蛮、文明与愚昧"这一对矛盾体的冲突中不断选择的种种情状,于小说创作提供出的实绩中描摹界说其长短优劣。尤其值得注意的是,丁帆很重视对失落或背离了乡土小说本性的作家作品的评析,让人见出审美判断上的活泛。

丁帆用罗伯特·魏曼的这样一段话来作为这本书的"题记":"尽管文学史家写出了一本文学史(总结性的著作),但从某种意义上来说,他本人也是文学史(即读过的书的总和)的产物。因此,撰写历史既是创造历史,也是被历史所创造。"真所谓借他人的酒浇自家心中块垒,不可谓不聪明。作为编辑,我只好服他。

朱建华
1992年7月

第一章 绪 论

第一节 "乡土小说"作为世界性母题的发展轮廓

"乡土文学"作为农业社会的文化标记,或许可以追溯到初民文化时期。那么,整个世界农业社会的古典文学都带有"乡土文学"的胎记。然而这却是没有任何参照系的凝固静态的文学现象,只有社会向工业时代迈进时,整个世界和人类的思维发生了革命性变化后,在两种文明的冲突中,"乡土文学"才显示出其意义。诚如西班牙的伟大作家塞万提斯在17世纪初就写了《堂吉诃德》,它在很大程度上展示了风土人情的描写,但这种描写尚未进入工业社会视阈的观照,工业文明的大都市尚未兴起,人们的心态还在整个农业社会文化的笼罩下,其乡土作品只是静态的"田园牧歌",因此不论。我们知道,"乡土小说"的重要特征就在于"风俗画描写"和"地方色彩"。那么,这种特征大概最早始于西班牙16世纪和17世纪的文学作品。当然"风俗主义"(costumbrismo)直到19世纪上半叶才成为一股强大的文学力量弥漫于散文和小说创作中。无疑,"风俗主义"对欧洲和美洲的地方派作家都有很大影响。

作为一种文学的种类和样式,最早出现的"乡土文学"(local colour)是在19世纪二三十年代。在南北战争以后,它以其独特体裁成为流行于美国的文学形式。它以地方特色、方言土语、社会风俗画面取悦读者。作为"乡土小说"先驱者的是J.F.库珀,他以自己的"边疆小说"而饮誉文坛。W.欧文和擅写西部文学的B.哈特也是早期乡土小说的中坚。而曾一度在加利福尼亚为B.哈特工作过的美国著名作家马克·吐温就采用了乡土小说的手法来描述他家乡密西西比河的乡村生活。

19世纪70年代,意大利兴起的文学流派"真实主义"则是以"乡土小说"作为实践活动,以此证明其文学理论主张的。以维尔加在1874年发表的《奈达》为始,到后来的《田野生活》、《乡村故事》、《马拉沃利亚一家》、《堂·杰苏阿多师傅》,维尔加以故乡西西里岛为背景,真实地描绘了下层人民的苦难生活,从而掀起了意大利19世纪末"乡土小说"蓬勃发展的高潮。当然,更有影响的作家应该是像英国著名作家哈代的"乡土小说"创作了,如成为世界名著的《德伯家的苔丝》和《还乡》等作品,除了现实的批判深度外,主要是作家对于风俗和自然景物的惊人描绘。

20世纪以来,世界性的"乡土小说"的到来是有其必然性的,随着工业革命的深入发展,以及现实主义文学的巩固和现代主义文学的崛起,"乡土小说"作为一种"载体",大大促进了20世纪文学的发展。除了20世纪初挪威出现了"乡土文学"流派以外,现代风俗小说的勃起给人们留下了深刻的印象,它涉及欧洲的(尤其是英法的)一些作家,他们无疑推动了"乡土小说"的发展。在美洲,几乎是和中国"乡土小说"流派崛起的同时,20年代的威廉·福克纳为代表的"南方小说"在"乡土小说"的"载体"上进行着现代小说表现形式与风俗画面相融合的形式创造,"意识流"的血液第一次安详地在"乡土小说"的血脉中汩汩流动着。《喧哗与骚动》以乡土交响曲的形式奏响了具有"复调"意味的乡土小说"变奏"序幕。像另一位"南方小说"作家弗兰纳里·奥康托则通过南方风俗人情的描写来表现生活中的神秘。30年代,美国曾兴起一种人与自然角斗的"土壤小说",它们充满了泥土气息和地方色彩,其代表作有艾伦·格拉斯果的《荒凉的土地》和约翰·斯坦倍克的《愤怒的葡萄》,这也算是"乡土小说"的一支吧。

当然,人们还不会忘记这样一个事实,20世纪不可忽略的是拉丁美洲的文学运动,从20世纪初开始的"土著主义文学运动",在强烈地反映印第安人痛苦生活的同时,着重于本民族的民间风俗、宗教迷信、古老传统和日常生活的描摹。作为拉丁美洲的文学先导,无疑,这种"乡土小说"的情结一直影响到六七十年代的"拉美爆炸后文学",使拉美文学发生世界性影响的并不仅仅依赖于其内容和形式的创新,还牢牢地附着于"乡土小说"这个具有地域美学效应的世界文化母题的审美因素。从"土著主义"的"乡土小说"到"魔幻"、"心理"、"结构"现实主义小说中的"乡土情结",可以说,拉美文学作家用"乡土小说"这个"载体"完成了跨世纪的"现实"和"现代"相交融的表现手法,令全世界刮目相看。

在俄罗斯文学中,我们可以追溯到屠格涅夫、契诃夫、托尔斯泰等文学巨匠的许多作品中的"乡土小说"印痕,即便是在苏联文学史中也不乏许多从事"乡土小说"创作的作家。从高尔基的作品始,直到七八十年代,苏联产生了"返乡题材文学"和"迁居题材文学",这些小说均属于世界性的"乡土小说",如拉斯普京的《告别马焦拉》、戈卢布科夫的《小泉村》、博罗德金的《屋檐下的太阳》、彼得罗相的《孤寂的榛树》、特卡琴科的《冬天的忙碌》、阿勃拉莫夫的《马莫尼哈》等,甚至包括艾特玛托夫的许多作品。这些小说均是在"两种文明"的冲突中,站在城与乡的交叉联结点上作出的新的价值选择的"乡土情结"型小说,作为一个世界性的母题,它是人类面临的共通选择。

那么,更无须描绘法国文学运用"乡土小说"这一载体所创造出的世界小说名著的辉煌业绩了。从巴尔扎克的"外省风俗描写"到莫泊桑的那种冷峻的田园风光的描绘,甚至左拉的那种乡镇村民们的生活氛围的风土人情的摹写,都是充满着浓郁的乡土色彩的风俗画。直到法国"新小说"后的诸多作品,都浸润着浓郁的乡村"地方色彩"和"风俗画面"。

在这里要特别提到的是美国的小说作家赫姆林·加兰对乡土小说的伟大理论建树,他早在1894年写就的理论著作《破碎的偶像》中就强调了"地方色彩"对文学的至关重要。① 他认为:"显然,艺术的地方色彩是文学的生命力的源泉。是文学一向独具的特点。地方色彩可以比作一个人无穷地、不断地涌现出来的魅力。我们首先对差别发生兴趣;雷同从来不能那样吸引我们,不能象差别那样有刺激性,那样令人鼓舞。如果文学只是或主要是雷同,文学就要毁灭了。"当然,加兰对文学地方色彩的深刻见地并不局限于对美国文学的扫描,他从历史和现实、理论和实践的"宏观"把握中,看出了地方色彩于各国艺术的必然联系:"今天在每一种重大的、正在发展着的文学中,地方色彩都是很浓郁的。因此当代小说在俄国文学和挪威文学中达到前所未有的水平,而英国文学和法国文学在真实和真诚方面不如前者,正是因为缺乏这种地方色彩。"他甚至过激地提出了这样的结论:"应当为地方色彩而地方色彩。地方色彩一定要出现在作品中,而且必然出现,因为作家通常是不自觉地把它捎带出来的;他只知道一点:这种色彩对他是非常重要的和有趣的。"所以,他认为只有土生土长的人才能写出本国的地方色彩来,"对于美国作家来说,写作关于俄国、西班牙或圣地的小说是奇怪的、不自然的。他写这些国家不能象土生土长的人写得那么好"。因而加兰是很强调生长环境给作家的深刻而不可替代的艺术影响因素的。

当然,最为精彩的是加兰在《乡土小说》一节的论述中,对美国文学的前景描述是何等的精确,他的预言被福克纳、海明威以及"南方文学"的乡土小说创作所印证。他当时就看到了"黑人已经进入南方文学",而且给南方文学带来了"特有的忧郁的、神秘的和明朗的激昂情绪"以及浓郁的地方色彩。同时,他也看到了"北方小说还将在一个时期内具有地方色彩。它将描绘我们辽阔而广大的共和国里每一个地区的风俗和语言。它将抓住这些不断变化着的、被同化着的各个种族的

---

① 参见〔美〕赫姆林·加兰:《破碎的偶像(片段)》,载《美国作家论文学》,刘保端等译,生活·读书·新知三联书店1984年版,第75—96页。

生活,并描绘在炭笔素描之中,描写他们怎样适应新的条件,传达出这些过程的激情、幽默和无数的紧张情节"。最令人信服的并不止于加兰对于美国文学发展的经验总结,更重要的是他看到了文学发展前景中城乡对立必然导致的两种文学(乡土文学和城市文学)的冲突:"日益尖锐起来的城市生活和乡村生活的对比,不久就要在乡土小说反映出来了——这部小说将在地方色彩的基础上,反映出那些悲剧和喜剧。我们的整个国家是它的背景,在国内这些不健全的,但是引起文学极大兴趣的城市,如雨后春笋般地成长起来。"或许正是加兰看出了在世纪的转折点上,所必然会引起的两种不同文明的对立和冲突,这种冲突应该是整个国家和民族的,但它必须用"乡土小说"和"地方色彩"作为艺术的象征和载体来完成20世纪人的情感(包括审美、道德、伦理等在内的大文化情感)转换。

作为一个世界性的文学艺术母题,"乡土小说"在中国现代文学艺术中的情形是怎样的呢?

"五四"新文化运动作为中国进入20世纪文化的标志,它是中国文化在遭受近代西方文明多次磨难后,反思封建文化保守性后所作出的选择。于是,在历史的转折点上,那个被固态化了的农业社会缩影——乡土社区的生存状态,皆成为当时思想家、艺术家们注意的焦点。因此,一切具有人文主义启蒙思想的价值判断在乡土文学领域内得到最形象的体现。应该说,是"五四"新文学运动反封建的意识首先找到了"乡土小说"这一"载体"。作为中国新文学运动的先驱者之一,鲁迅从中国第一篇白话小说起就对"乡土小说"进行了不懈的探讨。同时,周氏兄弟亦鲜明地主张文学的个性在于地方色彩。也是在鲁迅的影响下,20年代的中国几乎和世界性的"乡土小说"创作热同步,形成了具有浓郁民族特色的"乡土小说流派",这不仅在中国现代文学史上占有重要地位,同时在世界性的"乡土小说"创作中也与福克纳式的"现代"小说有着对应关系。无疑,从鲁迅开始的"乡土小说"创作无论作为一种主潮或是暗流,它一直成为20世纪中国小说的主干。20年代的废名和30年代的沈从文的"田园诗风"的乡土小说也独树一帜,深刻地影响着许多后来的"乡土小说"作家。40年代出现的赵树理当然为后来的"乡土小说"提供了另一种模式,虽然它遏制了"乡土小说"的发展,乃至"文革"期间发展成把"乡土小说"作为政治传声筒,使其堕落得惨不忍睹,但它为什么在"文化沙漠"时期还能成为一种"载体"存活下去呢(《艳阳天》、《金光大道》虽为"传声筒",但仍有"风俗画"和"地方色彩"的吸引力)?这无疑也是"乡土小说"值得研究的课题。

当中国文学进入20世纪80年代的文体革命时代时,"乡土小说"简直成为风靡一时的实验"载体",从"伤痕文学"、"反思文学"到"改革文学",从"寻根文学"到"新潮小说",再到"新写实主义小说",可以说,绝大多数引起强烈反响的作品均来自新时期的"乡土小说"。在一个民族文化心理结构基本处于农业化的国度,"乡土社区"结构的变化成为作家普遍关注的对象。

作为一种世界性的文学现象,"乡土小说"的创作不再是指那种18世纪前描写恬静乡村生活的"田园牧歌"式的小说作品,它是在工业革命冲击下,在"两种文明"的激烈冲突中所表现出的人类生存共同意识,这在20世纪表现得尤为明显。任何一个民族和阶级的作家都希望站在自己的视域内,用"乡土小说"这个"载体"来表达自己的世界观和文学观。因此,这就带来了对"乡土小说"的不同解释和规范。

正如上文所论,因为"乡土小说"是一个"载体",因此,无论是采用哪种创作方法的作家,都可能写出优秀的乡土小说来。那种误以为"乡土小说"就是现实主义创作方法的专利权者,确是一种误解,它是无法解释文学史上的许多乡土小说现象的。早期现实主义追求"地方色彩"和"风俗画面"则是刻意在追求一种精确的描写方法。正如最早提出现实主义这一概念的G.普朗什所言:现实主义关心的是"城堡的门墙上嵌有一个什么样的有花纹的盾,旗帜上绣的是什么样的图案,害相思病的骑士是一种什么样的脸色"。① 因此,早期现实主义非常注重分析研究当时的地方生活风习,而且是冷静、客观、中性地去再现自然。后来在巴尔扎克的作品中亦表现出对外省风俗人情的大量描绘,这不能不说是现实主义小说的传统风格之要义。与现实主义相近的自然主义和意大利的"真实主义"(在英语中,"真实"和"现实"是同一个词:reality)都同时强调自己创作中的风俗描写和地方色彩。当然这两种主义在理论上是有很大一致性的,因为真实主义理论的起源就是左拉的自然主义,从中亦可窥见自然主义和现实主义之间的中介性沟通。左拉只是在自己的小说中注重了地方风俗的描写,然而,"真实主义"的倡导者们却是直接打出了"乡土文学"的旗号。在他们看来,"乡土小说"艺术上除了描写充满生活气息的风土人情外,还应吸收西西里民间的词汇和谚语,以此来丰富"乡土小说"的表现力。

其实,浪漫主义是非常讲究文学"地方色彩"的,尤其是19世纪的浪漫主义更注重的是"田园牧歌"式的风景描绘,以此来寻觅被资本主义工业所吞噬的理想乐园。勃兰兑斯给浪漫主义的特征下过一个很精彩的论断:"最初,浪漫主义本质上只不过是文学中地方色彩的勇猛的辩护士。""他们所谓的'地方色彩'就是他乡异国、远古时代、生疏风土的一切特征。"②虽然它和现实主义客观再现生活原貌有所不同,它是带着强烈的主观抒情性来描写风景如画的田园生活,以此来抵御资本主义"物"的侵袭,然而,其采取的描写对象却和现实主义相一致,尽管各种主义的审美价值判断各异。同样是对资本主义金钱关系的抨击,巴尔扎克对于风俗人情的描写隐隐渗透着深刻的社会批判力量;而乔治·桑从1846年以后创作的"田园小说"则以抒情的笔调描绘了大自然的绮丽风光,渲染了农村静谧的生活氛围,具有浓郁恬淡的浪漫主义

---

① 转引自〔美〕R.韦勒克:《文学研究中现实主义的概念》,载《批评的诸种概念》,丁泓、余徵译,四川文艺出版社1988年版,第218页。

② 〔丹麦〕勃兰兑斯:《十九世纪文学主流》第5分册《法国的浪漫派》,李宗杰译,人民文学出版社1982年版,第19页。

色彩。前者是现实主义大师,后者是浪漫主义代表作家,但是他们在对乡土小说的描写中一致把焦点放在"地方色彩"和"风俗画面"的刻意追求上,这就证明"乡土小说"最起码的特征就是要具备这两点。美国南北战争以后所兴起的"乡土文学"(local colour)较准确的概念为:"它着重描绘某一地区的特色,介绍其方言土语,社会风尚,民间传说,以及该地区的独特景色。"①对于构成"乡土小说"的这两大要素,"地方色彩"似乎毋须解释,但是其中需要廓清的是一种种属概念的混乱。有的人以为只要写本民族的生活,对于世界来说,它就是"本土文学",就自然而然具有"地方特色"。然而将这样的作品放在本国的文学作品中,它的"地方色彩"就完全消泯了,看不出其"异域情调"来。倘使不突出某一地区的风俗、风物、人情生活,在一个有别于其他地域的狭小地区进行视界阈定描写的话,就不可能使作品具有"地方特色"。正如英国作家戴维·赫伯特·劳伦斯所阐释的那样:"每一大洲都有它自己伟大的乡土精神。每个民族都被凝聚在叫做故乡、故土的某个特定地区。地球上不同的地方都洋溢着不同的生气、有着不同的震波、不同的化合蒸发、不同星辰的不同吸引力——随你怎么叫它都行。然而乡土精神是个伟大的现实。尼罗河流域不但出五谷,还出各种瑰异的埃及宗教。中国出中国人,还要继续出。旧金山的华人迟早会不成其为华人,因为美国是个大熔炉。"②"地方色彩"就是"某个特定地区"对于"人物"的影响,为什么"乡土文学"派要注重地方土语方言和服饰等的描写呢?这是因为它打上了这一地区特定的文化标记。就像四川人改不了吃辣,山西人改不了吃醋一样自然。那么,作为乡土小说作家,并不要求你表现民族的"共性",而是要求你表现某一地域的民族"个性"来,这与本国本民族的其他生存群体相异,当然也就与别国别民族的其他生存群体更加相异了。乡土小说作家应是面对"两个世界":一

---

① 《简明不列颠百科全书》第8卷,中国大百科全书出版社1986年版,第540页。
② 〔英〕戴·赫·劳伦斯:《乡土精神》,载〔英〕戴维·洛奇编:《二十世纪文学评论》(上册),葛林等译,上海译文出版社1987年版,第230页。

个是异于他国他土的世界,另一个就是异于他地他族(特指一个生存的"群落")的世界。忽视了后者,将不能称其为"乡土小说"。正如赛珍珠获得诺贝尔文学奖的描写中国农村的小说《大地》一样,它在外国人眼里似乎是部描写中国的"乡土小说",然而在中国人眼里却没有多少乡土味,其原因是作者只了解中国农民的普遍生存境况,而不懂得某一地区的风土人情生活习俗,以及宗教文化等。因此,"地方色彩"难以体现出来。那么,"风俗画"(genre painting)原是指绘画的一种题材,从广义上来说,它泛指日常生活场面;从狭义上来说,风俗画把各种主观属性如戏剧性、历史性、礼仪性、讽刺性、说教性、浪漫性、感伤性和宗教性等成分压缩到最低限度,而把注意力集中在对人物典型、服饰和环境的准确观察以及色彩、形式和结构的美与分寸上。那么无论从广义还是从狭义上来说,"乡土小说"取之于"风俗画"描写,一是要突出其"地方色彩",二是要突出其美学的特征。无论感情的投射或多或少,无论是浪漫主义的主观,还是现实主义的客观,这种"美"的特征应是"乡土小说"共有的。

可以说,整个19世纪到20世纪初,"乡土小说"作为一个世界性的文学母题,已经用"地方色彩"和"风俗画面"奠定了各国"乡土小说"创作的基本风格以及它的最基本的要求。

这种基本的风格和要求,虽没有成为世界性的理论经典,但成为各国"乡土小说"自觉和不自觉的约定俗成,它又不能不影响着中国20世纪自"五四"新文学运动以来的"乡土小说"之理论与创作实践。

第二节 "乡土小说"概念在中国的阈定与蜕变

当20世纪的新文学叩开了中国封闭的文学之门后,"五四"的先驱者们从"铁屋子"外吸纳了大量新鲜空气,他们大量翻译和介绍西方文化。人们对于"乡土小说"的认识是从感性到理性,又从理性到感性,再上升到理性的二度循环。我们不能忽视梁启超等人的"小说革命"给"五四"新文学带来的影响。鲁迅的前期小说作为乡土小说审美感性的实验也许是无意识的,因为中国的乡村社会最能发掘出封建礼教的"吃人"本质,所以鲁迅才以"乡土小说"为载体。如果说"第一声春雷"是以其强大的思想穿透力震撼了整个中国大地的话,那么对这一"载体"的认识者却是寥若晨星的,只有张定璜后来在评论鲁迅《呐喊》时才认识到:"他的作品满熏着中国的土气,他可以说是眼前我们唯一的乡土艺术家。"①不管鲁迅在《狂人日记》等作品中是否是有意识地采用了地域性的描写,其作品呈现出的"地方色彩"和"风俗画面"是无可否认的。那么,几乎是与之同时,他的胞弟周作人便最早在中国文学中提出"乡土文学"主张,对其概念进行厘定。这一点严家炎先生在其论著《中国现代小说流派史》中已作了详尽的论述。严先生认为周作人大力倡导"乡土文学"有三条理由根据:"五四"新文学运动是从国外引进的,要在本国土壤上扎根,就必然提倡乡土艺术;要克服思想大于形象的概念化弊病,就应当提倡乡土文学的地方色彩;要使中国新文学自立于世界文学之林,就必须发展本土文学,从乡土中展示民族特色。因而周作人对"乡土小说"所作的概念阈定大体上是这样的:第一,体现地域特点。他认为:"风土与住民有密切的关系,大家都是知道的:所以各国文学各有特色,就是一国之中也可以因了地域显出一种不同的风格,譬如法国的南方普洛凡斯的文人作品,与北法兰西便有不同。在中国这样广大的国土当然更是如此。"②在这里,周作人十分强调不同地区文化的差异性,抓住这种差异,作家也就可以造就小说的"异域情调"。第二,体现民风民俗中具有"个性的土之力"。这一点是针对新文学中概念化而提出的,周作人要求作家"自由地发表那从土里滋长出来的个性","我们所希望的,便是摆脱了一切的束缚,任情地歌唱,……只要是遗传、环境所融合而成的我的真的心搏,……这样的作品,自然的具

---

① 张定璜:《鲁迅先生》,《现代评论》1925年1月号。
② 周作人:《地方与文艺》。

有他应具的特征,便是国民性、地方性与个性,也即是他的生命"。① 周作人这里阐述的"个性"显然是受了尼采"忠于地"("地之子")的"超人哲学"影响。但是他把这一"个体"生命的弘扬与揭示国民性、描写地方色彩结合为一体,应该说是符合"五四"人文主义思潮的。因此,周作人大力提倡文学"须得跳到地面上来,把土气息、泥滋味透过了他的脉搏,表现在文字上,这才是真实的思想与文艺"②。可见,新文学的先驱者们认为在"土气息、泥滋味"里最能寻觅到揭示民族文化劣根性的描写点,亦最能张扬"五四""个性解放"之精神。这么说,周作人不是不要文学的主观意念,而是要把它埋藏在"乡土小说"民风民俗、风土人情之中。第三,体现人类学意义上的"人"。这点是周作人最早在1921年8月翻译英国作家劳斯(W. H. D. Rouse)《希腊岛小说集》译序中所阐述的:"本国的民俗研究也是必要,这虽然是人类学范围内的学问,却与文学有极重要的关系。"可以看出,周作人当时所说的"人类学"是指自然科学范畴意义上的"人",而非哲学范畴意义上的"人",但他把自然的人与文学上的人进行沟通,则明显是试图把"人"放进哲学范畴之内进行考察,这和他一再鼓吹尼采的"超人意志"、"个性精神"是相一致的。可惜这一理论命题并没深入下去,因此在整个半个多世纪的"乡土小说"创作中,人们忽略了这个重大的命题(只有沈从文的小说试图用"生命的流注"来尝试这一命题)。一直到了新时期(80年代中期),这个命题才得以重新进入作家的视界,得到较为深入的探讨(这在后文中将详细论述)。

在周作人越是本土的和地域的文学越能走向世界——"我相信强烈的地方趣味也正是'世界的'文学的一个重大成分"——的理论张扬下,"五四"的一批文学理论家们都主张把"乡土文学"的创作提到一定的高度来认识。

---

① 周作人:《地方与文艺》。
② 同上。

作为"五四"新文学运动的理论建设者,茅盾和郑振铎等人也竭力鼓吹"为人生"的"乡土文学",这不无为后来"乡土小说流派"的崛起奠定了理论基础。茅盾早在 20 年代初就倡导"乡土文学",只不过在归纳鲁迅《故乡》、《风波》一类小说时,将此称为"农民文学",但是他特别强调的是小说的"地方色彩",并把《小说月报》和《文学周报》作为乡土小说的发表阵地。他还在与李达、刘大白所编写的《文学小辞典》中加上了"地方色"的词条:"地方色就是地方底特色。一处的习惯风俗不相同,就一处有一处底特色,一处有一处底性格,即个性。"①显然,这里所指的"个性"绝非周作人所指望的尼采的"超人"哲学内涵,而是专指文学描写中的"地方色彩"而言的。作为"文学研究会""为人生"主张的核心人物,同时随着 1925 年前后"无产阶级文学"观的确立,茅盾在进一步阈定"乡土小说"之概念时,就鲜明地提出了为"被损害和被压迫者"呼号的阶级内容,他一方面强调"乡土小说"因地方色彩引起是"自然美",同时又强调要把其所表现的社会内容紧紧地与之糅合在一起,当他在 1928 年撰写《小说研究 ABC》时,便为此作出了详尽的诠释:"我们决不可误会'地方色彩'即是某地的风景之谓。风景只可算是造成地方色彩的表面而不重要的一部分。地方色彩是一地方的自然背景与社会背景之'错综相',不但有特殊的色,并且有特殊的味。"这一"味"一"色"的"错综相",便是茅盾所强调的"人生相"与"自然相"水乳交融的特征。直到 30 年代中期,当茅盾给"乡土小说"最后定位时,便把这两者相融合的特征作了特别的提纯,致使"世界观"和"人生观"上升到"地方色彩"和"异域情调"之上:"关于'乡土文学',我以为单有了特殊的风土人情的描写,只不过像看一幅异域图画,虽能引起我们的惊异,然而给我们的,只是好奇心的餍足。因此在特殊的风土人情而外,应当还有普遍性的与我们共同的对于运命的挣扎。一个只具有游历家的眼光的作者,往往只能给我们以前者;必须是一个具有

---

① 《民国日报》1921 年 5 月 31 日副刊《觉悟》。

一定的世界观与人生观的作者方能把后者作为主要的一点而给与了我们。"①无疑,作为"乡土文学"的一次经典性概括,茅盾的这一理论对中国 30 年代以后的许多乡土小说创作起着至关重要的影响。世界观、人生观的投射成为衡量"乡土小说"能否成立的关键,尤其是在新中国成立后三十年内,更是作为一条准则而推行。那么,鲁迅对于"乡土文学"的概括又有什么特点呢?

鲁迅是较早提出"乡土文学"这一术语的,然而,我以为在 1935 年鲁迅提出这一概念以前,除了在自己的创作实践中自觉地用"地方色彩"和"风俗画面"来突出小说的表现力以外,并没有在理论上作过什么阐释。倒是周作人一再地为"乡土艺术"而呐喊,以此来消弭欧化小说的倾向,从而标榜"地方色彩"和"土气息、泥滋味"。鲁迅的自觉实践和周作人的自觉理论看来绝非偶然现象,忽略了这一现象亦就削弱了周氏兄弟对新文学运动的贡献。当然,在 20 年代初期,上海的《文学周报》连续发表过王伯祥的理论文章《文学的环境》、《文学与地域》等,但他并未像周作人那样打出"乡土艺术"的旗帜来,只是从描写方法入手来对"地方色彩"在小说中之地位进行阐述。直至 1935 年鲁迅在给《中国新文学大系·小说二集》作序时才正式提出了"乡土文学"这一概念。这一概念比茅盾对"乡土文学"的概括提早不到一年,然而鲁迅在"导言"中的那段话引起了半个多世纪来的歧异和多解。我以为只有重新深入地理解它,才能廓清"乡土"与"非乡土"两个概念之间的模糊界限。现将鲁迅先生原文录下:

> 蹇先艾叙述过贵州,裴文中关心着榆关,凡在北京用笔写出他的胸臆来的人们,无论他自称为用主观或客观,其实往往是乡土文学,从北京这方面说,则是侨寓文学的作者。但这又非如勃兰兑斯(G. Brandes)所说的"侨民文学",侨寓的只是作者自己,却不是这

---

① 茅盾:《关于乡土文学》,《文学》1936 年 2 月 1 日。

>作者写的文章,因此也只见隐现着乡愁,很难有异域情调来开拓读者的心胸,或者炫耀他的眼界。许钦文自名他的第一本短篇小说集为《故乡》,也就是在不知不觉中自招为乡土文学的作者,不过在还未开手来写乡土文学之前,他却已被故乡所放逐,生活驱逐他到异地去了。

鲁迅所言"凡在北京",是一个宽泛的概念,也就是指那些从乡土社区走向大都市,甚至走向世界(留学于日本、欧美)的一代知识分子。可以毫不夸张地说,"五四"前后绝大多数文学革命和思想革命的"先驱者"们都是从乡土社会麇集于北京、上海这些大都市的。在极大的文化和文明的反差当中,他们感到了第一次作为"人"的觉醒,启蒙主义思潮促使他们拿起笔来,或抽象或形象地张扬人文主义思想。于是,揭示中国最黑暗的一隅,乡土社区便成为其描写的焦点。况且,作为一个永远难以抹去的"童年印象",乡土社会给这批文学家和思想家留下的"恋土情结"使其焕发出作为一个中国知识分子的强烈忧患意识。这和勃兰兑斯所说的"侨民文学"则是两码事,所谓"侨民文学"是用另一个世界、另一个民族的眼光来描写他(她)所居住国的文化现象,诸如赛珍珠的《大地》就是此类"侨民文学"。所以鲁迅首先强调的就是那种"隐现着乡愁",但又充满着"异域情调来开拓读者的心胸"的"乡土文学"。诚如蹇先艾的作品中,既有那种乡愁之中对母爱伟大之歌哭和对乡间中人性戕害之冷酷的人道主义的愤懑内涵,又充分地展示了那个边远地区风土人情的"异域情调"之灰暗阴冷。很明显,鲁迅在对"乡土文学"作概括规范时,只提到了无论是"主观或客观"(也即无论是"表现"还是"再现")都应表现出"乡愁"——博大的人道主义胸怀——的主题内涵,这是"五四"文学母题不可超越的主题学意义;再者,就是鲁迅强调了"异域情调"对于"乡土文学"的重要性。当然,我们不可能知道鲁迅当时的写作心境,他为什么没有对"乡土文学"作更进一步的系统性的理论阐释呢?或许是越是清晰的阐释就越是阈限了乡土文学的发展罢。于是作者只把"异域情调"(也就是大家公认的"地方色彩")作为要点。

可以看出,从周作人、王伯祥到鲁迅对"乡土小说"最初概念的阈定(即从20年代初到1935年)是基本认同于"乡土小说"世界性母题的理论概括的,即把"地方色彩"("异域情调")和"风俗画面"作为其最基本的手段和风格。这里须得进行诠释的是,鲁迅在表述过程中提出的"隐现着乡愁"当然是指"乡土文学"所要渗透的作家主体观念。然而"隐现"二字,表现了鲁迅在阐释主题上的观念是和恩格斯的"观念愈隐蔽则对作品愈好"之艺术审美思想相一致的。鲁迅并不把这种人道主义的胸怀裸现出来而使"乡土小说"失却它的本质审美特征。他的创作实践就鲜明地表现出这一规律性特征。

显然,到了1936年,茅盾先生给"乡土小说"作经典性概括时,就异常鲜明地把它的世界观地位置于首位。无疑,这种"定位"和"定性"是为"为人生而艺术"的现实主义道路服务的,它推动了"乡土小说"在现实主义方向的迅速发展,同时,亦给"乡土小说"走向一个较狭窄的创作地带提供了理论和概念上的根据。

毫无疑问,40年代标志着中国文学进入另一个"纪元",它的理论指导是毛泽东发表的《在延安文艺座谈会上的讲话》(以下简称《讲话》)。在这里,我无意于全面地去阐释这篇讲话以及它在文学史上的地位。然而,《讲话》从理论上的"为工农兵服务"的宗旨便阈定了一切文学艺术应倡导"民族风格"、"民族气派",而"民族风格"和"民族气派"则又自然而然地寻觅到"乡土小说"这块最能体现这一宗旨的沃土。于是,赵树理的小说便成为中国40年代直至70年代的一种"乡土小说"模式。研究它的生成和发展,我们明显地可以看出,"乡土小说"从"地方色彩"和"风俗画面"描绘逐渐褪色的过程。如果说赵树理40年代的乡土小说之所以能引起较大反响的话,那么它的主要吸引力仍是"地方色彩"和"风俗画面"(他小说的风俗画面与孙犁小说的风俗画面截然不同,前者是体现在人物的言行之中,后者则是体现在风景描写之中,这点后文详述),人物之所以有活力,主要是那种"地方色彩"所给予人物的外部动作(如二诸葛、三仙姑等),当然其中也不乏对某种概念的演绎,但它们基本上是呈"隐蔽"状态。而50年代以后赵树理的小说便将"乡土小说"本末倒置,"地方色彩"和"风俗画面"完全易位于对"问题"的阐释。正如他在《下乡集》中所言:他是带着问题去写小说的。每写一篇就是想解决一个农村社会中存在着的问题。这无疑是与茅盾1936年的《关于乡土文学》一文中阐释的把世界观和人生观作为第一要义的观点相吻合的。但是像《锻炼锻炼》这样的作品只能引起人们对于农村社会问题的关注,而非"地方色彩"和"风俗画面"所引起的"异域情调"之审美餍足。赵树理作为《讲话》以后的"乡土小说"的第一代作家,尤其是作为新中国"乡土小说"的奠基者的中坚,他的影响是巨大的,尽管他的悲剧与他的"问题小说"相关联,但他的"乡土小说"写作道路无疑给50年代至70年代的众多乡土小说作家留下了不可磨灭的遗传基因的胎记。倘使稍后的柳青的《创业史》只是把世界观作为一种"隐现",而把"地方色彩"和"风俗画面"推置于前景,孰能使浩然直接去图解政策呢?孰能被"四人帮"归纳成"高大全"的创作模式呢?又孰能使中国的"乡土小说",乃至整个创作进入一个"死亡地带"呢?

  很有意思的是,与赵树理几乎同时崛起的另一流派的代表人物孙犁的创作,之所以能保持其创作的生命活力,就在于他懂得艺术是一种间接的"隐现",因而,他的乡土小说的影响虽然敌不过赵树理(其中主要是政治原因),但其在文学史上的地位却是恒久的。作为"荷花淀派"的创始人,他的风格是与整个世界性的"乡土小说"母题相接近的,这就是在他的小说中,那种浓烈的世界观意念被化作一种"背景性"的描述,而笔墨集中于对风俗人情的描绘,以及对风景的描绘(风景描写中隐含着浓郁的"异域情调"),致使他的小说形成了具有真正"民族风格"的、具有"地方色彩"的"诗化""乡土小说"。他的"乡土小说"风格同样作为一种隐形的状态影响着新中国的一批"乡土小说"作家。同样是反映走合作化道路的乡土小说,相对来说,周立波的《山乡巨变》之所以比《创业史》、《艳阳天》有审美深度,就在于周立波对于风俗人情、风景画面的描绘使他的"乡土小说"形成了一定的诗情画意。这是与孙犁的"乡土小说"一脉相承的。虽然,这种风格在50年代以后被政治的风浪所淹没,没有形成气候,乃至受到批判,但它所呈现的风格却属于真正的"乡土小说"概念内涵。直到新时期,老作家汪曾祺才又重新恢复了这种"乡土小说"的风格。当然,追溯这种风格的渊源时,我们不能忘却它的鼻祖——废名、沈从文等"京派小说"家们对于中国乡土小说的巨大贡献(这点下文专章阐述)。

可以明显地看出,新中国成立以后的"乡土小说"逐渐放弃了对"地方色彩"和"风俗画面"的描写,就只剩下题材和内容贴近于"乡土"而已。当然像历史题材的"乡土小说"又当别论,作为当代文学前十七年的一面旗帜,《红旗谱》除了有较深的历史内涵外,主要是"地方色彩"和"风俗画面"给这部长篇小说增添了艺术的魅力,这点作者梁斌在自己的创作谈中说得很明白。

似乎在新中国成立以后的三十年当中,"乡土小说"的概念就与"农村题材小说"等同,殊不知"乡土小说"的两大要义是其生存和发展的必然条件。然而,在三十年中,"乡土小说"除剩下题材特征而外,其概念的阈限已是没有疆域了。乃至在"大一统"的"三突出"原则下,根本消灭了"乡土小说"的审美特征,形成了"乡土小说"历史沿革的断裂带。

80年代是"乡土小说"重新崛起的时代,从老作家汪曾祺的创作开始,"地方色彩"和"风俗画面"又回到了"乡土小说"的本体之中。当人们冲出"伤痕"和"反思"以后,"寻根文学"的崛起,标志着"乡土小说"进入了一个更高的审美层次,一直到"新写实主义小说",新时期小说的许多重大内容和形式以及审美经验的突破都是通过"乡土小说"这个试验场来操作演练的。

由于时代和社会变革的需求,新时期"乡土小说"的概念阈定呈现出了新的特征:除了"地方色彩"和"风俗画面"以外,首先,它回复了"鲁迅风"式的悲剧美学特征;其次是历史的使然,它的"哲学文化"意念在不断强化,返归大自然与现代文明之间的冲突,成为"乡土小说"描写焦点的眩惑。

但是,必须指出的是,有些新时期的理论家混淆了"乡土小说"和"乡土意识"之间的临界线。忽视了"乡土小说"的题材特征,就等于消灭了"乡土小说"本身。

第三节 "乡土小说"与"乡土意识"临界之辨析

随着新时期批评家和文学史家对乡土文学研究的不断深入,同时出现的是将乡土小说的内涵或外延不断扩张的倾向。不知从何时开始,一种倾向是把"乡土文学"中的乡土小说之概念扩大到整个小说这个范围之内,不管是什么小说,只要是描写本土文化之小说,冠以"乡土意识"或"乡土精神"就认定其为乡土小说。于是,包括"市井小说",甚至"都市小说"也被堂而皇之地标示为本土意识的乡土小说。这种概念的混乱,对于批评家来说似乎无关紧要,然而对于史论家来说,则使其在浩如烟海的作家作品面前显得手足无措了。木弓先生的《"乡土意识"与小说创作》[①]从理论的角度阐述了"乡土意识"对于中国小说创作的至关重要,这当然是无可厚非的理论见识。然而这种典型地将非乡土题材的小说纳入乡土文学之列的做法,却是从根本上抹煞了乡土小说的特征。当然,"乡土文学"至少包含着广义的(指文化意识范畴)和狭义的(指题材范畴)两种,它们呈种属关系。就乡土小说来说,一俟失却了狭义的规范,便很难叙述出它的历史性状态。

须强调的是,大陆小说发展的轨迹与台湾小说发展的轨迹是不一样的,在继承"五四"新文化传统上有着很不相同的情形。因此,台湾的"乡土文学"之概念绝不能套用于大陆的乡土小说创作。况且台湾

---

① 木弓:《"乡土意识"与小说创作》,《文论月刊》1990年第10期。

在借用"乡土文学"这一名称时,其政治和社会背景是相当复杂的,而大陆文学在沿革"乡土文学"之脉络时,其概念较有清晰的同一性和稳定性:从鲁迅开始的"乡土小说"伟大实践到二三十年代乡土小说流派的形成,一直到新时期乡土小说精神的复归,虽然几经周折和转型,但毕竟有一条史的线索可寻。毋庸讳言,正如木弓先生阐释的那样:"赵树理、柳青等的某些小说创作,他们的某些作品有着浓厚的乡间生活气氛。但这不是他们小说的目的。他们小说的目的,是为了号召农民组织到合作社这样的带有浓厚理想主义色彩的农民组织中来。随着合作化历史的结束,他们的作品的读者就逐渐缩小到限于当代文学的研究者了。"诚然,赵树理、柳青、浩然等小说家的悲剧正是中国那一代作家的悲剧,他们将"乡土小说"作为某种现时概念的"传声筒",使之失却了鲁迅先生所具备的那种有着深刻批判的哲学意念的"乡土精神"(人们通常把鲁迅"匕首投枪"式的哲学批判精神看成乡土小说的"乡土精神"),陷入了对现实缺乏历史性思考的"即兴表演"中。但是,剔除了这些"即兴表演"的成分,在整个小说的氛围的表现中,其乡土文化的内容反映却是一个客观的存在。明确地说,那种持有在衡量乡土小说标准时首先不顾题材之分、地域空间之分而仅仅考虑其有否"乡土意识"观点的论者,正是他们片面理解了乡土小说,似乎只要具备了"乡土意识"(这在他们来说与小说的深层的哲学意识是同义语),则就是本土文化小说,那么本土文化小说就是乡土小说。这种推理忽视了小说的外部形式特征,忽视题材对小说内容的制约,就消泯了小说的本质内涵特征。如果将鲁迅先生《伤逝》这样的作品也算作乡土小说,却无论如何是令人难以接受的。面对七十多年来的乡土小说创作,没有一个确切衡定的临界线作为划分乡土小说与非乡土小说的分野,而把一切文化批判意识的小说都算作乡土小说是不可取的,靠"意会"总不是一种科学的批评方法。

可以理解,木弓先生们所说的"乡土意识"正是鲁迅一直保持的民族文化心理结构的批判态度。当然,这种对于民族文化心理结构的批判或者弘扬的折射,会体现弥漫于任何一部现代小说,然而将它作为衡量乡土小说的唯一标准,也就是说,任何小说只要具备了这样的"乡土意识",就可称其为乡土小说,却是将一个宽泛的作家主体意念硬行纳入"乡土小说"的创作机制中。从实质上来说,这和赵树理、柳青们将一种观念植入乡土小说创作之中,并无本质区别。所以这种理论的终点与鲁迅先生倡导的乡土小说创作是相悖的。然而,那种把"都市里的村庄"——一种"市井文化小说"也看成是"乡土小说"的误解目前已成为时尚,甚而如木弓所言:"例如中国的城市,表面上好像有别于中国的乡村,但由于中国的城市不发达,其文化(除上海、广州等个别城市)并无形成其独特的价值,在本质上仍然是乡间文化的变体。因此,当作品企图揭示某一城市生活空间的形态时,不能不考虑到具有源远流长的生命力的乡土文化对现代城市人的规定和制约,不能不考虑如何在对现实的描写中也有意识地透露着历史文化演化的信息。"①照此观点,不仅无乡村和城市题材之分,而且小说根本就不必有题材之分。他们把上海、广州这样的大都市除外,殊不知,按此推理,像程乃珊这样的上海作家的作品中所流露出的浓郁的"乡土文化对现代城市人的规定和制约"以及"透露着历史文化演化的信息"之广阔,不也包含着所谓"乡土意识"吗?由此可见,没有一定的规范,也就没有"乡土小说"这个文体本身。

乡土小说一定是乡村、乡镇题材的作品,没有这一前提,乡土小说便是名存实亡的。当然,这里还须特别指出的是,那种没有离开乡村背景的、有着浓烈乡土文化氛围的小说(如木弓文章中提到的《红高粱》)亦是乡土小说之一种。但这绝不意味着把城市题材中有着民族文化心态揭示的作品也归于其类,尤其是从老舍小说沿革下来的"市井文化小说"(北京的许多小说作家在这方面很有造诣)极容易和"乡土小说"的概念混淆,这是无论如何须得廓清的问题。诚然,乡土小说在反映生活和现实的程度上是有着明显差异的,鲁迅先生之所以是乡土小说之

---

① 木弓:《"乡土意识"与小说创作》。

大师,就是因为他的小说所折射出的从浅层到深层的内涵结构。由于各个作家的经历和人生的经验,乃至思考问题的方式和力度的不同,因而要求乡土小说作家们都像鲁迅那样去思考问题,去艺术地表现精深的思想,则是不客观的。我以为,乡土小说作家的作品也应分为几个类别:一是揭示了乡村文化的氛围;二是描写出了农民文化性格;三是深刻地揭示出民族文化心理结构本质特征,达到改造国民性高度。就三个类别来说,由于实际的情形不同,我们不能说因为选择了哪个类别就决定了作品的质量,同样是写乡村文化氛围(亦称"风土人情"小说),有沈从文"边城小说"和新时期湖南"湘军"小说的大手笔和作家群落,当然也有众多的只是"特写"式的风土人情展览的普通之作。描写农民的文化性格,有"陈奂生"式的愚钝和狡黠,有"抱朴"、"金狗"式的深沉和大智若愚。即便是在同一部作品之中,对农民文化性格的描写也会呈现出多义和复义性。就是《创业史》中的梁生宝和梁三老汉的性格描写,在不同时代,人们都会从他们身上看到不同的社会内涵。揭示民族文化心理结构本质特征,试图达到改造国民性目的的作品甚多,但能达到《阿 Q 正传》水准的却寥若晨星。《爸爸爸》从"寻根"的角度进入了一个两难的命题,因为缺乏鲁迅先生那样的自觉意识,使小说的主题内涵陷于一种被动阐释过程;《古船》因缺乏哲学批判的张力,使得小说在命题上进入了尴尬的窘境,以致在对传统文化的认同下,消泯了主题涵义向更深层领域突进的可能性。由此可见,乡土小说无论在哪种类别的写法上,都有一个由浅入深的问题,写到炉火纯青之境,当然便是乡土小说之精品。

由上述的三个类别而概括出乡土小说的三种分类是:乡土文化小说、乡土性格小说、乡土精神小说。这三种形态的乡土小说的共同点除了一定要以乡村、乡镇题材为前提外,余下就是对于"风土人情"描写的一致性。如果忽视鲁迅和茅盾用"地方色彩"和"异域情调"特征来规范乡土小说外部特征的深刻见地,乡土小说就很难在与农村题材的分界线上划上一条红线。"地方色彩"和"异域情调"在很大程度上体现了一个民族特有的生存方式,它不仅有助于完成超时空、超伦理道德的人类学生命学母题的阐释,同时亦在更大程度上满足了人类几代人乃至更长周期的审美期待。当然,更高层次的风土人情描写是和小说阐释的文化哲学母题呈双向对应关系的,两者交融为一体,既充分表现出乡土小说的美学特征,又深邃地揭示出民族文化心理结构的状态。因此,无论是哪一种乡土小说,不管是偏重于文化范围也好,偏重于农民(这是包括"地主"在内的广义农民概念)性格也好,抑或偏重于乡土精神也好,都不能偏离对于风土人情的描绘,失却了风土人情的描绘,乡土小说也就失却了赖以生存的依托。就这个意义上来说,木弓先生把赵树理和柳青等的作品排斥在乡土意识之外,是有一定道理的。新中国成立以来赵树理的《三里湾》、柳青的《创业史》以及浩然的《艳阳天》等农村题材的小说创作正因为在创作主体上忽视了"风土人情"的描绘,也就在本体上失却了乡土小说的特征。相比之下,周立波倒是在一定程度上注重了"风土人情"和"异域情调",因而,他的《山乡巨变》同样是反映阶级斗争主题,同样是错位的农民性格描写,然而其可读性远在这些作品之上。浩然小说改编的电视剧《苍生》之所以收视率甚高,除了作者对于农民文化性格的两重性有了新的识见外,更重要的是它呈现出的浓郁的"风土人情"味。可以毫不夸张地说,新时期第一个向"高大全"审美模式进行反叛而"复归"乡土小说本体特征的作家是"京派小说"传人汪曾祺。文学史不可不记住这一笔,汪曾祺师承沈从文,用《受戒》、《大淖记事》这样充满着"风土人情"和"异域情调"的作品,为新时期的乡土小说创作犁开了第一片云霓,有人称之为"美文学",有人称之为"文化小说",但不管怎样规范,汪曾祺所依赖的描写载体是乡土社会,和沈从文一样,他的乡土小说流溢着"风土人情"的华彩。虽然它的性格描写似写意画那样朦胧,虽然它的背景和主题内涵如晨雾山岚那样缥缈,但它所留下的乡土小说之文化风韵却久久萦绕于读者眼前。因此,一般小说要以人物为核心的"典型"说是不适应这类乡土小说写作的。因而,"必须由实实在在的人物去实现小说的艺术理想"的艺术模式是不能规范这类小说创作的。文无定法,风格即人,这是文学创作的常识,沈从文、汪曾祺和"京派小说"作家们的贡献就在于他们创造了别一种的乡土小说文体。除了小说所具有的文化特征以外,这类小说最鲜明的艺术特点就在于它们的充满着自然生命力的"风土人情"之描绘。

一是乡村题材,一是风土人情。这两者是乡土小说之命脉,有了这两点,我们在分切剥离七十年来的大量乡土小说作品时,才有一个基本的衡定标准,否则我们将对浩如烟海的作品束手无策,只靠意念的"精神乡土"是难以作为科学的规范的。

纵观现当代乡土小说之创作,其发展演变的轨迹是复杂多变的。但就其创作的高潮期而言,明显是在二三十年代和80年代的两个十年之中。毫无疑问,这两个时期正是乡土小说的"乡土意识"最鲜明的时期,其中之缘由,当然与时代的文化精神和文学思潮有紧密的关联。前一时期在文化巨人的率领下,乡土小说取得了中国各类题材小说创作的重要位置,成为文化、哲学、思想等领域共同的最佳"火山喷射口",引导着中国文化、中国文学、中国小说向着国民性改造的方向突进;后一时期在承继鲁迅遗风的同时,又吸收和容纳了现代哲学文化思潮,以西方文化为参照系,使其在中西文化哲学思潮的碰撞之下,更显现出现代文化之特征。更不可忽略的是,这一时期指导社会和人生的马克思主义理论更为完善、成熟,中国文化界和文学界对于马克思哲学的理解不再是僵化和庸俗化的了。因而这一时期的乡土小说呈现出空前的活力,甚至有些乡土小说已从族意识向着类意识转换,严肃地探讨人类共通的生命本真之命题。虽然这种探讨对于乡土小说来说,似乎还显得有些奢侈,但这毕竟说明了一种文化和文学的超越,这种更高的指向正说明乡土小说多元格局的灿烂。毋庸置疑,在乡土小说创作的多元格局之中,难免有鱼龙混杂、泥沙俱下的情形存在,但这并不妨害乡土小说的正常发展,问题就在于理论界和史学界如何把握其发展规律,用历史唯物主义的方法去对它们进行筛选和厘定。

在论述乡土小说时,把乡土小说作为一个随意捏弄的泥团,任意扩大和缩小其内涵和外延是不可取的,取消其文体形式的特征,只能是最终消灭乡土小说本身的存在。只有在文学界首先确立一个较为一致的共识,才能对七十多年来的乡土小说进行规范化的厘定和重新审视,从中找出有规律性的经验来。

第四节 "地域乡土"的逃离与"精神返乡"的情绪

随着工业文明的高度发展,城市自然生态环境的被破坏,以及人际关系的进一步恶化,回归原始、回归自然的愿望似乎成为西方文明世界焦灼的渴求。于是那种返乡情绪、怀旧情绪,试图寻觅精神避难所,换言之,就是寻觅"精神故乡"的情结,在现代人的心理世界普遍萌生。"田园牧歌"、"小桥流水"式的乡村田园生活对于喧嚣嘈杂的城市污浊生活来说,更具有"返璞归真"的迷人诱惑力。人,作为一种高级动物,就在于他(她)的精神活动和审美需求是无止境的。倘若永远静止在一种形态的生活中,即使其物质享受再丰富,也不能摆脱精神的匮乏和审美的疲惫。当西方后工业时代将人"物化"以后,"城市人"试图逃离精神的压迫而寻求乡村为"避难所"时,我敢预言,他(她)决不肯在"刀耕火种"的原始生存状态下长期驻足,这种"回归意识"只不过是一时的兴致而已,尽管他(她)在高度物质文明中产生了精神逆反心理,厌恶城市文明的狰狞,但倘若又使他(她)长期地去忍受物质匮乏、缺少文化氛围的生存煎熬,恐怕他(她)同样会陷入另一种逃离之中。

因此,就中国目前的文化特征来看,那种西方后工业时代所产生的现代城市人的精神焦虑虽然被一些"新潮"艺术家们进行了毫无节制的夸张性模仿,但毕竟还没有发展到一种逃离城市的奢侈情绪。占我国绝大多数的农业人口,为其生存而挣扎在黄土地上,他们唯一的奢望就是逃离家园、逃离故乡,故乡在他们的眼里不是城市人富有浪漫情调和色彩的抒情诗,生存的困境使他们仇恨故乡,"产生了对故乡的反叛情绪,一种仇恨的审视"①。我以为产生这种仇恨故乡的情绪正是建立在对物质的极度匮乏和精神贫困的认识之上的。在城市文明和乡村文明的极大落差比较中,作为一个摆脱物质和精神贫困的人的生存本能来说,农民的逃离乡村意识成为一种幸福和荣誉的象征,尤其是随着改革开放的深入,城乡交流的日益频繁,当农民们意识到这种差别的不合理后,理就再也不能使他们"安贫乐道"了。于是,那种追求物质和精神文化的渴望成为农民的第一需要时,改变境遇的愿望使大批的农民倒流入城市,这恰恰是对描写那种奢侈的城市人逃离城市的一个绝妙的讽刺。或许"乡下人"会对"城里人"说:如果你愿意的话,我们换一个位置。当路遥的《人生》中高加林重新回归乡土之时,那种复杂的情感中大概首先要考虑的是自身在物质精神均为贫困的文化环境中如何生存的问题吧?生存的价值能不能得以实现,并不取决于那位象征着乡土母亲的形象——刘巧珍的柔情温馨是容不下高加林那颗饱受过城市文明浸染的心灵的。小说的高明处就在于暗示了这个于连·索黑尔式的孤独奋斗者在城乡交叉地带所经受的两种不同的文化冲突。同样,郑义的《老井》中的孙旺泉是一种理念的象征物,当他承接过祖祖辈辈打井的基业时,似乎小说的主题升华了:那种恪守土地的民族韧性是支配着农民在这块土地上世代繁衍的精神支柱。而对这一封闭文化有着反叛情绪的是那个一身"狐仙气"的巧英,她带着向往城市的炽热之情,义无反顾地告别了哺育她的也是她所仇恨的乡村和她的恋人。也就是说,她试图割断自己与乡村社会的物质和精神文化的血缘关系,奔向新的生活,创造一个崭新的心理世界。这虽然与传统文化观念极不协调,就连作者本人在描写中也产生了无尽的惶惑,但这种反叛和逃离的意义却标志着新一代农民从物质到精神向现代文明迈进的强烈愿望,它标示着人类进步的方向。

---

① 这是1991年9月在北京歌德学院召开的中德乡土文学讨论会上莫言发言中的一句话。同样的意思也体现在刘震云的发言中。

一般来说，和现代西方乡土小说不同的是，中国的绝大多数乡土小说作家，甚至说是百分之百的成功乡土作家都是地域性乡土的逃离者，只有当他们进入城市文化圈后，才能更深刻地感受到乡村文化的真实状态，也只有当他们重返"精神故乡"时，才能在两种文明的反差和落差中找到其描写的视点。从鲁迅开始，沈从文也好，众多的乡土小说流派作家也好，赵树理也好，柳青也好，莫言、刘震云、贾平凹也好，他们只有经受了另一种文化氛围的浸润后，才能从"精神的乡土"中发掘到各自不同的主题内涵。如果加以归整，这种表现乡土精神的视角基本上呈三种态势。

首先，是鲁迅先生作为"五四"新文化的先驱者，他所开创的拯救国人魂灵的主题疆域是建立在对中国这个稳态的乡土社会结构进行哲学批判的基础之上的。他所提出的"乡愁"，其意义不仅仅是对乡土社会的悲哀和惆怅，也不仅仅是包含着同情和怜悯的人道主义精神，而更多的是以一种超越悲剧、超越哀愁的现代理性精神来烛照乡土社会封建结构中窒息"乡土人"（这个"乡土人"当然是整个国民精神的象征）的国民劣根性。这一点是任何理论家们都不能曲解的乡土前提。大而言之，在鲁迅这位伟大的哲人眼里，中国的"乡土"与"城市"中的国民心理均属一种民族的"乡土精神"，都是在被批判（这里泛指哲学意义上的"批判"）之列。为完成国民性改造之大计，鲁迅乡土小说的主题的规定性是不可改变的，至于表层的同情和怜悯之情则并不能改变其主题的性质。

其次，是沈从文这样的"田园牧歌"者们在逃离乡土文化社会后，受到了大都市现代文明的惊吓，产生了极大的心理负效应，在他们不堪忍受现代文明的心理折磨时，一种强烈的"精神返乡情绪"促使他们把乡土文化社会更加理想化、浪漫化。当然，他们的乡土小说视角也是从人性和人道主义的主题出发的，但那种批判精神则相应减弱，甚至几近于零。他们所要创造的是一个没有被文化侵蚀过的宁静温馨的乌托邦式的理想国度，于是，消弭"哀愁"，消弭"悲剧"，消弭自上而下的"同情和怜悯",成为这类乡土小说超越文化困扰而走向自然的情感表现手段。他们笔下的"精神故乡"则是一片灿烂的云霓,没有阴霾,没有风暴,没有雨雪,更没有刀光剑影般的残忍,有的都是祥和冲淡、超尘脱俗的静态描写。

另一种是像路遥、郑义、贾平凹等一代"知青"作家所写的乡土小说。当他们二度往返于农村和城市之时,新的改革大潮汹涌而来,一方面,对于传统的"精神乡土"的热切眷恋之情迫使他们对于乡土文化抱以同情和悲悯,那种强烈的人文主义精神勾起他们那段痛苦的生活经历的回忆,使他们不忍心对于传统的乡土文化进行哲学的反思和批判;另一方面,现代思潮又不得不促使他们试图以一种新的眼光来重新审视这亘古不变的乡土精神板块结构,鲁迅的哲学批判精神又在时时诱惑着他们去尝试着再造国民性。于是在"精神乡土"的逃离和回归中,同情与反叛的两种情绪的融合,形成了这批乡土作家内心世界的极度惶惑和焦虑,表现在他们的作品中,也显示出人物和主题的动摇不定。

还有一种情形就更特殊了,这就是像莫言、刘恒、刘震云(这里指刘震云稍后一些的乡土小说,如《故乡天下黄花》等)这些新一代乡土小说作家。他们干脆在逃离故乡以后,用一种"局外人"的眼光来审视他们心中的"精神乡土"。于是在他们的笔下也就无所谓情感的投入,同情、怜悯、哀悼、批判等情感完全让位于读者。当然,这种试图摆脱情感投入的动机在作品具体的描写中是完全不可能的,这只能是作家尽力把自己化装成一位"局外人",而在他们对个体的"精神乡土"进行描写时却不由自主地会流露出各种不同的情感,如仇恨、反叛、调侃、揶揄,甚至亵渎的意识时时泄露于叙述之中。表面的无所谓,而深层的有所为成为这类乡土小说的描述形态。说是逃离"精神乡土",则是更深的介入;说是仇恨,却包孕着更深更执著的爱,因为没有爱也就无所谓仇恨;说是亵渎,则包含着对另一种乡土精神的崇尚(如《红高粱》中的"审父意识"则是对另一种无拘无束的狂放酒神意识的乡土野性精神的讴歌)。这种形态的出现对"精神乡土"的"出"和"入"有着更新的意义,它打破了乡土小说创作线型的二维思维空间,使之显示出更广阔的主题和叙述的疆域。

当然,像柳青、浩然那样几度从地域意义上的返乡对其创作来说是有益的,但其在"精神返乡"的途中,乘坐的是阶级斗争的"马车",这一载体却将他们领入了乡土文化审视的死胡同。这种"精神返乡"则完全和沈从文的"精神返乡"不同,其特征是以奉献乡土小说的艺术审美性为代价的。

乡土,这块浸染着血与火的土地,它与城市形成的对垒,则成为一个永无止境的主题。用它来反观文化的困顿也好,用它来躲避大工业的侵袭也好,用它来宣泄仇恨情绪也好,在这些乡土小说家"精神返乡"的途中,我们可以看到不同的风景,而风景各不相同又给我们带来了不同的审美感受。

有位德国乡土小说家措特勒提出了"呼吸故乡"和"头脑故乡"的不同概念。我以为所谓"呼吸故乡"应该就是指"生存故乡",也就是地理位置上的故乡;而"头脑故乡",我以为就是指"梦幻故乡"、"精神故乡",这是作家头脑中,具体说是创作思维中的故乡,它是作家主体活动中的梦幻般的世界。因此,作为阅读者和批评者,就一定要抓住这两个方面,来考察一个作家所处地理环境中的人文氛围对其的熏陶;同时,更不能忽视对作家"精神返乡"中的各种情感的把握,只有这样才不至于误读各种不同种类的乡土小说作品。

由于中国的特殊国情,80年代形成了"知青作家群"和"'五七'战士作家群"(泛指1957年被打成右派而押送到农村劳改的一批作家)。这些作家们把抛洒其青春之地看作是永远不可忘怀和解脱的"精神故乡",他们称之为"第二故乡",这个"故乡"的意义当然不仅仅是地理环境意义上的风土人情画面所在,更重要的是,这批作家试图在"第二故乡"中找寻"精神的家园"——那种对于广大农民的同情和怜悯,那种对于城市矫情的反拨,那种试图弘扬同时又是破坏民族文化心理结构的矛盾心理状态,那种在"无家可归"的失落感中寻觅精神归属的情结……所有这些,不能不说是构成了新时期乡土小说的另一种景观。这种"精神返乡"的情绪和从乡村突围出来的知识分子心态是不同的,它带有更为深刻更为清晰的反观情绪,作家们在两种文明的落差和反差的比较中,将它作为人生观和世界观的形象试验场。作为精神的载体,这类乡土小说透露出的充分文化批判意识是令人刮目相看的。

第二章 乡土小说的开端与发展

第一节 鲁迅小说——乡土小说的被仿模式

毫无疑问,在追溯中国乡土小说之源时,几乎所有的现代文学史家都不否认鲁迅小说是其发端。那么,除了鲁迅小说思想和艺术的巨大成就以外,我们在浩如烟海的评论著作和文章中却很少看见有人将鲁迅先生小说中的乡土特点作为他小说创作的本体来研究,而往往只是把乡土气息作为鲁迅小说的艺术特点之一来一笔带过。其实,在探究鲁迅思想根源时,如果离开了他对农业中国的本质认识,就不能更好地解读他的小说。鲁迅用"乡土"作为"载体",从本质上来说,正反映出一个现代智识者充满着背反的矛盾视阈。一方面,作为接受了西方文化熏陶的"五四"先驱者,那种改造农业社会国民劣根性的使命感迫使作者从一个更高的哲学文化层次上来藐视他笔下的芸芸众生,驱使他用冷峻尖刻的解剖刀去杀戮那一个个腐朽的魂灵,从而剥开封建文化那层迷人的面纱;另一方面,作为一个从小生活在水深火热的农业社区里的与中国农民有着深厚血缘关系的"地之子",那种对农民哀怜同情的儒者大慈大悲之心又以一种传统的情感方式隐隐表现在他的乡土小说之中,这种"深刻的眷恋"一方面表现出泛的人道主义精神,另一方面又制约着对封建王权和奴性教育的统治思想更有力的批判。因而,在鲁迅理性世界的范畴中,我们看到的是对封建文化思想最猛烈的批判;而在鲁迅感性世界的范畴中,又深深地倾注了对被损害者(也即鲁迅生活的"童年记忆"环境)的怀旧式的同情,这种至深本能成为鲁迅小说人道主义内涵不可消泯的团块结构。因此,鲁迅的乡土小说最鲜明的批判锋芒是根植于后天高层次的中西文化对照下的价值取向,而隐匿其中的淡淡的"乡愁"则是先天的自上而下的人道主义精神的烛照,是中国知识分子忧患意识的根由所在,也与中国农业文化有着不可分割的暗通关系。这两种并不相同的价值取向表现在鲁迅的乡土小说中,它们有时成为有机的整体(也就是人们所一直强调的"哀其不幸,怒其不争"之主题内涵),然而更多的是两者冲突下形成的悖论。当理性大于情感时,作者所呈现出的是那种对王权意识统治下的国民劣根性与农民式的奴性的毫不留情的积极抨击与尖刻嘲讽;然而当情感大于理性之时,那种"地之子"的乡愁以人道主义的情感方式悄悄冲淡了批判的锋芒而趋向于消极的悲怜。"疗救"的"呐喊"往往从激越慷慨的情调而滑向低回缠绵的哀婉音符。《阿Q正传》成为千古绝唱正是鲁迅理性之光闪射得最清晰之时,那种尖刻犀利的反讽意蕴撕开了中国民族文化心理结构的最深层幕纱,它简直成为窥探几千年中国人心理的窗口,是20世纪最有思想深度的小说。那么,像《故乡》这样的乡土小说,虽是具有典型意义的乡土小说,它更多的是流露出对闰土式农民自上而下的人道主义同情,它是在两个人物——闰土和杨二嫂的对比下(即农和商的比照下)完成对农民的"地之子"哀怜的母题的。显然,那种传统的"重义轻利"的农业社会观念是制约知识分子审视社会的障碍,对"豆腐西施"杨二嫂的卑视恰恰表现了作者对土地(这个"土地"是一个大的哲学文化范畴)的深刻眷恋。因此,与《阿Q正传》相比,《故乡》留下的仅仅是一般知识分子共有的人道主义精神的烛照,它的普泛意义并没有超越古典文人的"意境"追求。像《社戏》和《祝福》也是在这一视域下描写人物的:前者是对"童年"生活环境——那块净化了的土地和人情的"怀旧",也是作者试图脱离尘世、进入理想天国的幻想;后者是通过祥林嫂的一生遭际来完成对社会的抨击,但它的主题视阈仍未脱离那种自上而下的人道主义精神眼光。当然,我并不是说,这些作品就没有对封建文化进行猛烈的攻击,尤其是《祝福》,它是间接地对封建文化的四大绳索提出了更深的思考,但是比起《阿Q正传》来,这些作品则不能进行划时代的超越,直接进入更高层次的批判。我以为后来的乡土小说作家为什么不能与鲁迅同日而语,正是因为他们在思想上只能囿于《故乡》、《祝福》式的内涵表现,而达不到《阿Q正传》那样的思想力度。尽管这种传统的人道主义精神与"五四"的人文主义思潮是高度吻合的,致使人们在人文主义的旗帜下不能区别两者之间的根本不同点,然而正是由于情感与理性冲突所造成的悖论使《故乡》、《社戏》一类的小说未能达到《阿Q正传》的思想力度,其批判锋芒之削弱是显而易见的。如果说鲁迅在《祝福》中对祥林嫂的精神炼狱的表现是建立在同情的情感基调上,表现出的是传统文人与受过西方人文主义熏陶的现代智识者"二合一"式的自上而下的悲剧意义上的同情与怜悯的话,那么,《阿Q正传》则是站在人类学的高度用理性之光来剖示一个中国人生命冲突的政治、社会、经济、文化等等之根源,从而从哲学的意义上来对整个民族的文化心理积淀作一个全方位的价值判断。如果《故乡》、《祝福》之类的小说是从形而上过渡到形而下,反之,《阿Q正传》就是从形而下上升到形而上。尽管这两种方式并不妨害作品的艺术表达,但就其思想的涵盖面以及表现的思想力度来看,前者显然不能与后者同日而语。

综上所述,可以明显看出,鲁迅的乡土小说呈两种态势:一种是以《阿Q正传》为代表的具有积极主动批判意识的充满着理性之光的(这并不是说这类小说就完全排斥情感内容)形上之作,另一种是以《故乡》、《祝福》为代表的具有消极被动批判意识的充满着情感形式的(这也并非完全排斥理性的烛光)形下之作。当然也不排除两种方式在一部作品中所形成的冲突性的结果。然而,像《阿Q正传》这样站在一个如此时代哲学文化批判高度的作品,不仅在20世纪成为罕见现象,即便在鲁迅小说当中也似乎仅此一次而已,这或许就是使它成为经典之作的奥秘所在,同时也是使鲁迅成为20世纪小说大家和思想巨人的根本缘由。我以为后来的许许多多乡土小说作家之所以不能超越鲁迅,就是因为他们在接受鲁迅乡土小说遗产时,把全部目光都投注于《故乡》和《祝福》一类的小说作法上,这样的仿照,叠印出的主题思想内涵终究不能超越"五四"人文主义思潮之阈限,甚至不能超越传统士大夫文人的人道主义精神内涵。这种格局只有到了 80 年代才稍稍有所改观。

鲁迅的乡土小说给后人留下的巨大思想冲击力和小小的遗憾并未影响对上述两种态势的小说构成风格的统一性。也就是说,鲁迅的乡土小说的艺术风格之所以深刻地影响了几代作家,正是它们开创了风土人情的异域情调的疆域,赋予小说强烈的地方色彩。尽管鲁迅对"乡土文学"下定义时认为:凡寓居他乡来回忆故乡、叙写乡愁者,无论他是用主观或者客观的方法,均可称之为乡土文学。但就他自己的乡土小说来看,使用的方法是多元的:第一,视角并不限于"回忆";第二,表现方式是二元的;第三,风土人情和地方色彩成为固定风格。

一般来说,鲁迅的乡土小说多采用现在和过去时态并存的视角,只有《社戏》是"童年视角"的再现。《故乡》、《祝福》等则是在不断的"闪回"镜头中展现人的变迁,这种交错时态似乎给现代"还乡"小说开辟了一个叙述方式(也是叙述视角)的范型。这影响了以后许多乡土小说的结构生成。当然,另一种进行时态的模式也成为鲁迅乡土小说得心应手的作法,像《药》、《阿 Q 正传》这样的进行时态,固然在结构艺术上显得呆板些(《药》的明暗双线结构则非视角构成因素),但它们主要是在哲学文化思想内涵上取胜,这种平实的稳态的叙述视角往往更适应小说的内容表达,尤其是漫长冷寂的中国穷乡僻壤里"死水"般的生活,构成了小说外部形式无技巧的技巧,平实的风格正是与内容的对应。这种叙述视角所构成的乡土小说风格特征几乎成为一种不可解脱的"叙述情结",一直被延续仿照至今。

倘使小说一旦突破一种线型的思维模式,打乱叙述视角的固定型,便会产生出另一种艺术效果来。鲁迅先生在写第一部白话小说《狂人日记》时,并没想到要以现实主义的创作方法来构架小说,而是杂以时髦的现代派创作手法,使之在对新流派的模仿中呈现出小说的象征主义、印象主义、神秘主义等等之韵味。或许当时无论现代主义还是现实主义,对中国的新小说家们来说是无所谓新和旧的,因为批判现实主义对他们来说,同样也是新鲜的。因此,鲁迅的第一篇乡土小说《狂人日记》充满了现代派超越时空的创作手法,但它十分完满精确地表述了作家所要进行的"呐喊"——诅咒封建社会的吃人本质,要求轰毁"铁屋子"的愤懑。然而,这就使得后来许多形而上学的文学史批评家们十分难堪,他们竭力把《狂人日记》描述解释成现实主义创作方法的范本,从而达到把鲁迅作为现实主义旗帜之目的。殊不知,这不仅仅是对文学史的亵渎,同时也是对鲁迅小说艺术多元性的抹煞。本来,中国乡土小说自鲁迅先生始,就明显地显示出两种不同的艺术方法和艺术格调,它大大地开拓了乡土小说艺术延展的疆域。无疑,鲁迅的这种大家风范影响了二三十年代的一些乡土小说中坚作家,诸如王鲁彦、王统照这样的佼佼者。然而一直到 80 年代,在近半个世纪的乡土小说史中,人们几乎放弃了表现型的艺术叙述形式,而沿着再现型的艺术叙述形式走向一个极端,导致了整个乡土小说艺术的断裂。这种情况一直延续到"寻根文学"的崛起才有所改变,应该说,"寻根文学"中表现主义艺术范式的弘扬,正是"鲁迅风"的一次大周期的"复归"。

作为一个乡土小说的伟大实践者,鲁迅为乡土小说提供的典范性作品不仅具有深邃的哲学文化批判意识和叙述视角所形成的多元创作方法的生成意义,更重要的是他的小说所形成的"乡土"审美形态几乎成为以后乡土小说创作稳态的结构模式。无疑,20 年代初,鲁迅和周作人在艺术主张上是很谐调的。只不过鲁迅并没有像周作人那样对乡土文学理论进行过系统的阐释。然而他的创作正是应和了周作人"乡土艺术"的理论的。周作人在为刘大白《旧梦》作序时说:"我相信强烈的地方趣味也正是'世界的'文学的一个重大成分。"而鲁迅在 1934 年给陈烟桥的信中也称:"我的主张杂入静物,风景,各地方的风俗,街头风景,就是为此。现在的文学也一样,有地方色彩的,倒容易成为世界的,即为别国所注意。"正因为此,鲁迅在创作乡土小说时就非常注意表现有个性的小说特征——地方色彩和风俗人情。这一点周作人在1923年3月的一篇《地方与文艺》的文章中就特别强调过,他认为文学的艺术生命就表现在它的三个特性中:"便是国民性、地方性与个性。"我以为鲁迅的创作以此来概括则是非常合适的。正如上文所述,除了深邃的哲学文化批判意识(即对国民性的根本认识)外,就是周作人所倡导的个性,这个性也就是"五四"时期所表现的普泛的人道主义精神。这两个要素在"五四"及"五四"以后的许多作家作品中都得到了体现。那么周作人所倡导的文学的地方性正是乡土文学的美学特征,可以说,鲁迅是第一个在自己的乡土小说中竭力表现这种美学特征的。他的小说字里行间渗透着一种被融化了的浓烈风土氛围。吴越农村的乡土气息不仅极有魅力地展示了人物的特定性格,同时给人的审美情趣也是韵味无穷的。《孔乙己》、《药》、《风波》、《阿Q正传》、《祝福》等杰作中对绍兴古镇的景物、风习、摆设、服饰等描绘不断给接受对象以新奇满足的审美刺激,以至于一些评论家为之倾倒。张定璜在1925年1月的《现代评论》上著文称鲁迅的《呐喊》中的"作品满熏着中国的土气,他可以说是眼前我们唯一的乡土艺术家"。可以毫不夸张地说,鲁迅小说的重要贡献多由乡土小说所体现,而乡土小说对20世纪的中国小说的贡献则在于除了宏大的思想力度以外,就是它阃定了乡土小说以强烈的地方色彩和风土人情为这类小说根本的审美形态。

第二节 "乡土小说流派"——文化批判的背反和"异域情调"的餍足以及"再现"和"表现"的融合

人们惯于将"五四"以后的"人生派小说"与"乡土写实派小说"进行分类(或者是按分期来进行归类)。其实,这种分类并不科学,因为"人生派"的许多作家(包括现代小说之父鲁迅先生在内)一开始创作就是致力于"乡土小说"的。和鲁迅先生一样,"五四"以后许多小说家是从广袤的农业社区进入了繁华喧嚣的大城市,在封闭落后的封建宗法制度和光怪陆离的现代文明之冲突中,一种强烈的心理反差迫使人们拿起笔来描写"上流社会的堕落和下层社会的不幸"。① 但就"五四"以后许多小说家的创作实绩来看,似乎人们更关注"下层社会的不幸"。从鲁迅的《狂人日记》到《孔乙己》《药》,无一不是对乡土社区中下层农民的深切关注。继鲁迅之后的乡土小说作家中较突出的有"新潮"作家杨振声等,他的《渔家》和《磨面的老王》等着力刻画处于水深火热之中的农民的苦难。这不能不说是为开创"鲁迅风"式的"乡土小说"作了很快很好的应和。但是,像这样描写农民苦难的乡土小说,很少有人把它们归入"乡土小说流派"。其实,如果否定了这类小说的"乡土性",那么也就等于不承认鲁迅乡土小说的"乡土性"是"乡土小说流派"正宗的地位。诚然,潘训(潘漠华)、许地山、许钦文、王鲁彦、王统照、王西彦、台静农、蹇先艾、黎锦明、徐玉诺、王任叔、许杰、彭家煌、废名等,都是被生活驱逐到异地的人们,他们许多人都是在鲁迅的启迪下走上文坛的,他们在师承"鲁迅风"上或许比杨振声们更酷似鲁迅,但无论如何,我们绝不能忽视与鲁迅同期(或是稍后一点)的乡土小说作家作品。忽视了这一点,就意味着忽视乡土小说在它的初创时期的一些带有共同特征的风格和品质。

　　鲁迅将"乡土小说流派"的作家作品称为"侨寓文学",其用意并不仅仅像人们所阐释的那样,只是"隐现着乡愁"。先以为,鲁迅之所以将这个流派与勃兰兑斯的"侨民文学"(亦作"流亡文学")相比较,除去"乡愁"和"异域情调"的意义外,还有一个很重要的原因就在于,鲁迅以他自己和这一批"乡土小说"作家相同相近的生活经历所组合成的观察社会与生活的共通视角来进行描述,这一"共通视角"的基本模态呈现为:童年少年时期的乡村或乡镇生活(这成为一个作家永不可磨灭的稳态心理结构)作为一种固定的、隐形的心理视角完形地保留

---

① 鲁迅:《英译本〈短篇小说选集〉自序》。

在作家的记忆之中。"乡村"作为一个悲凉的或是浪漫的生活原型象征,它是作者心灵中未被熏染的一片净土。当这些乡村知识分子被生活驱逐到大都市后,新知识和新文明给作家带来了新的世界观和重新认知世界的方式,"城市"作为"乡村"的背反物,使作家更清楚地看到了"乡村"的本质。于是,一方面是对那一片"净土"的深刻眷恋,另一方面是对"乡村"的深刻批判。从某种意义上来说,"乡愁"便包含了批判的锋芒;而"异域情调"又饱含着对"乡土"生活的浪漫回忆。这种背反的情绪的交织,几乎成为每一个乡土小说作家共同的创作情感。从鲁迅开始,我们发现了这样一种特殊的情感互换的表现视角:乡村蒙昧视角与城市文明视角互换、互斥、互融的情感内容。也就是作者们往往采用的观念呈"二律背反"现象:有时是用经过文明熏陶的"城市人"眼光去看"乡下人"和"乡下事",有时又站在"乡下人"的立场上去看待"城市文明"。于是,这"乡土小说"就在更大程度上延展了其多义性,使人在解读它的过程中时常陷入一种莫名的尴尬的情感境地。当然,这种情感还得视各个作家不同的生活经历和艺术感觉的差异而显现出不同的特征。

所以,就整个"乡土小说流派"作品来看,每个作家由于在处理题材时的世界观和艺术心境的差异,在表现悲凉乡土上的情感也就有所不同。换言之,作者所呈现出的对乡土社会的文化批判力度是因人而异的。正如鲁迅先生所言:"看王鲁彦的一部分的作品的题材和笔致,似乎也是乡土文学的作家,但那心情,和许钦文是极其两样的。许钦文所苦恼的是失去了地上的'父亲的花园',他所烦冤的却是离开了天上的自由的乐土。"[1]我以为这两者的不同不仅仅是艺术手法上的各异,更重要的是前者"隐现的乡愁"是哀叹中国农业社区传统文明的堕落,而后者则一方面用人道主义的情感去抚摸农民的累累伤痕,去舔干农人伤口的积血,另一方面又以无情的笔尖去挑开蒙在农人心灵创口上

---

[1] 鲁迅:《且介亭杂文二集·〈中国新文学大系〉小说二集序》。

的纱布,用批判嘲讽的目光来藐视国民的劣根性。这便是王鲁彦深得鲁迅先生艺术思想之真谛的高妙之处。

在文化批判的视角上,这批被生活所放逐的"精神浪子"们都在不同程度上接受了"五四"前后的启蒙运动,其人道主义的世界观成为他们衡量人和事的普遍准则。但中国的人道主义则又往往和"救世济民"、"匡扶正义"的传统道德紧紧相连。因此,各人由于对于事物的认识有所差异,也就在乡土小说的创作中表现出不同的文化批判内涵。这种文化批判的内涵大致上可分为三类:第一类是站在一个基本脱离了"乡下人"的小资产阶级知识分子立场上去悲悯乡土社会中的一切不合人道主义的农民苦难。必须说明的是,同样是"自上而下"地俯视乡土社会,这种文化批判视角与鲁迅式的文化批判视角是有着哲学境界上的本质区别的,它只是一种传统文人士大夫普泛的人道主义精神内涵,与杜甫抒写"朱门酒肉臭,路有冻死骨"时的人道主义心境是相似的,救农民于水深火热的危难之中,成为他们"救世济民"的传统文化情结,所以这类作家作品只囿于反映不幸农民的不幸。第二类同样是站在人道主义的立场上来拯救中国、拯救黎民,但这样的人道主义内涵却注入了"五四"反封建的主旨,他们试图从推翻整个封建制度入手,首先扫荡戕害中国人灵魂的精神鸦片——充满着奴性意识的国民劣根性。这类作家作品完全是承继鲁迅《狂人日记》主题的衣钵,将文化批判的匕首和投枪磨砺得更加锋利,"哀其不幸,怒其不争",其力点最终落于后者。第三类是试图抛开一切尘世的烦恼,用浪漫抒情的笔调来构建一个田园牧歌式的世外桃源,用幻想编织如诗如画之梦境,以此来与人生的悲苦相抗衡,从中得到另一种宣泄的自足。这类作家作品表现的主体情感是以遁世来超脱苦难。说实话,后者与前两类相比,其"为人生"的现实主义力度明显减弱,在无力反抗现实世界的苦难之时,他们只有用"采菊东篱下,悠然见南山"的情致去消隐"乡愁"带来的精神悲怆。显然,就三者的思想力度来说,第一类作品和第二类作品所体现的文化批判意识远远大于第三类,尤其是第二类作品(如鲁迅先生的力作)所呈现出的深邃的文化哲学内涵犹如一簇民族精神的"圣火",足以照亮中国几代人的心灵,足够几代人的精神受用。但第三类作品在消解(或是减弱)了小说的文化批判功能后,为什么又能有亘久的生命力呢?我以为这主要是由这类作品在艺术上寻觅诗情画意,以及在技巧上的精雕细刻和对人的生命本体的关注而致。这个问题容当后文详述。

那么,就单个作家来说,各人的作品所显现出的文化批判意识的强弱是各不相同的,即便是同一个作家,其前后期作品的思想力度也是有所差异的。

王鲁彦一直是被视为"乡土小说流派"的中坚人物的。他的乡土小说之所以有吸引力,正因为他能够非常准确地表现"五四"以来反封建的主旨——改造愚昧落后的国民劣根性。他的小说主题甚至有许多是鲁迅思想的诠释,或是鲁迅小说主题内涵的翻版。《柚子》是目睹浏阳门外杀头的"盛举",我以为小说不仅仅是描写统治者的残暴,其更深刻的内涵却在于那批看客在观看杀头时的亢奋情绪正是软刀子割头不觉死的国民劣根性所在。这和鲁迅先生批判的"看客"心理是相吻合的,也不由得使我们想到了《药》中的华老栓用烈士夏瑜的鲜血蘸馒头来拯救儿子性命的悲剧,或如阿Q在绑赴刑场前的"画圆",以及"看客"们企盼老Q临刑前能高昂地唱几句的奴性心理的裸露。《菊英的出嫁》看似平淡地写"冥婚"风俗,然其实质上是将批判的锋芒直指封建礼教,是对国民劣根性的解剖和深刻批判。同样,被茅盾认为是王鲁彦"最好出品"的《许是不至于罢》和《黄金》也是有着深刻批判意义的力作。这两部作品均描写乡村小资产阶级的微妙心理变化:前者是表现乡村土财主守财时的恐慌心理;后者是描写乡间的"势利",表现了破产了的乡村小资产阶级在金钱压迫下的精神扭曲和心理变态。

其实,王鲁彦作品中文化批判更为犀利尖锐的创作要算《桥上》和《屋顶下》这样的作品。《桥上》是较早地将文化批判的视角停滞在乡镇小商人在资本主义经济侵略下濒于破产时的恐惧心理上的佳作。作者站在哲学思想的制高点上来揭示这个阴森可怖的魔影死死缠住了中国乡村(尤其是沿海地区农村)沃土的事实,清晰地将资本主义初萌时期吃人的本质特征形象地展现在读者面前,呈现出两种文化冲突的态势。《屋顶下》是通过乡镇中一个家庭生活的展示,即婆媳之间的仇隙,来批判封建宗法势力的顽固和强大。当然,"恶婆婆"本德婆婆并不止于是个维护封建家道的凶神恶煞,更为深刻的主题应该是:作为一种本能的自觉,本德婆婆的一切言行都可以看到封建宗法思想深入其血髓,给其带来的不可逃脱的悲剧命运,同时也可以清晰地看到封建宗法势力在戕害人性中真善美时暴露出的凶恶本质。倘使前者表现的是农村在殖民化的过程中逐渐走上经济崩溃的景况,具有深刻的反帝意识的话,那么后者则是着力描写了民族文化心理积淀中难以隐忍的劣根性,更深刻地批判了封建文化为老中国儿女们造就的精神炼狱,反封建的主旨尤为深刻鲜明。由此看来,王鲁彦的作品在这一主题的阐释上紧扣着"五四"新文学的母题,在反帝反封建的历史内容中展示自己独到的文化批判思想,这也是和"文学研究会"的"为人生而艺术"的主张暗通的。

沿着这条道路往下走,王鲁彦写下了中篇小说《乡下》和长篇小说《野火》。无疑,这标志着王鲁彦的乡土小说进入了一个新的里程,作者不再是单单用普泛的人道主义观念和犀利的批判锋芒去描写农民的痛苦和乡间的愚昧,而是重新塑造了反抗的农民形象,乡下的野火点燃了农民自发革命的烈火,也点燃了王鲁彦在乡土写实道路上的新途径。革命现实主义指导作者在抒写乡土生活时表现出鲜明的倾向性。这两部作品中的人物较之前期作品中的人物,应该说是更为丰满,同时也跳出了原始人道主义对事物的单纯审美价值判断,而代之以强烈的阶级意识。但是,无可否认的是这两部作品在艺术上尚不如前期的作品,这不能不归咎于作者受着当时创作思想的影响,多少羼入了概念化的倾向,也许有人会认为这是作者在驾驭中长篇体裁时不能像构造短篇那样得心应手所致。然而,事实证明王鲁彦自这两部作品以后,创作日渐式微,《春草》《疾风》以及以后不景气的十几个短篇为什么愈来愈显得捉襟见肘,愈来愈无乡土之元气呢?我以为,第一是这类作品离开了乡土这个本体,贯穿于作者创作思想的一根红线是,如何先塑造好一个新的农民形象,而不是根据乡土的氛围来塑造乡土的人物,使人物染上了脱离乡土氛围的具有理想化色彩的囿于某种旨意的主观顺从的意蕴。第二是作者注重了情节的营造,将故事的波澜起伏置于首位,而忽视了乡土氛围、风土人情的描绘,使人物失却了活动的背景,此乃乡土小说之大忌。第三是其描写语言失却了前期小说的隐蔽性,一目了然,也就失却了语言的张力和内容的弹性。

王鲁彦前期的小说无疑是很酷似鲁迅风格的,当然,这主要是作者秉承了"五四"文化批判的旨意,深刻地揭示了老中国儿女们的形形色色之情态,其主旨不是展览民族文化心理中固有的丑行,而是以匕首投枪戳开封建文化的面纱,疗救国人的魂灵,促使国人猛省。

持这种姿态的作家当然远不止王鲁彦一人,寓居北京的诸多乡土小说作家中,大概最和鲁迅接近的作家是许钦文,他的小说格调酷似鲁迅,这不仅仅是因为作者与鲁迅是浙江同乡,而且许钦文仿照鲁迅作品,对其小说进行"五四"新思想的灌输。无疑,当许钦文刚拿起笔来写乡土小说作品时,作者始终摆脱不了浪漫的田园牧歌和"童年视角"的美好记忆的情绪笼罩,怀旧的心理情结使作者用更加抒情的笔调去描写世外桃源的失落。当然,这种深深的眷恋之情是建筑在作者对现实的强烈不满之上的,鲁迅先生之所以形容他的苦恼是失却了地上的"父亲的花园",正是说明他前期的作品充满着对恬静的乡村牧歌的悲悼之情,对失却理想中的"花园"的哀惋之情。也正是鲁迅的作品给了许钦文新的启迪,从《疯妇》开始,许钦文一扫哀怨的浪漫主义情调,仿照鲁迅小说尖锐犀利、深广忧愤的格调,深刻地抨击封建残余对人性的戕害。他的著名中篇小说《鼻涕阿二》以悲剧的形式深刻地揭示了一个妇女在封建势力的汪洋大海中沉浮的命运,从而将小说的主题上升到对整个社会制度的诘问上。如果说鲁迅的阿Q形象已成为整个中国民族文化心理的共名,那么"鼻涕阿二"的遭际就是中国妇女受难、蒙昧形象的共名。这部中篇所采用的具有"反讽"语调的描述,很能使人联想起鲁迅的《阿Q正传》。当然,它的思想力度尚未达到鲁迅作品的高度,但是,它所饱含的"五四"启蒙后的新人道主义观念,则是异常鲜明的。作者的行文视角分明是戴上了"五四"新文化思潮熏染过的滤色镜。

另一位备受鲁迅青睐的寓居北京的乡土小说作家应是台静农了。这位"地之子"作者的作品被鲁迅先生誉为"优秀之作":"能将乡间的死生,泥土的气息,移在纸上的,也没有更多,更勤于这位作者的了。"① 这里要说明的是,台静农的《建塔者》《地之子》中的许多篇什并非严格意义上的乡土小说,因为正如上文所述,只是站在"乡下人"的视角上去描写"城市风景线"的作品是脱离了乡土题材的作品,因而不能算是乡土小说,台静农的小说中只有像《天二哥》《吴老爹》《蚯蚓们》、《负伤者》《烛焰》《井》等作品才算正宗的乡土小说。作为鲁迅领导下的"未名社"成员,台静农与鲁迅交往甚密,无形中受了鲁迅小说风格的熏陶,他用饱蘸血泪的笔墨写下的《地之子》小说集是经鲁迅审阅过的篇什,其描写的手法酷似鲁迅,渗透着安特莱夫式的阴冷,活画出当时的"地之子"所受的重重压迫。在思想的力度上,有些篇什也包含了近于鲁迅似的较大哲学内涵,当然,这与直接模仿鲁迅作品有关。诸如《天二哥》中对天二哥的描写使我们想到了孔乙己和阿Q,而天二哥的悲剧之所以未能达到阿Q这个典型的共名效果,就是作者在模仿中没有更新的创造,致使作品的哲学内涵不能逾越阿Q这一形象的疆域。像《吴老爹》的悲剧只是站在人道主义视角来写"人间的酸辛和凄楚"②,虽然是饱蘸了血与泪,但其思想的深度远不如用喜剧笔调来写悲剧的《阿Q正传》和《天二哥》。师承"鲁迅风",抨击封建宗法制度

---

① 鲁迅:《且介亭杂文二集·〈中国新文学大系〉小说二集序》。
② 台静农:《地之子·后记》。

对人性的戕害,这几乎成为一切仿照鲁迅的乡土小说作家的共同特征。台静农也不例外,《负伤者》中吴大郎被迫卖妻,《蚯蚓们》中的李小卖妻,都是在一片封建宗法势力的阴影的压迫下导致的悲剧。这两部作品均比柔石的《为奴隶的母亲》、罗淑的《生人妻》发表的时间早得多。《烛焰》和《红灯》是以浓烈的乡俗描写来抒发少女的悲苦和丧子的切肤之痛。《拜堂》是以叔嫂过堂的旧风俗描绘来从侧面烘托出汪二们的"喜事"建立在深切的苦难之上的题旨。这些作品以阴晦的色调勾画出中国乡村中老中国儿女们苦难而愚昧的塑像,在沉闷压抑的情调中,透露出作者绝望苦闷、撕人心肺的呐喊——中国农民的悲苦正是整个中国封建文化和封建制度所致,要揭开这个"铁屋子",将做人的权力还给农民。但是这种呐喊又透露出一个智者强烈的孤独感,台静农的乡土小说中所呈现出的和鲁迅小说相似的这种不被凡人所理解的孤独感,充分地显示出这个作家较深邃的哲学观念。"两间余一卒,荷戟独彷徨",这种孤独感不是一般作家所能达到的,难怪海外有些学者认为台静农的小说已超越了鲁迅,当然这种看法是不切实际的,但是这从一个侧面看出了台静农小说在仿照鲁迅精神时所达到的炉火纯青的地步。

另外还有一位寓居北京的乡土小说作家则更是惹人注目,鲁迅对乡土小说概念的归纳,亦首先从他开始,他的作品虽然不多,但篇篇都洋溢着浓郁的乡土气息,这个作家就是从"老远的贵州"走来的蹇先艾。蹇先艾的创作宗旨首先是避开都市题材,专写边远乡镇中的人物和风景。其次是他醉心于斯托夫人创作的《汤姆叔叔的小屋》那种浓重的风土味,而且也酷爱显克微支描写乡村悲剧作品《炭画》的粗犷,期望在自己的笔下也呈现出一幅野蛮山地农村的粗犷悲哀的风土人情的"炭画",以描写出挣扎在水深火热之中的农民苦难形象。当然,和许钦文一样,他也是从充满了田园牧歌的"朝雾"(《朝雾》是他的第一个小说集)挣脱出来,重新审视自己笔下农村的苦难现实的。正如有些学者看出了这位"侨寓作家"对故乡的情感是具有双重性的:"作为破落的旧家子弟,他往后看,痛悼故家风物;作为接受新思潮的青年,他往下看,同情被挤压在社会底层的劳动人民。"[1]我以为这一双重心态只是蹇先艾作品的表层结构,只能说明作者所具有的同情怜悯下层劳动人民的普泛人道主义精神。而更深一层的双重性是:作家一方面用"乡下人"的眼光(那个保留在作者记忆里的对传统秩序下静态乡村的眷恋情结)去客观描写乡村中的人和风景;另一方面又用"城里人"的眼光(那个经过城市文明——更进一步说是涌动着的"五四"新文化思想熏染过的动态的新人文主义观念)去俯瞰芸芸众生,强烈的主观色彩透露出作者不可遏制的对封建愚昧的民族文化心理的抨击。这种双重情感使得蹇先艾的乡土小说呈现出主题意义的多义性。普泛的人道主义精神、新人文主义思潮、对静态的传统秩序的流连、对封建愚昧劣根性的抨击等等都交织在《到家的晚上》《水葬》《在贵州道上》《踌躇》《乡间的悲剧》《盐巴客》等佳作中。毫无疑问,蹇先艾之所以被鲁迅先生看中,最主要的还是他小说中的乡土气息最浓郁。与台静农相比,蹇先艾的作品还缺乏那种较清晰和较深刻的哲学内涵,在这一点上,他不及台静农。王鲁彦和许钦文的作品更有主题的深刻性,但蹇先艾的小说呈现出的多义性却能够弥补这方面的不足。尤其是他的乡土小说所表现出的悲剧美学效果更甚,这就大大地使他的乡土小说的主题疆域富有弹性和张力。当然,这也和蹇先艾所表现的边远题材有关。王鲁彦、许钦文笔下的乡村大多是经济文化较发达的沿海地区,而蹇先艾描写的却是夷蛮山地,它的原始风貌不仅铸就了小说的艺术形式美感,同时,极大的文明反差和落差,使得人们更清晰地看到原始与文明之间的文化冲突。也许作家在抒写这些夷蛮山地具有原始风俗的乡村生活时,并没有那种清醒的哲学意识,而是处在两种意识的边缘(或是交界处),但这并不妨碍蹇先艾作品可能达到的深度,因为现实主义的客观描写可以补足这一世界观的不足。

---

[1] 杨义:《中国现代小说史》第1卷,人民文学出版社1986年版,第485页。

诚然,寓居大都市上海的乡土小说家也是很多的,其中最有成就的还是彭家煌和许杰。

彭家煌的作品被茅盾在《中国新文学大系·小说一集导言》中誉为当时最好的农民小说之一。彭家煌的乡土小说并不很多,但是比其他题材的小说创作更能体现其个性和风格,也是彭家煌全部小说中的上乘精品。他仿照鲁迅的笔法,用诙谐幽默,甚至调侃的喜剧手法来写那种痛苦到精神和骨髓之中的悲剧。一部《怂恿》写足了封建宗法制度下乡人的愚昧和乡村统治者的刁钻狡猾,作品通过喜剧性十足的情节和细节,辛辣地讽刺了乡民的劣根性和统治者的假威严。政屏和二娘子的悲剧是在一片戏谑的笑声中结束的,然而,它的绵长的悲剧效果却耐人久久咀嚼。这种小说的格调不能不说是影响着像沙汀这样的讽刺小说家。《在其香居茶馆里》与《怂恿》的风格甚为相似。《活鬼》写得更为波俏诡谲,深刻地批判了封建包办婚俗的丑恶。以喜写悲,成为彭家煌乡土小说的鲜明特征,《喜期》是写静姑受辱命运的悲剧,《喜讯》是写老农希望破灭的悲剧,然而都充满着喜剧的表层叙述。作为一个乡土写实小说家,彭家煌并不是用纯客观的描写来勾画乡村的苦难现实,而是用以喜写悲的手法来倾注自己的悲愤情感。但是,我们可以看出彭家煌的乡土小说虽然充满着"五四"新文学的精神——高扬新人文主义,抨击封建文化和封建制度,但尚未达到鲁迅小说那种开启一代人智慧的哲学深度。诚然,彭家煌的小说之所以在"乡土小说流派"中独树一帜,是有其原因的。因为他的小说技巧已相当圆熟。正如茅盾在《中国新文学大系·小说一集导言》中所言:"彭家煌的独特的作风在《怂恿》里已经很圆熟。这时候他的态度是纯客观的(他不久就抛弃了这纯客观的观点)。在这几乎称得是中篇的《怂恿》内,他写出朴质善良而无知的一对夫妇夹在'土财主'和'破靴党'之间,怎样被播弄而串了一出悲喜剧。浓厚的'地方色彩',活泼的带着土音的对话,紧张的'动作',多样的'人物',错综的故事的发展,——都使得这一篇小说成为那时期最好的农民小说之一。"我们不能说彭家煌的小说思想深度不够,像《陈四爹的牛》中猪哈三的精神胜利可以和阿Q比肩,《美的戏剧》中秋茄子在现实生活中的精彩表演可谓是对民族劣根性的最无情鞭挞,但它们逊色于《阿Q正传》的原因正是没有把他们提炼到一个具有"共名"的人物典型意义上来,人物缺乏那种对整个国民劣根性的巨大哲学内容的涵盖力。但它们仍给读者留下了具有无穷韵味的思索。

另一位寓居上海的浙江籍作家许杰常被人誉为成就极高的乡土小说作家。他的小说笔法多变,往往是用双重视角来描写乡村的故事。一方面,他把"童年记忆"中的乡村景色描写得美丽动人,那个屡屡出现的"枫溪村"充满着宁静和谐的浪漫色彩,给人以眷恋之情;另一方面,作者又在这样的基调上涂抹上凝重而又灰暗的色彩,以示乡村的黑暗和混沌。一方面是对封建宗法制度统治下非人道的野蛮风俗的抨击,另一方面是对家乡浓郁乡土色彩的习俗抱以赏析的态度。这些描写情感的流露,正是作者的双重视角:一会儿用"乡下人的眼光"去描写已经被"童年记忆"凝固了的静态风俗画和田园美,一会儿用"城里人的眼光"去俯视那未经文明点染的原始风貌。许杰的代表作应说是《惨雾》,它历来被人们称作为"文学研究会"乡土小说的力作。茅盾说它"是那时候一篇杰出的作品","是农民自己的原始性的强悍和传统的恶劣的风俗"。这部作品客观地描写了作者家乡鲜血淋漓的宗族械斗,人性恶的丑行被刻画得惊心动魄。其实,这部作品是作者站在一定的思想高度来批判民族文化心理劣根性的力作。封建的宗法制度造成了人与人之间的仇恨,同时也造成了民族的自戕、自虐性。作者非常巧妙地描写了新婚妇香桂在械斗过程中所处的两难境地,一方是她的夫家,另一方是她的娘家,械斗的悲剧苦果正落在了这个新婚妇的头上:丧夫和丧弟的双重痛苦使她昏厥坠楼而人事不省。从中我们不难看出作者赋予作品的深刻寓意——对于灾难深重的中国人身上所存留的那种冥顽不化的自戕内耗的国民劣根性的无情控诉和批判。像这样主题内涵的作品,能使许杰赢得更多的青睐。1925年写就的《赌徒吉顺》也比柔石的《为奴隶的母亲》和罗淑的《生人妻》要早,作者描写吉顺成为赌徒后最终"典妻"的故事,不仅刻画了无辜的妻儿所遭受的非人待遇,同时也通过赌徒吉顺的心理变化过程,细致地刻画了在层层压迫之下的农民被生活所抛弃时的畸变性格,正是我们民族文化心理劣根性的裸露。同样是写赌徒,《飘浮》中的主观倾向就很明显了,作品完全是站在"城里人"的视角来写乡村故事,由于"心理描写"成为小说的本体,在某种程度上削弱了主题内涵的阐发。另外,许杰的许多作品看似只是描写乡村的轶闻趣事,如《台下的喜剧》、《出嫁的前夜》、《末路》、《贼》等作品,然而这些作品饱含着对国民劣根性的批判锋芒。

我们不可能将"乡土小说流派"的作家作品进行逐一分析,从中提炼出带有普遍规律的经典性结论来,但我们可以看出"乡土小说流派"作家们在文化批判过程中所持有的与鲁迅先生同样的"五四"人道主义精神,同时也可以看到在这一文化批判过程中,这个流派的作家本能地表现出的双重情感,这种背反现象扼制了作家对于"五四"文学精神的更清晰的表达,但又无形中使自己的小说涵量不断增值,情感的紊乱反而使小说的内涵呈多义,多义从而扩张了小说主题的多元,从而增大了小说的审美疆域。

作为寓居大都市的乡土小说作家,这些作家的作品之所以给人以美的感受,无疑是这些作品中散发出的浓郁的"异域情调","这"异域情调"给人的餍足应该说是不同的美学感受。作为异乡人来说,其给予的是新鲜而惊奇的美学刺激;而作为同乡人来说,它给予的是怀乡和忆旧的再现性美感。从上述这些作家队伍的构成来看,有许多作家均系浙江籍的作家,而"五四"以后的大家有许多都是浙江人,这并不是说他们在提携举荐浙江同乡时更加精心留意,而是可以看出,鲁迅、茅盾在精选中国新文学大系时从怀乡的美学角度遴选作品的选择标准是不可避免的。然而,平心而论,在寓居作家那里,文明与野蛮、进步与落后、先进与原始的反差越大,就越能产生出"异域情调"来,因而,像蹇先艾写封闭保守的、初民文化保存得较完好的边远地域的山民生活,则更能产生出较大的美学感受。

这一时期的乡土小说的美学特征多表现在作家们集中对地域风土人情和风俗画的描写上。当然,这风俗描写多半是和抨击封建礼教的主题内涵相联系的。同是"典妻"风俗的描写,台静农、许杰,乃至后来的柔石、罗淑等,无不注入了对封建礼教的抨击。但是,"为人生而艺术"的乡土作家们是有意识地将这一"五四"主题内涵纳入自己的主观情感投射的轨迹的,那么,如果缺乏这种自觉,乡土小说就会陷入另一种美学风范,你不能说废名的小说不是乡土小说,你不能说他的乡土小说没有"异域情调",你也不能说他的风俗画小说不具有美感,甚至,它们的美学特征更加清晰。但是,作为"乡土小说流派"的作家们,大都是"文学研究会"旗帜下的小说家,因此,他们不约而同地遵循为人生的宗旨,在涂抹风俗画面的同时,时时不忘对于人生和社会的强烈关注和介入,许钦文从"父亲的花园"中走出来,关注起"疯妇"和"鼻涕阿二"的悲惨命运,蹇先艾是从充溢着田园牧歌的"朝雾"中挣脱出来,饱蘸血泪抒写"乡间的悲剧"。像他们这样的过渡,正说明了"乡土小说流派"的作家们"为人生"的自觉性。因此,我们在众多的作品浏览中,可以看到这样一个事实:许多乡土小说作家在自己的风俗画面的描写之中,总是把故乡和人物处理成悲剧结局。这足以证明这些作家所倾注的对人生和社会的情感内容。

蹇先艾把"老远的贵州"的风土人情展现在我们面前,正是要将一些新的东西提供给读者:"这新的方面即是一些边远省份乡镇中的人物和风景。"[①]《水葬》的残酷乡风并不止于抨击原始野蛮的习俗,而是以人道主义的胸怀去写人性的被杀戮,以及为鲁迅所说的展示伟大的母爱。《在贵州道上》是蹇先艾用川黔方言写成的地方色彩和异域情调最浓郁的一篇乡土小说,小说中的人和景,乃至语言,活脱脱地使蛮荒山地的风土人情跃然纸上。较为客观的描绘,给人以更大的异域情

---

① 蹇先艾:《城下集·我与文学》。

调的餍足,然而,作者把自己同情怜悯的人道主义胸怀和对统治阶级的仇恨隐匿在描写的背后,使人在久久的美感回味中领悟到博大的思想内容。正如作者自叙的那样:"到处都遇见的是陷落在泥潦中的老人、女人、穷人,他们的苦脸深刻地永远留在我的记忆里了。"①可见,这种永远的记忆便成为为人生为社会的自觉,它成为"乡土小说流派"写作时的共同准则。

江南小镇的风土人情,散溢着浓郁的地方色彩,有如鲁迅作品中的风俗描写,充盈着古朴清丽的美感,这在王鲁彦、许钦文、台静农、许杰等人的小说中同样得到了很好的体现。《菊英的出嫁》将宁波乡下"冥婚"的陋习写得栩栩如生,封建的礼仪风俗在作者笔下得到熟稔的描绘;《黄金》中史伯伯"坐席"的规矩固然和人物的描写紧紧相扣,但没有这风俗方面的知识,却是难以表现主题的。许杰在《惨雾》中描写宗族的械斗,首先推出的一幅风景画和风俗画,渗透着浓郁的乡土气息,整个械斗过程附着的宗法氏族械斗规矩和程序的风俗描写,正是有力地体现着民族文化劣根性给人造成的灾难,这些昏聩蒙昧的乡民醉生梦死地投入宗族的械斗,反映出的是一种文化的积淀,作者只有用强烈的风俗描绘来强化"异域情调"的显露,以期使人从"异域情调"的美感中发掘到充满着"五四"战斗精神的历史内容。台静农在《天二哥》中有着出色的风土人情描写,活脱脱画出了一个乡间流氓无产者的形象,天二哥喝尿解酒的乡俗细节描写,真可谓神来之笔,这无疑是借鉴了《阿Q正传》的描写特点。对风俗场面和气氛的描写成为台静农乡土小说的一大特征,正是这种情境的烘托,更使得他的乡土小说有魅人之处。如在《红灯》这篇作品中,作者对那个年迈寡母在"鬼节"时乞讨竹子做红灯来超度儿子亡灵的每个细节描绘,确实有着强烈的风俗意味,但在这"异域情调"的描写背后,更感动人的是那在残酷的精神压迫下的一颗伟大的母爱之心。如果没有对自己家乡的封建风俗礼仪的熟谙,断不能写得如此得心应手,

---

① 蹇先艾:《乡间的悲剧·序》。

游刃有余,那么失却了风俗画的描写,也就从根本上失却了乡土小说"异域情调"的美学特征,同时也就削弱了主题内涵的表现力。

彭家煌这位生长于洞庭湖畔小镇上的乡土作家,所写之乡土小说最有"异域情调"的韵味,茅盾在《中国新文学大系·小说一集导言》中总结他的创作时,把他的乡土小说归纳为:"浓厚的'地方色彩',活泼的带着土音的对话,紧张的'动作',多样的'人物',错综的故事的发展。"毋庸置疑,彭家煌的乡土小说所呈现出的风土人情和乡土气息,在同时期的作家中是独占鳌头的,以至于另外一位乡土小说家黎锦明在赞誉他的乡土小说时认为:"彭君那有特出手腕的创制,较之欧洲各小国有名的风土作家并无逊色。""如果家煌生在犹太、保加利亚、新希腊等国,他一定是个被国民重视的作家。"① 彭家煌的乡土小说确实在描摹湖南乡镇的风土人情上作出了卓著的贡献。

首先,他小说的"地方色彩"之浓郁是表现在作者对于充满着乡俗民情的"俗文化"的熟谙:家族的械斗,邻里的钩心斗角,妇姑勃谿,乡村统治者的政治生活,婚丧的礼仪风俗,以及那些约定俗成的乡间文化规矩。《怂恿》中最为精彩的笔墨是给政屏娘子上下通气的细节描写,这种原始的毫无科学道理的乡俗描写十分精到地刻画了各种人物的心理,既深化了作品的主题内涵,又增强了作品的悲喜剧效果。当你乍一读来,始觉得忍俊不禁,嘲笑这愚昧而又下流的乡俗勾当,然而掩卷遐思,政屏娘子作为生活在最底层的中国妇女为封建的宗法斗争所作出的牺牲是饱含着血泪和愚昧的双重痛苦的,这不能不使我们想到"五四"文学精神的母题。《活鬼》是非常含蓄而巧妙地用平缓的叙述语调娓娓讲述一件非常平淡的乡间琐事,然而其韵味十足,十分巧妙地抨击了乡村中"大妻小夫"的婚俗,这种传宗接代的封建思想其本身就充满着扼杀人性的成分,同时又是使人堕落的深潭,由于人丁兴旺的需求,"偷汉"竟成了家传的"遗风","闹鬼"的戏剧性描写本身就是对封建

---

① 黎锦明:《纪念彭家煌君》。

宗族思想的无情嘲讽,整个小说简练而富有韵味,其风土人情描写暗含在故事的叙述之中,其"异域情调"真可谓引而不发,余味无穷。像彭家煌这样能将风土人情描写有机地融化在故事情节之中,融化在人物的言行中的乡土小说作家是为数不多的。

茅盾在评论王鲁彦乡土小说风俗味不足时曾下过这样的断语:"譬如王鲁彦的《黄金》的背景是宁波的乡间,如果把篇中人物嘴里的太通文又近乎欧化的句子改换了宁波土白,大概会使这篇小说更出色些。"①倘若说在"乡土小说流派"的许多作家中共通存在着用"城里人"(经过欧洲文明熏陶过的)语调来写乡间悲剧的弊病的话,那么,彭家煌的小说则一扫"欧化"语言对乡土小说"异域情调"的困扰,完全用家乡的土语来写人物和事件,则是开了乡土小说村言俚语描写的先河。当然,蹇先艾的小说亦用贵州方言来写乡土小说,然而,由于作者有时插入了一些"欧化"叙述语言的议论抒情性描写,无形中就破坏了整个作品语言一致性的和谐之美,而彭家煌乡土小说在这方面的成功经验则是值得总结的。"土音土语"不仅增强了"对话"的谐趣幽默和"异域情调"餍足之美感,同时亦增强了"动作"的紧张和轻重缓急、抑扬顿挫之韵律节奏美感。总之,彭君的乡土小说之圆熟,在很大程度上归功于语言技巧的运用。这一点茅盾的评论是切中要害的。

"乡土小说流派"的诸位作家都是十分注重"风俗画"描写的,用茅盾的评论来说是"在悲壮的背景上加上了美丽"。② 从鲁迅小说开始,这种"风俗画"的描写就贯穿于乡土小说创作之中,《故乡》中的景物描写渗透着苍穹之下童年的幻影和凋敝江南小镇的冷落,《社戏》中的夜景描绘充满着童趣和江南水乡的灵气,《祝福》中的雪景又孕育着江南悲凉氛围中的人间炎凉,《风波》中那幅恬静的"农家乐"图画的描绘饱含着对封闭凝滞死水一般的固态民族文化生活的揶揄和调侃,《药》中

---

① 茅盾:《王鲁彦论》。
② 茅盾:《关于乡土文学》。

的"花环"又寄托了作者多少悲凉的慨叹,《孔乙己》中饮酒的场景又给人们留下了多少辛酸的回忆……这些"风俗画"的描写诚然给乡土小说作家们树立了典范。

王鲁彦《菊英的出嫁》中"冥婚"的浩荡场面构成的"风俗画"景观,令人忘却了婚丧生死的临界。

许钦文《疯妇》和许杰的《惨雾》对浙东水乡的美丽自然景物作了详细的描绘,这些"风俗画"的描写绝非某种艺术的"点缀",而是和整个小说的主题内涵呈"反衬"状态。这就是"在悲壮的背景上加上了美丽"的艺术辩证法。青山绿水,山影村廓,柳浪帆影,这些山川风物在乡土小说中得到尽兴的渲染,形成了与小说内容呈对立统一之势,这不能不追溯到鲁迅小说的艺术特征。"以喜写悲","以乐写哀","以暖写冷","以亮写暗",这种艺术的背反正是在"异域情调"的"风俗画"描绘之中,将小说的内容升华到一个新的高度的,而非"地方风物"式的"导游图",正是茅盾所说的不光是以游历家的眼光来抒写这山川风物,而是具备了一定世界观的艺术视角。

当然,尚有一些乡土小说作家并不注重"风俗画"的描摹,而是只注重风土人情的场面和风土习俗的事件本身描述,与前者的"风俗画"描写完全不同,他们把风俗描写有机地融进情节、细节和人物,以及语言的描写中,如上文提及的彭家煌,就是一个典型的代表作家。

无论如何,"异域情调"的美学餍足,是每一个乡土小说作家必然的艺术追求,这种追求虽各呈异彩,但它是这一流派作家的共同守则。

"乡土小说流派"作家在其乡土小说的创作过程中并不是恪守一种现实主义的创作方法的,人们把这一流派的小说创作历来看作是现实主义创作方法的根据,就是他们都是在"文学研究会"的"为人生而艺术"的大纛下行进的,殊不知,在这众多的作家中,将"再现"与"表现"加以融合的作家大有人在,而且在这一"融合"的过程中,他们创作出的作品均属一流。

王鲁彦的小说明显地带有"表现"的艺术内容,有人认为这是抒情的浪漫主义色彩,我以为这是受了"新浪漫主义"(即"五四"以后的现代派)手法的影响。他的《秋夜》模仿的是鲁迅的《狂人日记》,带有鲜明的象征主义色彩;《秋雨的诉苦》是"我"与秋雨的对话,鲁迅说"他所烦冤的却是离开了天上的自由的乐土"①。尽管勾勒出了王鲁彦小说幻想和象征的特色,但这些类似散文的作品当然不能算是王鲁彦的杰作。那么在王鲁彦的力作《菊英的出嫁》中,作者出色的表现就是用心理描写的手法来写菊英母亲为菊英操办婚事的经过。作品的扑朔迷离就在于小说消泯了真与幻、现实与梦境的临界点。虽然整个小说的叙述过程是线型状态的,但作者描写的视点最后是落在真与幻两者的边缘交叉地带,真假难辨,这就更加突现了主题的深刻性——这种陈规陋俗已成为民族文化心理的"集体无意识"了。《黄金》中史伯伯最后梦见了黄粪(当然这是好兆头),果然,儿子寄了巨款来家,实则这仍是史伯伯的"梦境"与"幻想",但作者没有点明,这就造就了作品难辨真伪的结局,人们在分不清究竟是"悲剧",抑或是"喜剧"的结局中,思考到的是更深的悲剧内涵——史伯伯的"悲喜剧"无足轻重,重要的是我们这个民族文化心理的劣根性足以令人毛骨悚然。王鲁彦的乡土小说尤以心理描写见长,常以梦境来写潜意识和下意识,以增强作品的张力。可以看出,他在局部运用"表现"手法时,打破了写实手法的单一性。"融合"两种手法,使他的小说更具魅力。

许钦文的乡土小说也颇具象征色彩,《父亲的花园》则是富有象征意味的小说。但他真正的乡土小说力作《鼻涕阿二》等则是采用完全的写实手法的,倒是在其写城市小知识分子题材的许多作品中,表现出更多的心理描写成分和"表现"的艺术技巧。与许钦文一样,蹇先艾也是恪守写实手法的乡土作家之一,当然我们不能说他们的乡土小说没有达到一定的思想和艺术的高度。问题是把"再现"与"表现"加以"融合",究竟是一种进步,还是落后呢?

---

① 鲁迅:《中国新文学大系·小说二集导言》。

台静农是被誉为比鲁迅更具安特莱夫式阴冷的作家,他擅写幻觉梦魇,《红灯》中的亦真亦幻,《新坟》中四太太的幻觉,使人在阴森恐怖中感到另一种不可捉摸的情绪在作祟。

许杰是用两副笔墨来写乡土小说的,《惨雾》是写实的,而像《飘浮》和《暮春》则更多的是"表现"色彩,作者尽情地抒写"白日梦",注重潜意识的发掘,用他自己的解剖来说,就是:"我曾经一度注意于福鲁特(弗洛伊德)的所谓新心理学,恰巧在那个时候,厨川白村的《苦闷的象征》也介绍到了中国来,于是乎文学是苦闷的象征,变态的,被压抑的性的升华,下意识潜入意识阈的白日之梦,便传染上了我的思想。"①我们不能认为像《飘浮》和《暮春》这样的作品偏离了现实主义方法,而是要看到这些心理分析方法的局部运用非但没有损害作品的内容表现,还有助于深化主题,而且更加强了作品的美学艺术特征。写实与写意,客观与主观,常态与变态,这并不是一组不可调和的艺术矛盾,有时候两者和谐有机地融合在一部作品中,能够达到意想不到的艺术效果。

写到这里,不由得使我们想起了"文学研究会"的一个中坚作家王统照在20年代末和30年代初所写的一些乡土小说来。王统照最著名的长篇小说是《山雨》,这部小说被誉为中国现代文学史上第一部描写北方农村生活的长篇力作,有人将它和茅盾的《子夜》相提并论,称1933年为"子夜山雨季":"一写农村的破产,一写城市民族资产阶级的败落。"②茅盾也曾于1933年在《文学》上专论了《山雨》,赞誉小说最惹眼的是"地方色彩","至于全书大半部的北方农村描写是应得赞美的。到现在为止,我们还没有看见过第二部这样坚实的农村小说。这不是想像的概念的作品,这是血淋淋的生活的记录。在乡村描写的大半部中,到处可见北方农村的凸体的图画"。显而易见,《山雨》

---

① 许杰:《火山口·新序》。
② 吴伯箫:《剑三,永远活着》。

所要表现的是"山雨欲来风满楼"的革命斗争烈火即将燃烧的主题内涵,作者用写实的笔法为现实主义的创作方法提供了一部辉煌的产品,它已不同于作者前期在潇潇《春雨之夜》低回吟哦之作,开始抒写被压迫在最底层的农民的呼吼。然而在刚写完《山雨》之后,作者为逃避反动派的查禁,于1934年初自费赴欧洲考察,在那里接触到了西方的现代文学,于是在长篇小说《春花》的写作中旋即又改变了纯客观的写实风格,采用了象征、暗喻、意象和心理分析的艺术手法,将"表现"的成分融进小说的描写之中,从纯现实主义的创作方法中挣脱出来,开始了自身的艺术"转型期"。因而在王统照以后的小说创作中,象征成为小说的本体内容。他以为:"我常想:在现代写小说只是剪影罢了;而且只是剪的侧面黑影,至于由这非全面的影子扩展,变化,推及其言语,动作;推及其他人,与大社会的种种关系;更往深处讲,由这侧影能透视其心理与个性,因之造成自己与社会的悲剧或喜剧;更由这偶然或必然造成的事件(戏剧)上显露出社会的真态,——不,应该说是'动态',这绝非旧日的自然主义或纯客观的写实主义者的手法能表达得出。重要点还得看作者的才能与其素养。"① 王统照小说的"转型"是归于一个偶然的出国考察因素,但他吸纳现代派艺术技巧的气魄则不应看作是一种艺术的退步,而是要看到这些"表现"因素的掺和,使得王统照的小说艺术技巧更加成熟,更加具有耐人咀嚼的韵味,虽然这一时期的许多创作已开始转向城市题材,但我们不能否定王统照的这次艺术探索。

毫无疑问,"乡土小说流派"的诸多作家创作,绝不是像后来的文学史家们描述的那样铁板一块,千篇一律地用写实主义的手法来循规蹈矩地完成"为人生而艺术"的宗旨的。起码,在他们中间,有许多人是具有两副笔墨的,是善于将"表现"的成分纳入"再现"的写实轨道中去的,并有机地完成了两者的"融合"。这种"表现"和"再现"的交融

---

① 王统照:《春花·自序》。

现象在这以后形成了一个历史的断裂带,直到80年代的小说文体革命时,这种交融现象才又复现,这是值得人们深思的,从中我们不能不追根溯源,重新重视起二三十年代乡土小说的这一隐形现象。

第三节　茅盾乡土短篇小说
——一次与其理论的悖反

　　作为中国现代小说的两大题材——知识分子题材和农民题材——的描摹者,人们似乎更看重茅盾对于小资产阶级知识分子的心理描写。当然,无论是从《蚀》三部曲和早期的短篇小说,还是到《子夜》以后的许多短篇小说,以数量而计,肯定是描写知识分子题材的作品占绝对优势。然而,就总的质量而言,除去长篇以外,就短篇小说(因为茅盾乡土题材的小说均为短篇)来说,成就较大的还是"乡土小说"。

　　其实,茅盾小说一旦进入"乡土"视阈,就显现出思想和艺术的深邃与精湛,我们当然不能简单概括为"乡土的童年视角"给小说带来的新鲜感。但是有两点则是肯定的:一是由于"为人生"的思想观点拨动着"五四"反封建主题的琴弦,作者在这一悲凉的封建土壤上看到了革命后更深刻的悲剧。于是,一颗拯救民族和农民于危难之中的忧患之心,促使作者把时代的选择和农民的悲剧置于描写的中心。二是由于"乡土小说"给人以风土人情之餍足,最能满足一种风俗民情的审美需求,这种审美形态与发掘整个民族文化心理结构恰恰又呈现出一种和谐的对应关系。

　　基于上述两点,茅盾的"乡土小说"题材作品之成就是颇为惊人的,同时也是令人惋惜的。就"乡土小说"题材的作品来看,茅盾的这些短篇是篇篇珠玑,可谓名篇佳作:《泥泞》、《小巫》、"农村三部曲"(《春蚕》、《秋收》、《残冬》)、《林家铺子》、《当铺前》(这两篇属于小城镇题材,与"都市题材"相比较,仍为"乡土题材",因为它从侧面描写了农村经济的破产和农民的悲剧命运)、《水藻行》。这些仅有的七八篇

"乡土题材"小说应视为茅盾短篇小说的珍品。我们设想,如果茅盾在大革命后直截转向"乡土小说"的创作,那将会是怎样的一个结局呢?如果茅盾在《子夜》这部巨构之中没有像现在这样将农村土地革命后的情形进行缩略描写,而是充分地展开和深入,那将会给《子夜》带来怎样的一个恢宏的景观呢?那将把中国整个社会的剖析引入到怎样一个深层的境地呢?而茅盾放弃了这类描写,这不能不使人惋惜,倘使这一题材的描写继续和深入下去,茅盾40年代的短篇小说创作就不会逐渐平庸。

如果茅盾在自己的生活道路上和艺术创作道路上的选择是"身不由己"的话,那么他在自己的理论阐述上是相当清醒的。20年代初期,茅盾与郑振铎一起倡导"乡土文学",他们受到"文学研究会"中坚周作人的影响,竭力将《小说月报》、《文学周报》办成倡导乡土文学的有力阵地,事实亦证明,中国的许多优秀乡土小说作家正是在这两个刊物的扶持下走上文坛的。20年代初,作为"文学研究会"的理论家,茅盾只是把鲁迅的《故乡》《风波》之类的小说归纳为"农民文学","文学上的地方色彩"。然而,对于地方色彩这一概念又是作何解释呢?在茅盾与刘大白、李达编写的《文学小辞典》中,其"地方色"之词条是这样说明的:"地方色就是地方底特色。一处的习惯风俗不相同,就一处有一处底特色,一处有一处底性格,即个性。"[①]当然,这种概括未必就准确,但是可以看出,茅盾等人在"乡土小说"尚未形成之前就特别强调了作为"农民文学"题材的艺术特征,因此,当他在1928年撰写《小说研究ABC》时就特别为"地方色彩"这一乡土小说的重要特征作了诠释:"我们决不可误会'地方色彩'即是某地的风景之谓。风景只可算是造成地方色彩的表面而不重要的一部分。地方色彩是一地方的自然背景与社会背景之'错综相',不但有特殊的色,并且有特殊的味。"显然,这里的诠释是符合"文学研究会""为人生"创作宗旨的。只不过,

---

① 《民国日报》1921年5月31日副刊《觉悟》。

论者尚未将"世界观"当作先行的条件。随着阶级观念的逐渐强化,茅盾在对乡土文学进行最后规范时,把重心移向了作家世界观和人生观这一主体,他说:"关于'乡土文学',我以为单有了特殊的风土人情的描写,只不过像看一幅异域的图画,虽能引起我们的惊异,然而给我们的,只是好奇心的餍足。因此在特殊的风土人情而外,应当还有普遍性的与我们共同的对于运命的挣扎。一个只具有游历家的眼光的作者,往往只能给我们以前者;必须是一个具有一定的世界观与人生观的作者方能把后者作为主要的一点而给与了我们。"①我以为,即便在理论上,茅盾也同样陷入了一个"怪圈":一方面是在倡导写实主义时所要求作者采取的对生活冷峻、客观、中性的创作态度;另一方面在"表无产阶级之同情"的世界观的促动下,作者又不得不时时想跳将出来进行"表白"式的演说,这一矛盾的背反现象困扰着茅盾,这就不得不使作者在夹缝中去寻觅一种得以解脱的中介力量。于是,在他自己的乡土小说创作中,我们似乎时时看到茅盾窘迫尴尬的面影。然而,我们又不得不佩服茅盾在二者之间穿梭时游刃有余的艺术功力和技艺。

如果把写实主义风格仅仅归纳成一种纯客观的描写,显然站不住脚。茅盾早期提倡过自然主义,那只不过是没有把自然主义和写实主义加以严格的区分(其实这在欧洲亦没有严格的分别)。一部作品无论你用怎样的"纯客观描写",无论你怎样使自己进入"情感的零度",也不可能不流露出对人和事的价值评判。尽管茅盾早期认为文学上的自然主义和写实主义实为一物,而且大加赞赏福楼拜的《包法利夫人》"在小说中表现出来的他的态度,是异常冷静,他是这样努力克制着的自己的主观感情,不使混进在他的作品中"②,但是,你无可否认茅盾在自己的"农村三部曲"以及后来的乡土小说中所表现出的某种社会观念的总体意向,只是表现的方法更艺术巧妙而已。

---

① 茅盾:《关于乡土文学》。
② 茅盾:《回忆录〈十四〉》,《新文学史料》1982年第1期。

我们知道,茅盾东渡日本后,其悲观和失望的心境有所调整,这诚然与个人生活的遭际有关,但更重要的是社会生活和文化背景对于茅盾的深刻影响。"农村三部曲"当然是作者要表述农民在多重压迫下必然走上革命道路的社会人生观,毫无疑问,它的主题的暴露较之前期的乡土小说来说,是显而易见的。那么我们首先来看看在写三部曲前的两篇作品《泥泞》和《小巫》。

《泥泞》是1929年4月在日本所作,茅盾曾在回忆录中作过检讨:"不过那是写得失败的,小说把农村的落后,农民的愚昧、保守,写得太多了。"①平心而论,作为茅盾农村乡土题材小说的第一次尝试,这篇小说采用了鲁迅式的"曲笔",深刻地揭示了大革命失败的根本原因就是没有充分地发动起最广泛的农民阶级,使他们从自发的革命走向自觉的革命道路。就小说的艺术描写来看,《泥泞》的技巧相当圆熟,作家试图以不带情感色彩的笔墨去描摹一场带有闹剧成分的悲剧。整个作品不断幻化出黄老三对那幅标致的裸臂女人画像的馋涎——这就充分地揭示出农民革命动机的盲目性,"共妻"只作为一种动物本能的需求和欲望,它促使农民只是浅表性地拥护革命,而根本没有认识到革命的本质究竟是什么。因此当反革命力量绞杀革命力量,将这些尚未觉悟的农民的糊里糊涂的头颅一起砍杀时,黄老三竟如阿Q一样仍在做他的性欲之梦,这样的悲观情绪当然和大革命后茅盾的心境相吻合,但这种悲剧性的揭示无疑是一帖革命的清醒剂。为什么反革命的军队到来后烧杀奸淫反而被农民视为"正常",而共产党游击队发动农民(包括妇女)革命却被视为异端邪说,这正是革命没有更深入地发动起农民而导致悲剧性失败的根本缘由。尽管80年代初茅盾仍以为此篇写得太阴暗悲观,但我们仍可从中看到客观历史的足音。然而,在整个技巧手法的运用上,作者采用了背景(包括政治社会与作品环境背景)的淡

---

① 茅盾:《〈春蚕〉、〈林家铺子〉及农村题材的作品》,载《我走过的道路》(中),人民文学出版社1984年版,第124页。

化描写,这样便增强了小说的多义层面。那么最值得注意的是作者采用了部分的"现代派"手法,用"幻觉"来组接黄老三的意识流动,非常巧妙而深刻地去触及主题内涵,整个小说的隐喻层面,似乎就悬系于黄老三这不断浮现幻化出的"画像",把革命动机与个人本能欲望之间的联系勾连得丝丝入扣。在整篇行文中,作者几乎是以完全中性的客观描写来结构全篇的,倘使读者不对当时各种复杂的背景以及作者的心境加以考察,单凭直觉是难以解读作品的语码的。可是,当你打开整个小说的隐喻层面,你就能益加体味到作者世界观和人生观渗透于其中的悲苦哀号。当然,我不认为这种悲苦的哀号就是悲观失望的情绪,它终比那种盲目的极"左"情绪更高明得多。这种对于大革命前后农民革命运动的评价,用一种冷静低调的处理方式进行艺术曝光,看似客观中立,实则是饱含了作者血和泪的情感的。这情感是作品的一股"暗流",一般读者是难以感觉到它的强劲冲击力的。我们不能因为种种政治原因,亦像茅盾那样,对《泥泞》这部作品不作真诚客观的历史的和美学的分析。

茅盾在写《子夜》的同时,也就是在写"农村三部曲"之前,甚至在写《林家铺子》之前,于1932年2月间写了一篇农村题材的乡土小说,这就是《小巫》。这部作品也是历来不被人们所注意,连茅盾亦很少提及它,究其原因,当然是多方面的,然而总的说来,它是与被世人所公认和瞩目的《子夜》总构思不甚吻合的。我们知道,"为什么我正好在一九三二年转向了农村题材,而且以后几年又继续写了不少农村题材的作品呢? 这也有它的机缘:其一,在最初构思《子夜》时,如上所述,我原是打算其中包括一个农村三部曲的,因此,也有意识地注意和搜集了一些农村的素材;现在《子夜》既已缩小范围,只写都市部分了,农村部分的材料就可以用来写其它的东西"①。茅盾和茅盾研究者们似乎只

---

① 茅盾:《〈春蚕〉、〈林家铺子〉及农村题材的作品》,载《我走过的道路》(中),第124页。

注意《林家铺子》《当铺前》以及"农村三部曲"的主题格调与《子夜》总主调的和谐统一,它们弥补了《子夜》未能完成的农村线索的构图,帝国主义的经济侵略导致了农村经济危机,引发了农村各种矛盾的日益尖锐化,这都是回答了中国的命运和前途的理论命题的。而《小巫》在其发表前后的"革命文学"高涨的年代里,当然要被打入"另册",难怪当时"罗浮评《小巫》只用一句话:'在意识上,这篇是较比模糊'"。[①]其评断为"在茅盾作品的意识上,关于封建意识的阶级意识的对比,常是前者非常浓厚而后者象烟一样的轻淡"。[②] 茅盾自己对这部小说的感情当然也是随时而变的,可以看出,在他的心灵深处还是喜爱这部作品的,因为在茅盾的选集、文集中这部小说屡被选中。后来他接受了"阶级意识模糊"的说法,将其"失败"归咎于是在回乡以前未经实地考察而作,则是很难圆说的。一部作品的创作高下并非以实地考察为准绳,相反,许多优秀作品的成功恰恰在于对某种情感和对某种社会本质现象的深刻把握和揭示。《小巫》所揭示的是封建主义残余弥漫农村而扼杀人性的事实;同时,愚昧、盲目的封建统治氛围也遏制着农民的真正觉醒。从表面上来看,作者没有用阶级分析的眼光去描写书中的人和事,但人们却不知道批判封建主义本身就是一种阶级意识,正如茅盾所言:"在这里,罗浮似乎把封建意识和阶级意识看作两个东西,其实封建意识也是一种阶级意识——封建社会的统治阶级的意识。"[③]从中,我们可以看出,80 年代茅盾在临终前唯一透露出的对《小巫》的辩解,那么,写《小巫》的动因究竟是什么呢?

从写作日期上来看,写《小巫》亦正是作者为华汉(阳翰笙)写再版"序"——《〈地泉〉读后感》之时。在这篇文章中,茅盾借题发挥,批判了"革命文学"的失败乃是作家"(一)缺乏对社会现象全部的非片面的

[①] 茅盾:《〈春蚕〉、〈林家铺子〉及农村题材的作品》,载《我走过的道路》(中),第137页。
[②] 同上。
[③] 同上。

认识,(二)缺乏感情的去影响读者的艺术手腕"。"一个作家应该根据他所获得的对于社会的认识,而用艺术的手腕表现出来",而不是靠"脸谱主义"去描写人物,靠"方程式"去布置故事情节。正由于茅盾满怀激情批判了非文学性、非艺术性的小说倾向,才把这种对于文学的见识融化在他精心刻画的《小巫》身上:总体把握全部社会现象,抽象出具有本质内容的主题;用炽烈的感情去艺术地描写人与事件。这一尝试,使我们今天的读者从中看到了《子夜》中吴老太爷的灵魂,看到了曾家驹的面影,看到了农村到处在杀戮淫乱之中的混乱场面……这些都是后来《子夜》"方程式"中所不能见到的影像。同样,小说并没有明显点出背景,尤其是后半部分,作者采用的是在现实与幻觉的交叉中进行人物的意识流动描写的手法,读来扑朔迷离,但整个小说的总体意向是十分清楚的,它完成了作者用"间接"的艺术手腕来表达自己对农村社会的本质认识。作者在整个叙述过程中所采用的是作者(等于叙述者)在中性客观的描写中不断"闪现"和人物意识(即人物视角)活动交叉描写的方法,这就构成了整个作品若隐若现、若即若离的艺术效果——既有观点的"闪现",又充满了魅人的艺术力量。

茅盾作为一个政治和文学的"狂乱混合体",他的政治观念和文学观念亦是一个"矛盾体",当他兴奋于政治运动时,往往会忽略文学的特殊规律,而当他在政治场上失意时,则又沉湎于文学的艺术性和审美性。《子夜》和"农村三部曲"所要表现的主题却是明摆着的,连我们今天的读者也一目了然,但在"革命文学"时代里,一些社会批评家们仍然不满意小说中所显现出的"无时代性"和"狭小范围的观照式的自然主义",以及"超阶级的、纯客观主义的态度"。[①] 我以为"农村三部曲"之所以成为不朽之作,就是因为茅盾在"革命文学"的浪潮中,恪守了现实主义小说尽力隐蔽观念的精义,将观念隐藏在画面、场景、人物、事

[①] 茅盾:《〈春蚕〉、〈林家铺子〉及农村题材的作品》,载《我走过的道路》(中),第137—141页。

件的背后。尤其是《春蚕》,它之所以成为"农村三部曲"的上乘之作,就是因为作者非常巧妙地寻找到了"再现"与"表现"的最佳中介值,这就是用象征和隐喻来贯穿整个作品,使人和事、场和景充满着"寓意"效果,我们知道,茅盾许多有成就的小说创作多取名于自然景观,以此来象征隐喻一种观念,也即主题内涵的高度浓缩:从《蚀》三部曲到《夕阳》(《子夜》原名),从《虹》、《路》到《腐蚀》等,均为一种自然现象,而其中之深刻艺术内涵却是令人深思的。"农村三部曲"亦不例外,《春蚕》、《秋收》、《残冬》本身就寓意着整个农民从破产而走上自发革命道路的过程,而每一单篇又为一个独立事件的过程,这一过程则又形成一个整体的象征:《春蚕》是农民在充满着绿色希望的蚕事中走上悲剧道路,《秋收》是农民在金色的希望田野上幻灭的现实,《残冬》则是在饥寒交迫之下的农民的最后挣扎。作者在总体构思中就异常明确地试图以象征隐喻作中介来完成对农村悲剧现实的概括。其中最下功夫的要算《春蚕》,有人以为作者对于整个小说风俗描写的铺排只是完成作者倡导的"异域情调"之餍足,这无疑是一种偏见。我以为《春蚕》的一切描写中都渗透着作者强烈的意图,老通宝一家在蚕事活动中的表现,以及荷花偷蚕等情节所构成的意义恰恰是一种本体的象征内容:单凭勤劳俭朴能够得到应有的补偿吗?而整个作品每一个场景,每一个景物,每一个细节动作都孕育着活的"内在动作",开篇时作者通过老通宝的视角所看到的那幅绝妙的情景足以回答农民必将遭受灭顶之灾的最后的悲剧命运归宿,那小火轮经过时,那条赤膊船上的农民紧紧地抓住岸边的茅草,试图在涌来的冲击波中得到哪怕是一点微弱的平衡,难道这仅仅是一种纯自然景物的描绘吗?难道它不是隐喻和象征着帝国主义(小火轮)的经济侵略已渗入到中国的内陆(官河)而造成毫无依托的中国农民(赤膊船)在飘摇之中本能的求生欲望(抓住岸边的茅草)吗?作品一开头就把这种充满着深刻涵义的视觉画面推在读者面前,其用心当是良苦的。就连两岸农民用石头砸小火轮的细节描写也不是"闲笔",它道出了农民对于"小火轮"的一种本能的、直觉的也是盲目的反抗情绪。总之,整个小说的氛围的渲染都是紧扣着暗示农民命运这一主旨展开的,在阐释观念时,作者不采用自己跳出来进行"旁白"和以"画外音"的形式插足于作品的行动,而是"借景抒情",把艺术想象的空间留给读者。象征和隐喻帮了茅盾的大忙,这也是茅盾熟谙的艺术手法,这在他的早期作品《蚀》和《野蔷薇》中已表现得尤为鲜明了。而这一时期,茅盾在批判"革命文学"时,把唾弃"恋爱与革命"的结构,唾弃"宣传大纲加脸谱"的公式,唾弃向壁虚造的"革命英雄"的罗曼司,唾弃印版式的"新偶像主义"的文学主张和观念运用于"农村三部曲"的创作,应该说是对于乡土小说创作的一种具有指导意义的建树。起码,在这一领域的创作中,茅盾"农村三部曲"的尝试,在一定程度上是把乡土小说的创作正在向蒋光慈那样的"革命文学"口号式倾向迅速滑坡的危险形势作了适时恰当的调整,使乡土小说向20年代的写实主义方向皈依。这就是它在文学史上占有地位的重要意义所在。

茅盾写过"农村三部曲"以后,除《当铺前》和《林家铺子》外,只写过一篇短篇乡土小说,这就是《水藻行》。《水藻行》是茅盾1936年2月中旬受鲁迅先生之约,为日本改造社的山本实彦先生在《改造》杂志上介绍中国现代文学作品所特地撰写的,本来说好由鲁迅先生译成日文的,后因鲁迅病体缠身,就由山上正义代译成日文发表,这亦是茅盾唯一的一篇先在外国发表的作品。茅盾之所以珍爱这篇作品,恐怕亦不仅仅是珍爱他和鲁迅的这份友谊,其中还有一个重要的因素就是:"我写这篇小说有一个目的,就是想塑造一个真正的中国农民的形象,他健康,乐观,正直,善良,勇敢,他热爱劳动,他蔑视恶势力,他也不受封建伦常的束缚。他是中国大地上的真正主人。我想告诉外国的读者们:中国的农民是这样的,而不象赛珍珠在《大地》中所描写的那个样子。"[①]这段话是茅公80年代所补充的创作目的,这和创作《水藻行》的初衷究竟有多大的距离呢? 后人难以判断。但有一点可以相信:作品

---

① 茅盾:《抗战前夕的文学活动》,载《我走过的道路》(中),第355页。

的主旨是在描写农民的积极的生存态度,反对封建伦常,崇尚健康的自然的两性关系,同时弘扬扶助羸弱之民风的可贵,将这部小说的主题内涵引向于重返大自然。这种返璞归真的社会观念,在茅盾的小说中是很少出现的,民族精神不是以固态的、劣根性居多的状态而出现于作品之中。那种在逆境中表现出的豁达的生存意识,以及执著于现实生活本身的向上意识,支撑着民族繁衍的力量,使人读后为之一振。然而,这一与茅盾许多优秀作品大相径庭的作品却很少受人注意,其重要原因就在于"左"的思潮制约着人们对它进行客观的评价。茅盾固然是一直主张首先具备先进的世界观和人生观的,那么这篇作品的世界观和人生观似与传统相背,也与无产阶级世界观和人生观似有格格不入之处,与前期茅盾和后期茅盾都有人格上的分离。我不敢妄断这是作者二重性格的另一面呈现,但这种返归自然之心从他不挑一篇旧作发表,而特意要"赶写一篇新的,而且是专门写给外国读者的",以及有别于赛珍珠的《大地》来看,作者是有意识来写中国人身上存活着的充满着壮年气息的精和力。因而,根据这一主题的需求,作者完全淡化了背景。而且,"我没有正面去写农村尖锐的社会矛盾,只把它放在背景上。我着力刻画的是两个性格、体魄、思想、情感截然不同的农民"①。从这两个反差很大的农民性格的冲突中,茅盾寻觅到了正常的自然的性爱要求和在逆境中的共同生活的契机,这不是一个"三角恋爱"的公式,财喜、秀生、秀生娘子三者之间的冲突,终于在茅盾刻画的生存逆境和人的生存需求中得到了和谐的统一。全文充满着风俗野趣的描写,尤其是民谣中的性饥渴描写,作者并没有站在一个批判的视角上去描写,而且与全文的情节线索紧紧相扣,表达了作者对于这种自然本能属性的某种认可的态度,它阐释的是中国人的另一种超越悖逆封建伦常的活法,当然这与中国边远山区的"拉边套"则是两码事,因为故事之背景是发生在文化经济发达的江浙地区,其涵义就大不相同了。整个

---

① 茅盾:《抗战前夕的文学活动》,载《我走过的道路》(中),第353页。

小说似乎是站在客观中性的立场上来叙述故事的情节,但是其表现的观点却是清楚的。其现实主义和自然主义的写作状态是很难加以区别的,但作品的总体意向却是超常的。茅盾钟爱此篇作品不仅可以在回忆录中寻觅踪迹;即便是50年代的《茅盾文集》中也可看出作者选其时的心境,有些地方风俗,茅盾还特地为之加注。

综观茅盾的乡土小说实践,可以看出,茅盾虽然在每一篇什中表现出的"客观"和"主观"之间的矛盾状态是有所不同的,但他基本上是遵循了写实主义创作方法的,与20年代的乡土小说流派的创作情形相一致。难能可贵的是,茅盾在整个创作过程中,试图将象征、隐喻等手法变成一种中介,以缓冲主客观之间的矛盾,减少两者之间在作品中的"摩擦系数",从而架起两者之间不可逾越的桥梁,作出了有益的尝试和贡献,这将是后人永可借鉴的地方。

第四节 从废名到沈从文——"京派小说" 返归自然的生命体验和"田园诗"的张扬

同样是具有浓郁地方色彩的风俗画面的乡土小说创作,同样是出自一个时期的乡土作家,同样是用童年的精神视角来进行"还乡"再现,同样是充满着人道主义的情怀,然而,废名(冯文炳)的乡土小说与王鲁彦的乡土小说格调则大相径庭。有人认为"他的作品是一种非写实、非浪漫、似写实、似浪漫的田园诗,是淡薄的现实主义和素雅的浪漫主义的交融","横吹出我国中部农村远离尘嚣的田园牧歌"。[①] 虽然我们尚不能为废名的小说作出创作方法上的定性,但废名的小说显然开创了乡土小说的"田园诗风",前文说到"乡土小说流派"中的诸多作家在"五四"精神和原始人道主义的双重视角的观照下,其乡土小说的描写尚局部地呈现出田园牧歌的情调,那么,使之成为乡土小说之立体

---

① 杨义:《中国现代小说史》第1卷,第450页。

审美倾向的当数废名为第一人了。

众所周知,"五四"时期的散文创作大家该算是周作人了,他的冲淡平和的"美文"深深地影响了几代中国作家,俞平伯、朱自清等大散文家无一不受其影响,但这都是在散文小品领域内的继承,而在小说领域内继承这种美学风格的作家要算是废名为首创。周作人在 30 年代说过,他的得意门生只有二三人,是俞平伯、冯文炳和冰心,然而真正能够得其真谛和要领者,恐怕还只有废名。

作为"京派小说"的前期中坚人物,废名小说被人认作是一幅恬静和谐的山水风俗画,是以古代隐逸诗情来美化封建的宗法乡土社会。其实,这是一个很简单的道理,"五四"新启蒙的失败,使知识分子的一部分走上彻底的悲观主义道路,世纪末的情感弥漫于文坛,这就一方面招致了以廉价的乐观主义情绪来盲目地抵御悲剧阴影的笼罩,另一方面又招致了以遁世的理想主义情绪来自足地完成浪漫情绪的宣泄。如果说前者是一种常态的话,那么后者则是一种变态,是作家为悲观主义所穿上的华丽"外衣",是作家越是不能达到而越想在"白日梦"中得以实现的"恋美情结"。作家正是想驱逐现实生活中的丑恶和悲哀,用冲淡平和、恬静优雅的格调消除心底的悲恸,从而摆脱现实生活中的精神困惑。然而,即便是这如诗如画的描写,也会自然而然地流露出引人深思的淡淡的哀愁。《浣衣母》是废名的代表作,作者所描绘的是一幅在"母爱"融化下的宗法农村社会的风俗画面,而非塞先艾在《水葬》中以"母爱"来点缀冷酷的风俗画面,"美"中饱含着对封建道德伦理的普遍性认同,然而一俟李妈容纳了一个中年汉子,其道德偶像则被完全打碎。从"公共的母亲"到"城外的老虎",作者不能不对宗法农村的封建礼教发出最悲哀的慨叹。作品正揭示了"存天理,灭人欲"的封建秩序对人的压抑,从这个意义上来说,小说在田园诗的描绘中更加贴近对"五四"人文主义启蒙思想母题的揭示。因而,"田园诗风"的静态描写并不能说明"京派小说"作家是完全脱离时代和社会的产物,它有时是以"曲笔"间接地渗透着"五四"人文主义启蒙精神的。《竹林的故事》

是一曲悠扬婉转、情韵并茂的田园交响诗。竹林、茅舍、菜畦、少女、鸟语花香、小桥流水，尽入画中，但在这浓郁的风俗画和田园诗的描写之中，却能隐隐地体味到宗法农村的封建氛围对生活在最底层的农民的迫害。同样，在《柚子》中所表现出的对旧的婚姻制度的愤懑情绪也透露出"五四"新启蒙的思想亮色。由此可见，"京派小说"家们并不是要彻底消灭时代精神，沉潜到古典的或原始的"世外桃源"的哲学意蕴中去，虽然他们表面上是这样努力地去追求，但实质上他们逃脱不了时代统治思想的笼罩。这便使他们的小说有时隐现着哲学、社会学与美学之间的二律背反现象。

诚然，在废名的小说创作中，宗法农村社会的阶级性被消弭了，这在20年代中期前后"无产阶级文艺"日趋高涨的年代，显然是南辕北辙的选择，这大概也是文学批评家和文学史家们将其编入"另册"的缘由。然而，倘不能用辩证的观点来看待废名前后期的不同作品，我们是难以理解现代小说史上第一位"田园诗风"小说家的心态和真貌的。鲁迅曾在《中国新文学大系·小说二集导言》中指出："后来以'废名'出名的冯文炳，也是在《浅草》中略见一斑的作者，但并未显出他的特长来。在一九二五年出版的《竹林的故事》里，才见以冲淡为衣，而如著者所说，仍能'从他们当中理出我的哀愁'的作品。可惜的是大约作者过于珍惜他有限的'哀愁'，不久就更加不欲像先前一般的闪露，于是从率直的读者看来，就只见其有意低徊，顾影自怜之态了。"在这里，鲁迅首先肯定的是废名前期作品在冲淡的外衣下的哀愁，也就是前期作品所折射出的"五四"文学精神内容，然而又否定了废名后期小说"有意低徊，顾影自怜"的创作倾向。我们尚且不得而知鲁迅在晚年与其兄弟周作人之间的仇隙到何地步，但从许多文章可以看出，鲁迅对冲淡平和的美学精神的哲学批判是异常尖锐的，于是否定"田园诗风"小说，这种愈来愈偏离新文学精神轨迹的艺术倾向成为"千夫所指"。然而，自20年代中期废名的创作为始，在冲淡朴实的田园牧歌风格的旗帜下，历史的沿革麇集了众多的乡土小说的艺术大家和优秀经典之作，沈从文、孙犁、周立波、汪曾祺、刘绍棠、古华、叶蔚林……这些作家作品作为"后来者",虽然与废名的艺术倾向稍有差别,但在"田园诗风"的格调上却是一致的。沈从文是受废名影响极大的作家之一,凡是写乡土小说均采用其抒情的田园诗格调,他说:"自己有时常常觉得有两种笔调写文章,其一种,写乡下,则仿佛有与废名先生相似处。由自己说来,是受了废名先生的影响,但风致稍稍不同,因为用抒情诗的笔调写创作,是只有废名先生才能那样经济的。"①沈从文也写过城市知识分子题材的小说,但远不能与其乡土小说成就相媲美,当他来到北京这个大都市时,"物"的压迫和拜金主义的"城市文明"使他更加要以"乡下人的眼光"来看世界。在这一点上,废名也是如此,"返璞归真"成为这一流派的共同追求,因此,追求原始的人性美和人情美,甚而表现出一种超阶级的原始的道德审美价值判断,从《竹林的故事》、《桃园》、《枣》、《菱荡》到长篇小说《桥》,废名的小说将清新淡雅的自然景物与悠扬婉转的田园牧歌和温情脉脉、敦厚朴素的乡村风俗人情相融合,横吹出了一首宗法乡村社会宁静幽远的情韵并致的牧笛曲。同是描写"异域情调","乡土小说流派"作家们是以悲凉冷酷的笔调写出农村的萧条和农民的苦难,而废名选择的是以优雅恬淡的笔调来写乡间的诗境和乡民的超然;同是描写"地方色彩","乡土小说流派"作家们点染的是悲剧色调的哀怨惆怅,而废名渲染的是喜剧色调的诗情画意;同是描写"风俗画面","乡土小说流派"作家们是以"五四"时期强烈的反封建意识去烛照自己笔下的人物和情节,而废名却基本抛开这一命题,以更强烈的"风俗画"效果来取得对原始文化的某种认同。当然这些美学内涵的呈现大概更多的是受老庄哲学的影响。有人说:"鲁彦是以愤懑的态度引导人们与宗法制农村告别,废名则以恬淡的态度引导人们向宗法制农村皈依。"②这句话只说对了一半,因为废名是明显地

---

① 沈从文:《夫妇·附记》。
② 杨义:《中国现代小说史》第 1 卷,第 458 页。

看到了封建宗法制农村社会的黑暗与残酷,然而又不甘心被"物化了"的"城市文明"所侵扰,不甘心被资本主义的拜金主义将灵魂熏黑,更不甘心传统的伦理道德价值观念沉沦,于是,和"乡土小说流派"的"入世"相反,他从"出世"的角度来呼唤一个理想的王国——没有剥削和压迫、没有阶级等级的朴素自然境界。正如废名与周作人有着审美情趣的一致性:"'渐近自然'四个字,大约能以形容知堂先生,然而这里一点神秘没有,他好像掌一本'自然教科书'做参考。"[①]向自然回归,这是自浪漫主义到新浪漫主义(即现代主义)一直追寻的艺术倾向。作为一个政治倾向异常鲜明的文学家,废名"终于是逃避现实,对历史上屈原、杜甫的传统都看不见了,我最后躲起来写小说乃很像古代陶潜、李商隐写诗"。[②] 也就是说,废名舍弃的是传统现实主义意义上的创作倾向,即把人民的苦难化作一种理想主义的境界来进行某种间接性的情感"宣泄"。这也就成为他的小说在内容上对"五四"反封建主义母题的背叛和消解,倘使简单地分析这种背叛与消解,那么废名的作品当然在文学史上是没有什么地位的。

废名的乡土小说创作应该说是开了中国现代小说"散文化"和"诗化"的先河。这首先表现在他的小说浓郁的抒情色彩上,把景物描写作为抒写自然的本体象征,作者为自己的乡村风俗画涂抹的底色往往是青翠嫩绿的。和许多"乡土小说流派"的作家所不同的是,废名小说的色调是明朗豁亮的,而非前者的阴晦苍凉。青山翠竹、小桥流水、菱荡碧波、林荫垂柳等等,构成了废名小说景物象征的原色,同时也显示出了作者鲜明的美学追求,在这样的景物描写的烘托下,作家点染出的人物则更具神韵,给人的美感往往有古典诗歌中的空灵、空蒙之境界,像《菱荡》中的景物描写可谓神来之笔,那陶家村的风景真如陶潜《桃花源记》中所描绘的自然风光和带有原始风貌之美感,再加上错落有

---

① 废名:《知堂先生》,《人间世》1934年7月号。
② 废名:《废名小说选·序》。

致的语言功力的风采,真乃寥寥数语便勾勒出了一个空蒙的诗境,给人以心旷神怡之感。正如作者在抒情诗中的议论那样:"这样的人,总觉得一个东西是深的,碧蓝的,绿的,又是圆的。"也就道出了作者在风景中写人的真正目的——完成一种"移情"的艺术效果,这在《竹林的故事》《河上柳》《桃园》《桥》等乡土小说中表现得非常充分。可以看出废名小说的构图是非常讲究风景描写的,大量的自然景物描写使一些人认为废名是受了哈代小说的影响,我以为两者是不同的:前者的"入境"完全是传统的美学思想所支配,更贴近陶渊明的超然美学境界,废名就连在选择篇名和为乡村命名时都流露出对陶诗和"桃源"意境的模仿痕迹;而后者虽然非常擅长景物描写,而且其景物描写亦呈现出辉煌的亮色,但这正和作者的人物命运以及题意的阐释呈反比。也就是说,废名的景物描写完全是"烘托"和"点染",而哈代的景物描写则是"反衬"和"突现"。由此而可看出,在景物和人的融合方面,废名完全是走向"天人合一"的返归自然的美学途径。平和恬淡的勾画中蕴含轻灵飘逸的诗意,钟灵毓秀的描摹中深藏着超然洒脱的神韵,朴素俊逸的人物点染中饱蘸着返璞归真的情致。

废名乡土小说"散文化"和"诗化"的内涵不仅表现在处理人物时用"淡化"手法,同时表现在处理情节时亦用"淡化"的手法上。可以看出,废名的乡土小说并不注重情节的曲折性和紧张性,一般来说,情节的力度往往被稀释,作者绝不借助于"外力"的矛盾冲突来强化人物的悲剧性或喜剧性,也不用"突转"的手法将情节推向高潮。他的乡土小说基本上突破了情节小说按照开端、发展、高潮、结局的"有序格局"向前推进的程序,将景物描写、风俗画描写、清淡的人物点染、抒情和议论的众多描写杂糅进作者反复吟诵的那个悠然潇洒的诗境中,使之形成了一个散在的"无序格局",这种小说艺术形式的探讨也许可以从中国古典"笔记体散文"——文人随笔中找到其渊源,但这在"五四"以后的现代小说史上则是具有首创意义的。

在情节淡化和人物淡化以后,废名的乡土小说还能比古典笔记体散文有更多的艺术内涵吗？我们知道，"五四"新文化运动给中国文坛送来的不只是现实主义创作方法的鲜花，同时也吹进了现代主义创作方法的温馨。废名在20年代中期的创作无疑受到了西方现代派技巧的影响。也就是说，他的乡土小说在基本的传统现实主义（包含浪漫成分的，但与"两结合"无缘）框架下，融进了部分现代主义（或曰"新浪漫主义"）的方法技巧。废名的乡土小说虽无夸张变形的西洋技法，然充满着"写意"韵味。废名说自己的小说是"与当初的实生活隔了模糊的界"。① 显然，这个"界"就是写实和写意的界限，是再现与表现的界限，是真与梦的界限。亦真亦幻、似梦非梦的情节和细节描写常使小说进入"意识流"的境界，用沈从文的观点来说就是将"现实"和"梦"的两种成分相混合。像《莫须有先生传》中人物心理活动的流程是非写实、非常态的，具有心理小说的特征。废名写得最好的"意识流"状态的小说当然是《桃园》，周作人在为这篇小说作"跋"时曾说书中的人物具有心理现实因素："这些人与其说是本然的，毋宁说是当然的人物，这不是著者所见闻的实人世的，而是梦想的幻景的写真。"这"幻景的写真"表现在阿毛在病态中的跳跃性的"幻觉"、"幻视"、"幻听"之中，不仅使小说的涵量增值，而且给人以比现实描写更"真"的艺术感觉。像这样的将"再现"与"表现"相混合，且达到与整个叙述文体如此和谐地步的妙篇佳作，应说是废名对乡土小说开创性的建树。它使乡土小说不啻是在"写实"的轨迹上运行，而且使其在"写实"和"写意"、"表现"与"再现"的两条轨道上同时行进。这就使得他的部分乡土小说具有"复调小说"的意味。

一位哲人曾说过，一切文学作品如果失却了象征的意味，那么它的艺术生命亦就中止了。废名的乡土小说虽不能说是形成了整体象征的象征主义作品，但是，在这些乡土小说中，作者在有意识地将自己的写意小说拉入一定的情境规范时，采用了许多象征和隐喻的艺术手段，试

---

① 废名：《说梦》，《语丝》第133期。

图使小说形成更多的"象征"散点。小说中许多意象的叠加是建筑在具有象征意味的描写之中的,即便是为小说命名时也不忘总体象征的提炼,《河上柳》《桃园》《菱荡》《桥》这些题目都具有苦心孤诣的象征性营造痕迹。尤其是废名擅长的景物描写,更是渗透了作者对"意境"追求的象征性底蕴。废名乡土小说中风俗画、风景画的描绘是人和自然契合的写照,作者往往是通过象征的艺术手法来达到这种美学风范的渲染的,但是这又和西方现代派鼻祖的"象征主义"的手法有所区别。当然,西方"象征主义"的"表现"手法亦包括传统意义上的象征艺术手法的运用,但它在更高范围的意义上是对"变形"、"夸张"、"分身"、"跳跃"、"梦幻"等"表现"手法的运用。综观废名的乡土小说,其"象征"的表现手法除了传统意义上的赋比兴的运用,以及散点象征的透视以外,还局部运用了现代派的"梦幻"("意识流")手法,有时也运用时空的跳跃来切割写实的有序性描述。然而,废名的乡土小说所采用的"象征"并非对"象征主义"的全盘借鉴,而是只在局部采用了"意识流"的梦幻"表现"技巧,更多的则是对传统意义上的象征艺术手法的自如运用。

然而,我们从废名的乡土小说中,看到了与"写实派"乡土小说作家相异的技术描写成分。虽然废名没有将其小说完全营构成"写意"和"仿梦"的典范,但他对于现代"表现"技巧的借鉴和容纳,可谓为日后的乡土小说创作多元化格局起着不可忽视的开创作用。

没有废名也就没有中国现代文学史上"写意"风格的乡土小说大家的出现。沈从文,这个曾经被文学史家所忽视了的"中国的大仲马",在今天的文学史家眼里,声望日渐上升。而沈从文自诩为风格与废名相同,是"不讲文法的作者"。在《论冯文炳》中沈从文说:"把作者与现代中国作者风格并列,如一般所承认,最相近的一位,是本论作者自己。一则因为对农村观察相同,一则因背景地方风俗习惯也相同……同一单纯的文体,素描风景画一样把文章写成。"沈从文这个血管中流淌着苗族血液的风俗画小说大家,应该说是独树了乡土小说创作的另一帜。如果说鲁迅是"写实派"(其实鲁迅小说亦有"写意"成分)乡土小说家的旗手和导师,那么沈从文则成为"写意派"风俗画乡土小说的扛鼎人物。他一生所写下的四十多本书原本是中国现代文学史上的一笔宝贵财富,然而由于历史的偏见和文学史家们观察事物的视角所限,像废名和沈从文这样的乡土小说作家一直受到贬抑,直到80年代,我们才有了重新认识这派作家的可能。

要论沈从文生活经历的丰富,可能是现代文学史上任何作家都无可比拟的。他从小吸收知识和文化营养竟然是在湘西土著军队当司书时与形形色色人物厮混的结果。20年代他到大都会来谋生学习时虽然受到过像郁达夫这样的名人的略带善意的嘲讽,竟连一个想做一名大学生的理想都成为非分,但他并不懊丧气馁,也并非有苏秦的发愤之心,问题是沈从文在那个文化氛围中长大,是根本与汉儒文化思维格格不入的(当然后来受儒家思想浸染则是另外一回事)。沈从文的童稚、率真、质朴使他对另一种文化有些隔膜,虽然他进入北平以后始终以模仿着别人来写文章糊口,但他还不明白一俟用自己的笔来展示另一种独特文化时,其文学的美学价值便会显得格外令人瞩目。

这位"中国的大仲马"成名之后,则仍口口声声说自己是个"乡下人",也就是声明自己永远站在"五四"文化精神的逆方向来构筑自己的乡土社会,以此来与城市文明相抗衡。沈从文不像鲁迅和其他"乡土小说流派"作家那样,将自己的视阈调整到与"五四"文化精神相契合的水平线上,而是以原始的乡土社会形态描写为本,剔除"文明目光"对自己小说的社会道德伦理价值判断。因此,读沈从文乡土小说的难点就在于不能用双重的批评标准来解析,而是要以"乡下人"的独立视角来进行解读。沈从文说:"我实在是个乡下人……乡下人照例有根深蒂固永远是乡巴佬的性情,爱憎和哀乐自有它独特的式样,与城市人截然不同!他保守、顽固、爱土地,也不缺少机警却不甚懂得诡诈。他对一切事照例十分认真,似乎太认真了,这认真处某一时就不免成为傻头傻脑。"①于是,"乡巴佬"的独特视角,以及对"城市文明"视角侵扰的排拒,使沈从文笔下的湘西世界成为一个具有神话模态的异域世界。沈从文不肯用对世界的新的认知方式来介入自己的小说,似乎想小心翼翼地保持这块净土不受任何外来文化氛围的浸润。一种具有老庄哲学意蕴的理想化的"田园诗风"同样出现在沈从文的乡土小说中。虽然"五四"文化一再试图打破这种凝固的农业社会的死寂和宁静之态,以鲁迅为代表的文化先驱者一再批判农民身上的痼疾——可恨可悲可怜的愚昧性格和冥顽不化的民族劣根性。这成为20世纪文化选择的必然性。而沈从文等却走向了反面,他笔下宁静和谐的乡村社会渗透着原始道德美感,他笔下"乡下人品格"更富有人情味,他笔下的风土人情描写更能给人以理想化的餍足。凡此种种,很能看出作者在消弭作品中的社会内涵和阶级内涵以及道德判断时有意识作出的努力。和"乡土小说流派"的写实小说相反,沈从文虽然经历过大悲大苦,甚至鲜血淋漓的生活,但他并不像那些作家一样,在选择处理题材时,尽力用悲剧的美学效果反映出生活在乡土社会底层农人的不幸和悲苦。与其说是美学观念使然,毋宁说是一种对痛苦的超越。他的乡土小说中也写到了湘西部落社会在外来政治、经济压迫下的崩溃,也写了农民在生活中的挣扎,如《丈夫》、《菜园》、《长河》中的许多描写均触及农民的悲剧问题,但其格调则是如此委婉而似乎充满着"勿抵抗主义"的韵律。《丈夫》这样的题材,在乡土写实的小说作家那里,一定是成为《赌徒吉顺》(许杰)、《生人妻》(罗淑)、《负伤者》(台静农)、《为奴隶的母亲》(柔石)那样充满着悲剧氛围的"呐喊"。而沈从文在这一短篇小说中所裸露的并非那种陷入了道德价值尺度的阶级批判意识,而是以一种泰然洒脱的"乡下人"视角来抒写他们视为正常的生存状态。当然,这种"超越"是许多社会批评家们所不能容忍的。沈从文以"乡下人"的心境和视角写成的乡土小说显然是与整个社会的进化

---

① 沈从文:《〈从文小说习作选〉代序》。

格格不入的,"常态"与"非常态"(或者是"非常态"与"常态")构成的是"乡下人"与"城市人"的一对充满着矛盾的视角。这种矛盾单单用阶级分析的方法,用社会批评的方法来解释,那么,沈从文的乡土小说是毫无价值的。过去我们的批评也许就是陷入了这个一元的标准,才将这位"美文"作家剔除在文学史的门外。

如前文所述,像废名和"乡土写实"小说家中前期世界观那样,在人类社会无法挣脱的痛苦悲剧中,他们用理想浪漫的方式来构筑一个外在的"超越悲剧"的世界,以此从另一个极端来完成自我宣泄,而沈从文却非如此。因为从根本上说,他的思维方式和认知方式与在汉民族氛围中长大的作者不同,他压根儿没有把具有新人文主义特征的"自上而下"的"五四"人道主义精神看作是抒发自己胸臆的价值尺度,他的审美经验是内在地"超越悲剧"的。照沈从文那样丰富的生活经历,他若用"五四"文化精神来构筑自己的湘西世界,则会使他成为一个文学史上较早出现的大悲剧作家,以其小说的数量和文采来看,他一定是鼎足于鲁、郭、茅、巴、老、曹之间的煌煌大家,但他的选择却是趋向于当时走下坡路的周作人和废名的美学观,消退了敏锐的社会和阶级的色彩,走向了情感世界的迷宫。沈从文从小就在血泊和屠刀下生活着,仅在湘西军队"六年中我眼看在脚边杀了上万无辜平良"。[①] 但他并不把这些惊心动魄的故事织入自己的小说中,以引起同情和疗救的注意。沈从文说过:"我在那地方约一年零四个月,大致眼看杀过七百人。一些人在什么情形下被拷打,在什么状态下把头砍下,我皆懂透了。又看到许多所谓人类做的蠢事,简直无从说起。这一分经验在我心上有了一个分量,使我活下来永远不能同城市中人爱憎感觉一致了。"[②]这些悲剧为什么反而使沈从文"不能同城市中人爱憎感觉一致了"呢?或许他认为某些作家是在"无病呻吟"或"小病呻吟"了,他经

---

① 沈从文:《从现实学习》。
② 《怀化镇》,载《从文自传》。

历过的苦难是超常的,也就淡漠了普通人那种对悲剧的惊讶。从悲剧中解脱出来,去寻觅生命力的张扬,去寻觅那种超文化的生命野性思维,去寻觅那种超阶级的"人性"和"人类之爱"。早在1936年,苏雪林就说过沈从文小说不易被人觉察的"理想":"这理想是什么?我看就是想借文字的力量,把野蛮人的血液注射到老迈龙钟颓废腐败的中华民族身体里去使他兴奋起来,年青起来,好在廿世纪舞台上与别个民族争生存权利。"①苏雪林的这种说法也许有点夸大其辞,但是,从中也可以看出,沈从文的乡土小说作为对"城市文明"的一种反拨,它所体现的内涵是相当复杂的,因为受着尼采悲剧美学观的影响,沈从文一方面是在酒神的影响下尽情地放纵自己原始的本能,在放纵中消弭人与人的界限与隔膜,投入到原始生活中去,以求获得人与自然的合一,另一方面日神精神又成为其抒情的主宰:"他主张面对梦幻世界而获得心灵恬静的精神状态,这梦幻世界乃是专为摆脱变化不定的生存而设计出来的美丽形象的世界。"②无疑,从中我们可以看到沈从文摆脱生存困境和精神崩溃的悲剧审美方式,正如沈从文自己所述:"时代的演变,国内混战的继续,维持在旧有生产关系下面存在的使人憧憬的世界,皆在为新的日子所消灭。农村所保持的和平静穆,在天灾人祸贫穷变乱中,慢慢的也全毁去了。使文学,在一个新的希望上努力,向健康发展,在不可知的完全中,各人创作,皆应成为未来光明的颂歌之一页,这是新兴文学所提出的一点主张。"③这"新的希望"就是沈从文为理想的梦幻世界设计出的美丽形象。如果说日神精神充满着主观抒情色彩的话,那么,沈从文的乡土小说是最具备这种特征的。和鲁迅乡土小说的悲剧审美观所不同的是,同样是接受尼采的悲剧观,鲁迅取酒神精神咀嚼痛苦而视为快感,以疗救魂灵为要义,狂放而自虐式地嘲笑鞭挞

---

① 苏雪林:《沈从文论》,载徐沉泗、叶忘忧编选:《沈从文选集》,中央书店1936年版,第10页。
② 〔德〕尼采:《悲剧的诞生》,转引自朱光潜:《悲剧心理学——各种悲剧快感理论的批判研究》,张隆溪译,人民文学出版社1983年版,第145页。
③ 沈从文:《论冯文炳》。

着民族文化的劣根性;而沈从文却取日神精神陶醉于梦幻世界的美丽形象,进入"迷狂"世界,逃遁于现实世界的痛苦。正如尼采所描述的那样,沈从文对现实世界不作道德的判断,因为"在道德的法庭面前,人生必不可免地永远是败诉者,因为它在本质上就是不道德的"①。于是,沈从文在现实世界中难以寻觅正义和幸福时,就在他生长的"边城"中寻觅美丽而崇高的艺术风景画。当然,现实生活中的"边城"并不可能成为一块超阶级的真空地带,但这成为沈从文乡土小说的一个"神话模式",是作者梦幻中的美丽形象的再现。这就是叔本华和尼采悲剧哲学的逃逸:"我们只有一条路可以逃避意志所固有的痛苦,那就是逃到表象的世界中去。现实的创伤要靠外表的美来医治。"②所以,当我们读沈从文的小说,尤其是乡土小说和童话、神话小说时,切不可忘却这层包裹着的外衣。苏雪林认为沈从文的小说有"玩手法"的魔术技巧之嫌。我以为这也体现了作家用"有意味的形式"来达到"外表的美",从而完成意志的逃遁。说沈从文是个"文体作家"正说明他在表象世界中所作出的艺术努力。

诚然,正如苏雪林在《沈从文论》中描述的那样,沈从文的许多小说表现出一种合乎于"五四"文化精神的"兽性","他很想将这份蛮野气质当作火炬,引燃整个民族青春之焰"。但这种"兽性"并非"五四"先驱者陈独秀所倡导的直观"兽性",以推翻旧有的民族文化封建基因的"狂飙性格"。在沈从文的乡土小说中,这种"兽性"是化作一种潜在的"梦幻情踪",来达到张扬人与自然合一的生命力量的,是对战乱演变下的"城市文明"的反动。我们不能说沈从文的小说的哲学和思想是完全离开了时代,整个脱离了"五四"文化的母胎,而是说他是从逆方向来否定"五四"文学所不能企及的哲学思想境界。这个境界只有他在"梦幻世界"中才能抵达。严家炎先生认为:"京派作家和绝大多

---

① 〔德〕尼采:《悲剧的诞生》,转引自朱光潜:《悲剧心理学——各种悲剧快感理论的批判研究》,第148页。
② 朱光潜:《悲剧心理学——各种悲剧快感理论的批判研究》,第150页。

数中国现代作家一样,他们的基本思想是现代的。他们是一些民主主义者和人道主义者。"①我们并不否认沈从文小说的"现代性",即"五四"的民主主义和人道主义思想的俯瞰。问题的关键就在于表达这一思想的不同认知方式。沈从文说:"我是个乡下人。走到任何一处照例都带了一把尺,一把秤,和普通社会总是不合。一切来到我命运中的事事物物,我有我自己的尺寸和分量,来证实生命的价值和意义。我用不着你们名叫'社会'代为制定的那个东西。我讨厌一般标准。尤其是什么思想家为扭曲蠹蚀人性而定下的乡愿蠢事。"②于是逃逸到自然的绿岛成为其乡土小说的主旋律。"要血和泪吗?这很容易办到,但我不能给你们这个"③,而是将悲苦掩藏起来,用音乐般的日神精神作主导,在幻象世界中完成悲剧"玄思的安慰"之快感。"神圣伟大的悲哀不一定有一摊血一把泪,一个聪明的作家写人类痛苦是用微笑来表现的。"④于是,沈从文的乡土小说的格调完全与"五四"以来以鲁迅为代表的乡土小说流派相异:"不管是故乡还是人生,一切都应当美一些!丑的东西虽不全是罪恶,总不能使人愉快,也无令人由痛苦见出生命的庄严,产生那个高尚情操。"⑤无疑,这种"择美"的心境和"择丑"的心境,正是尼采所阐述的悲剧的酒神和日神精神在不同世界观作家中的分化表现。朱光潜先生在《悲剧心理学》一书中将叔本华和尼采的全部悲剧理论归结为两条:

1. 艺术反映人生,即具体形象表现内心不可捉摸的感情和情绪。

2. 艺术是对人生的逃避,即对形象的观照使我们忘记伴随我们的感情和情绪的痛苦。

同样是医治痛苦的创伤,鲁迅敢于用带血的皮鞭抽打那"美如乳酪"的充盈着脓血的创口,以酒神精神的生命张力来宣泄呐喊"为人

---

① 严家炎:《中国现代小说流派史》,第244页。
② 《水云》,载《沈从文文集》第10卷。着重号为笔者所加,下同。
③ 沈从文:《〈从文小说习作选〉代序》。
④ 沈从文:《废邮存底·给一个写诗的》。
⑤ 《〈看虹摘星录〉后记》,载《沈从文文集》第11卷。

生"的壮举;而沈从文却用美丽形象的梦幻去构筑与"现实人生"遥遥相对的理想宫殿,以日神精神的"迷狂"来给人生的苦难注射一支止痛的吗啡,这是一种"心理变形"的审美方式。

于是,沈从文在承继周作人、废名的美学观念时,用自己大量的乡土小说创作实践,完成了中国现代乡土小说中"田园诗风"的体系框架,形成了一支与鲁迅传统的乡土写实风格相对峙的小说格局。这两种风格成为一种隐形的创作规范制约着后来许多不同流派和风格的创作群体和个体作家,几近成为他们创作的"集体无意识"。苏雪林曾预言沈从文不如当时鲁迅、茅盾、丁玲这样的第一流作家。然而要看清一个事物的真实本质,处在同时代的同一视野上,是难以辨析的。只有在这个历史过程以后,才能看清其真正的价值。沈从文的"田园诗风"小说只有在文学史的不断淘洗中,才能使我们领略其思想的弊端和艺术的存在价值。

毋庸置疑,沈从文在试图"超越文化"的同时,陷入了一种"文化悖论"的怪圈:"一方面,文化(包括无意识文化)使自然的人成了社会的人、文化的人、'有意义、有价值'的人;另一方面,文化(仍然包括无意识文化)又使人成了窒息自身价值的超理性或反自然动物,成了笼中之物,成了部分的非人。"[1]我以为沈从文的小说凡是乡土小说部分均表现出一种"反文化"意识,力求回归自然;凡是描写城市人的小说和描写小资产阶级知识分子的小说,均表现出对封建文化和工业文明的双重恐惧,具有一定的批判力度。不能说沈从文的小说全无理性色彩,问题就在于沈从文陷入"超越文化"怪圈时被无意识的文化所包裹,自觉地销蚀了自身小说的反封建文化的能量。《边城》、《连长》、《野店》、《丈夫》、《柏子》等作品中的理性思维最终被具有原始生命力的自然人形态的生存意识所取代,作者崇尚自然的"力和真",以此来与矫

---

[1] 居延安:《中译本序》,载〔美〕爱德华·T.霍尔:《超越文化》,居延安等译,上海文化出版社1988年版,第3页。

揉造作的"城市人"情感相抗衡。有些论者把这些说成是沈从文在更高视野上的"忧患意识",是试图重构民族文化心理的深层思考,这未免夸大其辞了。很明显,如沈从文在《长河·题记》中所说,"把这点近乎于历史陈迹的社会人事风景,用文字好好的保留下来,与'当前'崭新局面对照,似乎也很可以帮助我们对社会多有一点新的认识",并非作者用现代哲学思想反观原始风貌,试图重新建构民族文化的佐证。相反,这正是作者试图以"陈迹的社会人事风景"来对抗被"阉割"了的变形的民族文化。一方面是封建文化美型的召唤,另一方面是畸变了的"城市文明"进步。作者毫不犹豫地选择了前者。在这一点上,沈从文是缺乏一个"思想巨子"的头脑,他不能像鲁迅那样站在历史的进程中去清醒地看到集体无意识文化对于民族心理结构的残酷戕害。沈从文甚至陷入了残酷文化的"自娱"和"自恋"中不能自拔而甚感欢欣。这一点不能不说是沈从文乡土小说的思想局限,虽然它并不妨害其小说成为卓然独立的"田园诗风"文体典范。但真正意义上的"文化超越"却标志着人类文化的进步,"人类现在必须踏上超越文化的艰难历程,因为人所能实现的最伟大的分离业绩,就是渐渐地把自身从无意识文化的桎梏中解放出来"①。陷入"无意识文化"的悲哀当然不啻是沈从文一个人的悲哀,它还包括一大批在不同程度上认同于封建传统文化的中国现代作者。

　　思想和艺术有时往往处在一个非常尴尬的"二律背反"的窘境中,愈是思想处于逆方向的思维中,愈是能体现出其艺术的纯度和力度。沈从文乡土小说的"异域情调"和"地方色彩"应和着其浓郁的浪漫抒情色彩,所构成的风俗画面具有音乐的旋律美、诗歌的韵律美、绘画的意境美,要比一般意义上的乡土小说更具有艺术的魅力。他笔下的"湘西世界"构成的特殊风韵几乎成为几代湖南作家效仿的楷模,空蒙的沅水上漂流的一叶小舟,苗乡山寨中袅袅升腾的炊烟,原始森林中的

---

① 〔美〕爱德华·T. 霍尔:《超越文化》,第 238 页。

鸟语花香,清秀古朴的水乡吊脚楼屋,"边城"中白塔之下的老人、女孩和黄狗,那富有别一样诗情画意的"月下小景"……还有多情的苗族女子、粗野的水手、放浪的流浪汉、愚钝的乡民、蕴情极深的妓女,还有土匪、山大王、下层军官、赌徒之流……凡此种种,均浸润着作者对乡土文化的真善美的讴歌和寄托。明眼的读者可以一眼看出,沈从文乡土小说的风景画描写是和人物情境、作品寓意紧紧相契合的。试以《边城》的"风景画"为例。

> 那条河便是历史上的知名的酉水,新名叫白河。白河下游到辰州与沅水汇流后,便略显浑浊,有出山泉水的意思。若溯流而上,则三丈五丈的深潭清澈见底。深潭为白日所映照,河底小小白石子,有花纹的玛瑙石子,全看得明明白白。水中游鱼来去全如漂在空气中。两岸多高山,山中多可以造纸的细竹,长年作深翠颜色,逼人眼目。近水人家多在桃杏花里,春天时只需注意,凡有桃花处必有人家,凡有人家处必可沽酒。夏天则晒晾在日光下耀目的紫花布衣裤,可以作为人家所在的旗帜。秋冬来时,房屋在悬崖上的,滨水的,无不朗然入目。黄泥的墙,乌黑的瓦,位置则永远那么妥帖,且与四周环境极其调和,使人迎面得到的印象,实在非常愉快。一个对于诗歌图画稍有兴味的旅客,在这小河中,蜷伏于一只小船上,作三十天的旅行,必不致于感到厌烦,正因为处处有奇迹,自然的大胆处与精巧处,无一处不使人神往倾心。

这段文字描写看似很平淡,没有极富文采的词藻堆砌,也无十分动情的抒情穿插其间,然其给人的印象却是散溢着淡雅清秀、隽永明快的艺术感受,从视觉效果上来看,它完全具备文人山水画的"写意"风格,出山泉水似的沅水、清澈见底的深潭在白日映照下显出的白石子和玛瑙石、水中的游鱼、翠绿的细竹、嫣红的桃花杏花、紫花衣裤为帜的标记、黄的墙、黑的瓦。作者的用色甚为讲究,充满着古朴之气,给人的视知觉并不醒目刺眼,却渗透着清雅的儒味。更令人钦佩的是作者在平淡之描写中透露出的诗韵与灵动之气,确蕴含着极有超视觉效果的美学意蕴,一笔"水中游鱼来去全如漂在空气中",真乃神韵之笔,作者将自己恍惚的视觉化作诗一般的情境,若神若仙若真若幻。色彩的调和尚不足为奇,更奇的应是在平淡中隐现出突兀的诗情画意。作者写"春",则大有"借问酒家何处有,牧童遥指杏花村"之意境;写"夏",则大有"白云生处有人家"之意境;写"秋冬"则写泥墙乌瓦筑在悬崖上的景观,真有"绿树村边合,青山郭外斜"之致。

沈从文乡土小说之所以重视景物描写,还在于他试图在这景物描写中写出人的复杂心境。沈从文研究专家,美国圣若望大学历史系副教授金介甫(Jeffrey C. Kinkley)先生在《沈从文传》中说:"1947年有人向他请教该怎样写一部蒙古草原风情的乡土小说时,沈对作品的故事安排就曾提出具体方案。说要注意景物描写;对四季和早晚有不同的风景刻画,写些康藏情歌,增加草原游牧的抒情气味;发掘人的心理情绪,特别写他们发疯后的心情;写内地商人和蒙人的交易习俗,表明各种社会交往中人的心情。"[①]由此可见,沈从文的风景描写是与其人物关系休戚相关的。景物描写成为他在两种不同文化的巨大落差和反差中所特有的抒情手段和意念阐释的中介物。

美景,成为沈从文乡土小说不可缺少的描写成分。像周作人和废名一样,平淡中和、清新素雅成为他的艺术追求,隐伏其中的抒情议论亦不显山露水、慷慨激昂,仿佛作者始终是以平静的眼光来观察自然景物。作为"香草美人"的隐喻和象征,景物描写在中国传统描写中始终是赋比兴的必要手段。而在"五四"以后,尤其是在鲁迅以后的乡土写实小说风格的作家作品中,景物描写逐渐受到冷落。废名、沈从文的"田园诗风"乡土小说恢复并发展了这种景物描写成分,其意义不仅止于赋比兴的艺术效果,而且其象征和隐喻效果往往为乡土小说向现代

[①] 〔美〕金介甫:《沈从文传》,符家钦译,时事出版社1991年版,第267页。

小说的本体象征过渡创造了条件。沈从文说自己和废名一样"用同一单纯的文体,素描风景画一样把文章写成"。① 风景画不仅仅作为点缀和装饰而取得读者赏心悦目的欢愉;更重要的是,它作为乡土小说"风俗画"和"异域情调"的重要构成,更能显示出乡土小说的文化特征,田园牧歌式的特定情境正体现着淡远优雅的中国文化宁静氛围特征。当然,沈从文在其景物描写之中更多的是注入了老庄哲学的意蕴,且渗透着不同于正统文化的"野趣"。"京派小说"作家中基本上都很注重景物描写,和沈从文一样,他们营造的亦是"世外桃源"的美境(除了田涛的乡土小说格调有所殊异外),有些大段的景物描写甚至比沈从文还要精彩纷呈。而"京派作家"中的凌叔华原是位画家,其乡土小说更得风景画之神韵,虽然她并不在外在视觉上注重风景画描述,但其小说的"内心视觉"颇具元明山水画之神韵。值得称道的却是萧乾小说的写景更有诗一般的情韵,在他的小说《俘虏》中有这样一段文字:

> 七月的黄昏。秋在孩子的心坎上点了一盏盏小莹灯,插上蝙蝠的翅膀,配上金钟儿的音乐。蝉唱完了一天的歌,把静黑的天空交托给避了一天暑的蝙蝠,游水似地,任它们在黑暗之流里起伏地飘泳。萤火虫点了那把钻向梦境的火炬,不辞劳苦地拜访各角落的孩子们。把他们逗得抬起了头,拍起手,舞蹈起来。

凌叔华和萧乾虽不是"京派小说"的中坚乡土小说作家,但这种把散文和诗的写法植入小说的作法,却成为其共同特征,写景成为他们美学思想的外在显露。最末一位"京派小说"作家,自诩为沈从文学生的汪曾祺在80年代仍坚持着小说这一作法:"散文诗和小说的分界处只有一道篱笆,并无墙壁(阿左林和废名的某些小说实际上是散文诗)。我一

---

① 沈从文:《论冯文炳》。

直以为短篇小说应该有一点散文诗的成分。"①废名和沈从文的乡土小说的鲜明特征就是将小说诗化和散文化,其中很重要的一个因素就是注重风景画(景物描写)的象征性铺陈。其实,在鲁迅的小说中也有风景画的描写,像《故乡》中湛蓝天空下少年的身影,《社戏》中明净夏夜氛围之渲染,《风波》中宁静黄昏景色的描写……但这比重毕竟很小。鲁迅没有把散文中那如诗如画的景物描写植入小说,诸如《从三味书屋到百草园》中那种给人以视觉、听觉、嗅觉美感的充满着画境和音乐感的景物描写,那种怡人心腑的童趣率真之美,并没有进入鲁迅小说的视阈。或许是凝重冷峻的现实主义风格的阈限吧,或许是"苦闷的象征"之压抑吧,这种描写的消失预示着"乡土小说流派"的诸作家将纷纷仿效之。即使有些作家原先也有田园牧歌式的景物描绘,最后也逐渐改弦更张,用浓重的情节描写和人物描写压倒了或是剔除了景物描写的成分。而"京派小说"作家在小说中融入景物(风景画)之描写,应该说这种创举是小说的进步,它的意义应该说是深远的。沈从文的乡土小说和童话小说(除城市题材外)注重景物描写的营构,不能不说是为乡土小说的风俗画增添了魅力。

沈从文乡土小说还注重其苗族的风俗礼仪和充满着宗教色彩的习俗的详细描述,他不厌其详地在其小说中大谈风土人情,以致有的批评家说他是在有意卖弄少数民族的风物。然而,"异域情调"所形成的风俗画的美学餍足却是被人们所公认的。苏雪林说沈从文的小说"情节原平淡无奇,不过我们读着时很能感觉得一种新鲜趣味。这因为我们普通人生活范围厌狭,除了自己阶级所能经验到的以外,其他生活便非常隔膜,假如有一个作家能于我们生活经验以外,供给一些东西,自然要欢迎了。所谓属于'异国情调'的诗歌小说得人爱好,也是一个道理"②。无疑,这种"距离"所造成的美感是一般人都能体验到的,沈从

---

① 汪曾祺:《晚饭花集·自序》,人民文学出版社1985年版。
② 苏雪林:《沈从文论》,载徐沉泗、叶忘忧编选:《沈从文选集》,第2页。

文以他优厚的少数民族的生活经历来开拓这一领域,当然是要比从"老远的贵州"走进北京的蹇先艾,以及浙江一带的乡土作家们,更具"异域情调"的艺术魅力了。而且沈从文乡土小说与其他乡土小说作家的不同就在于:"黎锦明有《水莽草》,《黄药》等篇,论者谓足以表现湘西的地方色彩。但黎氏以写故事为首要目的,表现地方色彩为次要目的,所以成功不大。至于沈从文则不然。他的《旅店》(一名《野店》),《入伍后》,《夜》,《黔小景》,《我的小学教育》,《船上》,《往事》,《还乡》,《渔》,对于湘西的风俗人情气候景物都有详细的描写,好像有心要借那陌生地方的神秘性来完成自己文章特色似的。有些故事野蛮惨厉,可以使我们神经衰弱的文明人读之为之起栗。"①显而易见,沈从文与"乡土小说流派"所不同的是,在描写风俗画时,前者并不首先考虑到世界观的表现,后者则首先是要考虑风俗画背后的题旨的,正如茅盾所阐述的那样:"关于'乡土文学',我以为单有了特殊的风土人情的描写,只不过像看一幅异域的图画,虽能引起我们的惊异,然而给我们的,只是好奇心的餍足。因此在特殊的风土人情而外,应当还有普遍性的与我们共同的对于运命的挣扎。一个只具有游历家的眼光的作者,往往只能给我们以前者;必须是一个具有一定的世界观与人生观的作者方能把后者作为主要的一点而给与了我们。"②这一经典性的概括,道出了"为人生"而写作的乡土小说家的共性。同样是被生活驱逐到异地的人们,"乡土小说流派"的作家喊出了农村衰败、农民悲苦的呼号,是在悲凉的乡土风俗画中隐现出感伤的乡愁,虽然其间"点缀着冷酷的野蛮习俗",虽然在悲凉的背景中掺入了美丽,然其强大的"为人生"的人道主义主题内涵折射在每一个情节、人物、细节和风土人情的描写之中,其社会、道德的价值判断是鲜明突出的。而沈从文乡土小说则如苏雪林所言,是将其风俗画描写放在首要位置,而非乡土写实小说

---

① 苏雪林:《沈从文论》,载徐沉泗、叶忘忧编选:《沈从文选集》,第2—3页。
② 茅盾:《关于乡土文学》。

家那样,放在次要位置。我以为这就形成了沈从文(包括废名)小说"乡土味"更浓的重要原因,"风俗画面"的大量描写冲淡了主题内涵的表现,但这正合作家的创作主导意念。沈从文们本身并不是要求表现一种强烈的济国救民意识,而是注重表现一种人生的生存方式和生命意识的过程,虽然这种幻影是缥缈的,但作者绝对是具有一种虔诚的宗教式的情感。只有一种普泛的博爱的人道主义情感来作为他小说的基调。"因为我活到这世界里有所爱。美丽,清洁,智慧,以及对全人类幸福的幻影,皆永远觉得是一种德性,也因此永远使我对它崇拜和倾心。这点情绪同宗教情绪完全一样。这点情绪促我来写作,不断的写,没有厌倦,只因为我将在各个作品各种形式里,表现我对于这个道德的努力。人事能够燃起我感情的太多了,我的写作就是颂扬一切与我同在的人类美丽与智慧。"①当然,沈从文在那个时代所表现的退回到中世纪的宗教情感显然是不合时宜的,但他站在更辽远的未来学、人类学视角来看问题则是小说发展较高阶段的主题学特征。这种"超前意识"脱离了本身所处的时代和社会,显然是不合时宜的,因为一个时代的思想应为统治思想。

沈从文在描写湘西沅水的风土人情上花了很大的气力,甚至有些竟有"风物志"之嫌,但这些风俗画描写充满着人格化的象征意蕴,作者同样在这上面花了很大的功夫来精雕细刻,使其合乎作者那种普泛人道主义的胸怀。他说自己的小说"只想造希腊小庙,选山地作基础,用坚硬石头堆砌它。精致、结实、匀称……这神庙供奉的是'人性'"。"为人类'爱'字作一度恰如其分的说明。"②人们都说沈从文的小说受希腊文学的影响很大,我以为这影响并不是艺术上的借鉴,而更多的是那种普泛的人道主义精神的效仿。无疑,这是和"五四"新人文主义思潮有相悖之处的。首先,它消泯了阶级的根性,也就失却了当时的(即

---

① 沈从文:《〈篱下集〉题记》。
② 沈从文:《〈从文小说习作选〉代序》。

时性的)阅读快感效应。

　　实际上,无论写实主义还是浪漫主义,对风俗画的描写都十分注重,从最早的现实主义开始就把风俗人情描写放在首要位置,而浪漫主义也更为器重这样的描写成分。正如勃兰兑斯在描述法国浪漫主义文学时所说:"他们以'尊重地方色彩'为口号。他们所谓的'地方色彩'就是他乡异国、远古时代、生疏风土的一切特征,而这一切当时在法国文学里都还没有获得适当的地位。"①如果说,浪漫主义的主流已把法国文学中的"地方色彩"和"风俗画面"描写推到了高潮,那么巴尔扎克为首的现实主义作家则又用"风俗描写"把"地方色彩"推向了极致。一部《人间喜剧》就是一部法国社会的风俗史,这个评价当是中肯的。然而中国的沈从文是非现实非浪漫的乡土小说家,他的"风俗画"描写究竟呈现出何等的意义呢？我以为这仍是和作者宣扬生命的力和真、渲染原始的人性美、高扬那种带着野性思维特征的人类非规范化理性的情感有关。沈从文乡土小说不同于废名乡土小说的地方就在于,同样是写田园牧歌,前者洋溢的是非正统的山俗野趣,是不入传统道德规范的"反文化"、"反文明"现象的再现;而后者多半是传统士大夫归隐田园后的洒脱情境,与传统的道家思想、佛教思想暗通,基本上是"文化"和"文明"的反馈和折射。同样是写自然,写风土人情,沈从文乡土小说所流露出的是生命的力和真,而非道德的演绎。

　　在风景画、风俗画上描摹各式各样的人等,这在沈从文的小说中表现得尤为突出,他笔下的人物三教九流,庞杂而多样,这点是现代小说作家难以比拟的。但在这一幅幅画面中所活动的人均富有难以言表的神韵。我们知道,沈从文的乡土小说并不注意故事情节曲折、紧张、离奇的营造,往往是写景抒情和风俗描写压倒了写人叙事,人物描写仿佛只是山水画中隐现的淡泊"写意"人物而已。有人认为沈从文是受了"泛神论"的影响,这固然有一定道理,然其根本原因还在于作者对于

---

① 〔丹麦〕勃兰兑斯:《十九世纪文学主流》第5分册《法国的浪漫派》,第19页。

那种原生状态下的生命原型之美的崇尚,沈从文要的是"野美"、"俗美"、"非文化之美",而非传统意义上的优雅之美、淡泊之美、宁静之美这些包含着文人小说腐气的美学观念。沈从文说:"我欢喜同'会明'那种人抬一箩米到溪里去淘,看见一个大奶肥臀妇人过桥时就唱歌。我羡慕'夫妇'们在好天气下上山做呆事情。我极高兴把一支笔画出那乡村典型人物的脸同心,好像《道师与道场》那种据说猥亵缺少端倪的故事。我的朋友上司就是《参军》一流人物。我的故事就是《龙朱》同《菜园》,在那上面我解释我生活的爱憎……我太与那些愚暗、粗野、新犁过的土地同冰冷的枪接近,熟习,我所懂的太与都会离远了。"[①]显然,说沈从文和下层人物的情感交流是出于阶级意识的觉醒之说是可笑的,然而仅仅说作者是对一种善美的追求亦是平庸的;那么有人把它说成是作家接受弗洛伊德的"泛性论",来抒写原始自然性欲所导致的蓬勃生命力,赋予小说以本体象征的意蕴,这固然不乏是一种较深刻的说法;然而,忽略了风景画、风俗画小说中人物"淡入"、"淡出"的更深层结构意识——那种"反文化"、"反文明"的隐形情绪,我们就很难把握沈从文乡土小说的思想内涵和艺术特质。显而易见,沈从文一再强调自己的思维方式与城市人的迥异,"与都会离远了",这里的"都会"完全是一种"文化"和"文明"的结晶和象征,而沈从文却是时时提防着文化的侵蚀的,他试图保持的"净土"是不受任何文化侵扰的理想天堂,虽然这是根本不可能的。这种与文化相悖的意念促使沈从文在自己的乡土小说中用大量"异域情调"的风俗画、风景画来冲淡文化侵蚀的表象。这种"反文化"的隐形情结在很大程度上制约着沈从文的创作,这里面多少带有尼采的"超人"哲学色彩,问题就在于这种隐形的反文化情结作为一种"集体无意识"的遗传基因,在那个不适宜表现的年代里被封存"冷冻"起来,一旦有了适应生存的气候和环境,它就会复活和光大。当沈从文小说时代过去半个世纪以后,80年代汪曾祺重

[①] 沈从文:《生命的沫·题记》。

温四十多年前之"旧梦"时,这种"反文化"的情绪就又复萌了。直到莫言"红高粱家族"小说的诞生,可谓把这种野性思维的"反文化"倾向推向了极致。沈从文和莫言一样,不就是要弘扬那种敢爱敢恨、敢生敢死、敢歌敢哭的非文化规范状态下的生命原动力吗?这种生命的原动力是超越道德标准价值判断的。《边城》中的翠翠,《萧萧》中的萧萧,用纯粹的道德批评去衡量她们,显然会造成不合时宜的"误读"。没有更深的理解,沈从文的乡土小说的意义只能停滞驻足于风景画和风俗画的"异域情调"的美学餍足之中,而不能体现作者用"乡下人"视角所嘲讽调侃文化的深刻内涵。作者就是有意识要把具有"文化"色彩的矫情去掉,而将以人的生命原始驱力作为最率真的情感加以歌颂。从《边城》到《长河》,甚至到沈从文40年代后期写就的一些短篇小说,在这浩瀚的乡土小说文字中,沈从文的乡土小说艺术几经变迁,然其在风俗画、风景画背后隐匿着的对生命力张扬的美学观念始终未泯。碾房、水车、农舍、牛羊……作为一种田园牧歌宁静氛围的象征,它隐伏着的并非静态的诗意,而是躁动不宁的生命意识的喷薄。在那大段大段的风俗礼仪、节日习俗、风土人情等等的描写中,激活着作者如醉如痴的生命体验,不管是悲剧还是喜剧的,作者始终用一个"乡下人"(原始情感)的眼光来平静地娓娓地诉说着。于是,这就给我们解读他的乡土小说带来了"迷障"。当越过这神秘的沼泽地时,我们看到的是一片美丽的风景下,作者那颗如日东升的大慈大悲的悯天忧人之心。

鲁迅乡土小说中呈现出的主题内涵有着"两间余一卒,荷戟独彷徨"的意蕴。那种对民族文化的忧患意识是一般人难以理解的,它带有一个"五四"先驱者的孤独和悲哀情绪。而沈从文难道就没有这种孤独和悲哀吗?我以为沈从文的孤独和悲哀是从逆向的角度来"反文化"。虽然他这种"反文化"情绪有着盲目性,但同样是对民族文化根性羸弱的思考。他的乡土小说作品"浸透了一种'乡土抒情诗'气氛,而带着一份淡淡的孤独悲哀,仿佛所接触到的种种,常具有一种'悲悯'感。这或许是属于我本人来源古老民族气质上的固有弱点,又或许只是来自外部生命受尽挫伤的一种反应现象"①。由此可见,沈从文"反文化"的孤独悲哀感就在于试图重建"理想的乐园"而不得。他的文化批判精神表现在对一种"为了忘却的纪念"之中,他不敢面对悲惨的世界和人生发出嫉世愤俗的呐喊和呼号,而是想抹去这惨痛的回忆,不使自己的童心遭受苦难的摧残。如果"五四"先驱们往往是在自虐式的痛苦中完成对民族文化劣根的解剖和批判,那么沈从文往往是在自娱式的嬉戏中抛弃民族文化劣根的侵袭。他主张:"不要为回忆把自己弄成衰弱东西,一切回忆都是有毒的。不要尽看那些旧书,我们已没有义务再去担负那些过去时代过去人物所留下的趣味同观念了。在我们未老之前,看过了过多由于那些先前若干世纪老年人为一个长长的民族历史所困苦,融合了向坟墓钻去的道教与佛教的稳遁避世感情而写成的种种书籍,比回忆还更容易使你未老先衰。"②这便是他自我解脱的良方,也是他的小说中和平淡的根由所在。

　　人们注意到沈从文乡村风景画、风俗画中"再创造现实"的潜能,他的乡土小说富有传奇色彩,弥漫着一层神秘的迷雾。这不仅仅体现在他的乡土小说对于风土人情的描绘和对自然形态的人际关系的抒写,也不仅仅是那充满着"异域情调"的方言俚语的诱惑。有人在沈从文的小说中寻觅存在主义的特征,这真有点捕风捉影、牵强附会了。作为一个非写实非浪漫的作家,沈从文乡土小说所采用的艺术技巧与废名一样,有时是融合了"再现"与"表现"的两种成分。"五四"以后由于西方文艺思想和表现手法的狂潮第一次汹涌澎湃而来,人们在过多地接受现实主义创作技巧的同时,亦潜移默化地受到了现实主义小说表现技巧的影响,只不过是在不同作家身上有或多或少的区别而已。想完全摆脱某种倾向的描写技巧,将自己置入一种技巧的真空管子里,则是徒劳无益的。因此这种"二元倾向"的表现技巧亦往往出现在沈

---

① 沈从文:《散文选译・序》。
② 沈从文:《废邮存底》。

从文的乡土小说描写中。人们往往注意到沈从文中后期城市题材小说中的"表现"成分,说其受弗洛伊德之影响和受象征派的影响。而在同一时期"他写的乡土文学作品,不像他的写都市生活的作品那样,被朋友和读者认为是受到西方现代派感染,被人指摘为'朦胧费解'和'畸形反常'。那种土生土长的晦涩成分如湘西方言之类,沈早就不再采用了。最后,沈从文只好选定自己的创作道路。福克纳的小说证明,乡土文学作品同现代派文学能够在同一个作品里并存。沈从文也在他乡土文学作品中运用过先锋派技巧,但可惜还未起步,1949年以后就不再动笔了"①。撇开沈从文城市小说中的先锋派技巧不论,就其乡土小说来说,虽然沈从文没有像福克纳那样用整体的先锋派技巧来融合乡土的描绘,然其乡土小说不乏采用和嵌入"表现"的成分。《边城》所造成的空蒙之境,并不完全是传统的赋比兴之意境,甚至带有早期神秘主义和象征主义的色彩。翠翠微妙的心理变化过程,那种似梦非梦的对歌、迎娶、划龙船、弹琴等等,以及翠翠的"白日梦"描写,明显地带有"意识流"的表现色彩,同时弗洛伊德的"析梦"意蕴也渗透其中。作品往往从幻听、幻觉、幻视中来描写人物心理,构成了小说的空蒙神秘之美境。采用象征手法来预言人物命运,当是当时流行的"表现"手法,这在沈从文的乡土小说中亦不少见。《边城》中翠翠去摘"虎耳草",《凤子》中也写"虎耳草",这都成为一种悲剧性的象征预兆,把景物描写中的象征性描写和作者所要表达的意念相暗通,构成隐喻的美学效果,并不止于传统的"香草美人"的赋比兴,现代派(尤其是象征主义)也惯用此类技法来构成小说的局部象征意义。不管沈从文是从哪方面汲取营养,它都富有"表现"意味。

沈从文和现代派诗人徐志摩过从甚密,徐志摩也是在文学上给沈从文帮助最大的朋友之一。徐志摩的诗歌"表现"技巧也是对他有很大影响的。金介甫先生注意到了"正是在徐志摩的诗歌中,人们可以

---

① 〔美〕金介甫:《沈从文传》,第221页。

察觉到他在诗中借用那些宇宙的比喻只是写诗的一种技巧。沈从文也用过宇宙作象征,他这样写是郑重其事的,尽管不能说有多深刻"①。确实,外在空间的"宇宙"作为一种表象,它是与人物内在空间(心理空间)的"宇宙"紧密相连的。这成为沈从文乡土小说的一个重要特征。正如金介甫所言:"《凤子》是沈从文的《追忆逝水年华》(普劳斯特著),至少在精神上是相通的。首先,《凤子》不单是作者也用第一人称比喻手法来回忆自己过去年华,它还是一部研究心理学与象征性特征的复杂作品,把回忆和比喻结合起来。"②金介甫先生看到了沈从文乡土小说的这种特征,也就应该承认沈从文在早期乡土小说作品中的这种现代意义上的"表现"探索,虽然它们透露出的先锋派意味并非像徐志摩、戴望舒、李金发那样浓郁和充分,也并非像同期的"新感觉派"小说家施蛰存、穆时英(沈从文曾著文论及过穆氏的创作)、刘呐鸥那样的"城市风景线"式的"现代"(modern),但作为象征的描写(尤其是景物描写的抒情特色)始终贯穿于沈从文的乡土小说创作中。"五四"以来的许多作家(包括鲁迅在内)在艺术技巧上的兼容风度加速了中国小说"表现"与"再现"融合的二元倾向,沈从文当然也不例外,直到长篇田园诗小说《长河》,这种艺术倾向仍旧存在。尽管这部小说与前期小说不同,采用了多头的线索并进方式,强化了情节效果,但其象征的抒情风格依然独存。

当然,沈从文在自身的乡土小说中运用和探索先锋派技巧并不像他在城市题材小说中那么起劲,如在《水云》中,沈从文采用了"复调小说"的作法,用"人物主体性"的写法,写出三个不同女性的心理世界,作品所采用的三种不同的叙述"语调"形成了具有"内心独白"的现代小说特征。像陀思妥耶夫斯基小说一样,主客观描写的交替、没有统一的情节、内心独白、散点式的描写、梦境描写、即时性的旁白……这些技

---

① 〔美〕金介甫:《沈从文传》,第218页。
② 同上。

巧的探索可惜没有在沈从文的乡土小说中更多地展开,也就使这位开创田园诗风的乡土小说大家缺少了某种艺术探索的契机。否则,沈从文的乡土小说将会出现一个更加美妙的艺术景观。

沈从文的思想和艺术世界是一个难解的"迷宫",对它们的研究还是远远不够的。

第五节　各个作家群落的乡土小说创作

随着1928年无产阶级文学的倡导和"左联"的成立,"革命小说"(也即"革命的浪漫谛克")风潮涌起,一些革命家在经历过浪漫谛克的革命斗争生活以后,用笔来抒发自己内心的情感。这些小说多半是"革命+恋爱"的模式,即便是写革命斗争也充满着小资产阶级盲目的浪漫精神。在"革命+恋爱"的小说中,有一部分是反映乡村斗争生活的乡土作品,诸如蒋光慈的《咆哮了的土地》,阳翰笙长篇小说《地泉》的第一部分,柔石的《二月》,叶紫的《丰收》、《火》、《电网外》,丁玲的《田家冲》,等等。

由于对中国社会和中国革命缺乏更深刻更本质的认识,因此这其中一批乡土小说的产生多半是作家的主观意念的复现。他们脱离了乡土现实生活的土壤,将小说情境的营构和人物的塑造悬置于一个浪漫的充满着狂热的小资产阶级情调的理想空间,致使小说充斥着概念化的弊端。从这一点上说,这些倾向是背离了"五四"新文学的精神的,与"乡土写实"作风的小说格格不入,受到了当时许多革命家和作家的批评。瞿秋白认为像《地泉》这样的作品"正是新兴文学所要学习的:'不应当这么样写'的标本"①。茅盾认为《地泉》一类小说失败的原因有二:"不外乎(一)缺乏社会现象全面的非片面的认识,(二)缺乏感情

---

① 瞿秋白:《革命的浪漫谛克》。

的去影响读者的艺术手腕。"①同时,茅盾还批评了蒋光慈小说由于机械主观主义的弊病而给小说带来的用"脸谱主义"的方法去描写人物,以及用"方程式"去布置故事情节的通病,指出:"作家们还当更刻苦地去储备社会科学的基本知识,更刻苦地去经验复杂的多方面的人生,更刻苦地去磨练艺术手腕的精进和圆熟。"②尽管有人为蒋光慈和阳翰笙等人的作品鸣冤叫屈,试图重新翻案,说"这些作品就单个说,只反映农村社会的一个方面,或者是山村一隅,或者是革命的一个横断面,但合起来,就是一幅农村破产、革命发生发展的壮丽图画。这些作品没有停留在客观的表述,而是进一步挖掘造成灾难的根源,从根本上接触到了反帝反封建的主题,从中揭示了人民所以要革命的原因"③,但我们不能不说这些"革命小说"开了"主题先行"、"概念化"、"脸谱化"的先河。它给后来小说的潜在影响是巨大的,它成为一个隐形的枷锁,制约着后来一大批作家的创作心理。和以鲁迅为首的"乡土小说流派"以及以沈从文为代表的"田园诗风"乡土小说相异的是,"革命的乡土小说"(恕我延伸这类小说的内涵而制造出这个专用名词)忽视了小说作为艺术的一个最本质的特征,即作为"间接"的艺术和"直接"的理念图解,它们中间这条鸿沟是不可逾越的,这就是马克思、恩格斯一再强调的不能成为"时代简单的传声筒",而是时代和社会复杂的艺术的折光。蒋光慈、阳翰笙等革命者的政治思想观念是无可非议的,其创作的目的也是不容否定的,然而,他们忽略了艺术的规律,当然要受到其加倍的惩罚,茅盾切中要害的批评可谓是对这类小说的一帖清醒剂。对这类"革命的乡土小说"所要表现的积极向上的情绪和试图反映大革命后风起云涌的土地革命斗争现实内容,我们当然不能予以贬斥。但

---

① 茅盾:《〈地泉〉读后感》。
② 同上。
③ 马良春、张大明:《左翼文艺创作的巨大成就》,《中国现代文学研究丛刊》1980年第2辑。另,《中国现代小说史(下)》(赵遐秋、曾庆瑞著)也对马、张一文的观点持赞同意见。

它们在试图将"五四"反帝反封建主义主题上升到一个更高阶段时,从根本上忽视了具有新人文主义内涵特征的人道主义精神的体现,也忽视了无论写实主义和浪漫主义都注重的乡土小说的本质特征——"异域情调"和"地方色彩"的风俗画面的再现与表现。当然,这些"革命的乡土小说"中也不是全无"地方色彩"的蛛丝马迹,而是作者们根本就没有将这"悲凉的图画"放在眼中,根本没有用"艺术的手腕"去感染读者。"革命的乡土小说"的最大特征就是作者反反复复地、赤裸裸地宣传自身的创作思想,用既定的主题来装配一个个人物,人物的思想和言行成为作者的"传声筒"。《地泉》中且不说作者"左"倾幼稚病的影响,就作者对于农民暴动的描写的失实来说,便可以看出作者充满着小资产阶级浪漫谛克情调的主观理想成分对小说真实性的侵袭。轻而易举的胜利,仿佛把一个充满悲凉氛围的异常顽固强大的封建农村社会一夜之间就摧而毁之、旧貌换新颜了。而那种革命的手段却又是何等的幼稚可笑,仿佛革命没有污秽和血。这本身就是对"五四"反封建的深刻性认识不足。更重要的是作者并不是用"艺术手腕"来进行"间接"的表现和再现,而是处处将作者的思想暴露出来,这不能不说是"普罗文学"的悲哀。同样,蒋光慈的《咆哮了的土地》也很鲜明地暴露出上述的描写病根,作者把主人公化作自己思想的影子,塑造成不食人间烟火的英雄人物,如小说中对李杰的描写明显暴露出作者的思想倾向,尤其是李杰在烧毁地主楼屋时所表现出的大无畏的无产阶级彻底革命精神,更体现出观念逾越人物的特征。李杰这种株连九族、大义灭亲的壮举虽有细致的思想斗争描写,且不说是受极"左"思想的支配,即便从反封建的视点来看,这本身就是与"五四"人道主义母题相悖的,它本身就是非无产阶级的封建意识的体现。

无疑,"革命的乡土小说"没有风景画、风俗画的描写成分,或许是这些革命家不屑于此吧,或许他们认为这才是小布尔乔亚的情调呢。所以,乡土小说的最本质特征从这里消失了。当然,试图从"普罗文学"的弊病中挣脱出来创造出一个更合乎乡土现实的作家要算是"左联五烈士"中的柔石了。柔石的《二月》同样是写大革命前后的农村社会,同样还具有抹煞不掉的"革命的浪漫谛克"的痕迹。但是《二月》的主题表现却是鲁迅所说的"曲笔"式的,虽然作者在设计人物时用了"三角恋爱"的公式,在肖涧秋、陶岚和文嫂之间形成的纠葛正是"五四"以后青年的心境描写。我以为《二月》最成功的一笔就在于肖涧秋在追求"五四"个性解放的同时,没有忽视一个"五四"最基本的命题:人道主义精神成为人的个性解放的根本起点。显然,肖涧秋救文嫂而不得又弃陶岚而去,正表现了这一代人反封建的任重而道远,也体现了这一代青年的彷徨情绪。这部小说与"革命的乡土小说"的分道扬镳就在于小说在情节的波澜起伏中展开了风情画、风俗画的描写,回复了乡土小说的艺术特征。难怪难得为作家说好话的鲁迅亦称这部小说是"用了工妙的技术所写成的"。[①] 这种试图回复乡土小说艺术特征的意图更鲜明地表现在柔石1930年创作的《为奴隶的母亲》里。除了"五四"人道主义精神的烛照以外,《为奴隶的母亲》同样是写"典妻",而它的思想高于台静农、罗淑等人之处就在于作者阶级意识的进一步强化,那种曲折表现的对旧社会的愤怒血泪控诉充满着作家的主观意念,但这一意念并非"直接"裸露,而是"间接""曲笔"的再现,这是对于乡土写实风格的皈依。更重要的是,风俗画面的展开,成为这篇小说悲凉氛围的一个背景性的描写,有机地融合于情节和人物的描写之中,致使这部小说在思想和艺术上达到了炉火纯青的地步。

丁玲作为从大革命后起步的女作家,她30年代初的一些作品亦带有"革命的浪漫谛克"的色彩。可以说,丁玲在自觉接受这一创作模式时,就明显地抛弃了像《梦珂》、《莎菲女士的日记》那种"主观"(即人物主体性)的"表现"手法,在思想大于形象的描写中徜徉。在丁玲的"革命的乡土小说"《田家冲》中,同样犯有蒋光慈和阳翰笙那样的概念化弊病,这篇创作的发表正值"左联"成立时期,它带有明显地图解农

[①] 鲁迅:《柔石作〈二月〉小引》。

村革命的印痕。而那篇人物性格写得很突出的《奔》,虽然要比《田家冲》高明得多,描写了农村破败的图景,但仍不免留下了图解当时革命"真理"的痕迹。丁玲在1931年发表的《水》历来被人们众口一词地奉为"新现实主义"的伟大实绩,说它是标志着"革命+恋爱"的公式被清算,而使小说进入了表现工农斗争的新视野的境界:是"从离社会,向'向社会',从个人主义的虚无,向工农大众的革命的路";"《水》的最高价值,是在最先着眼到大众自己的力量,其次相信大众是会转变的地方"。① 不错,这部以1931年十六省水灾为背景的乡土小说充满了农民斗争的色彩,农民阶级革命化在小说中得以尽情表现。但是,我们不能不深深地惋惜作品对中国农民塑造的隔膜弊病,整个农民群像的描写虽然颇具性格特点,但这毕竟是在图解某种概念。我以为这部小说最大特点就在于作者在渲染氛围上有独到之处,它起着烘托人物的重要作用,人物群像依托着氛围描写才有了些活气,否则,这部小说完全是一种当时理论的图解。问题在于这部小说之所以不同于《田家冲》、《奔》,乃至于《咆哮了的土地》和《地泉》之处,就在于它具有乡土小说的"地方色彩"和"风俗画面",形成了某种程度上的"异域情调"。当然,这不光表现在小说的方言描绘上,也不仅体现在对乡土社会人际关系的传统习俗的描写上,作者还在小说中注入了景物描写,如:"沸腾了的旷野,还是吹着微微的风。月亮照在树梢上,照在草地上,照在那太阳底下会放映点绿油油的光辉的一片无涯的稻田,那些肥满的,在微风里噫噫软语的爱人的稻田。"作为一种"反衬"的景物描写,显然它增强了小说表现的张力。可以这样说,《水》是丁玲小说的思想和艺术的"定型"和"定格",也就是说它给丁玲创作带来了两种固定的"情绪":一种是为表现某种主题思想而设置的人物行动路线图,即人物模式图;另一种是作者尽力使用"艺术手腕"将小说中的"地方色彩"描写加强,把"风俗画"、"风景画"作为一种表现主题的"对应物"和"润滑剂"。

---

① 何丹仁(冯雪峰):《关于新的小说的诞生——评丁玲的〈水〉》。

前者往往会使其小说陷入概念化的模式之中不能自拔;后者则又往往将其拉入乡土小说特有的情境之中,使其艺术魅力掩盖着图解思想的苍白。这两种"情结"的相互矛盾、扭缠,便使得作家陷入一种两难的"怪圈",它成为作家的一种隐形潜在的"创作情结",一直表现在自身的乡土小说创作之中,像《我在霞村的时候》就明显还带着这种创作的情感。即便是到了作者创作最辉煌的时期,即写作《太阳照在桑干河上》时仍旧保留着这样的创作心态。这种小说的得失留待后文再述。

同样是从湖南走出来的乡土小说家,叶紫作为"无名文艺"的中坚,他所创造出的30年代农村的悲惨生活情态以及农民反抗的斗争画卷是令人瞩目的。鲁迅和茅盾非常看重叶紫的小说创作,在"丰收成灾"的众多乡土写实作品中,茅盾认为:"'丰灾'是近来文坛上屡见的题材,但是我们要在这里郑重推荐《丰收》,因为此篇的描写点最为广阔;在二万数千言中,它展开了农事的全场面,老农落后意识和青年农民的前进意识,'谷贱伤农'以及地主的剥削,苛捐杂税的压迫。这是一篇精心结构的佳作。"[1]这不仅说明叶紫乡土小说的描写力度甚为令人惊异,同时,也说明叶紫在自己的乡土小说中,注重了农民斗争的事实。但这与蒋光慈和阳翰笙等人的乡土小说是完全不同的。叶紫的小说并不从概念出发,而是从那种具有原生状态的真实生活出发来写农民自发性的反抗斗争,区别于"革命的浪漫谛克"乡土小说的特征在于:第一,作者一生苦难的经历,使他对于下层农民有着更深刻的本质性认识,所以在他的小说中没有英雄人物出现,多是那些悲凉乡土上农民苦难生活的剪影。从《丰收》到《火》和《电网外》,再到《偷莲》、《鱼》、《山村一夜》、《湖上》、《星》、《菱》,叶紫虽然描写了农民的斗争,但这并不是那种在无产阶级政党领导下的自觉的斗争意识,而是在不能活的情况下采取的个体性的自发革命行动,它真实地反映出大革命失败前后农村土地革命的情形,正如作者在《星》"后记"中所说:"因了

---

[1] 茅盾:《几种纯文艺的刊物》。

自己全家浴血着一九二七年底大革命的缘故,在我的作品里,是无论如何都脱不了那个时候底影响和教训的。我用那时候以及沿着那时候演进下来的一些题材,写了许多悲愤的、回忆式的小品,散文和一部分的短篇小说。"从这个意义上来说,叶紫的这些乡土小说中所涉及的农民革命内容,正揭示了大革命失败的原因正是没有更充分地发动起农民,而"五四"的启蒙主义思想根本就没有进入农民的文化心理。因此,叶紫乡土小说总主题是异常深刻的。和茅盾1929年写的《泥泞》一样,叶紫的中篇《星》则是揭示出大革命和"五四"的狂潮根本就没有进入农民的文化圈,所以梅春姐才又从那个浮浅的革命憧憬中回到了悲惨如故的生活逆境中去。"革命"正如许多谣言一样,在农民心里是将女人进行"裸体游乡大会",是杀掉老人和儿童。从中我们不是看到了"阿Q式"和"假洋鬼子式"的"革命"的"叠印镜头"了吗?叶紫小说的深刻之处就在于他在描写农民的苦难时,想到的是用鲁迅的笔法来总结革命的惨痛教训,而非廉价乐观地去图解理想化的革命幻影。当然,作者往往会在自己的小说结尾添上一笔预示光明的尾巴:如王伯伯(《电网外》)在家破人亡之际,却终于"放开着大步,朝着有太阳的那边走去了!"又如《星》的结尾是梅春姐在死去的儿子呼唤的幻听中走向了光明:"你向那东方走吧! ……那里明天就有太阳啦! ……"这些描写只是表现作家的一种确信人类必将走向光明的理想,当是无可非议的,虽有感情硬性植入之嫌,但于整个小说结构并无大的妨害。作家写农民的反抗并不采用如火如荼的斗争场面,有时甚至是采用具有诗情画意的场面和谐趣的喜剧手法来写农民自发的带有原始色彩的反抗。如在《偷莲》中地主汉少爷设计玩弄少女桂姐儿,反而被村姑们绑在船上晾了一夜,文笔清新谐趣,轻描淡写;在《鱼》中,农民对偷鱼的湖主黄六少爷的调侃、讽刺和嬉笑怒骂,都是在轻松诙谐的笔墨中展开。凡此种种,作者之所以能够描写出如此真实生动的农村生活图景,主要还有赖于作者深厚的苦难农村生活的经验,以及作家选取生活片段的美学态度。

第二，叶紫乡土小说的浓郁乡土气息，不仅表现在对悲凉乡土上的苦难的摹写，而是和前期写实的乡土作家一样，能够描摹出洞庭湖的山光水色。一片碧绿的荷叶点缀着的朵朵嫣红的荷花，菱角的芬芳，蓼花的清馨……这些大自然的景物描写作为一种情绪的"对应物"展现在叶紫的乡土小说中，更增添了魅人的色彩。如《鱼》中有这样的拟人化风景描写："驼背的残缺的月亮，很吃力地穿过那阵阵的云围，星星频频地眨着细微的眼睛。在湖堤的外面，大湖里的被寒风掀起的浪涛，直向漫无涯际的芦苇丛中打去，发出一种冷冰冰的清脆的呼啸来。湖堤内面，小湖的水已经快要车干了，平静无波的浸在灰暗的月光中，没有丝毫可以令人高兴的痕迹。虽然偶然也有一两下仿佛像鱼儿出水的声音，但那却还远在靠近大湖边的芦苇丛的深处呢。"这段描写不但和全文情境相合，而且整个视角完全是站在一个渔人的立场上来进行由外向内扫描的，像这样的景物描写在叶紫的乡土小说中比比皆是，无疑是提高了其乡土小说的美学品位。

从叶紫乡土小说的成功中，我们可以看出，同是革命作家，由于农村生活功底的深浅，也由于作者的美学观念和对待事物的认识方法（世界观）的不同，所写出的作品格调就不同，当然，在反映生活的真实性上也就形成了差距。由此可见，革命作家光有革命的热情，并不能写出好的作品，倘使没有一个正确对待艺术的认识方法，是难以赢得读者的。

叶紫这个"无名文艺"的革命小说家所创造的充满了真实性的农村革命乡土小说正说明了这一艺术的真谛。

与"革命的乡土小说"相异的乡土小说应该是"社会剖析派"的乡土小说了。

"社会剖析派"乃严家炎先生提出的一个流派的概念，是指30年代以茅盾为代表的（具体说是《子夜》以后的作品）包括吴组缃、沙汀、艾芜等作家创作构成的对社会人生世相加以冷峻剖析的作品。因为对于这些相近风格然并无社团联系的作家没有一个确定的名称可依，故严家炎先生首倡的这种提法已被文学史界局部认同,我亦基本同意这样的提法,故将这批作家作品的乡土小说部分沿称为"乡土社会小说"。

严家炎认为:"应该说,社会剖析派在中国产生,是有其历史必然性的。只要以托尔斯泰、巴尔扎克为代表的重视社会解剖的欧洲现实主义能够传入中国并在这块土地上生根,只要马克思主义唯物史观的社会科学能够传入中国并在这块土地上生根,只要这两种思潮能够在文学实践过程中相互结合并确实造就出一批社会科学家气质的作家,那么,社会剖析派的形成就是不可避免的。"①不错,以茅盾的《子夜》为代表,这批作家是要试图以巴尔扎克的现实主义方法来创造出中国社会的一幅分崩离析的图画,《子夜》没能"全景式"地描绘出这幅中国社会各阶层的生活图景,茅盾又试图用"农村三部曲"去弥补这幅"全景式"图画的缺憾。当然,这派更多的作家则是以农村图画来解剖社会。

"乡土社会小说"当然以茅盾的"农村三部曲"和《当铺前》、《林家铺子》(城乡交叉点上的乡镇题材)以及《泥泞》、《水藻行》等为重要主干之一。但上文已专节阐述过茅盾的乡土小说,这里不再赘述。

"乡土社会小说"中成就较为突出的当然要算吴组缃了。和"革命的浪漫谛克"小说相异的是,"乡土社会小说"采用的现实主义方法是巴尔扎克式的观察点,也就是说试图用更冷峻、更客观的态度来摹写社会生活的原生态。当然,茅盾的"农村三部曲"还带有主观情绪的裸现,而他的《泥泞》和《水藻行》却更有巴尔扎克的"自然主义"的"冷观"。和沙汀的小说一样,"乡土社会小说"的一种"冷观"形成的是"反讽"的艺术效果;另一种和艾芜的小说相近,形成的是一种在原生状态描写中情感隐藏极深的"中性"情绪模态。而吴组缃的小说则是在这两种模态的来回摆动中来进行创作的。《官官的补品》造成了"反

---

① 严家炎:《中国现代小说流派史》,第179页。

讽"的艺术效应;而《菉竹山房》、《卐字金银花》、《一千八百担》、《樊家铺》、《黄昏》等作品中却弥漫着"冷观"的近于自然主义的色彩。前者是站在第一人称的叙述角度来写一个地主大少爷把人奶当补品来吃的故事。作品的情感似乎是站在体面人家一边,但读者却读出了一个"吸血鬼"的形象来,读出了农民和地主不可调和的阶级矛盾来,读出了农民生活在水深火热之中的悲凉图景来。这便是作者"反讽"的笔调所起的作用。像这样的小说非但在吴组缃的小说中是少见的,即便是在同期的许多乡土小说家中也难有这样的"曲笔"。在这点上吴组缃是继承了"鲁迅风"的。后者则大多通过作者异常冷峻客观的描写来展示农村社会畸变、衰败和丑恶的图景,虽然小说的叙述语态较为平淡,没有更多的抒情议论,但是作者所描写的情景则有隽永的神韵,让你在掩卷之后有"再创造"的机会,耐人寻味,耐人咀嚼。

可以清楚地看到,冷峻的现实主义的描写使得吴组缃的小说更有艺术的魅力,同时也更具其艺术的生命力。这种描写给小说所留下的"空白",正是读者审美期待视野的渴求。

那么,吴组缃的乡土小说最大的艺术特点是什么呢?我以为,作者首先是注重风景画和风俗画的描写。细心的读者会体味到吴组缃乡土小说是很注意风景描写的,像《菉竹山房》中出现的大量景物描写真乃一幅幅绝妙的图画,但这绝非与整个小说情感和意境游离的孤立的文人志趣,而是紧紧与人物心境和作品氛围相契合。那段"邀月庐"的夜景特写,不是田园牧歌式的写景,而是充满了阴森恐怖的"鬼气",一面是写二姑姑和兰花在风雨大作中"低幽地念着晚经",给人的感觉是"秋坟鬼唱鲍家诗"的情境,一面是"加以外面雨声虫声风弄竹声合奏起一支凄戾的交响曲,显得这周遭的确鬼气殊多"。整个小说像一篇写景状物、细描人物的散文诗,给人一种视觉美享受,从而在视觉美中又透露出隐晦的知觉美来。景物描写的增强,无疑是使吴组缃完全不同于"革命的乡土小说"消泯这一描写的艺术表现,这种描写成分一直延续到他40年代的创作,如长篇小说《鸭嘴涝》(后由老舍改名为《山洪》)一开始就以大段的篇幅展开了景物描写,这种风景画所造成的艺术效果弥补了小说在某种程度上激情显露的弊端,"当时凭的是一点抗战激情和对故乡风物的怀念或回忆,勉强写下去"。于是吴组缃认为"这本小说是个次品"。① 我以为这部小说比之当时一些概念化的作品来说,还是一部"上品",正是因为小说的景物描写和风土人情描写形成的"故乡风物"色彩补救了概念稍嫌显露的情节和人物塑造。

风俗画作为乡土小说不可缺少的艺术特征,在吴组缃的小说中也显得异常鲜明豁亮。无论是在写景写物还是写人写事上,作者均透露出浓郁的家乡风土人情的描写风韵。这首先表现在作品对山乡口语土话的运用上。"原稿用山乡土话过多。我过去总想从对话的言词语调和神情意态多多表现人物内心性格以及生活气氛;所以放手摹拟说话人的声口。"②当然失度的村言俚语之描写固然会造成艺术的反效果,但倘若没有这样的描写,其"地方色彩"和"异域情调"的风俗画特征就会受到影响。风俗画的另一特征就体现在小说中所采用的乡俗描写上,例如《一千八百担》开始时对祠堂上下左右的景物氛围描写,以及人物的言行描写都渗透了乡间的风土人情和习俗情调。正如作者自己也以为在《鸭嘴涝》(《山洪》)中描写的重点之一是"写地方色调或山乡风貌"。即便是在为这部小说起名时的动机不同,也能体现出不同作家的不同审美风格。吴组缃自己起了个《鸭嘴涝》这个又平淡又土气的书名,本身就蕴含着对这个特定的"异域"乡土社会的风俗化描写主旨;而老舍所起的这个文气又蕴藉的《山洪》书名,则是他着意以这一自然景观来隐喻象征风起云涌的革命斗争要扫荡旧世界的必然。由此可见吴组缃风俗画描写目的之一斑。

在艺术手法的运用上,我们不能以为一个严肃冷峻的现实主义作家就不采用别一样艺术流派的技巧。和伟大的现实主义大师鲁迅一

---

① 吴组缃:《山洪·后记》。
② 同上。

样,吴组缃的"乡土社会小说"在基本写实的"再现型"结构框架下,有时也融入现代的"表现"的艺术技巧。例如,《官官的补品》之所以形成"反讽"的结构特征,就是作者用人物"即时性"的反映、时空跳跃的技术、具有"意识流"状态的描写等手法来构成具有"人物主体性"格调的"复调小说"艺术特征。作者把这些描写成分嵌入整体的写实框架中,所形成的人物心理冲突,正恰到好处地表现出尖锐的阶级的对立。《箓竹山房》等小说中对于神秘恐怖氛围的描述,也充满着"表现主义"的象征、神秘色彩,作者试图从"感觉"上造成一种特定的视、听、味、嗅觉的立体效果。这都呈现出了小说的"表现"特色。

由此不难看出,着重于社会剖析的"乡土社会小说",由于借鉴了某些现代派的"表现"技巧,其小说的批判力度和艺术魅力也因此而得到增强。从鲁迅以来的乡土写实小说作家中,有很多人在自己的小说中作了这种尝试,吴组缃的某些乡土小说也不例外,事实证明,这种尝试多半是成功的。现实主义的乡土小说也只有在"取精用宏"中才能得以发展。

文学史不乏一种奇怪的现象,当茅盾的《蚀》发表后,有人指摘其过于"纯客观"化了。而茅盾的乡土小说也是不断向"纯客观"方向发展的:从"农村三部曲"到《泥泞》再到《水藻行》,可以明显看出茅盾在理论上一直主张要先有正确的人生观和世界观,而在创作实践中又一直悖逆着这一理论。因此,茅盾在为吴组缃《西柳集》写评论时竟也指摘后者的小说"太客观"和"纯客观"了。作为对一种病态社会的观照,也许当时的作家尚未顿悟到愈是进入情感的中性立场(实则一部作品不可能一点不流露出"表情"),就愈能给读者留下"再创造"契机的"接受美学"之效应,于是对另一位"乡土社会小说"艺术成就甚高的作家沙汀就更抱有偏见了。

胡风的现实主义精神的内核就是用"主观战斗精神去拥抱生活",进而揭示以"安命精神"为内容的"精神奴役创伤"和"脚踏实地"的"民族脊梁"精神:"旧的人生的衰亡及其在衰亡过程上的欢乐和艰辛,从这里,伟大的民族找到了永生的道路,也从这里,伟大的文艺找到了创造的源泉。"①因此,从这一观点出发,胡风等文艺批评家当时就一再指责沙汀小说缺乏那种"主观战斗精神"和"革命的热情",是"典型的客观主义"作品。只是用一种"静观"的态度,"含着一种淡漠、嘲弄的微笑"来看待沸腾的斗争生活,因此沙汀的小说"不能给你关于那个高度的强烈的人生的任何暗示"。②胡风派的批评主观愿望是令人钦佩的,但作为正统的现实主义理论家,他们恰恰忽视了一个最根本的艺术事实,这就是沙汀小说并不是直线型的写实方式,而是具有强烈"反讽"意味的"乡土社会小说"。

作为一个把自己的感情隐藏得极深的艺术家,沙汀的"乡土社会小说"呈现出的是纯然的场面描写和具有力度的人物性格描写的图画。值得注意的是沙汀的"乡土社会小说"消灭了以往现实主义或多或少的抒情和议论的描写,把这些"主观"的艺术雕饰物全部去掉。即便是面对着最惨淡的人生悲剧,作者也都能抑制着内心的情感,不作任何即时性的议论阐释和抒情表演。这一点是任何作家都难以做到的。这无疑是对"革命的浪漫谛克"小说的一个强烈的反动。反动的意义却是合乎艺术发展之规律的。

作为中国30年代到40年代乡土小说"双子星座"的一颗,沙汀的"乡土社会小说"与艾芜的"乡土社会小说"的不同点可能就在于前者只重人物和场面的描写,而后者则注重景物和情节、人物的融合。沙汀小说的浓重"地方色彩"和"异域情调"的显露主要来自于作者对于四川乡镇和农村生活中活灵活现的人物性格的描摹。作者将"风俗画"的基点放在富于戏剧性的中性人物的性格刻画中,丰富的四川口语和乡村俚语的表现力,以及特定场景的氛围渲染,为其乡土小说染上了浓郁的"川味"。作者全然没有更多的现代小说技巧,而是以传统的"白

---

① 胡风:《在逆流的日子里》。
② 转引自严家炎:《中国现代小说流派史》,第197页。

描"手法来展开农村社会图景的描绘。如果说沙汀的前期小说还带有一些抒情色彩的话,他的《法律外的航线》对于景物的描写尚有"主观"渗入的话,《土饼》以后的作品则很少有景物描写出现,其乡土风俗画的地方色彩主要体现在人物性格的细节描写和场面描写之中,如在其著名的短篇小说《在其香居茶馆里》,邢幺吵吵、联保主任、新老爷、张三监爷、黄牦牛肉等人在相互冲突中的各种情态表演,充满着粗鲁的恶俗和尔虞我诈的帮会色彩,以及那四川乡间富有表现力的口语和行帮黑话,真可谓绘声绘色,将你拉入了特定的氛围情境之中。再者,作者在处理场面描写时往往用一个固定的然而又最能体现民俗风情的特定环境作"风俗画面"的载体,作者的许多短篇小说都将故事背景置于茶馆、祠堂、镇公所一类的人物集散地来加以描写。这种"载体"本身就包孕了丰富的风俗画场景内涵。

  作为一种固定的民族文化形态的批判,沙汀的情感锋芒确实被这种生动的人物性格表演和富有浓郁"地方色彩"与乡土气息的场景画面所淹没。但是,作为一种对民族文化心理深层结构的隐形批判,沙汀将自己含血含泪的情感化作更深、更尖锐犀利的解剖法,将文明与野蛮的反差、人性中触目惊心的厮杀,用"冷笑"(有人说是"微笑",则是不准确的)的方式予以再现。像鲁迅一样,深沉、冷峻、辛辣、尖刻,形成了沙汀乡土小说更为深刻的现实主义风格,做到了"无一贬词而情伪毕露"。这种手段的具体运用,则是作者用"轻喜剧"的手法来写悲剧题材的乡土小说。《在其香居茶馆里》作为这种小说的范型,它为中国现代小说历史进程的发展提供了多样化的范例。其实这种小说从思想内涵的体现与艺术精神的表现都与鲁迅的乡土小说有着血缘上的联系。

  40年代以后沙汀的长篇"三记"(《淘金记》、《困兽记》、《还乡记》)中,《淘金记》和《还乡记》是乡土小说。可以看出,前期的"鲁迅风"在这两部小说中逐渐消退(这里的"鲁迅风"是特指其文化批判锋芒和冷峻的艺术风格),但是,很明显的是,作者对充满了血污的乡村原始情景进行了客观描写,对内地"土著"人物与国民党勾结起来大发国难之财的社会现实作出了深刻尖锐的讽刺,其批判的锋芒较为直露。这部小说一发表就受到各方的赞扬:"他这本小说也似乎比别的任何小说都能屏绝旁鹜,而集中本题,以及针线缜密,一字不苟,洵属形式与钩心斗角,花样百出的内容,恰如一致的一出完整的戏剧。"①显然,沙汀在长篇小说的结构中加强了情节的冲突性,其人物性格描写尚保留着前期小说那种浓郁的川西风味,其讽刺艺术的"语境"仍然魅力不减,其场面描写蕴含着的风土人情的"异域情调"仍然隽永绵长,真有美国西部小说之风韵,可称为较早的中国西部小说。而1946年写成的《还乡记》却明显地背离了沙汀乡土小说那种独特的解剖社会的视角和方式,融进了大量的"主观情绪"。我们对小说所表现的思想内容是无可指摘的,但为沙汀在这个长篇中失却了自身的艺术风格而惋惜。讽刺的消泯,文化批判力的减弱,人物和场景生动性的削弱,风土人情描写的隐退,都成为这部小说逊色的原因。

　　沙汀"乡土社会小说"卓然独立的现实主义品格奠定了他的小说在乡土小说史上无可忽视的地位,而作为"双子星座"的另一颗,"乡土社会小说"优秀作家艾芜,则也以自身独特的艺术风格开创了乡土小说的新领域。

　　艾芜以他异常独特的生活经历为自己的小说创作提供了富有"异域情调"的丰富素材。众所周知,艾芜那富有传奇色彩的漂泊生活本身就充满着"异域风情",而更重要的是,作者这种"异域情调"和"地方色彩"的描绘全依赖于作者对于风景画、风俗画的工笔描摹上。作者反映生活的方式和视点的差异,便决定了各个作家在切入生活时的不同选择。而艾芜的选择在某种程度上是与废名、沈从文的视角相同的:"文学是要认识人生,评论人生,描写人生的,在这一方面,我是作过一番努力。比如描写人生,是依照我的一番经历。我不能只描写人和他的生活,还要把我所见到的各种各样的自然风景,写了进去。我喜欢

---

① 卞之琳:《沙汀的〈淘金记〉》。

我国的唐诗宋词,寄情于景,以景抒情,我认为小说也该这样做去。有时候,人物有了,生活情节有了,如果还没自然景色出现在故事情节中,我就难于动笔。假如我是画家,就要把风俗画和风景画,综合在一道,画成为我喜爱的画卷。"①和沙汀的现实主义不同的是,艾芜在风俗画、风景画的描写中渗透着饱满情感的抒发;与沈从文的风俗画、风景画不同的是,沈从文试图在"田园诗风"描写中表现原始生命力的张扬,而艾芜的风俗画、风景画背后注入的是对于下层劳动人民的深深的同情。这种人道主义的精神与"五四"时代知识分子"自上而下"的情感所不同的地方就在于作者本身就经历了最下层的生活苦难,在水深火热的生活中煎熬过,因此,他的情感是真切而不矫饰的"原始情感",或者说是"原点情感",是"自下而上"的人道主义呼号。在他的《南行记》等集子内,众多的短篇小说创作表现着"边地"乡间的苦难,隐现着乡愁的悲苦,点缀着冷酷的野蛮的习俗,同时也"在悲壮的背景上加上了美丽"。这些早期乡土写实派小说家所具备的乡土小说特征在艾芜的小说中得以全面体现,倘若鲁迅先生能活到40年代,不知他对艾芜的乡土小说的总体评价如何,虽然鲁迅和沙汀、艾芜只通过一次信,但并非涉及对沙汀和艾芜的乡土小说的艺术评价。倒是周立波在鲁迅逝世那年之春写了《读〈南行记〉》一文,敏锐地发现了艾芜乡土小说的艺术特征:"遭受外人多年蹂躏的南中国,没有一处不是充满忧愁;然而流浪诗人的笔,毕竟不能单单写忧愁,他要追求生活,寻找生活里的美丽的东西。""这里有一个有趣的对照:灰色阴郁的人生和怡悦的自然诗意。在他的整个《南行记》的篇章里,这对照不绝的展露,而且是老不和谐的一种矛盾。这矛盾表现了在苦难时代苦难地带中,漂泊流浪的作者的心情:他热情的怀着希望,希望着光明,却不能不经历着,目击到'灰色和暗淡'的人生的凄苦。他爱自然,他更爱人生,也许是因为更爱人

---

① 艾芜:《中国现代作家选集·艾芜·序》。

生,他才爱自然,想借自然的花朵来装饰灰色和阴暗的人生吧?"①周立波的这段评价是切中艾芜乡土小说之要害处的。作者就是要在这反复的自然美和人生丑的矛盾渲染中,用"描画山光水色的调色板"②来编织人生的希望。这成为艾芜小说审美特征的总走向。

艾芜早期的作品(如《南行记》)注重于旖旎多彩的边陲风光的景物描绘。山峰突兀,惊涛裂岸,铁索桥寒,寥落晨星,轰鸣涛声(《山峡中》)构成了一幅险峻阴郁的图画;山谷里白蒙蒙的光雾,光景像湖面的小岛,菌子、艾蒿的气味,参差映地的惨白月光,小溪的流水声响,黑郁郁的林子,远处的犬吠等等(《月夜》),构成了诗意盎然的空蒙月景图;从视觉到味觉,再到幻觉、听觉,作者构织的是一幅富有"通感"的艺术画面。艾芜作品中的景物描写的"异国情调"风采很浓郁,芭蕉寨、茅草房、大盈江水、山岚瘴气、椰林、金塔、山影、光雾、树林、田野、农舍……中缅边境充满着他乡异彩的风景画面描写使人陶醉:"对面远远的江岸上,一排排地立着椰子树和露在林子中的金塔,以及环绕在旷野尽头浅浅的蓝色山影,都抹上了一层轻纱似的光雾,那种满带着异国情调的画面,真叫人看了有些心醉。"③像这些充满着诗情画意的描写在艾芜的作品中屡见不鲜,作者将它作为小说不可缺少的构成。即使是在描写人物悲剧命运时,也照样呈现出这种明朗清丽的画面描写,正如周立波所说,作者"想借自然的花朵来装饰灰色和阴暗的人生吧"?

和沈从文乡土小说相似之处是艾芜将自然的美留在永恒的记忆中,织成诗的锦缎,以此来抗御人生的丑恶。"这山里的峰峦,溪涧,林里漏出的蓝色天光,叶上颤动着的金色朝阳,自然就在我的心上组织成怡悦的诗意了。"④

艾芜乡土小说思想内涵的表现基本上是以"五四"人道主义为内容

---

① 周立波:《读〈南行记〉》。
② 同上。
③ 艾芜:《我的旅伴》。
④ 艾芜:《在茅草地》。

体系的再现,因此,他的小说并不以思想的深刻性见长。这是他与沙汀的相异之处。如果从人物、情节描写的视角来看,艾芜的乡土小说基调是现实主义的创作方式;倘使从大量的风景画和风俗画的描写来看,它又具有浪漫主义的特征。正如勃兰兑斯描述法国浪漫主义特征时所说的那样:

  法国的浪漫主义表现了三个主要倾向。
  1. 努力忠实地再现过去历史的某一片断,或现代生活的某一侧面——"真"的倾向。
  2. 努力探索形式的完美,把它领悟为表现方面的仪态万千和历历如画,或者音律方面的严格及和谐,或者一种由于简洁单纯而不朽的散文风格——"美"的倾向。
  3. 热衷于伟大的宗教革新观念,或社会革新观念,即艺术中的伦理目的——"善"的观念。①

用此来概括艾芜的作品应当说是很合适的。第一,作为"努力忠实地再现过去历史的某一片断,或现代生活的某一侧面"来说,艾芜的乡土小说遵循了浪漫主义和现实主义的共同守则——用"真实"的原则去创造人物和情节,尽管在其前期小说中并不注重人物性格和情节曲折的营造。第二,注重形式美,尤其是用画面和音乐来构筑散文风格之美,这是艾芜小说的浪漫主义特质。和沈从文、废名小说一样,这种浪漫主义的气质造就了中国乡土小说作家对于这种形式美的刻意追求,它将影响着几代中国乡土小说作家。第三,宗教情绪和社会意识同样渗透于像废名和沈从文这样的乡土小说作家的作品中,而艾芜小说中形成的"善"的审美特征,主要方面是来自社会意识的冲击,这一点确实是承继了"五四"的人道主义观念。艾芜在自然美与人生丑的极大反差中,所要得出的终极结论就是伦理道德中"善"的人性体现。因

---

① 〔丹麦〕勃兰兑斯:《十九世纪文学主流》第5分册《法国的浪漫派》,第68—69页。

此,同样是继承"五四"现实主义的传统,沙汀和艾芜又同是反映西部文学的"乡土社会小说"作家,同样表现出浓郁的"地方色彩"和"异域情调",然而由于审美方式和角度的不同,其艺术风格的差异也是惊人的。

随着民族战争和阶级斗争在中国幅员辽阔的乡土社会不断深入,乡土小说的负载无疑要加大。30年代崛起的以萧军、萧红、端木蕻良、罗烽、舒群、白朗等为代表的"东北作家群"和30年代后期以丘东平、彭柏山、路翎等为代表的"七月派小说",为中国乡土小说主题和题材领域的开拓,以及对生活本质更深入的发掘作出了努力,同时,在人物的塑造上也作出了不可抹杀的新贡献。

"东北作家群"中的萧军和萧红这对夫妇,虽然同样受到鲁迅、茅盾这样的大家所器重,但他们由于气质上的差异,其小说的艺术风格是迥然不同的(我们不能妄断萧红与萧军离异后又与"东北作家群"中的另一位小说家结合有无这种"艺术性格"上的原因)。就他们的两部成名的长篇之作来看,萧军的《八月的乡村》是以粗犷的笔法、惨烈的场景展示出作者喷薄欲出的愤怒呐喊和那种拯救民族和人民的慷慨之心,是用"力的美"奏响的义勇军进行曲。鲁迅说:"这《八月的乡村》,即是很好的一部,虽然有些近乎短篇的连续,结构和描写人物的手段,也不能比法捷耶夫的《毁灭》,然而严肃,紧张,作者的心血和失去的天空,土地,受难的人民,以至失去的茂草,高粱,蝈蝈,蚊子,搅成一团,鲜红的在读者眼前展开,显示着中国的一份和全部,现在和未来,死路与活路。凡有人心的读者,是看得完的,而且有所得的。"[①]显而易见,鲁迅先生是站在拯救国民灵魂的高度来解剖这部小说的。鲁迅先生希望抗日的烽火能够点燃熄灭已久的死寂的国人灵魂的激情,以达到从民族斗争来唤醒和改造国民性的目的。虽然在《八月的乡村》中也不乏那种景物和风俗的描写,但这毕竟被作家的那股豪气和激情所淹没,被

---

① 鲁迅:《田军作〈八月的乡村〉序》。

鲁迅和读者一眼看中的却是那颗作者炽热跳动的心。和萧军不同的是,同样是写北方人民在火热的斗争生活中的挣扎,萧红却更多的是用了抒情的笔法。鲁迅评价《生死场》说:"这自然还不过是略图,叙事和写景,胜于人物的描写,然而北方人民的对于生的坚强,对于死的挣扎,却往往已经力透纸背;女性作者的细致的观察和越轨的笔致,又增加了不少明丽和新鲜。"① 显然,鲁迅注意到了萧红小说"叙事和写景,胜于人物的描写",这正是与萧军相背之处,而且也注意到了萧红小说"明丽和新鲜"的艺术风格。和萧军描写鲜血淋漓的悲惨景象的"阳刚"气作比较,萧红的描写却显得更"阴柔"委婉。茅盾说萧红的《呼兰河传》"呈显了粗线条的大红大绿的带有原始性的色彩",但其要点则与此不同,"它是一篇叙事诗,一幅多彩的风土画,一串凄婉的歌谣"。② 这就是有人说萧红小说不像小说的原因:也许因为萧红从小喜爱绘画,所以涌入作家视知觉的是满眼的充满风俗色彩的风景画面。作者把它们作为小说的纬线,织入这叙事诗中,给人的视觉艺术效果当然是不同的。在萧军和萧红的审美艺术选择中,我以为是很难用一种恒定的社会价值和艺术价值标准加以评判的。胡风对萧红和萧军的评价就陷入了双重价值标准的"怪圈"。他批评萧红的作品:组织不力,"是一些散漫的素描";人物性格不突出;"语法句法太特别",为表现意境和方言而显出"修辞锤炼不够"。其实,胡风概括的这三点,从另一个艺术视角来看,正是作者的艺术个性。第一是散文化的特征,强化了小说表现的空间;第二是淡化人物性格,于抒情化的风景、风俗描写更突出;第三是方言和意境的需求,正是乡土小说的要义和特征之一。将这对青年夫妇的小说相比照,胡风也常忍不住在萧军面前夸萧红:"她在创作才能上可比你高,她写的都是生活,她的人物是从生活里提炼出来的,活的。不管是悲是喜都能使我们产生同鸣,好像我们都很熟悉似的。而你可

---

① 鲁迅:《萧红作〈生死场〉序》。
② 茅盾:《〈呼兰河传〉序》。

能写得比她的深刻,但常常是没有她的动人。你是以用功和刻苦,达到艺术的高度,而她可是凭个人的天才和感觉在创作……"①当然,我们不能限制每一个作家不同艺术风格和不同题材处理的方式方法,就乡土小说的艺术成就来说,二萧作品是从两种不同风格的艺术视角,展示了东北乡民的苦难生活。他们的共同特征是:强烈的本土文化意识和爱国主义精神触动着他们,使他们的小说在东北家乡的沃土上建立起民族精神的丰碑;在感伤、悲哀的"怀乡情绪"中寻觅着拯救国人灵魂的圣火;昂扬慷慨、坚韧不拔的生命原动力驱动着作家抒写农民恋土情结的双重人格;民族文化心理结构的二重性又使作家在描述人物性格时采用对"原生世相"的描绘……这些特征,表现在另一位出色的东北作家端木蕻良的乡土小说作品中,则更为惊心动魄。说实话,端木蕻良的乡土小说的艺术成就并不在二萧之下,甚至在艺术表现上,二萧都不如端木,他的一部史诗性作品《科尔沁旗草原》完全就奠定了他在"东北作家群"中的突出地位,无论从情节结构、人物塑造,还是"地方色彩"来看,都可称得上是乡土小说的上乘之作。我以为由于文学史家的有意疏忽,没能将这位作家的作品放在一定的历史地位上,是令人惋惜的。

由于近年来形成了文学史界的"东平研究热",因此丘东平在"七月派小说"创作群中更令人瞩目。其实,东平的乡土小说创作并没有他的军事题材的小说创作丰盛,当然,他的有些小说是乡土和军事题材相混合的。就其少量的乡土小说来看,其成就和影响是甚微的,所以本书不加评论。而另外一位"七月派小说"家彭柏山(后任新四军四纵政治部主任)写过一些农民走上革命道路时的心理历程的乡土小说,但毕竟影响也甚微小。那么,在"七月派小说"家中卓然独立的,也是在中国乡土小说领域中作出了重大思想和艺术贡献的作家是路翎。多年来,由于政治问题,路翎的这批数量可观、质量惊人的乡土小说一直被

---

① 胡风:《悼萧红》,《中国现代作家选集·萧红·代序》。

文学史家们"有意疏忽"着,因而重新评估这批乡土小说在文学史上的地位就显得十分必要。

作为一个文学视野相当开阔、文学理论功底又相当深厚的小说家,路翎在其乡土小说的创作中所要表现的是与胡风文艺思想相一致、与鲁迅文化精神相暗通的主题内涵。他早期的作品(17岁前后)显然是受着丘东平作品的影响,描写战士的心理和宣扬爱国主义精神,但笔法很稚嫩。真正确立其自身风格的作品还是被邵荃麟誉为"中国的新现实主义文学中已经放射出一道鲜明的光彩"的中篇小说《饥饿的郭素娥》。这部中篇虽然不是纯乡土小说,但那"原始的强力"的风格为路翎的乡土巨著《财主底儿女们》奠定了基础。40年代路翎的乡土小说层出不穷:《罗大斗底一生》、《王兴法夫妇》、《王家老太婆和他底小猪》、《易学富和他的牛》等短篇小说和中篇《蜗牛在荆棘上》以及长篇《燃烧的荒地》等。这些小说在继承"五四"人道主义的精神同时,又注入了革命的内容。第一,是为了表现民族文化心理的两重性,即脚踏实地,为民族斗争英勇奋斗的"主观战斗精神",以及那阻碍历史前进的、以"安命精神"为内容的"精神奴役的创伤"。第二,描写那些成长着的英雄人物的心灵痛苦以及在生活最底层苦苦挣扎的景象,表现出无产阶级拯救民族灵魂的迫切感。第三,通过对人物性格的二重性的描写,来审视历史,指导出民族斗争前进的方向。因而,在路翎的小说中,那些风景画和风俗画的描写被一种带有浓重主观情绪的人物性格描写所替代,即使是有这样的描写,其格调亦是阴冷的,其幅度是有限的,完全是人物心理描写的"对应物"。突出的人物性格描写成为路翎乡土小说的重要特征,从文艺思想上来说,路翎从胡风的现实主义精神中汲取其精华,决心塑造具有人性和兽性(奴性)二重性的"活的人",使其性格有立体感,以具备现实主义的精神。胡风是最赞赏路翎作品的理论家,似乎只有路翎是通过形象的实践准确地完成了胡风的现实主义"主观战斗精神"的抽象文艺理论。从《饥饿的郭素娥》开始,一直到新中国成立后的《初雪》、《洼地里的"战役"》等,胡风连篇累牍地发表文章鼓吹路翎小说伟大的现实主义力度,以及路翎小说在创造人物性格上所达到的惊人高度,他认为路翎笔下的人物"是追求油画式的,复杂的色彩和复杂的线条融合在一起的,能够表现出每一条筋肉底表情,每一个动作底潜力的深度和立体"的灵魂再现。① 确实,路翎小说在人物性格刻画上表现出的那种特殊的感觉,是发展丰富了中国乡土小说的表现力的。那么,路翎乡土小说最大的艺术特征是什么呢? 人们肯定会毫不犹豫地回答:是那种直觉色彩很浓的心理描写。然而这种心理描写与"五四"以来的心理描写区别在哪里呢?

我们知道,胡风与路翎等人是非常注重作品中的主观情绪的,将此作为把握人物、把握作品主题的命脉。但他们又不愿意陷入浪漫主义、理想主义的抒情陷阱,而背离现实主义描写人物的基本框架。所以,路翎对于人物心理的刻画表现出了对现代派表现手法的极大兴趣。这一点严家炎先生也看得很清楚,他以为路翎"心理刻划方面最大的成功之处,是善于写出人物在特定境遇中异常丰富的心理变化,善于写出从某种心理状态向另一种对立的心理状态的跳跃","这种心理变化的幅度往往是一百八十度,频率往往是瞬间万变,这样的变化幅度与速度在中国现代小说史上都是罕见的"。② 是的,作者之所以摆脱旧现实主义的那种固定程式的心理描写,就是想给作品留下一个为读者设计的"空间",这个"空间"亦正是要由读者主动投入作者划定的"主观战斗精神"的思想范畴。一方面,作者不愿用平直的抒情议论方式来介入作品,表现出"主观"暴露的幼稚;另一方面,作者又试图将读者引入自己的"主观情绪"之中,因此在人物的内心活动过程中采用大幅度的跳跃性描写,试图在"空白"处留下更广阔的艺术空间,由此我们不能不想到这是对现代派技巧的借鉴。当然,除了在人物心理刻画上的跳跃性描写能够补足作家"主观战斗精神"外露的不足以外,作者根本就无

---

① 胡风:《一个女人和一个世界——序〈饥饿的郭素娥〉》。
② 严家炎:《中国现代小说流派史》,第274页。

法摆脱"主观情绪"的溢出。因此在路翎的乡土小说中,作者跳出来抒情、旁白、议论的段落则又恰恰与这种描写形成极大的反差。作者在人物的言行描写之外,往往会冒出一两句感叹句式,以此来为小说的主题内涵和人物性格定性定位。这无疑成为路翎小说人物描写的败笔。路翎说:"'万物静观皆自得'我们不要,因为它杀死了战斗的热情。将政治目的直接搬到作品里来我们不能要,因为它毁灭了复杂的战斗精神,因此也就毁灭了我们的艺术方法里的战斗性……"①从中,我们不难看出,路翎一方面要主观的战斗热情的介入,一方面又要将这种主观战斗热情艺术地植入作品中。然而,在其小说的实践中,有两种不可摆脱的情感在缠绕着他,使他造成了描写中的双重标准:一方面是那种用跳跃性心理描写来形成艺术空间的"间接"表现艺术的诱惑。这是由作者直觉艺术系统指挥的情感投射。另一方面是那种情不自禁的抒情旁白造成的无法摆脱的理性精神的直接介入。这是由作者主观世界精神直接投射作品的结果。二者在路翎小说中所形成的不和谐感,是历来现实主义小说难以摆脱的艺术魔圈。

路翎的乡土小说不是没有景物描写,而是景物描写完全成为一种作者主观情绪的"对应物"和"方程式",这是完全借鉴现代派表现手法的结果。路翎的乡土小说的景物描写完全是"情景交融"的,也就是作者从不孤立地写景,也不把景物描写作为某种理想和憧憬来描写,情与景的色调、旋律、意境是高度一致的。同样,在风景描写中也存在着作者"直接"和"间接"描写的背反现象。一方面,作者在写景时,不断将人物心理描写夹杂在其中,试图以此来表现一种"主观情绪"。这就严重地破坏了小说风景画的整体和谐美,切割了乡土小说的流畅美感。另一方面,作者又用现代派的"拟人"和"通感"手法来"间接"地表现一种独特新鲜的艺术感觉,从而使小说的艺术性不断增值。严家炎说:"路翎的一些作品中,现代派成分也相当明显。如《饥饿的郭素娥》中,

---

① 路翎:《〈何为〉与〈克罗采长曲〉》。

张振山眼前的景物是这样被体验的:'当深夜的山风掀扑过来的时候,柳树们底小叶子上就摇闪着远远射来的灯光的暧昧的斑渍,水面上的雾气就散开去。在雾气散去的黑暗的水面上,闪着淡淡的毛边的光,犹如寡妇底痛苦。'还有一处说:张振山'感到他的无论怎样的一个发音,一个动作,都和这烂熟的夜不调和。——而夜的庄严的缄默,则使他底耳朵感到空幻的刺响'。又如《在铁链中》一开头用了通感手法:'何姑婆在雾里走着。……空气是潮湿、寒冷、新鲜的。各处凌乱的声音听起来很是愉快,这些声音也是潮湿、寒冷、新鲜。'"①其实,这种现代派的艺术手法运用在路翎的乡土小说中是很多的。它摒弃了有些现实主义乡土小说家完全拒绝景物描写的"阿Q式"战法,同时又对"田园诗风"的自然主义式的风景画不屑一顾,所以才"挪用"了"新感觉派"对于"都市风景线"的描写技巧,把这种直觉式的经验和感觉移入对"风景"的外在描写之中,以清晰地表达"主观感觉"的流露。

这种对于现代手法和技巧的借鉴,无疑是丰富了像路翎这样的"主观性"很强的现实主义创作的。同时,它也在中国乡土小说史中为"再现型"作品与"表现型"作品的技巧融合提供了有益的经验。由此,我们也能清楚地看到,"五四"以来从鲁迅开始的乡土小说的"再现"与"表现"相融合的二元倾向的延展。从某种意义上来说,路翎乡土小说所具有的现代派特征,正是"小说家现在的任务是探究那种混乱的多重复合意义,而不是继续描绘共同经验的表面现象",是"尽可能接近复制丰富复杂的心理世界"。② 难道说路翎的乡土小说描写不是在这种"表现"和"再现"的交界处来回摆动吗?

---

① 严家炎:《中国现代小说流派史》,第283页。
② 转引自龚国杰等编:《文学》,四川人民出版社1988年版,第38页。

第三章 乡土小说的变调

第一节 赵树理和"山药蛋派",孙犁和"荷花淀派"——"乡土写实"的"转型"

不仅是中国乡土文学在赵树理的创作中转了个弯,就整个"五四"文化母题来看,那种用启蒙思想和人道主义精神来俯视农民的叙述视角也被赵树理推翻。赵树理所创造的是真正的"农民文化"。从这个意义上来说,无论从史的角度,还是从文本的角度,我们的史学家和批评家们都忽视了这个基本的事实。说赵树理的小说是"伟大的里程碑"也好,说"赵树理现象"具有阻碍艺术发展的特质也好,这都是从某种片面的视角来对赵树理的乡土小说作双重标准的价值判断。

由于赵树理特殊的经历——那种永远不离开农民的文化氛围,那种永远站在一个正直农民立场上的视角,那种永远为农民而创作的热情,他的小说在浓郁的乡土气息中更加大众化、通俗化、口语化。其实,"农民文化"的概念就是和传统的民族文化概念等同的,我们的国家始终处于一种农业社会的状态,因此文化心态基本上是属于农业型的,描写农民题材则是揭示民族文化心理的最佳突破口。如果说"五四"新文化运动带有启蒙性质,那么作为对于"五四"启蒙思想的呼应,二三十年代的乡土小说作家以及40年代国统区的乡土小说作家力图用心反映出农村社会的凋敝和农民的痛苦惨状,站在人道主义的高度来怜悯农民的苦难,这是"哀其不幸";但仅仅站在这个视角来反观农业社区,似乎还流于肤浅。而以鲁迅乡土小说为代表的那种以拯救民族灵魂为本的抨击国民劣根性的作品,则成为对旧世界封建文化戕害农民灵魂的战斗呐喊。这是对农民文化封建性的固态化作出的痛心疾首的批判,这是"怒其不争"。鲁迅的这种战斗精神是以改造农民文化封建性为前提的,这一母题一直延续至今仍有不可限量的主题疆域,因为阿Q的血液仍旧流淌在阿Q子孙的血脉之中。那么由于中国革命不断深入发展,"农民文化"氛围中的农民性格也要随之发生裂变,在裂变过程中活跃起来的革命因子,造就了农民反抗的斗争性格。其实,二三十年代像蒋光慈、阳翰笙、丁玲等革命作家已开始找寻农民性格中的这种基因,但他们与"农民文化氛围"有所阻隔,同时也找不到那种表现这种基因的形式和风格,更重要的是他们没能遇上表现这种基因的时代政治气候,所以当郭沫若先生读完《李有才板话》时惊呼道:"我是完全被陶醉了,被那新颖、健康、朴素的内容与手法。这儿有新的天地,新的人物,新的感情,新的作风,新的文化,谁读了,我相信都会感着兴趣的。"①后来郭沫若还一再称赵树理的作品表现了"新的时代,新的天地,新的创作世纪"。茅盾也认为赵树理的作品"标志了向大众化的前进的一步,这也是标志了进向民族形式的一步"。②"这是走向民族形式的一个里程碑,解放区以外的作者们足资借镜。"③可以明显地看到,无论是"五四"时代"为艺术而艺术"的浪漫主义领袖人物,还是"为人生而艺术"的现实主义巨匠都以由衷的惊异目光来看待赵树理的小说,而且作出了如此高的评价,这究竟是为什么呢?

当然,首先是延安的整风运动和毛泽东的《讲话》深刻地影响了国统区的革命作家,用无产阶级世界观去表现工农大众已成为1938年"文章入伍"、"文章下乡"口号后革命作家意识中的自觉。尤其是随着现实主义的不断发展深入,世界观和阶级立场问题已尖锐地摆在知识分子作家当中。作为"五四"以后最深广的农村题材样式,乡土小说的

---

① 郭沫若:《"板话"及其它》。
② 茅盾:《关于〈李有才板话〉》。
③ 茅盾:《论赵树理的小说》。

发展在国统区已经基本停滞,因此寻觅新的路径成为作家们的渴求。其实,茅盾在1936年就一再强调世界观在乡土小说中的作用,而这一主张的提出在较为客观的写实主义描写中根本没有得到最鲜明的体现。寻找这种"文本"的期待视野似乎不能在国统区作家中实现。因而,赵树理小说的出现,给了他们一种全新的感觉。由于世界观上的差异,由于鲜明立场的不同,由于形式技巧的反差,由于文化氛围的殊异……一种思想观念和美学观念反差引起的"异域情调"感,使得这些"五四"的宿将们刮目相看。我们不能把这种情感简单肤浅地认为是一种虚伪的政治"矫情"。

赵树理小说被"五四"的巨子们认为是"新的时代",则预示着以《讲话》为精神内容的作家世界观的确立。

"新的天地"则预示着赵树理小说所表现的主题内容,将是不同于"五四"后的以启蒙主义和人道主义精神为视角的、以无产阶级农民解放为前提的乡土小说内容新质的重构。

"新的人物"则预示着以贫下中农为主体的人物描写重点将替代"五四"以来阶级面目不清或其他阶级阶层的乡土小说人物塑造。

"新的感情"则预示着一个客观中性的情感世界的终结,取而代之的是一种充满了为最底层农民请命的毫不饰掩的鲜明阶级感情。这是小资产阶级布尔乔亚作家们所一直不能具有的农民情感。

"新的作风"则预示着乡土小说彻底摆脱"欧化"的倾向,从形式和技巧上全面地回复到民族和大众传统上来,创造适合于农民欣赏习惯的"喜闻乐见"的文风和格调。

"新的文化"则预示着乡土小说要真正走入农民文化圈,结束一切用其他审视眼光来对待农民文化的意识侵袭,即以"乡下人"看"乡下人",而非"城市人"看"乡下人"的目光,剔除那种用"怜悯同情"或是以"居高临下"的哲学意识来观照乡土社会人和事的视点,改以"平视"的目光,走向农民文化的内部,积极地反映出其革命的要求,反映出民族文化在农民心理上的自在自足状态。这种文化完全是与"五四"文化精神相异的,然而却呈现出其强大的生命力和延续性。

因此,在上述的概括中,就不难得出赵树理小说是预示着中国的乡土小说进入了一个"新的创作世纪"的结论。

所有这些,在时代和社会以及文学史发展的必然趋势中,赵树理的方向当是不可避免的"历史的必然"。赵树理的创作成为民族风格和民族气派的典范也就成为理所当然的事情了。

赵树理和其他一切功利性和非功利性文学家的不同点就在于其旺盛的创作热情(表现欲)完全是想获得一种农民文化满足欲的快感。一非"为稻粱谋"(一开始他甚至连稿酬都不知道要);二非为自我情感的宣泄(他甚至是不用任何情感,然而作品中人物的情感则替代作者本人的情感)。他说:"我不想上文坛,不想做文坛文学家。我只想上'文摊',写些小本子夹在卖小唱本的摊子里去赶庙会,三两个铜板可以买一本,这样一步一步地去夺取那些封建小唱本的阵地。做这样一个文摊文学家,就是我的志愿。"① 显然,出于试图占领农村文化阵地的目的,赵树理的小说就得依附于传统的形式,否则将失去他的读者和听众。可以毫不避讳地说,赵树理的小说完全是采用旧的形式,即话本小说章回体的固定模式,有人把它作为民族风格的依据也是有道理的。在这个模式框架中,作者首先要完成的是一个作为故事构架的"内容"。那么且不论这故事本身的思想内容,就其模式框架来看,它是"大众化"的、"口语化"的,具有明清话本的本质特征。这一特征就决定了赵树理的乡土小说进发的最后目的地是向"俗文化"、"俗文学"皈依。营造故事,成为赵树理乡土小说创作的起点和终点特征,同时,也成为他一生不能去掉的创作情结。在他开始的小说创作中,作者往往给自己的作品冠以"通俗故事"的名号,这是很能反映出作家的创作心态的。正如当时八路军副总司令彭德怀在看完赵树理的成名之作后便直言不讳地题词:"像这种从群众调查研究中写出来的通俗故事还不

---

① 李普:《赵树理印象记》,《长江文艺》1949年6月创刊号。

多见。"作为军事家而非文学家的彭大将军,能一语中的,道出赵树理小说的本质特征,可见其形式的外显性。

通俗化的故事作为思想表达的载体,它无疑是甩掉了"五四"以来乡土小说在形式上的负荷,使这类乡土小说轻装上阵,直接表现农民生活。当一部乡土小说脱去"外衣"时,它所呈现的景观是什么样的呢?

首先,故事的线型发展和情节的连贯性以及传统小说开展的模式顺应了农民的欣赏习惯和审美心理。赵树理小说的情节结构全部是单线条挺进的,它是故事连贯性的保证。那种"五四"以来的双线结构(尤其是"明线"和"暗线"的交织)、多头结构,在这里是不适应的,因为作者首先要考虑其读者群的审美惯性和可承受能力,超越这一基本事实,也就失却了赵树理小说创作的意义。接受反馈是赵树理最为重视的,他知道农民的传统欣赏习惯心理是一个不可改变的事实,他不是想改变这种心理,而是要自己适应,因为农民"是要求故事连贯到底,中间不要跳得接不上气"。① 因而,顺时序而减少空间跳跃,成为赵树理在结构乡土小说时呈现出的单一性。那么,要使这样的"故事"生动有趣,除了情节的曲折外,作者主要依赖的是人物的描写,而人物的描写则将性格描写置于小说的前沿,这才形成了赵树理小说突破一般"故事"小说,向"性格"小说迈进的真正意义。

创造人物性格的典型性当也是古典通俗小说须具备的传统特征,《三国演义》《水浒传》《儒林外史》《红楼梦》等都将其放在显要位置。赵树理的乡土小说在典型性格的塑造上并非按福斯特的"圆形人物"和"扁平人物"的理论来开凿其人物的性格特征,而是以恩格斯的在典型环境中再现典型性格的现实主义人物塑造的方略来展开性格刻画的,尽管他在初写小说故事时并不一定知道上述理论家的美学理论和原则。这一点,周扬在1946年便有所归纳:

---

① 赵树理:《〈三里湾〉写作前后》。

第一个特点就是,他总是将他的人物安置在一定斗争的环境中,放在这斗争中的一定地位上,这样来展开人物的性格和发展。每个人物的心理变化都决定于他在斗争中所处的地位的变化,以及他与其他人们相互之间的关系的变化。他没有在静止的状态上消极地来描写他的人物。

其次一个特点就是:他总是通过人物自己的行动和语言来显示他们的性格,表现他们的思想情绪。关于人物,他很少做长篇大论的叙述,很少以作者身份出面来介绍他们,也没有作多少添枝加叶的描写。他还每个人物以本来面目。他写的人物没有"衣服是工农兵,面貌却是小资产阶级";他写农民就像农民。动作是农民的动作,语言是农民的语言。一切都是自然的,简单明了的,没有一点矫揉造作,装腔作势的地方。而且,只消几个动作,几句语言,就将农民的真实的情绪的面貌勾画出来了。

最后,作者在处理人物上,还有一个特点,就是明确地表示了作者自己和他的人物的一定的关系。他没有站在斗争之外,而是站在斗争之中,站在斗争的一方面,农民的方面,他是他们中间的一个。他没有以旁观者的态度,或高高在上的态度来观察与描写人物。农民的主人公的地位不只表现在通常文学的意义上,而是代表了作品的整个精神,整个思想。因为农民是主体,所以在描写人物,叙述事件的时候,都是以农民直接的感觉、印象和判断为基础的。他没有写超出农民生活或想象之外的事体;没有写他们所不感兴趣的问题。……他把每个人物或事件在群众中的反映及所引起的效果,当作他观察描写这个人物或事件的主要角度。……这是他创作上的群众观点。有了这个观点,人民大众的立场和现实主义的方法才能真正结合起来。①

---

① 周扬:《论赵树理的创作》。

周扬在这三个特点中反反复复强调的无非是从小说的外部规律来阐释赵树理小说的农民立场问题。如果换一个角度,我们从小说的内部规律来看,则会看到:第一,是人物环境的渲染,把人物性格放置在动态的环境中来刻画;第二,是作者的观念隐蔽在人物描写中,用传统的白描方法和农民的口语来塑造本色人物;第三,是描写角度采用以农民的价值判断为准绳的视角,作者是"局内人",而非"局外人",如《老杨同志》中老杨的态度就是作者的态度,《小二黑结婚》中人们对"三仙姑"、"二诸葛"的议论就是作者的观点阐释。从这三个"内视"特点来看,第一和第二个特点,其实并不能成为赵树理小说的独创,很明显,这是古典话本小说所惯用的技法。当然,第一点也和恩格斯的现实主义小说理论相暗合。第二个特点是赵树理在传统的写实技法上有所改造,也就是说他采用了白描技法来刻画人物,而去掉了传统技法中的"旁白"(即作者插入的议论性文字)。当然也有局部地方还流露出这种"旁白"的痕迹,诸如作者往往在小说的开头用"开门见山"的方法来将人物介绍一番,然而在刻画人物性格的过程中,作者比传统小说的高明之处就是用即时性的"群众议论"来替代作者"旁白"或"画外音"的出现。这一点显然又与周扬在第三点中阐释的人物描写的视角问题相勾连。也就是说,赵树理小说的真正特点就在于作者在进入"角色"时始终没有忘记自己是和人物站在同一视角上,尽力不让作者和人物的关系分离或交叉,从而真正进入表现农民文化心理的更深层次。说实话,第一和第二个特点是一般乡土小说作家都能运用自如的古典话本小说的技法,不足为奇,不过它用在赵树理的乡土小说中,更显得突出而已。第三个特点倒是"五四"以来现实主义小说家们在主客体的处理上始终难以解决的一个难题,而赵树理这种纯粹的人物立场(农民视角)的视角,也就是将作者与人物等同的"同视角"观察点,倒是成为"五四"后小说不多见的视点,它在时代和社会的必然要求下,变成了从外部总结归纳出的"世界观"立场问题,但又有谁注意到了这种从"内视角"来看外部世界的新的观察点给乡土小说艺术带来的伟大贡献呢?!其实,赵树理的乡土小说沿着这个视角向前推进和延展,必然会产生出写"中间人物"的念头,因为"现实主义的深化"必然依赖这一观察点来对人物进行"从内向外"的透视。我以为,从文学的外部规律来看,它的"世界观"和"立场"造就了使赵树理小说成为"工农兵文艺"的经典的必然条件;从文学的内部规律来看,由于赵树理执著沿着这个视点观察下去而不顾外部社会条件的变化,就必然造成他的政治性悲剧。因此,我们只要站在作家艺术探索的角度来看,无论如何,赵树理的这种"同视角"的描写法,是形成真正进入农民文化心理深层次的一个最佳视角,它是"五四"后许多现实主义乡土小说作家不可企及的地方。我以为那些所谓大众语言的活用、农民口语的提炼,甚至那种"板话"式的噱头,均不能说是乡土小说的伟大进步,只能说是赵树理在涂抹乡土小说风俗画时所采用的与众不同的手法而已。在他的乡土小说中,除了像"三仙姑"、"二诸葛"那种封建迷信的礼仪性描写是加强了风俗画的描写以外,那就是作品中经常出现的"板话"、村言俚语、歇后语、民谣等富有民间气息的描写的嵌入。

值得注意的是,"风景画"作为乡土小说的重要特征之一,尤其是那种纯景物描写已在赵树理的乡土小说中基本消失。有许多赵树理的研究者以及文学史研究者都异口同声地认为赵树理乡土小说的描写特征之一就是以景物描写来写人。我以为这种评价恰恰消泯了赵树理和"山药蛋派"的风格特点,赵树理和以孙犁为代表的"荷花淀派"的重大区别标志就在于他们对于景物描写的不同态度上。

首先我们要区别的是,什么为景物描写?景物描写的概念主要是指作家对自然风光和物体的描绘。一般来说,作为一种寄兴和抒情的手段,作家主要是以景的自然风光描写来作隐喻;有时也以物的描写来作人物心理动作的某种象征。而在赵树理的乡土小说中,无论是明朗还是阴晦、优美还是残酷的写景(自然风光)描绘都是绝对难以出现的,出现的只是地形地貌的描写,以及物的描写。如在《李有才板话》的一开始,作者是这样展开景物描写的:

> 阎家山这地方有点古怪:村西头是砖楼房,中间是平房,东头的老槐树下是一排二三十孔土窑。地势看来也还平,可是从房顶上看起来,从西到东却是一道斜坡。西头住的都是姓阎的;中间也有姓阎的也有杂姓,不过都是些在地户;只有东头特别,外来的开荒的占一半,日子过倒霉了的杂姓,也差不多占一半,姓阎的只有三家,也是破了产卖了房子才搬来的。

这完全是一幅村落分布图,作者之意不在于以景物来抒情或寄兴、寓言,而是以此来介绍阶级和家族关系的分化情况。

再来看看作者对于"物"的描写,同样举《李有才板话》中对李有才窑洞的描绘:

> 前边靠门这一头,盘了个小灶,还摆着些水缸、菜瓮、锅、匙、碗、碟;靠后墙摆着些筐子、箩头,里面装的是村里人送给他的核桃、柿子(因为他是看庄稼的,大家才给他送这些);正炕后墙上,就炕那么高,打了半截套窑,可以铺半条席子:因此你要一进门看正面,好像个小山果店;扭转头看西边,好像石菩萨的神龛;回头来看窗下,又好像小村子里的小饭铺。

这些"物"的描写不外乎是人物身份的介绍、阶级地位的介绍,至多也就是体现着人物性格的某些特征而已。

由此可见,赵树理乡土小说与"五四"以来乡土写实和写意小说相悖逆的特征,甚至也是与古典小说(如《红楼梦》等)相异的重要标志是"风景画面"的彻底消灭。在某种程度上,赵树理的乡土小说故事和人物的生动性大大强化了其小说的可读性,而"风景画"的消失却又使其乡土小说失却了某种纯文学的标记,使其乡土小说向通俗小说发展。

赵树理作为一个只想做"文摊文学家"的乡土小说家,他所关心的是笔下人物的普遍的命运,因而他总是带着关心农民疾苦的眼光去深入生活寻找其小说的主题,所以他声称自己是带着问题下乡的。毫不避讳地说,赵树理的小说从现实主义的精神出发,往往是"主题先行"的典范。"主题先行"作为一个中性词,作为一种创作方式,我以为是无可厚非的,只要在生活中找到表现的原型,不是图解某种政策,那么也同样是可以创造出生动的人物形象和富有戏剧性的故事小说来的。赵树理在生活中捕捉到的"问题",往往是较为尖锐的社会矛盾,而对这种矛盾的揭示,成为赵树理乡土小说义不容辞的职责。于是,从现实主义精神的发展来看,有人认为这是鲁迅精神的延续。至于这一点,我认为应该从历史的、美学的和人类学的角度来看待这两个不同的作家。作为五四运动的巨子,鲁迅经过了长期的"精神炼狱"后,在东西方文化的选择中,形成了具有一定高度的哲学观和人生观。鲁迅的高明之处就在于他能用强大的理性精神的烛照来审视整个民族的苦难史。他为什么选择乡土小说作为自己民族自审的最佳切入点呢?正因为他看到了中国在乡村这个具有象征意义的封建氛围中窒息了自身民族精神的弘扬,逐渐走向精神衰败的事实,看到了东西方民族精神的落差,所以他才以理性批判的炯炯目光点燃了焚烧封建文化精神的圣火。鲁迅描写农民是站在一个悲悯民族文化日益堕落的基点上,从哲学的高度(包括悲剧美学的高度)、历史的高度、人的生命意识高度来"俯视"农民的生存方式和文化心理,并以对它的解剖来达到民族的自省,重构民族文化心理。这是一种从形而下到形而上的形象→理性的往复。而赵树理作为一个为农民代言立命的无产阶级作家,他从世界观和立场上都完全和农民阶级等同。同样是选择乡土小说作为揭示民族文化心理的切入点,鲁迅是以悲剧的形式来揭示民族心理的疮疤,而赵树理是以喜剧的形式来揭示那生长着的具有生命力的民族心理的活力,愉快轻松地向旧世界告别。由于时代和社会使然,在两种不同的农民文化的氛围审美情趣中,鲁迅和赵树理寻觅到的是不同的主题内涵。赵树理的乡土小说恰恰与鲁迅先生相逆反,它是一种从形而上到形而下的理性→形象的往复。赵树理试图站在与农民文化"平视"的视角上来点燃民族新生的希望之火。当然也由于作家哲学意识的不足和缺乏在更高层次上把握民族文化心理和精神走向的能力,当他带着喜悦的目光来审视农民翻身时的欢乐时,他看到了在旧世界崩溃中民族文化的曙光,但作为一个充满着生命潜能的民族文化形态,那种国民的惰性力并没有在旧世界崩塌声和新世界的爆竹声中走向彻底灭亡。因此,当赵树理带着问题,带着为农民请命的意愿来审视乡土社会时,一种在谐趣的喜剧中潜藏着的深沉凝重的情绪油然而生。毛泽东同志所提出的"严重的问题是教育农民"的论断,应该说是鲁迅改造国民性主题的一个延续。一个缺乏自审能力的乡土小说家是很难成为一个思想的巨子的。鲁迅之所以成为大家,就因为他的乡土小说充盈着思想的穿透力,照耀着几代人的灵魂。面对一个和鲁迅一样的以思想内容见长的乡土小说作家,我们不能说赵树理的乡土小说没有达到一定的高度,而只能说它达到了某一时代的高度,它的思想生命力不能超越时代的界限,而鲁迅乡土小说的思想生命力甚至可以跨越几个世纪。这就是我以为赵树理的乡土小说向俗文化回归时最大的失误,尽管他在50年代和60年代已初步觉悟到这种对民族文化心理总体估价的失误给他的创作带来的痛苦,所以才提出了写"中间人物"的主张,然而却又不能从根本上来深化现实主义的道路。

　　从审美意义上来说,赵树理小说的喜剧效果并不体现在他的正面人物身上,而是体现在他所塑造的"中间人物"身上。从这个意义上来说,他填补了"五四"以来乡土小说画廊中缺乏真正的喜剧人物形象的空白。当然我们不能光纠缠喜剧人物的思想内涵如何,首先要看到的是这种喜剧人物的出现虽然是对"五四"乡土审美内容的反悖,但这种反悖开创了新的审美领域,为创造多元的审美格局作出了贡献。"五四"以来的大多数乡土小说作家沉湎于悲剧的审美经验中,而鲁迅悲剧精神的深沉就在于作者用"喜剧"的外壳包裹着一个更加深沉的悲剧内容,"田园诗风"的乡土作家则基本是采用悲喜剧(或曰正剧)的风格来写小说,因此,赵树理喜剧人物的出现,无疑是将人生无价值的东西撕毁给人看,从而在乡土小说史中开辟了新的美学领地。那种以为喜剧就是廉价的乐观主义和理想主义的错误观念往往是把形式和内容等同的误读。无论如何,赵树理笔下"三仙姑"、"二诸葛"式的喜剧人物,以及其小说中呈现出的充分的喜剧色彩,是有其独立的审美价值的。不管赵树理的乡土小说总是怎么样在"大团圆"中获取某种意念显露的满足,然其洋溢着的充分民族色彩和乡土气息的喜剧审美内涵是整个乡土小说史上的新创建。

赵树理从立志做一个"文摊文学家"到成为一个具有"中国作风和中国气派"的"语言大师",他的作品被誉为"里程碑"式的典范,这不能不说是文学史上的乡土小说创作(包括前期的乡土小说)正从"象牙之塔"的形式主义樊篱中彻底走向通俗话本的民间形式里,成为最底层劳苦大众所喜闻乐见的艺术范式。这无疑是对"五四"以来白话小说仍不能走进更广泛的民间的一种反动。它的意义就在于使文学作品获得更多的读者群,满足农民的文化消费,而且在这"有意味"的文化消费中获得一种更深刻的潜移默化的教育和认识作用,当然这种由主题先行的"寓教于乐"方式只是对于它的读者对象来说是起着潜移默化的教育作用的。倘使毫不隐讳地说赵树理的创作给文学史和乡土小说史留下的遗憾是无可避免的话,那么,由"欧化"向大众化、口语化、通俗化的根本转变,带来的并不是文体的彻底解放和自由,而是由一种极端走向另一种极端的过渡。由赵树理形成的对于外来进步形式技巧的巨大排拒力,成为中国解放区以后小说创作(尤其是乡土小说创作)的"集体无意识",给文学史蒙上了一层浓重的阴影。"纯形式"的小说固然是反动小说逆流,而彻底向旧形式皈依,岂不是小说的另一种反动?它窒息了小说形式的发展,使小说成为完全无意味的形式,从根本上脱离了"纯文学"形式的小说创作。这不能不说是一种对乡土小说发展起着阻碍作用的遗憾。

由赵树理的创作而形成的解放区通俗化乡土小说创作的蓬勃发展,不仅仅成为现代文学史上小说发展的主潮,同时它的深远影响一直制约着新中国成立以后的乡土小说创作。在赵树理身后,以山西作家马烽、西戎、孙谦、胡正、束为等人的创作为核心而形成的"山药蛋派"(亦为"火花派"),可谓是中国乡土小说进一步向旧形式的通俗小说的转变。这种转变带来的是更加深入和广泛的"为工农兵而创作"的热情和思想倾向。

当然,作为一种方向,反映新农村的新生活和农民阶级的新面貌,在当时已成为一个主潮,包括那些在30年代完全脱胎于欧洲文学的小说家也不能不深切地感受到这一主题的强大生命力。诚如丁玲所言:"主题既然是新鲜的,人物也是新的,一切战斗的场面都是新的,那末文艺的形式也就为着适应内容的需要,和作者对文艺形式与语言的不断探求与努力,与过去的革命文艺,欧化的文艺形式,或庸俗的陈腐的鸳鸯蝴蝶派的形式都显得中国气派,新鲜而丰富。"①为了使文艺的形式与语言更加适应这种"中国气派"的要求,丁玲也作了很大的努力,创作出了被人们视为伟大胜利的乡土小说《太阳照在桑干河上》。显然,这部小说与其早期的《梦珂》、《莎菲女士的日记》则是有着天壤之别的。无疑,丁玲克服了自己世界观以及写作方法上的"矫情",努力从"新形式"和语言上向农民化、通俗化靠拢。虽然作品的格调尚不完全与赵树理相同,但从中可以明晰地看到丁玲在向赵树理方向努力的事实。比如在语言的使用上,丁玲基本上摆脱了小布尔乔亚的矫饰性语言,摒弃书面语言的羁绊,尽力用"活生生"的农民口语来建构毫无修饰的农民语境,这样使自己更加接近农民化、通俗化。在《太阳照在桑干河上》里,人物的对话绝对采用口语,甚至不加任何增删修饰的村言粗话的运用,似乎更强化了语境的实感。这种运用本身当然有助于表现人物,当是无可厚非的,问题是这种一味追求农民化和通俗化的倾向在某种程度上摒弃了一些"五四"以来在乡土小说创作中已被证明了是"有意味"的形式的探索,将乡土小说拉进一个较狭窄的胡同里。

---

① 丁玲:《跨到新的时代来》。

另一部和《太阳照在桑干河上》同时齐名的获得斯大林奖金的长篇小说是周立波的《暴风骤雨》。作为一个早期创作完全"欧化"的作家,周立波的《暴风骤雨》的创作也正是在赵树理的方向指引下所取得的成果。故事的曲折和紧张,人物性格的塑造,语言的地方化色彩,均见出赵树理小说的影响,甚至小说中给人物起上绰号的写法也有赵树理的影子。从这两位在中国文坛上颇有影响的作家创作来看,这股顺应大众化、通俗化的乡土小说之风已成为一种时尚。因而,解放区的一批新乡土小说作家就是在这种时尚中成长起来的。

除去"山药蛋派"的短篇小说创作之外,马烽和西戎的《吕梁英雄传》可谓将乡土小说的创作完全拉入了传奇话本的旧形式的圈子里。当然,作者所描写的人物诚为"新英雄"。这部章回体的小说叙述模式更加"通俗化",这当然和作者从小受着《三国》、《水浒》、《七侠五义》等话本和民间说唱艺术有关。和赵树理的创作动机一样,他们一开始就是想以"通俗故事"的形式来反映新英雄人物,所以其创作脱胎于评书、说唱的痕迹甚为明显。除了"故事"作为描写的主题目的和手段,这部小说在人物描写上并没有达到赵树理小说的水平。由于是从大量的人物和故事素材中选取情节,作者没有过多地提炼和加工,在形式上虽然采取了农民喜闻乐见的说故事法,套用了章回体小说故作悬念的套路,但在艺术上来说,这部长篇并无新的建树。但是我们可以看到,这部小说之所以获得如此大的反响,被誉为"一部英雄的史诗",其原因并非小说本身的艺术魅力,正如茅盾在指出这部小说存在着的"人物描写粗疏"和场面氛围描写不足时体悟到的那样:"大概作者是顾到当地广大读者的水平,故文字力求简易通俗,但简易通俗是一事,而刻画细腻是又一事,两者并不相妨而实相成,为了前者而牺牲后者,未免是得不偿失了。"[①]可见,即使在那样的风潮之下,茅盾也不得不含蓄地指出由于片面追求大众化和通俗化而导致的艺术描写的衰竭。当然在

---

① 茅盾:《关于〈吕梁英雄传〉》。

这以前和以后连续出现的"通俗小说"、"章回体小说"热也同样存在着艺术形式倒退的倾向,如柯蓝在1944年写的《洋铁桶的故事》和孔厥、袁静合著的《新儿女英雄传》都是艺术形式转变的结果。尽管郭沫若在为《新儿女英雄传》作序时拼命鼓吹这部作品比《水浒》一类的古典小说更伟大,但历史却记录下了这部小说艺术上的更多缺憾。

"山药蛋派"小说作家们,除了马烽、西戎外,像束为等人的作品都体现着山西乡土小说流派的风格。有人认为他们和赵树理小说有着不同的地方,我以为他们的总体风格是与赵树理相同的,些微的区别是体现于每一个不同作家之间的。第一,重故事、重人物性格成为小说主旨。当然马烽、西戎的乡土小说发展到新中国成立后才由"故事"转为"性格"(如《三年早知道》、《赖大嫂》等)。第二,轻场景氛围描写和人物心理描写,这在"山药蛋派"来说是一种"洋玩意儿",不合民众口味。第三,"风俗画"描写是非静止状态的,是一种"社会景物","把民俗社会化和政治化了"①,也就是把民俗描写融化在故事和人物语言中,是不成单元的溶解物,也就消解了"风俗画"的美学特征。第四,也是赵树理及"山药蛋派"的鲜明特征:他们基本上消灭了乡土小说中的"风景画"描写,景物描写中只剩下"物"的描写,而"物"的描写则又充分体现了作者对社会化和政治化的环境描写的苦心孤诣。这些特征使得他们在一个时代中成为叱咤风云的乡土小说作家,乃至于成为整个文坛创作的主宰作家。同时,这些特征在历史的淘洗下,又显出了他们在艺术上的某种匮乏。

那么,在这种艺术主潮的冲击下,稍与赵树理及"山药蛋派"风格相异的作家和流派可能就要算是孙犁及"荷花淀派"了。同样是解放区的作家,同样是反映新的生活和新的斗争以及新的人物,孙犁的乡土小说也是用通俗的民间语言来描摹斗争的风云,然而,他的小说却是蕴含着诗韵的山水画卷。从生活经历来看,他和许多解放区的乡土作家

---

① 杨义:《中国现代小说史》第3卷,第557页。

一样,只读到中学就辍学了,但不同的是中学毕业后他曾流浪到北平,在市政机关和小学里当过职员。这样,"乡下人"和"都市人"视角的反差,在这位青年的头脑中留下过很深的印象,而非像"山药蛋派"的许多作家那样,被困在山区文化氛围中,没有参照系。从孙犁的审美观念来看,首先,作者在题材选择上,很讲究保持纯净的喜剧风格,即使像荷花淀那样的激烈战斗在他的笔下也充满着浪漫的诗意,用孙犁自己的话来说就是:"看到真美善的极致,我写了一些作品。看到邪恶的极致,我不愿意写。这些东西,我体验很深,可以说镂心刻骨的。可是我不愿意去写这些东西。我也不愿意回忆它。"①这很能使我们联想起沈从文说过的那段类似的话。于是,我们看出孙犁白洋淀的乡土小说和沈从文的沅水乡土小说选择人物造型时多用女性来建构自己美学理想大厦的共同特征。孙犁说:"我以为女人比男人更乐观,而人生的悲欢离合,总是与她们有关,所以常常以崇拜的心情写到她们。"②从中我们似乎看到了曹雪芹通过贾宝玉之口说出的那段著名的审美选择。写心灵美的妇女形象,表现出具有新时代人情美、人性美的主题内涵,成为孙犁小说的美学追求。从这一角度来看,他又有不同于沈从文之处。挖掘人物身上散溢着的新鲜的时代气息,这成为孙犁小说的固定内涵。

和沈从文相同的是,作者惯用"我"直接参与小说故事,或者用"我"作为小说的线索人物,这种写法是吸纳了外国抒情小说的艺术特征,然而被孙犁穿插于那种简约、明快的语言叙述中,更有民族的风味。这一点是明显区别于解放区其他乡土小说作家的地方,而又明显与"田园抒情诗风"的"京派小说"相仿。显而易见,这种"我"式的抒情结构大大缩小了作者与读者之间的距离,使其美学效应得到更大能量的释放。

作为散文化、诗化的小说创作,孙犁及"荷花淀派"的乡土小说与

---

① 孙犁:《文学和生活的路》。
② 《〈孙犁文集〉自序》。

赵树理及"山药蛋派"的乡土小说最鲜明的相异之处就是在处理乡土小说最重要因素时所采取的不同审美态度。赵树理及"山药蛋派"的乡土小说"风俗画"描写是非静止型的,是将民俗"人化"、"社会化"、"政治化"。他们基本上消灭了风景的描写,而"物"的描写也显示出"人物身份的标记"。孙犁的乡土小说之所以充满着诗情画意,重要的因素就在于作者擅长于"风俗画"和"风景画"的描写。他笔下的"风俗画"和"风景画"成为小说结构的有机组成,虽然是呈团块结构,是静止状态的美,但他与前期废名、沈从文、田涛一类的"京派小说"家们不同的地方是将"风俗画"镶嵌在"风景画"的描写之中。几乎和前期"京派小说"家一样,作者往往在小说一开始就展开了这样的"风景画"和"风俗画"的描写,那种富有浪漫气息的乡土风味,往往使人想起了哈代、契诃夫、梅里美等人的小说,孙犁说:"我很喜欢普希金、梅里美、果戈理和高尔基的短篇小说,我喜欢他们作品里的那股浪漫主义气息,诗一样的调子,和对于美的追求。我也喜欢契诃夫,他的短篇写得又多又好,他重视单纯、朴素、简练、真挚,痛恶庸俗和做作。"[①]可见,孙犁对于吸收外国文学营养(不仅是现实主义,更多的是浪漫主义)是很重视的,这使他的小说在解放区文学中独树一帜,另辟蹊径。如果说赵树理及"山药蛋派"是将乡土写实小说来了个"大转型",那么,在这"大转型"的时代洪流中,孙犁以其乡土写意小说簇拥起了一朵耀眼的浪花。从乡土小说的发展史上来看,孙犁小说明显是承继了废名、沈从文的"田园牧歌"的诗风,只是在人物塑造上有着本质区别,前者是完全返归自然的人性和人情美,而后者则是注入了新的时代和阶级内容的人性和人情美。而他们的共同点就在于把大自然的景物描写和具有风俗美的人与事描写作为小说一种美学追求的总体象征,抒情式地将自己对人类的悲悯或热爱倾注于画面和写意人物的描写之中。

孙犁的小说虽然也追求大众化和通俗化,但那只不过是在口语化

[①] 吕剑:《孙犁会见记》。

的小说语言的尝试和探索中,采用简约、明快、通俗、易懂的语言描写,然而其中隐含着十分的诗意。但这也正是继承了古典小说之精义。孙犁读过许多古典通俗小说,然而他最崇拜的却是《红楼梦》,他从中汲取了丰富的语言魅力:"曹雪芹的文学语言,可以说达到了中国文学语言空前的高度。他的语言有极高的境界,这个境界就是:语言的性格化。……这样浩瀚的一部书,我们读起来,简直没有一句重复没用的话,没有一句有无均可的话,句句有声有色,动听动情。而且,语言的风格极高,它们的生命力,就像那些女孩子活跃的神情。……《红楼梦》里的对话,能立刻把读者引到人物所处的境界里。它的每一句话,都是人物心灵的交流。"①鉴于此,许多批评家和文学史家都注重于对孙犁乡土小说语言艺术的分析和归整。但我以为,重要的是,孙犁之所以选择这样的精雕细刻的语言,似大众化、通俗化,实则是典雅化、高贵化,非一般读者可以体悟到更深一层美学内涵的(一般读者只能享受表层的"内容",而达不到对"形式"美的层次发掘),最根本的还是作者在体悟人生时所作出的不同于其他作家的美学选择。如果说赵树理的乡土小说以粗犷的阳刚之气震撼读者,那么孙犁的乡土小说则以纤细的阴柔之美与赵树理并存于乡土小说文坛。有人说"孙犁是文学史上的清才"②,这话一点不假,清新俊逸,清辞丽句,清淡高雅,清通隽永,"清水出芙蓉,天然去雕饰"成为孙犁乡土小说的美学风范。从《荷花淀》、《芦花荡》《白洋淀纪事》,一直到《铁木前传》等,孙犁与赵树理的不同风格表现在他对于"异域情调"的不断追求,对于"风俗画"、"风景画"的不断开拓上。当孙犁写下奠基之作《荷花淀》时就明确地说明:"这篇小说引起延安读者的注意,我想是因为同志们长年在西北高原工作,习惯于那里的大风沙的气候,忽然见到关于白洋淀水乡的描写,刮来的是带有荷花香味的风,于是情不自禁地感到新鲜吧。"③显然,孙

---

① 孙犁:《〈红楼梦〉的现实主义成就》。
② 杨义:《中国现代小说史》第 3 卷,第 583 页。
③ 孙犁:《关于〈荷花淀〉的写作》。

犁是深得乡土小说之要义的,"地方色彩"和"异域情调"是构成乡土小说最本质特征的要素,不理解这一点,一个作家就消泯了自己的创作个性,也就落入浮泛的乡土小说创作中去。若说题材,孙犁小说的题材在解放区作品中太一般了;若说思想力度,作者只不过是展示了有阶级和民族斗争内容的人情和人性而已;若说语言的运用,赵树理等人并不逊色于他;若说人物性格塑造,他却没有赵树理那样机巧谐趣。但是为什么孙犁的小说却更有艺术的魅力和生命力呢?其原因就在于作者懂得如何延长自己小说的寿命,用"风俗画"和"风景画"所构成的乡土小说的"地方色彩"和"异域情调"永远是具有民族风格、民族气派的自然构成因素,缺少这样的因素,乡土小说只能获得一个时代的读者,而不能更亘久地征服未来的读者。

从赵树理的乡土小说和孙犁的乡土小说创作比照中,我们感悟到一条真谛:倘使赵树理的小说能够用"风俗画"和"风景画"来建构有充分"异域情调"的乡土小说,或许他的小说将成为"千古绝唱"。然而反过来一想,赵树理如果这样去做,那么,赵树理也就不成其为赵树理了。那么,这种乡土小说的"转型"也就在文学史上没有更大的意义了。

孙犁虽不为大家,但他乡土小说的艺术风格却深深地影响了以后的许多乡土小说作家,除"荷花淀派"作家外,周立波等人,甚至柳青也在一定程度上受到了这种风格的影响。

赵、孙风格成为两种创作的隐形心理状态。

第二节　从柳青到浩然——乡土小说的全面蜕变

新中国成立后,赵树理的乡土小说作为一面无形的旗帜,无疑是影响着一大批乡土小说作家的,尤其是他的长篇小说《三里湾》的发表,更奠定了当代乡土小说的主题基调。虽然50年代末60年代初赵树理乡土小说的格调逐渐转入深沉凝重,然而"中间人物"和"现实主义深化"的倡导并不能遏制由他所缔造的乡土小说范型和模式,那种为追求"近距离"主题效应的创作情结成为当代文学三十年不可摆脱的精神链条,描写重大题材成为乡土小说不可推卸的职责。《三里湾》是我国第一部反映农业合作化运动的长篇小说。赵树理敏锐地发现了在农村变革中的尖锐冲突,于是"对资本主义思想和右倾保守思想进行了批判"。[①] 由此,为了指导农村工作而从事文学创作,在创作时关注农村社区的重大社会矛盾,旗帜鲜明地阐释作家的政治评价和道德倾向,则成为乡土小说自《三里湾》开始的创作历程。即使是像孙犁这样不同风格的乡土大家,也在不同程度上要就范于这种创作模式。我以为孙犁在新中国成立后最有成就的乡土小说作品是《铁木前传》,这部作品在孙犁抒情风景画的风格基础上趋向于对于人物复杂性格的塑造。作品写得很美很生动,然而,仍然可依稀窥见作者不能离开那种对于重大题材的依傍。如果说新中国成立后三十年中的乡土小说创作最具有风俗画、风景画特色的长篇小说是周立波的《山乡巨变》的话,那么在那一幅幅淡雅明净、清新俊逸的山水画面之间,在那充满着浓郁乡土风习的生动风俗画面之中,作者的整个构图却始终被重大题材的内容所笼罩。可以很明显地看出,作者创作这部作品时的两难心境——一方面是那种浓厚的风俗画、风景画面诱惑着作家去创造一个奇异的乡土社区景观,以及在这一景观下活动着的充满着生命力的性格人物;另一方面是那种贴近政治、阐述阶级斗争的时代吸力将作家的视线不时地转移过去。在这种窘迫之下,作者试图从两个方面来完成一部长篇的圆满创作,显然是徒劳无益的。这就造成了它风俗画、风景画描写力度的不足,和人物性格由复杂到单一的趋势,还被人指责为处理对敌斗争有些简单、粗糙。

那么,乡土小说创作之路应该怎样走?这个问题成为当时许多优秀作家寻觅的难题。在一种时代情绪的渴求下,柳青的乡土小说创作为人们提供了唯一可鉴的范本。同样,柳青作为一个吮吸过延安文艺

---

① 《当前创作中的几个问题》,载《赵树理文集》第4卷,工人出版社1980年版。

乳汁的作家,他对文学所释放出的政治社会能量更有所倚重,那种强烈的使命感和责任感促使他在农村最底层深入生活十四个年头,用自己的直接亲身经历来创作出呕心沥血之作。如果说赵树理是带着问题去写作(这也是导致赵树理在 60 年代短篇小说风格根本转变的创作媒介)的话,那么,柳青却是带着十二分的真诚去写作。难怪人们把《创业史》作为一部中国农村的"史诗"性作品来看待。《创业史》是一部探索中国农民历史命运和生活道路的长篇小说,作者在其中要表现的是中国农村社会关系、生产关系的动荡性变革,那么从多角度来展开那一时期农村阶级斗争和路线斗争的情节线索,成为这部作品的结构特点,这种结构特征是与作者的主题需求相一致的,因为作者要呈示的正是阶级斗争和路线斗争的长期性、尖锐性和复杂性。从这个意义上来说,《创业史》奠定和完善了新中国成立后乡土小说在重大题材中突出营造人物之间矛盾冲突,使之构成多头或多组的矛盾冲突线的从主题到题材再到人物的小说构成体系。在主题的需求下,作者在塑造人物时比传统小说塑造正反角有所改进,也就是在塑造正面人物时,将人物置于一个先验的理念框架之中,人物首先是归属于阶级地位和他的本阶级思想,一颦一笑、一举一动都须表现出阶级的思想和动机,而不是出于其性格和行动的需要。于是,主人公梁生宝这个"新人",由于英雄的色彩抹得太厚,理想化的倾向太浓,反而显得失真。正如梁生宝和改霞的爱情的决裂,从中我们看不到处于梁生宝灵魂深处的那种"隐意识"的搏击,而只能把它归咎于阶级观念分野的必然结果,这种"简化"了最能表现人物性格契机的从主题到人物的"方程式",确实损害了小说对于"人"这个复杂的多面体的塑造。其实,将梁生宝和梁三老汉相比较,我们可以抽象出同样的性格特征——忠厚、善良、真诚、淳朴、勤勤恳恳、任劳任怨,具有民族的韧性……而二者之间最不同的地方只有一条,这就是前者的阶级觉悟比后者更高。当我们今天来重新审视这部"史诗"性作品时,有人以为这是不可避免的时代思想所致,是作者所要描写的故事情节已经"死去"。乍一听,这个论点很有道理,但从另一个角度来看,由于塑造人物时作者采用的视角不同,其人物形象的生命力也就呈现出不同的艺术效果。这部小说中梁三老汉形象的塑造无论是在60年代还是八九十年代都被人们所认同,这确实是一个值得深思的问题。照理说,这个人物比起梁生宝这个英雄人物所用的笔墨要少得多,和同时期赵树理的"中间人物"的塑造一样缺少些更深刻的思考,因为他基本上是个转变式的人物,然而正是这种"好人坏写"的美学方法,使得这个人物站立起来了。我以为柳青在塑造这个人物时是处在一个尴尬的两难心境之中的:一方面是主题思想的需求,必须由梁三老汉扮演那个最终"转变"的角色;另一方面作者又不甘将他推向"反角",这是一种良心和真诚驱使作者从"本原"视角来真实塑造一个农民,因而使他具备了性格的杂多,尤其是使他获得了一个农民的真实心理世界。

由此而得出的结论是,《创业史》的艺术生命并不仅仅是属于历史失误的必然,其中也包含了作家在创作方法上的某种失误。换言之,作为现实主义的创作方法,发展到50年代后期,马克思和恩格斯的"典型"说已被部分曲解,正是那种被马克思所批判的非艺术性倾向——把艺术变成"简单的传声筒"——悄悄占据了乡土小说的创作。于是,在现实主义客观反映现实生活的变体当中,《创业史》在人物的英雄化和理想化道路上向前大大迈进了一步,这就为日后的"高大全"作了最殷实的铺垫。同时,在文学进入以阶级为本位的机制的过程中,《创业史》也在某种程度上提供了可资的范型。

为什么一部《创业史》至今仍有其艺术的生命力呢?虽然这只能从小部分的情节和细节中获得。除了用恩格斯致玛·哈克奈斯中的著名论断可以解释它外,还有一点是不可忽视的,这就是作者按照生活的"原貌"和人物性格的"本原"出发,而非先验的以既定的理念框架去套人物行动。在当时,这对作者而言也许是一个困惑。以此来塑造的人物虽然不合当时的"潮流",但却是遵循了现实主义的美学观的作法。梁三老汉在当时作者的笔下完全是作为一个可争取的"中间人物"来写的,但几十年后的"歪打正着"正说明了作家创作方法的至关重要。当年柳青一味遵循"把梁生宝描写为党的忠实儿子"的目标,而忽略了其艺术的真实性,也并不足怪,因为他以为"这是当代英雄最基本、最有普遍性的性格特征"。[①] 然而,正是在这样的创作情绪中,作家忽略了塑造人物的一个最根本的重要因素,这就是对于人的丰富内心世界的刻画,这种刻画并非单一的阶级观念的投影,而是充分展示人在两种交替时代、两种对立矛盾中丰富的内心冲突所造就的人性变异。这或恐是胡风所阐释的那种抒写民族"精神奴役的创伤"的理论更有其道理吧。但是,柳青直接把现实主义的创作方法领入了一个更深更狭窄的胡同。

作为一部恢宏的史诗般的鸿篇巨制,虽然作者没能最终完成这浩繁的巨构工程,但从这气势磅礴的农民命运史的写作中,我们可以看出作者良苦的用心——一种试图将中国农村作为缩略图来进行全景式描写的意图渗透于小说创作中。但是除了小说人物的复杂阶级关系构架呈示出作品的庞杂纷繁外,整个小说在风土人情和风俗画以及风景画的描写力度上却大大逊色于30年代的乡土小说,亦远不如同期的孙犁和周立波等人的创作,甚至连赵树理小说中的那种以方言土语来强化风俗描写的成分亦丧失殆尽,代之以纯化的书面语言。可以说,《创业史》是一部向乡土小说风俗画的美学特征告别的宣判书,这种美学特征的失落,严重地损害了乡土小说的审美效应,同时也就无形中消泯了乡土小说与农村题材小说的区别。这里应该强调的是,60年代初到70年代末大量反映农村社区生活的作品,是不能被称为乡土小说的,充其量亦只能是一些"农村题材"的小说创作,原因之一就是它们失却了"乡土小说"的重要美学特征——风土人情和异域情调给人的审美餍足。光是写"乡"写"土",尚不能构成"乡土小说"特征的全部,只有加上风俗画的描写内容,以及对风景画的关注,才能算得上真正的"乡土小说"。如果说赵树理的小说对此有所忽视的话,那么柳青则是在庄

---

① 柳青:《提出几个问题来讨论》,《延河》1963年8月号。

严的主题情结笼罩下,有意排拒了这种看似装饰性很强的审美内容,以全部的笔墨倾注于人物的描写和对既定主题的阐发。

这里还要提到的是五六十年代农村题材的短篇小说创作,作为这一时期小说门类的重头戏,从李準、王汶石到"山药蛋派"的许多农村题材创作中,我们可以最明显地看出一个带共性的特征,这就是忽略了乡土小说的风俗画描写。这一失误,李準用了二十多年时间才悟出了真谛,在他的乡土小说《黄河东流去》中便充分地展示了风俗画描写成分;而"荷花淀派"的刘绍棠、林斤澜等人的创作,则更注重风景画的描摹,其风俗画的特征亦不甚鲜明。由此可见,新中国成立后乡土小说的衰落就其审美角度来看,是作家们在眼花缭乱的新生活面前急于寻觅新鲜而重大的主题,而放弃了风俗画的描写,因而导致了其艺术生命力的衰竭。

倘使将同时期代表着当代文学三十年最高成就的长篇小说《红旗谱》与柳青等人的小说相比,也许人们会异口同声地赞誉梁斌这部小说所具有的艺术生命力。有人认为,这部小说之所以获得较恒久的艺术生命力,原因就在于作家和当时的社会与时代拉开了距离,聪明地去写新民主主义时期的农民革命。同样是写农民命运,同样是写农村题材,成败的原因难道就是所描写的历史阶段不同在起作用吗?我以为最重要的还是作者写作的视角和美学观念的根本区别,才造成了小说在审美上的反差。其实,梁斌的《红旗谱》在许多思想观念上还是有值得商榷的地方,可他的小说画面的可视性以及小说本身的可读性却是历久不衰的。同样,这也是一部农民革命的史诗性巨著,它也是以错综复杂的阶级斗争为总体框架,两家农民三代人所构成的"英雄谱系"同样成为小说主题构成的辐射点。作者虽然没有主张主题先行,但也提出了主题和内容共生的观念:"一部具有民族风格的小说,首先是小说的主题。在我来说,主题思想又是和小说的内容同时形成的。"①无疑,

---

① 梁斌:《漫谈〈红旗谱〉的创作》,载《春朝集》,上海文艺出版社1980年版。

这种观念是在闪避着文学理论上的一些不必要的麻烦,然而,有一点是可以明显看出的,那就是作者懂得要创造一种民族风格,就得在小说中渗透风俗民情和地域风光的描绘,从这个意义上来说,《红旗谱》是新中国成立后三十年中具有"乡土小说"特征的少量作品之一。这部小说从传奇人物到生活环境再到语言塑造的描写都浸润着风俗画的色彩,这一点是被人们所公认的。正因为此,风俗画的描写与整个小说的故事情节构架形成了一个水乳交融的审美视界,使小说更具美学张力。从某种意义上来说,风俗画的美学特征补救了主题思想的外显和无节制的漫溢,使之更有内蕴和隐蔽的艺术空间。

然而,像梁斌的这种具有风俗画描写特征的乡土小说并没有为当时的创作界和评论界所器重,后者更没有将此上升到乡土小说发展的历史角度来考察其得失,所以谈到小说的风土人情、异域情调的描写,只是将它归于一种写作技巧而已。殊不知,它是关系到乡土小说生死存亡的大问题。

平心而论,当浩然从柳青手里刚刚接过乡土小说接力棒时,还没有有意识地发现要把英雄人物塑造得高大完美,不可企及。从他早期的短篇小说(如《喜鹊登枝》等)和《艳阳天》的第一部来看,作者还有意无意地触及了小说中对于风俗人情的关注,其中有些画面还是带有一定的风土气息的。如果说,这些作品还有可读性的话,那就是作者在风俗画的描摹中有所贴近生活,给人以美的流连。那么当浩然成为70年代主宰中国文学的唯一小说家时,他的悲剧命运就在于身不由己地把乡土小说的创作推入了绝境。"高大全"的英雄人物成为清规戒律,"三突出"的创作方法堵塞了乡土小说一切的审美通道。"风俗画",甚至"风景画",都被视为一种乡土小说的"反动",被淹没在臆造的规定故事情节模式之中。"文革"将文学推入了中国文学史的"空白",浩然也由此将乡土小说领入了"死亡地带",乡土小说完全变成了一种政治或政策的简单传声筒,赤裸裸的主题阉割了小说的审美机能。这种乡土小说的全面蜕化当然是时代精神的使然,至于作家所扮演的悲剧角色,这当是一次历史给作家留下的一道疮疤,然而是应该时时记取的教训。

　　从柳青到浩然的农村题材小说的创作中,我们也不能不看到一个作家在艺术上的追求。由于柳青一再强调首先要上好"思想学校",其次才能考虑上好"艺术学校"的主旨,因此,他在小说创作中主张采用以人物为轴心、以冲突为核心的创作方法。然而,且不论其小说中的人物在"平面人物"和"圆形人物"塑造上有何建树,就其小说消泯了乡土小说异域情调方面来说,也就犯了大忌。何况柳青的社会主义现实主义的创作方法在技巧上完全陷入了一个封闭的模态,为后来的乡土小说提供了一个单线条的情节小说模式。而当浩然在"文革"期间将此类小说发展到登峰造极,高度迎合了政治的需要之时,我们不能不说作家出于艺术的良心,体悟到这种艺术道路是窒息乡土小说的必然结果。浩然也有艺术的苦闷期,70年代初,他为了打破艺术的沉闷,便试图以新的文体形式来突破艺术格局的樊笼。可以说他的两部中篇小说的合一(《西沙儿女》由"正气篇"和"奇志篇"合成),表现出作者在艺术形式上的变形,小说试图通过对情节小说模式的冲击而达到融"风景"和"风俗"于散文化小说之中的形式表现。从中我们可以看到整个小说抒情风格的强化,以及作者迫切寻觅"风景"和"风俗"画面时的尴尬和窘迫心境。无疑,这种艺术风格的变异,无论是在当时的文学氛围中,还是在浩然自身的文学道路上,都留下了一个不可忽视的问号和惊叹号,它是作者对模式化、概念化的创作感到乏味以后,表现出的一种积极的艺术动机,是作者对于乡土小说的一种本能的认识冲动,虽然可能还带有极大的盲目性,但那种如诗如画的"风景"和"风俗"的诱惑至少是部分唤醒了作家对于乡土小说艺术本质的感悟。尽管作家尚不可能摆脱自造的模式阴影的笼罩,但起码已认识到自身所面临的艺术绝境。这成为浩然向自身发起挑战的第一次觉醒,同时也是作家唯一的一次对自身将中国乡土小说导向全面蜕变后的反省和反动。

第四章 乡土小说的递嬗和演进

第一节 从汪曾祺到高晓声——寻觅"田园诗"和"鲁迅风"的踪迹

当历史翻开新的一页时,一个辍笔多年的乡土小说家,自称为沈从文的学生,用他那支生花的妙笔来回味咀嚼四十多年前的温馨旧梦,他就是那位蛰伏了四十年之久的"京派小说"作家汪曾祺。虽然汪曾祺在30年代的乡土小说建树不大,但他熟谙"京派小说"的创作风格,尤其是对其老师沈从文的创作风韵更是了然于胸。当1980年汪曾祺发表短篇小说《受戒》时,在文坛上引起的震惊是很大的,它给人以耳目一新之感,那种久违了的美学情趣给当时审美视界狭窄的中国读者带来了一股清新鲜活的美学体验。随之而创作的《大淖记事》、《异秉》、《岁寒三友》、《八千岁》等一系列故乡怀旧的乡土小说,以它们那种清秀隽永、生趣盎然的风俗画、风景画的描写风格获得了文坛的普遍瞩目。

汪曾祺的乡土小说之所以获得殊荣,这不仅仅是小说本身的可读性而致,更重要的是它标志着一种美学风范的回归,也就是从废名和沈从文开始的"田园诗风"乡土情结的"还魂"。由于中国读者长期被禁锢在一种单调的情节小说模式中进行惯性阅读,审美的机能有所衰退,当一幅幅清新淡泊、意蕴高远、韵味无穷的水乡风俗画展现在人们面前时,许多人竟情不自已。

汪曾祺是以自己的故乡苏北高邮作为施展自己融风俗画与风景画

为一炉的一方"邮票",尽情地在这一片烂熟于心的风土人情描写中去构筑一个美的世界。作为承继沈从文之衣钵、延续"京派小说"风格的传人,汪曾祺在40年代发表的"田园牧歌"式作品尚未受到人们足够的重视的话,那么,他四十年后的风俗画小说却格外引人注目。其中最重要的原因就是作家对于富有地方色彩和异域情调的视觉性很强的风俗、风情、风景的刻意描摹。他一再强调风俗描写对于小说的至关重要:"我是很爱看风俗画。十六、七世纪的荷兰画派的画,日本的浮世绘,中国的货郎图、踏歌图……我都爱看。讲风俗的书,《荆楚岁时记》、《东京梦华录》、《一岁货声》……我都爱看。我也爱读竹枝词。我以为风俗是一个民族集体创作的生活抒情诗。我的小说里有些风俗画成分,是很自然的。但是不能为写风俗而写风俗。作为小说,写风俗是为了写人。"[1]从这些风俗画面的描写中,我们可以看到作者鲜明的艺术审美情趣,淡泊宁静、清雅通脱的美学风范是建立在一种试图回到超尘脱俗的人生境界中去的基础上,从其哲学观念来看,它基本上是继承"五四"时期的人文主义思想,试图在摆脱现实困扰中来展现一个理想化的充满着人性温馨的生存境界。这种境界的表现在很大程度上依赖于一种凌驾于风俗画面的哲学意蕴的笼罩,在风俗画的背后,那种"超脱"、"遁世"的隐情又成为一种新的美学体验。这种情绪的滋长,无疑是对长期以来被阶级斗争学说同化了的小说创作模式的逆反。这种逆反强化了人们对于"田园牧歌"式作品美学风格的企盼和需求,于是抒情笔调的小说亦成为一种时尚。

汪曾祺在发展"京派小说"上是作出了自己独特贡献的,这就是他在新时期开了"散文化小说"和"诗化小说"的风气之先。他认为"散文诗和小说的分界处只有一道篱笆,并无墙壁(阿左林和废名的某些小说实际上是散文诗)。我一直以为短篇小说应该有一点散文诗的成

---

[1] 汪曾祺:《〈大淖记事〉是怎样写出来的》,载《晚翠文谈》。

分"①。他的小说除了在结构上采用一种"散点透视"、"信马由缰"的技巧外,便是小说所呈示的犹如散文和诗那样漫溢的意境和意象。他的小说读起来平淡无奇,但细细咀嚼却韵味无穷。寓人生哲理于凡人小事的叙述中,寓真善美于平庸琐碎的事件描写中,化平淡为深刻,化腐朽为神奇。汪曾祺小说中的每个情节、每个人物,甚至每个细节都蕴藉着一首诗,散发着迷人的诗情画意。他的小说处处看似闲笔,却处处透着灵气。与好的散文一样,形散而神不散,成为汪曾祺短篇小说的特色,小说的总体诗意和局部的象征构成了一部和谐的交响诗。当然,这种诗的意境表达还得依赖小说的语言表述方式。在这方面,汪曾祺小说语言功力之深厚就显示出与其他作家的不同风格。作者不是靠对语言的颠覆,而是靠古典文学的功底来构造简洁明快、纡徐平淡、流畅自然、生动传神的诗化语言。同样是口语化语言,汪曾祺的语言与赵树理的语言之差别就在于前者在口语中蕴藏着更多更深的诗样的意境和意象,看似一清如水,然"味觉"效果则是绝对不同的。如《受戒》中明海和尚烫戒后与小英子隔河相对的对话,《大淖纪事》中十一子养伤时和巧云的一段悄悄话,都极为简洁平常,然仔细回味却意味深远,不仅精当地刻画出人物内心世界的微妙变化,同时可以读出叙述中的诗意美,读出小说语言中的节奏、色彩和音乐美来。这种简洁明快、错落有致的语言无疑可以看出作家古典文学的造诣。

  汪曾祺小说作为重温四十年前"京派小说"之旧梦,它的意义就在于这种"回归"是对新中国成立以来单一的审美情趣和单一的小说形式技巧的一次冲击。可以说,汪曾祺小说的复现是对新时期小说创作的多元化趋势的第一次认同,它带来了对沈从文和"京派小说"的重新历史估价,带来了80年代"田园牧歌"风俗画小说的盛兴。

  这里特别要提到的是随之而来的以刘绍棠为首的"京郊"乡土小说的崛起。80年代初,刘绍棠举起了"乡土小说"的大旗,以一组"田园

---

① 汪曾祺:《晚饭花集·自序》。

牧歌"式的风俗画小说取悦于文坛,像中篇小说《蒲柳人家》、《瓜棚柳巷》、《草莽英雄》、《小荷刚露尖尖角》等和短篇《峨眉》等,都以鲜明的风俗画风格丰富了乡土小说的美学特征。作为孙犁"荷花淀派"的中坚,刘绍棠无疑是这个流派的断裂带的弥合者和发展人。无疑,刘绍棠在新时期之初所作出的审美选择是推动了乡土小说的发展的。问题就在于刘绍棠虽然举起了乡土小说的旗帜,但这一流派却始终未能形成,我以为这里的主客观原因是多方面的:其一,新时期文学的多元化格局打破了作为群体性的风格一致的"流派"麇集,代之以个体创造性风格迥异的"自我"扩张,作家个性的张扬打破了"流派"的梦幻;其二,深邃的哲学意识的弘扬替代了浅薄的主题内涵的外显,对于新时期的现代读者来说,缺乏哲学内蕴的深刻性是很难进入一种较深层的文化境界的;其三,风俗画的描写在乡土小说所占的美学比重是很大的,但风俗画小说一旦被置入某个传奇故事的模式框架中,就只能成为一种风物习俗的"摆设",就失却了其诗意化的特征,落入俗套。换言之,这种风俗画面一旦进入"通俗小说"之中,其美学特征也就相应减弱,成为寡淡无味的点缀物。由于缺乏这种把握时代美学情趣的转移的意识,忽视了主观的创造性和客观的接受效果,刘绍棠所作出的巨大努力,收效甚微。作为50年代"荷花淀派"的另一位中坚人物林斤澜,却把描写的焦点着重对准了人的内心世界,虽然他的小说有时也呈现出风俗、风情的画面,但他毕竟是在挖掘另一口井——通过人性变异的揭露来弘扬一种真善美的美学境界。他的小说充满着人文哲学的意蕴。同样是50年代同期发轫的作家,邓友梅所选择的也是风俗画小说,但他把聚焦对准的是"市井文化",是"清明上河图"式的风俗描写,是新旧文化冲击在"城里人"内心世界引起的层层波澜。邓友梅继承的是老舍的艺术风范,而刘绍棠继承的是孙犁的艺术风范和美学风格。但前者有所发展,吻合时代需求;而后者虽有所发展,却偏离了纯文学的方向。这也许是有人将此类作品视为"浅薄"的缘由。当然,在通俗文学和纯文学之间并不存在谁比谁更优更高的价值标准,因为读者群的不同,也就没有可比性。问题就在于从乡土小说的美学发展来看,它的存在意义决定于它与历史上的同类作品相比有无进步。当然,那种平面复归也可能是一种进步,因为它反拨了几十年的"沉疴积弊",将乡土小说拉回到接近"原点"位置,不可不说它有历史的意义。

同样,试图回复"鲁迅风"的历史使命也交给了"反思"的中青年一代。几乎是从高晓声的《"漏斗户"主》、《李顺大造屋》、《陈奂生上城》等作品开始,乡土小说就进入了一个深邃的政治——哲学——文学过程的思考。

这里要指出的是,高晓声的小说基本上和赵树理的小说相似,试图概括农民的历史命运和生活现状,以强烈的人文主义精神来为农民请命。它们主题的辐射面是一致的,然而其深刻性却有深浅。前者善于将悲剧当作喜剧来写,充满着"反讽"的意味,从而使其乡土小说的主题内涵进入一个深层境界。这一点可能是赵树理乡土小说时代所不可比拟的。虽然高晓声的乡土小说也是缺乏风俗画和风景画作为小说美学的底色,然而它所透露的深刻哲学意蕴和思想力度却是明显向着"鲁迅风"回归的。但必须指出的事实是,高晓声作为一个新时期乡土小说创作具有大家风范的作家,为何其后来的小说被读者所抛弃,被更多更深刻又更有美学价值的乡土新作所替代呢? 其中忽视了风俗画、风景画以及异域情调的氛围营造,应是一个重要的因素。

把农民的命运放在每一个历史转折的关头,放在社会动荡变革的时期来描摹,而且用异常幽默调侃的叙述语调来勾画农民悲剧灵魂的重创,这就使得高晓声的乡土小说具有了鲁迅式的"哀其不幸,怒其不争"的思想内涵。在这样的思想内涵下,作者敢于大胆地用讽喻的手法来鞭挞一颗颗本身就血肉淋漓的痛苦灵魂,在痛楚的创伤上施以新的鞭痕,这是一般作者难以达到的,而正是在这里,高晓声达到了鲁迅那样的批判国民劣根性的思想力度,同时也就显现了一个思想巨子试图拯救农民彻底脱离苦海的大心的可敬。在高晓声的人物形象系列中,我们可以清晰地看到阿Q的面影,看到阿Q遗传基因给新一代农民心理留下的沉重因袭负荷,作者清楚地意识到"他们的弱点不改变,中国还是会出皇帝的"①。李顺大被公社造反派打得遍体鳞伤,非但没有丝毫的反抗,反而一味地自责自己的身体为何如此这般"娇嫩",经不住这点皮肉之苦,变牛变马都无不可,只是不能变"修"。这一神来之笔,深刻地揭示了农民心灵创伤的深重——不觉悟的愚昧奴性仍是"五四"以后远没能解决的一个带有普遍意义的国民性问题。这种阿Q式的奴性揭露成为高晓声回复"鲁迅风"的一个描写基点。《陈奂生上城》中,陈奂生对于吴书记赐给他的那五元钱一夜的"高级"享受,充满着十分复杂的农民心理的变态。从脱鞋进屋到在沙发上"跳坐",再到不脱鞋上床,这人物性格"突转"中包孕着农民文化心理,乃至整个民族文化心理结构中的千言万语难以诉说的可悲可怜心态,表现出农民在新生活到来时的必然惶惑。在农民能够部分掌握自己命运的时候,他们又是不能主宰自己命运的迷途羔羊。当陈奂生在获得更多责任制的自主权时,他总觉得站不直,竟像阿Q那样"身不由己的蹲了下去,而且终于趁势改为跪下了"。这种行为和心态分明渗透着阿Q的血液,农民的蒙昧并不可能在一朝一夕的经济改革中被彻底埋葬,封建意识的毒汁简直成为农民,乃至整个国民心理的"集体无意识"。这种状态不改变,中国是没有希望的。高晓声生活在底层二十多年,最清楚地体会到了鲁迅改造国民性论断如何切中中国农民的现实和20世纪中国社会的现状。

由于高晓声乡土小说"鲁迅风"的出现,便形成了在"反思文学"口号下,普遍的以人道主义视阈来观照农民悲剧命运的乡土小说创作高潮。几乎是在高晓声创作的同时,在"老远的贵州",何士光的笔底呐喊出了一个农民要求人权的时代强音,《乡场上》的出现,也无疑叩开了继承"五四"人文主义传统的主题之门。时代的改革大潮给农民带来了人性复苏的又一次契机,冯幺爸的一声呐喊,触动了这根隐伏着的

---

① 高晓声:《创作谈》,花城出版社1981年版。

敏感主题神经。于是,从中国的各个边远地区和小寨,传来了不同凡响的对人道和人性呼求的呐喊声,像贾平凹、韩少功、郑义,以及"湘军"、"晋军"等地域作家群都不约而同地把笔墨深入到这一主题领域,用鲁迅式的犀利目光来扫描农民文化心理的深厚历史积淀,从而又一次把中国农民的历史命运问题摆上了艺术的祭坛。这种势头成为中国乡土小说作家不可解脱的一种显形的或隐形的自觉创作情结,因为中国的历史和现实为此提供了无与伦比的丰富素材,同时亦能满足中国小说作家责任感和忧患意识的本能艺术冲动和宣泄。

如果说汪曾祺那样的具有自觉意识来回复"田园诗风"乡土小说在新时期的乡土小说还属凤毛麟角的话,那么,在"反思文学"口号的鼓噪下,所涌现出的类似高晓声的继承"鲁迅风"的乡土小说所占的比重却大得惊人。由于整个时代思想氛围的制约,作家们热衷于主题深刻性的发掘,而忽视了"鲁迅风"中对具有风俗画意义的"异域情调"的营构,致使这类小说在文学史的历史长河中很容易成为昙花一现的时尚之作。倘使既能开掘出深刻忧愤的主题,又能将风俗画、风情画、风景画融入其乡土小说创作中,将是一个怎样的景观呢?这一难题便在古华的长篇力作中得以解决。《芙蓉镇》的意义并不仅仅在于对新中国成立后的极"左"路线和"文革"时的劫难作了最深刻的批判,也不仅仅是在历史的舞台上再现了各种民族灵魂的充分表演,更重要的是作者采用的是"寓政治风云于风俗民情图画,借人物命运演乡镇生活变迁"的视角,来"唱一曲严峻的乡村牧歌"。[①] 古华是在高晓声和汪曾祺之间选择了将两者风格融一的写法。他说自己的小说是一首"乡村牧歌",这并不意味着他是在"田园诗风"上来进行浪漫的抒情性描写,而旨在展现一幅悲凉的人生图画。这不由得使我们想起了周立波的《山乡巨变》,不同的是,古华的格调完全不同,苍凉悲伤、严峻冷酷所构成的现实主义悲剧风格排拒了一切理想的、抒情的、带有浪漫气质的

[①] 古华:《芙蓉镇·后记》,人民文学出版社 1980 年版。

"虚幻现实主义"风格。当然,在主人公胡玉音的塑造上多少有着作家的理想主义色彩,但从美学角度来看,它正是悲剧的需求,即鲁迅的悲剧观——"悲剧是将人生有价值的东西撕毁给人看"——的假恶丑与真善美对立的美学反差体现。可以清晰地看到,《芙蓉镇》一方面沿着故事情节冲突线向前推进,表现出线型的结构模态,另一方面又巧妙有机地将"风俗画"、"风景画"植入小说的内部,使之成为一个有血有肉的机体。这就从一定程度上中和了"五四"以后"田园诗风"乡土小说与写实风范的乡土小说不可调和的对立矛盾。古华将两种风范融合为一,创造出了一种新的乡土小说范型,这不能不说是具有文体意义的一次尝试。这种艺术风格的尝试被作者带入他的大量乡土小说创作中(如他的"芙蓉姐"系列小说创作),使乡土小说呈现出有着缤纷色彩的多元格局,同时它也促动了这类小说从萌发到成熟的发展趋势。诸如张贤亮早期的作品《灵与肉》、《绿化树》等都是这种新范型的乡土小说创作,更不要说那批在 80 年代崛起的一代"知青作家群"中许多人都采用过类似的描写视角,完成了乡土小说在新时期的嬗变和演进。

第二节 "寻根文学"解构期
——乡土文化小说的递嬗

　　1984 年韩少功首先发表了《文学的"根"》一文,开始了"寻根小说"的理论探寻。1985 年 5 月号《上海文学》发表了郑万隆的《我的"根"》,同时,阿城在《文艺报》上发表了《文化制约人类》一文。至此,一场"寻根"文学运动便在文坛兴起。

　　"寻根小说"究竟从何时算起,有人追溯到吴若增和汪曾祺 80 年代初的作品。严格地说,它应是以"寻根"理论前后的一批作品为标志的,像阿城的《棋王》、王安忆的《小鲍庄》、韩少功的《爸爸爸》、郑万隆的"异多异闻"系列,以及贾平凹、李杭育等人的一些作品。就"寻根小说"的内容和形式的特征来说,它们主要表现为:

首先,描写中国传统文化笼罩下人的精神生活,这里包含着两层涵义:一是向传统的儒道释文化精神的皈依;一是不由自主地反叛传统文化精神,表现出一种"精神失落"和"无家可归"的思想内涵。

其次,所有的"寻根小说"都充分地表现出风俗画的特征,作家们非常注重"异域情调"和"地方色彩"的发掘,以此来区别于其他非"寻根"的乡土题材小说。同样,这其中亦包含着"风俗画"展示的两种形态:一是着力于恬静、安适的"农家乐图"的描绘,"田园诗风"、"田园牧歌"情调当然和其表现的哲学文化思想内涵相对应;二是描写苍凉蛮荒、充满着悲剧意识和氛围的洪荒时代古老先民的生活形态,其"异域情调"的新鲜审美感受同样引起了人们的惊异。

就这两点来看,"寻根小说"的思想意义在哪里呢?

由于80年代成为中国改革开放的热潮期,各种思潮汹涌澎湃而来,而许多思潮在不断的选择和筛选中被很快淘汰。也就是说,新时期对于各种思潮的选择性很大,中国人是在不断否定性的价值判断中去寻求新的真理的。也许因80年代初的"国门洞开"而涌入的西方哲学文化思潮要比"五四"时期来得更猛烈更繁杂更令人目迷五色,因此,在无数次的遴选中,一些青年作家之所以选择了拉美"爆炸后文学"作理论的支点,首先就在于两个民族文化心理结构上的相同性。历史的衍变是很难改变其民族的根性的,古代文化和文明已成为一种固体在历史的轨迹上作机械的时间性的滑动和延续。与欧洲文明相比,它无疑是一种封闭和断裂,在进入现代社会(工业文明以来)后,中国和拉美都成了"欧洲文明宴席上的匆匆迟到者"。拉美由氏族社会进入资本主义殖民统治,中国由农业社会向工业社会的过渡,都经历了精神上的劫难。拉美出现了"伪革命"、"伪民主"、"伪进步"现象,而中国也经历了"大跃进"、"文化大革命",这就使得这两个民族同样存在着"寻求"的焦虑。"寻根小说"家们试图通过这一"寻求"而达到与世界文学对等的对话关系,他们所举起的旗帜就是认为越是具有民族性,就越具有世界性,甚至有些人高扬起文学就应具备民族保守性的主张,认为民族文化铸就了中国作家的特殊心理、特殊的思维方式和情感方式,只有接受本民族文化的制约,才可能发挥最大的艺术才能,获得创作优势,那种对这种民族文化基因的对抗,只能是一种妄想。"寻根小说"家们也把民族的根性分为优劣两种,其目的是弘扬其"优根性"。然而恰恰相反,在众多的"寻根小说"作品中,那种用批判的眼光去扫描国民劣根性的作品却是占着绝对优势的比重。即使是阿城这样的皈依道教的作品,也时时透露出对苍凉人生与人性劣根的揭露与批判。这种"二律背反"现象,是值得人们深思的。尽管阿城们呐喊要弥合由"五四"新文化运动所形成的文化断裂带,从根本上来否定五四运动对于民族文化的改造,要求回复古文化的原生状态,但这种文化思潮根本不必理论家们去否定,就在"寻根小说"派的自身创作中得到了充分的否定。这个由作家兴起的理论探讨,终因理论的匮乏而被其形象塑造的张力所击溃。这种理论和创作实践的背反也正说明了传统文化根基在现代工业社会氛围中的动摇。正如"五四"新文学运动的实质内容表现为以人道主义为核心的对人的普遍关注一样,"寻根小说"的大多数作品同样是重拾了这一文化主题。以人性为描写基点,以人道主义为作家主体的视角,几乎成为"寻根小说"难以摆脱的创作情结。

倘使说拉美文学对中国新时期乡土小说有着更内在的影响,那么就是其充分的"风俗画"色彩所构成的"异域情调"吸引了中国的这批"寻根小说"作家。"魔幻现实主义"也罢,"结构现实主义"也罢,"心理现实主义"也罢,都不乏风土人情的描绘,从这个意义上来说,拉美和中国的地理、地貌环境以及人种和风俗所形成的奇异文化色彩和氛围,形成了其他人种、民族眼里的神秘的地方色彩。这种拉开了与现实和现代城市文明生活距离的乡村图景,无疑是一种美学的餍足。这也许是新时期作家们在短短的几年中游历了欧美近百年的文学思潮后,深味到拉美"爆炸后文学"备感亲切的缘由吧。甚至有些作家对民族文化的理解也就局限在对特殊的地理、原始图腾、风俗、语言、思维方式的描写上,而忽视了站在更高的哲学文化层次来鸟瞰民族文化精神本身,缺乏一种重新把握国民灵魂的魄力。这不能不说是"寻根小说"的失误点。

然而,有人认为:"从低海拔起飞的中国当代文学目前所发动的'寻根'运动,明显偏离了人类文化和世界文学的一般进化方向。"且不说艺术发展有无规范的模式可循,仅就中国当代文学中的乡土小说发展轨迹来看,这次"寻根"运动无疑是对中国历史文化心理结构的一次大调整。这种对"寻根"运动表示轻蔑与不屑的论者,同时对乡土小说也嗤之以鼻。他们把城市文学与乡土小说对立起来,认为工业技术文明应"拂去"超稳定结构的自然形态的乡土文学,而确立城市文学的正宗地位。"旧城区在推土机前倾圮崩溃,林立的钢架和楼群向乡野伸出逼仄的炮膛,它预示着两种文明和文化的生死决战。"①企图在中国的土地上消灭乡土文学,这不能不说是一种幼稚可笑的论断。论者也不能不面对1985年的创作实践,承认作家们在对中国乡土小说作出严肃选择后所取得的重大成就和对城市文学的冷落。究其原因,我认为,深厚的历史积淀包孕着中国民族性的两极,而这种积淀的"历史性"只有在乡土文学这只躯壳中才能得以深刻地体现,而这种历史的积淀愈深愈冥顽,则在现代文明的冲击下,愈显示出强烈的反差和巨大的落差。作家如没有一个强烈的哲学意识来统摄形象,则不可能成为乡土小说的佼佼者。

当然,简单地把以《爸爸爸》为代表的"寻根小说"看成是对以《你别无选择》为代表的"横移文学"(恕我生造)的反拨,也是不合适的。但至少,"寻根小说"派们对其平面地、空旷地表现人生远远不满足了,他们要追寻人生历史的"根性"。这种追寻是作家们有意无意地把自己容纳在乡土文学这棵参天大树之中,不再满足于再现树叶、树枝、树干的真实面貌。他们想从"根"的解剖中来窥视、表现出这棵大树生长的全貌,来挖掘更深刻的历史内涵,从而扼住大树的精灵,来照耀现实

---

① 朱大可:《半个当代文学和它的另一半》,《文论报》1986年4月11日第3版。

的路。或有把乡土小说的递嬗和演进归结为:"某类反城市的地理学和伦理学在一片'寻根'声中悠然显现。过剩的历史意识和乡土意识绵绵不绝地从脑皮质的记忆细胞群间涌泻而出,支配了作家的审美操作程序。""这是价值的退化和表象时间反演的出色例证,它表明某种文化惰性可能是乡土(或边塞)意象的搜索行动的主要心理背景,这种品质猥琐的惰性借助审美表象获得超度与合理化。浸润于国民性圣水之中的当代文学,因此便暴露出了它的可爱的劣根性。"这不能不说是对中国乡土小说采取的虚无主义态度。论者只是看到了它的表层意识,而根本忽略了作者深层意识的开掘和对民族文化心理结构总体意向的把握,忽略了现代文明在这种"内结构"之中的冲突和衍化,也就是根本忽略了这种"总体历史观"对现实的指导意义。同样,论者所说的正宗的城市文学的"变体"(趋向于乡土文学的"价值判断的精神分裂"状态)亦正是这种"内结构"在冲突中的自我调节。它渴望在历史的文化状态中找到前行的目标。

无疑,乡土小说处在时代的交叉点上,它应该也必须在历史和现实的契合点上去寻找新的运行轨迹——它不仅在思想上有着更深刻的启悟,而且在艺术上亦有更新的探求。"寻根"派们并不囿于民族文化心理纵向的开掘,更重要的是对于外来文化的横向借鉴,以致使两种文化在冲突和消长中达到交融,升华成为新的文化心理重新组合建构的新鲜活跃的再生细胞组织,也就是完成人们从"五四"以来就梦寐以求的国民性改造大计,把中国文化放在世界文化的参照系中进行平衡,使两者在演化中互渗、互补、互融而成为一个崭新的有机的整体文化系统。

随着生活观念和艺术观念的演变,作家们在创作中的"自我意识"的强化,个体精神的凸现造成了风格的排他性。也就是说,小说流派业已趋于分化解体,几十年来人们期冀出现或即将形成的中国乡土小说流派,如"荷花淀派"和"山药蛋派"的进一步完善和发展似乎已成为幻影,而1983年异军突起的"湘军"亦在高涨的创作潮流中分化,"京派"小说群更是各呈异彩……所有这些都清楚地表明:时代已不需要在一种创作模式和创作风格下进行生产了,流派逐渐蜕化,取而代之的是强烈个性意识的主体性创作。这个时代产生不出流派,也不需要产生流派,它只冀望产生"巨人"。

考察"寻根文学"的创作实践,可以看到它们之间在艺术风格上不能互相交融的现象。《爸爸爸》也好,"异乡异闻"系列也好,"葛川江"系列也好,"商州"系列也好,《老井》《小鲍庄》也好……我们虽然可以看到它们对民族文化的历史积淀的揭示上有着相同点,然而,在艺术风格上却毫不雷同。同样是"土"的结构,但就各自的艺术视点和具体手法上来说却是不同的;同样被称为"文化"小说,但作家各自阐释出的审美观照却是相异的。

《爸爸爸》可说是破坏了韩少功自己正统"湘军"的形象,作品一反《西望茅草地》和《风吹唢呐声》式的审美观念,众采象征主义(包括神秘主义在内)、黑色幽默等现代主义艺术手法,用"土"得出奇的内容和语言,创造了多视角的主体性的艺术世界,也完成了韩少功新的创作的"自我"形象。同时更不应该忽视的是,韩少功这次关键性的审美观念的突破,彻底地打破了"湘军"有可能在同一艺术风格轨迹上运行的理想。如果说何立伟在这之前只是在艺术风格和形式上稍有叛变的话——从再现向表现靠拢,从情节向情绪衍化,那么,韩少功的此次"壮举",可说是对"湘军"的一次严肃的背叛。他不仅展示出一个有多层意识的"空阔而神秘的世界",而且呈现出一个"使小说的时空含义以及整个美学精神超越它自身的天地"的艺术境界。这就使得"湘军"在这艺术大潮的冲击下由此分岔。可以说,韩少功的这次大跳跃不仅是创作界的一次深邃的审美艺术思考,同时也应唤起批评界的一次觉醒。我们不能再作陈旧死板的定向性思维了,只有作多维的思考,才不至于把作家与作品圈在一个狭小的艺术天地里玩味。当然,我们不可否认"湘军"在新时期乡土小说创作中的中坚作用。莫应丰、古华、叶蔚林、孙健忠、彭见明、刘舰平、何立伟、叶之蓁、吴雪恼、贺晓彤、钟铁夫、蒋子丹、肖建国……这蔚为壮观的阵容几乎有独霸南方之势。他们中间有许多风格相近或酷似之处。但事实证明,谁陷进了同一风格的框架中,谁就首先获得艺术的窒息。诚然,80年代初叱咤文坛的那一批作家在80年代中期仍旧写出了许多有生命力的好作品,不仅于此,"湘军"中亦有新生力量的崛起,诸如孙健忠的《醉乡》、杨克祥的《玉河十八滩》则是很令人瞩目的有丰富时代和思想内蕴的乡土风俗画小说。但我们不得不意识到,这些拥挤在同一风格胡同里的创作群体虽然创作出了许多可读性很强的作品,但他们中间毕竟还看不出能产生大家的表征。而且,随着时代艺术观念的演进,他们将面临全面的解体,最终各奔前程。只有在哲学上补充进当代意识和在艺术上进行突破性的发展——个性创作意识得以充分发挥,作家们才能走进真正的艺术王国,获得辉煌的成就。

"京派"之中能否形成正宗的乡土小说流派呢?这是刘绍棠期冀和人们热望着的。但经过几番艺术浪潮的洗礼,事实证明,林斤澜的艺术"变调"致使"荷花淀"早已解体,而汪曾祺又"另立门户"。新的大旗下又无出色的作品支撑着。无疑,"京郊"派乡土小说正处在一个危机时代,它始终进入不了创作的前列。而整个实力雄厚的"京派"之中,乖觉明智的作家们都在个体的创造中改变着自己,试图以此来影响文坛。郑万隆一改"当代青年三部曲"式的写法,《老棒子酒馆》式的"异乡异闻"系列是他突破自我封锁线的一次重大战役。在深沉的历史积淀意识的包裹物中显示出作者对国民性的鞭挞之深切、对人性忧患意识的裸露,这是他以前作品所不能企及的。作者在"寻根"中找到的不仅是思想内容的深化,更重要的是他找到了最适合表现这种思想的多元艺术世界。郑万隆似乎很清醒地把自己划出任何流派,使自己成为一个个性意识强烈的创作的"个体户"。张承志的小说历来被誉为新时期小说中最有民族风格和最有风土人情的楷模,可从他创作的几个阶段来看(《骑手为什么歌唱母亲》→《黑骏马》→《北方的河》→《黄泥小屋》),他是在不断地打破自己的艺术风格。可以这样说,《黄泥小屋》是张承志小说创作的又一转折点,而这个转捩中,渗透着作者审美观念的变革。这部中篇小说试图以人物主体性加象征的艺术手法来创造出一种新的艺术风格。试图打破"独调"式小说的艺术结构(用巴赫金的"人物主体性"理论来渗透自己的创作),使小说的主人公不只是作家意识的客体,而且也是自我意识的主体,于是,小说的整体象征的意蕴为我们提供了极大的艺术思维的多维空间。这不能不说是张承志的一次审美艺术观念的飞跃。当然,使用这种"人物主体性"的艺术手法者还有人在。《中国作家》1986年第2期刊载了陈源斌的《红菱角》,这部乡土中篇亦是一部既有客体,又有主体的二元艺术世界,其笔力之雄健老到可见一斑。这些作家不把自己囿于一种创作模式中,况且自信力很强,突破别人,亦突破自己,不凝滞在一种风格的模式中。

当时呼声最高的"中国西部文学"(包括戏剧、电影、报告文学、小说等在内的多种样式的文学),就其乡土小说创作来看(当然他们把张承志的《北方的河》之类的作品亦归纳在内),虽然存在着相同或相近的异域风情,如《清凌凌的黄河水》、《麦客》等作品则是相当成熟的中国乡土文学的小说范型,然而谁也没有认为他们能够成为中国乡土小说流派的一翼。作为整个"西部文学",这些作品可能显示出自身的美学力量,但就单个的作品来说,它们毕竟还只是停留在一个缺乏巨人意识、缺乏突破审美观念之气魄的档次上。张贤亮的小说不仅有十足的西部乡土气息,而且他的创作的个性极强,突破了一般的规范,获得了令人瞩目的地位。《绿化树》和《男人的一半是女人》则是个体创作意识的结晶,但他在突破自己风格模式上的努力甚少。

缺乏"巨人"意识这一致命弱点同时也成为窒息"山药蛋派"的艺术发展的"死亡地带"。可以说,今天山西并不缺乏像赵树理那样有深厚艺术语言功底的作家,但这批作家把自身置于一个封闭状态进行创作,不能站在更高层次用当代意识去观照艺术审美对象,酿成了一种超稳定的自戕力。这一点,即使赵树理活到今天亦难逃厄运。倘使我们仍旧促使他们在一种风格的模式下进行艺术的摹仿而不开拓他们的思维空间,促使他们分化,建立创作的个体意识和个体风范,恐怕在"山药蛋派"艺术风格的阴影笼罩下,这批作家的作品将会蜕变成"化石",爆发不出任何艺术的"火花"来。试图从这一"死亡地带"突围出来的是郑义,他的小说《远村》和《老井》是一种"乡土文化小说"的尝试,他也试图在"寻根"运动中寻找到自己的个性位置而区别于他人。

相对来说,陕西的一大批作家之中之所以能冒出像贾平凹、路遥、陈忠实等令人瞩目的作家,就根本原因来说,在于他们没有提出建立流派的口号,而是尊重个体性的创作思维,提倡开放式的而不是封闭式的文学观念。正如路遥所说:"每一个作家都是一个独立的天地,谁也代替不了谁。"①而贾平凹之所以成为新时期乡土小说创作的领衔人物,其根本原因就在于他不断地修正"自我"的审美艺术观念,从哲学意识的不断强化和艺术形式的不断衍变中(他甚至摹仿略萨的结构现实主义的手法写了小长篇《商州》)获得使自己立于不败之地的良好创作心态。他不想也不能做陕西创作群体中的流派先行者。如果这样,贾平凹就等于消灭了自己而趋向创作风格的僵死。这一点贾平凹当是很清醒的:"从内容到形式要有自己的一套,有自己的一套哲学思考和艺术形式。"②

因此,任何指望中国文学领域里,尤其是在乡土小说中形成流派的理想看来已被时代艺术观念的大潮所吞噬,代之以希冀出现的应是"巨人"的时代。那种希望文学流派运动通过"最优化选择"而"达到最适宜的有序状态"③终究不能阻止流派在这个时代的消亡。那种自觉的"群体意识"只能是戕害和阻碍"巨人"成长与乡土小说发展的反动力。

随着个体意识在创作中的强化,作家们在主体性的创作过程中往往遇到的困惑是滞粘在自己创作风格的模式之中而进行固定不变的"标准化"生产。这种程式化的生产是风格固定而导致的,但于艺术创

---

① 路遥:《增强拓宽意识,推进长篇创作》,《小说评论》1985 年第 6 期。
② 同上。
③ 张志忠:《论中国当代文学流派》,《中国社会科学》1985 年第 5 期。

作,风格的固定便标示着创作生命力的枯竭。风格只能在运动中才能获得永恒的生命力。因此,向"自我"进攻,甚至向处在感觉良好的艺术创作心态进行多维的再生思考,则是个性意识创作不断演进拓展的必要手段。总之,这种个性意识的创作同时应是"排我性"的,这个"我"是"旧我",即在排除"旧我"中实现审美意识的递嬗,建设一个"新我",使"我"在不断更新中进行超越性的突破,获得艺术创作中的真正"自我"。没有审美意识的变化而把自己固定在某种艺术风格模式之中的作家最后的结局肯定是悲剧性的。在这个文学审美意识不断涌进的时代里,读者审美心理的周期甚短,后浪推着前浪,稍有疏忽,便赶不上审美需求,于是一些作家很快就会被艺术的浪潮所淹没,成为昙花一现的"历史人物"。

活跃在文坛上的一些有所作为的作家,无不是在审美意识的不断递嬗中来维持着自己创作的生命力的。就乡土小说的创作来说,贾平凹、莫言、王安忆、张承志、韩少功、郑万隆、李杭育、林斤澜等是在不断的艺术风格变化中获得声誉的。然而,我们亦不得不看到那些曾经红极一时的从事乡土小说创作的作家的悲剧,倘使他们仍滞留在固定艺术风格模式生产的艺术"死亡地带"彷徨,即将到来的审美艺术大潮将会无情地把他们冲进荒漠。假若王兆军仍沉湎于"葬礼"的哀婉固定风格中,假若汪曾祺仍留恋着如诗如画的记叙风格体,假若"湘军"的诸位们……那么他们——曾为文坛一时风骚的优秀作家——同样也是不能逃脱这种受审美大潮冲击而趋于衰亡之命运的。

几乎每一部新时期的乡土小说都浸润着风俗画的浓墨重彩,有人把它们说成是"乡土文化小说",则是因为它们总是通过风俗人情的描写来透视出民族文化心理的积淀。人们已不约而同地意识到:乡土文学成败的重要标志取决于具有地域性的风俗画描写是否能取悦于读者。严家炎先生认为:20年代乡土小说在鲁迅、周作人兄弟二人的共同倡导下,形成了共同的特色。其中"在风俗画这方面,乡土小说取得了相当高的成就"。他把风俗画分为两种:"一种写的是很野蛮落后的陈规陋习。""另一类风俗画,写的是一般传统的风俗习惯,虽然落后但不一定野蛮不人道。""这些作品加在一起,成为了解那个时期中国农村经济、政治、思想、文化各方面形象的史料,除了美学价值以外,还具有现实主义作品特有的认识价值。"①那么,1985 年出现在"寻根"文学运动中的一批充满着蛮荒悲凉的风俗画作品,被有些人指责贬斥为远离时代精神、颂扬原始人性的劣作,确乎有些冤枉。无论是韩少功的《爸爸爸》、贾平凹的"商州"系列,还是李杭育的"葛川江"系列,绝非马克思嘲笑过的那种"留恋原始的圆满"之作,恰恰相反,他们在充满着蛮荒的异域情调的作品表层油彩的背后,融进了鲜明的当代意识,以此去统摄把握人物,形成了作品潜在的隐性的强大主体冲击力。即使宣称"文化断裂带"的一些作家们的作品,也仍然是在钩沉民族文化心理积淀过程中,以强烈的当代意识去衡量审视作品的。他们的理论和创作实践是相悖的。阿城的《棋王》、郑义的《老井》不是在渗透着鲜明的当代哲学意识时,在历史和现实的撞击点上寻觅着未来的答案吗?正如有人所说:"作家主体意识的开放和丰富,它的力求涵纳更多新的内容,使得很多人表现出比以往更浓厚的对文化背景的兴趣,对民族心理的更深入的探求,对人性的沉思,对所谓'国民性'的研讨,等等。这不是逃避现实。而是试图用当代审美意识对传统重新理解。""神秘的外壳里包藏着哲理意识,民族生活形式里寄寓着现代观念。"②因此,新时期乡土小说发展到这一阶段,不仅要求作家在描写风俗画的同时融进深邃新鲜的思想内容和哲学观念,更重要的是须有倾注于整个作品的高屋建瓴式的当代意识气韵。当然,这种气韵并不是直露的,而是含蓄的,甚至是带有神秘色彩的——主体意识被有机地融化在客观的描述之中,形成一种质的元素。所以,它往往会引起许多人的误解——他们只看到客观描写的风俗画的原生状态,而未看到力透于画背的一种

---

① 严家炎:《中国现代小说流派鸟瞰(一)》,《文艺报》1986 年 3 月 22 日第 3 版。
② 雷达:《主体意识的强化》,《人民文学》1986 年第 1 期。

哲学意识、一种审美观照的创举、一种恢宏气度的熔铸……

1985年正值中国理论爆炸的年代,而创作界一些有头脑的青年作家逐渐清醒地认识到,从创作中的不自觉、无意识的闭锁理论状态中跳出来,接受理论和哲学的熏陶,从而把自己的创作置于自觉的、有意识的开放理论的指导统摄下,这才具有当代作家的一切中外艺术的"同化力"和"可溶性"。因此,他们试图在中国古老的乡土小说的广阔土壤中进行艺术形式的嫁接培植,使之开出更鲜艳夺目的奇葩异卉。这种在传统文学观念和西方文学观念坐标系中取零点而同时向纵横推进渗透的尝试,则给他们的作品带来了扑朔迷离的神秘色彩,拉丁美洲"爆炸后文学"、法国"新小说派"等流派的影响尤为突出。一方面,他们的作品是土得不能再土、风俗化至极的乡土小说;另一方面,他们的作品很少有读者能够破译,似乎造成了一种背景淡化、远离尘世的艺术效果。究竟怎么看这类作品,这是解释"寻根文学"究竟在中国乡土小说的发展中所占有的地位的一个关键环节。

我认为"寻根文学"作品只是在艺术技巧上吸收借鉴了国外的一些长处,但所反映出的内涵是积极的、深刻的。

我不得不承认《爸爸爸》受到了"魔幻现实主义"艺术手法的影响。打破生与死、人与鬼的界限,打破时空界限,吸收欧美现代派时序颠倒、多角度叙述、幻觉与现实交错等艺术手法,这也是《爸爸爸》所运用的艺术技巧。也许韩少功从"魔幻现实主义"的定义——"变现实为幻想而又不使其失真"中受到了某种启迪吧,他要表现出那种深厚的民族心理积淀——这种已经繁衍成世代因袭的"集体无意识"像沉重的十字架背负在我们民族的脊梁上——而这种积淀却又是旧有的现实主义的手法不能予以传神地再现的。"这里有一种意象,或如说是一种人生的象征。""说到底,鸡头寨村民对丙崽的观照乃是人的自我观照。我们面前的这个丙崽,恰如对象化的世态人心。"①所有这些,李庆西在

---

① 李庆西:《说〈爸爸爸〉》,《读书》1986年第3期。

《说〈爸爸爸〉》一文中作了非常精当的破译,这种创作动机如果用韩少功写《西望茅草地》、《风吹唢呐声》时的手法来进行构造,其艺术效果肯定不如现在。我们知道,作者需要表现的是一种不易被人所觉察的民族根性,也就是鲁迅先生一直呐喊着要引起注意提请疗救的国民性。这种国民性有极大的隐蔽性,已形成了坚固无比的"集体无意识"。因此,作者为之蒙上一层神秘的雾霭。"一方面是对'夷蛮山地'奇异的自然景象以及风物、风俗大胆描述,而描述中又糅进了某些神话传说;另一方面则是背景的模糊和某些细节处理上的语焉不详。"①我认为,背景的淡化或漂移,则是作者在描写文化心理积淀时的自觉要求,作者试图表现的是经过历史大潮冲击后渐渐渗透寄植在我们民族心灵深处的文化心理状态。仅用直陈式的现实主义手法是远不能造成这种与内容相适应的强烈艺术氛围的。出于此,作者旨在借助于新的表现手法来加大作品的容量,尽量拓宽作品的艺术空间,使读者在许多空白处找到自己对人生的应有答案,希望在读者中间能产生一千个哈姆雷特、一万个哈姆雷特——当然,也希望产生出一个最杰出的哈姆雷特来。

也许我们在《爸爸爸》中还找到"新小说派"的影子。如"穿插"、"复现"、"设谜"、"跳跃"、"镶嵌"等艺术手法的运用在作品中屡见不鲜。但这些,都是为着作者要表现几千年来封建古国封闭冥顽思想而设置的。如果说"新小说派"对文学的反动在于它贬斥小说的社会意义的话,那么,《爸爸爸》绝非纯形式主义的艺术雕琢。我们可以在一鳞半爪、凌乱不堪的事物中寻觅到有整体价值的社会思想内容,而且,其思想内涵愈隐蔽就愈显其深刻,愈使人感到作品的穿透力之甚,就愈能开启人们对人生的顿悟和对艺术的感知能力。所有这些,不能不说是大大丰富了乡土小说的表现力。

同样,在贾平凹的作品里,你可以看到结构现实主义的影子;在郑万隆的作品里,你可以看到早期象征主义和现代派手法的多重复合;在

---

① 李庆西:《说〈爸爸爸〉》。

阿城的作品中(尤其是《遍地风流》)也不无"黑色幽默"式的调侃揶揄情调和新的艺术变奏;在莫言《透明的红萝卜》里,你亦可体味到荒诞派韵味;在吴若增的"蔡庄"系列中,你可看到象征主义的魔力……但所有这些艺术手法的借鉴并不影响这些作品成为典型的乡土小说。我以为它们至少保持着乡土小说的两个重要元素:一是充满着"异域情调"的风俗画艺术氛围,二是深刻的民族文化心理的揭橥成为作品稳固的精神内核。前者可用郑义的话来阐释:"作品是否文学,主要视作品能否进入民族文化。不能进入民族文化的,再热闹,亦是一时,所依持的,只怕还是非文学因素。"[1]我认为他所说的"文化"是较抽象的,倘使将此形象化一些,这就是风俗画的艺术氛围是文学作品得以苟活的生命力。后者可用鲍昌的话加以阐释:"典型的'寻根'作品,是向历史纵深的艺术回归……它是一个民族心理的沉重负载,一个生死攸关的时代象征。"[2]也就是说,这些作品在乡土小说的文学岩层中开掘出来的并不是"化石"意义的"死胎",而是返照折射着我们时代和现代人心理的强烈折光,于是这些"活化石"便成为"镜子"意义的"产儿"。如果不能看到这一层,整个作品的社会价值就会贬值,甚至出现与作者创作初衷的哲学意识相悖逆的结论。即使是反对建立乡土文学体和嘲笑"寻根文学"的论者,只要他看到了这一层次,也就不得不承认这些作品所具有的积极意义的思想内涵:"然而文学同时又在意绪层次里显示它的批判特征,使陈旧历史表象有着某种现代情绪和脉络,那些小鲍庄和鸡尾寨在哲学化的超越意识中螺旋上升,幽美的乡土表象在理性空间里黯淡为丑陋的骷髅,它无言地诉说着关于民族命运的神秘可怖的寓言。它也确乎蕴含着对中国农业社区的国民性的痛苦批判。"[3]

从当时的创作来看,乡土小说主要是在两种形式和层次上同时并进的,它们在描摹风俗画的艺术氛围中展示着自己无尽的艺术才华,令

---

[1] 郑义:《跨越文化的断裂带》,《文艺报》1985年7月13日第3版。
[2] 鲍昌:《1985:全方位、多样化文学的繁荣》,《文艺报》1985年12月28日第2版。
[3] 朱大可:《半个当代文学和它的另一半》。

人刮目。除前文所提及的作家以外,像朱晓平(《桑树坪记事》)、史铁生(《插队的故事》)、张宇(《活鬼》)、张炜(《秋天的愤怒》)、赵本夫(《绝唱》等)、映泉(《桃花湾的娘们》)、潮清("单家桥"系列)、肖于(《记得有条瓦锅锅河》)……真可谓洋洋大观,不胜枚举。而另一小部分乡土小说作家(主要是"寻根"派作家)却试图以新的审美观念和"横移"过来的艺术技巧对传统进行改造。他们的"手法是新的,氛围是土的"。① 我以为后者虽然带有探索的冒险性,然而,它却是开辟新乡土文学未知领域,使之在中国文学内得有亘久的生命力的催化剂。即使有失败之处,也不应抱以嘲笑与鞭笞。

也许,找到一个新的艺术视点并不难,难的是如何以当代意识去统摄作者笔下的人物,这在史铁生的乡土小说《我的遥远的清平湾》中似乎还显得比较稚嫩。当然,这部小说是个短篇,其容量有限。但就内容和形式两个方面来看,它的开拓性、指导性意义还不是很鲜明。从内容上来说,作者虽然没有像过去的作品那样咀嚼人生的苦果,而是把"我"与陕北人民的那种崇高的情感顶礼膜拜,抒写我们坚韧的民族气质和纯洁的人性道德,把那一段难忘的生活镶嵌在整个民族痛苦的挣扎之中(所以个人的哀愁便显得那样微不足道),但作品似乎只停留在这一表面层次上,使它在超越同期其他同类作品时仅跨出半步就凝滞了。作者没有能够作出更多的辐射式思考,把历史、现实的原因加以提炼,形象地去启迪读者从这棵文学之树上去寻找哲学意义上和美学意义上的果实。即便是"乡土文化小说",也须充盈着坚实的哲学意识,否则,创作岂不成了"风物志"? 从形式上来看,作者以最拙朴的"散文化"笔调来表达思想感情,不注意曲折的情节,而娓娓地诉说着生动的细节,其蕴含量较前期作品明显增值。这"散文化"乡土小说的精义全在于它的辐射式的结构所造成的作品的多义性和多层次、较大的可读性来满足各个不同层次的读者从不同角度去理解它。然而,《我的遥

---

① 鲍昌:《1985:全方位、多样化文学的繁荣》。

远的清平湾》没能更好地调节辐射式的结构,呈示出其更深层的意蕴,而是形成了许多表层意识的散点。亦就是说,作者哲学意识的薄弱带来了结构的失调,使得整部作品没有一个强大清晰的意念笼罩。如《棋王》求生中"灵与肉"的需求,精神和物质的辩证关系的升华;如《桑树坪记事》中人道主义力量的辐射;如《老井》中伦理道德意识变化笼罩……这不能不说是这篇小说整个创作过程中的缺憾。

中篇力作《插队的故事》是史铁生乡土小说进入另一个里程的标志。这部如歌的小说在保持原有的"散文化"风格的同时,基本上是两条线索并进,有人称之为"两大人物形象系列的多声部大合唱"是颇恰当的。更可喜的是作者还恰当地运用了时空跳跃所形成的鲜明的时代落差,把"我"的内心世界的性格逻辑线索揭示得异常分明清晰。三十九个章节,读起来却十分轻松,读毕又觉得心头挺沉。确实,它留下的艺术空间是阔大的。如果说《奶奶的星星》里那个直露的弊病是个巨大的遗憾的话,那么,《插队的故事》却表现出了史铁生的机智和成熟。就拿作品的结尾来说,那位漂亮的女县长(原上海知青)一出现,我们就担心"她"会说出什么来(代替政论家史铁生来阐述主题),然而,作者没有让这个"替身"表达政论家史铁生的意念,一句"废话"都没有。但只是她的出现,就包孕着十分可观的多义内涵,连同作者的意念。必须阐释,这个象征性的人物出现在这块逐渐富裕的土地上,其中蕴含量之大,是直接性的议论抒情叙述所难以表现的,只有留下这个艺术的空白,才能积极地发挥出千千万万读者的再创作能力。但又不可否认作者为我们在总体把握形象内涵上设置了一个有寓意性的思维目标,堪称妙笔作品。从辩证的角度来看,作品的日趋完美还是在于它的"哲学意识"的强化。作者已站在一个新的历史高度来鸟瞰那一段谁也不能忘怀的生活,尤其是选择了主客观相融的凝聚交叉点来记叙那时刚与社会初恋的一代青年的感性和理性的认识过程,令人深思。

当史铁生不再满足《我的遥远的清平湾》那种艺术技巧时,他似乎觉得招数不够用。于是从1983年至1984年,他开始了自身的艺术"变奏",试图调整自己的审美意识,从而通过吸收现代派的某些技巧来丰富自己的表现力。我以为这种开放式的艺术借鉴对于一个青年作家来说是非常必要的,这并不意味着是一种对传统技巧的"蝉蜕"与背叛,而是表明了作者随着当代意识的强化,需求用一种新的美学观念去开拓自己的艺术视野,来丰富原有的传统艺术表现力。倘使史铁生不经过这段时期的"借鉴"过程,那么他很容易走进乡土艺术的死胡同,僵死在固定的模式生产之中。艺术不能融会贯通,便成为一潭凝固的"死水"。正因为史铁生吸收了象征主义、意识流、黑色幽默的创作技巧中的某些长处,并将其"同化"成自己的创作意识,才丰富了自己的表现能力。尽管他创作了一些也许是不甚成熟的作品,但他在重新回到自己轨道上来时,便获得了充分的艺术储备和创作信心。否则《插队的故事》等作品只能停留在《我的遥远的清平湾》的艺术水平上而失却它们的读者,因为阅读水平也随着当代审美意识的流动而演进。

借鉴象征主义成为这一时期史铁生乡土小说的主干。但作者还以"意识流"的技巧写下了一个中篇小说《山顶上的传统》。其实,"意识流"小说在很大程度上是参照了它的鼻祖象征主义的艺术技巧的。这部小说在展示一个残疾人丰富内心世界上是有独到之处的。作者把各种感性的印象在大幅度的时空跳跃中用"心理时间"连缀成小说的线索。梦幻、潜意识、现实、回忆的交叉、跳跃,毫无主客观界限的叙述(似人物的又似作家的),杂乱无章,虚实相间,交织成人物内心世界波澜起伏的精神状态,扑朔迷离。当然,比起西方的"意识流"小说来,中国的读者还是比较容易接受这部小说的,因为史铁生毕竟不能"脱胎换骨",完全脱离自己传统的艺术母胎。

大概是有段时期作者又对"黑色幽默"颇感兴趣了,于是就用了一个适合的内容来套上这个表现形式的"外衣"。这就是《关于詹牧师的报告文学》。作者似乎是站在纯客观的中性立场上去写这个人物,然而表面上采取的却是一种轻佻的形式。因为"黑色幽默"就是主张把苦恼隐藏在奇异的轻率之中,使道德的痛苦发展成为滑稽的恐怖。正如冯内古特所说,这是一种"绞架下的幽默"。它常常是用悲剧的题材来写喜剧。在这一点上,这部小说是完全具备这种风格的。但是我们看到,虽然这部小说在某些手法动机上与"黑色幽默"之作相似,正像作品中的"我"与詹牧师反复构思也不能写出"黑色幽默"作品来一样,史铁生没有也不能在血缘上完全脱离他创作技巧的传统母胎而独立去模仿"黑色幽默",因此小说现实主义技巧的内驱力始终在左右着作品的趋势。首先,时空秩序并不紊乱,不像"黑色幽默"任意排列组合。更重要的是,作品的背景凸现标志着那个荒谬时代的怪诞。我们知道,在人物形象的塑造上,"黑色幽默"小说的重要标志是人物性格往往缺乏背景,缺乏逻辑性、真实性,缺乏立体感,是"动画片似的二度倾向"(莫里斯·狄克斯坦语)的人物。但史铁生笔下的詹牧师却是一个受着"时代统治思想"制约相当深刻的、具有鲜明的逻辑性格发展的、来自生活提炼的人物形象——这是那个畸形时代的艺术典型的结晶和复合印象。无论哪一个中国的读者都一眼可以清楚看出这个畸形人物的时代背景,他丝毫不缺乏时代的社会背景与思想背景。人物虽有夸张之处,但绝无变形之嫌。每一个从那个时代跨过来的人都会心照不宣。正如在阿Q身上找到了"自我"一样,我们看到了自己的面影。这不是一部"动画片",而确确实实是曾经发生在我们国土上的中国人民的生活的写照。从这个意义上来说,这部小说基本上是以现实主义创作方法为主体内容和形式的,它只是兼收并蓄了"黑色幽默"的某些技巧而已,绝不失为一次有益的尝试。虽然它不属于乡土小说范畴。

这一时期许多乡土作者对西方现代派艺术技巧的借鉴,绝非整个美学观念的一次"横移",而是作者在当代意识统摄下,一次自觉的艺术技巧的吸收和储备。因为作者清醒地认识到:旧有的"再现"技巧已不能适应和满足文学消费需要了,而"表现"的技巧不无对现代生活节奏有补。因而在两者之间寻觅一条新路,使之互融、互补、互促,建立自身有个性意识的乡土创作体系,这便是这一茬青年乡土作家这一举动的良苦用心之所在。

随着新技术革命浪潮的冲击,有人担心乡土小说的前景黯淡。更有人预言乡土小说终究要走向消亡,而被城市文学所替代。"城市文学推开良田美池,推开原野阡陌,推开西部石窟神秘山脊,推开周易八卦巴楚诡气,然后跟跄着站起,一个孤寂而愤怒的亮相。它将不再是经典的地理学概念,而是一台城市文化心理和情绪的示波器,一座技术和货币异化的现象库,一个现代青年审美意识的巨型反应堆,一份赖以实现民族和历史的自我批判的白皮书。"①乡土小说会向隅而泣吗?不!这决不可能!世界上只要还有泥土存在,只要人们赖以生存的还主要是靠农作物,那么乡土小说就不会消亡。更重要的是,你可以推开良田美池,推开原野阡陌……但你永远割不断民族文化的内在联系;你可以建立现代青年审美意识的巨型反应堆,你可以对民族和历史进行反省的批判,但你绝不能在民族文化的废墟上建立起理想的金字塔。想割断历史的沿革,那是一种幼稚的幻想,正如在许多优秀的乡土小说中反映出的不同乡土观念的情景一样,人们(包括作家)已经意识到了这股强大的时代气流给人们带来的两种情绪。那种《人生》中所显示出的"只有扎根乡土才能活人"的生活观念确实会引起现代人的逆反心理。而《老井》中所呈示出的两种观念在搏击中同步发展的迹象则又使得人们的心理得以平衡,但这不是简单的"怀旧"情绪。我们并不否认,现代意识打破了自然经济的"生态平衡",它不仅仅带来物质的文明,更重要的是它改变着我们民族历史文化心理。乡土观念的强化与弱化必然在时代的更替、新一代与老一代的精神搏击中形成悲剧,这个悲剧则是我们这个改革时代在蝉蜕分娩中的痛苦,唯有痛苦,时代方能前行。那么,反映这个尖锐的对立,揭示出两种文化心理的冲突,同是乡土小说肩负的时代使命。至于将来这两种生活对立的消长和这两种文化心理的起伏究竟如何变化,是难以预卜的。但有一点我们可以相信,只要地球尚存在,人类还未消亡,这种在运动中变化着的乡土观念永远

---

① 朱大可:《半个当代文学和它的另一半》。

是存在的。也许它会不断注进新审美内容,但绝非混同于高楼林立的城市文学,它更多的"是向历史纵深的艺术回归"①。由此看来,蛮荒神秘的山林,田园牧歌式的生活,野性而纯朴的风俗人情,也许在将来的文学中会有淡化过程,会随着时代的推进而发生变化,但只要作家们不是以凝滞的艺术眼光去看待它们,那么它仍然是一条永远奔腾不息的江河,人类的民族历史文化在这里发源,亦就不会轻易隔断。关键是作家要以流动着的当代意识去对它们作同步的哲学意识的鸟瞰描写,就会创造出更为璀璨的乡土小说之花。

如果有人提出中国乡土小说的前景是什么?我只能作这样的回答:它只有在当代意识的统摄下,在审美观念的不断更新中获得存在的价值,获得向世界文学挑战的地位。它无须流派的崛起,而是要高亢地呼唤"巨人"的到来!

第三节 "新写实主义小说"——生命意识的涌动和叙述方式的蜕变

也许是从莫言的"红高粱"系列小说开始,乡土小说除了主题在不断深化外,其重要的嬗变就在于它通过了"新潮"(或曰"先锋",或曰"实验")小说的滥觞后,逐渐开始了对线型的创作方法的突破,吸收了大量西方哲学文化思潮和表现技巧的优长面,从而来完善现实主义创作方法的不足。1987年以后,刘恒、刘震云、方方、池莉、王安忆、迟子建、李晓、叶兆言、杨争光、王小克、晓剑、江灏、乔瑜等一大批青年作家以一种新的创作姿态淘汰了"新潮"小说的热点,同时也刷新了线型的旧现实主义创作方法。人们将这批作家的作品泛称为"新写实主义小说"。"新写实主义小说"是跨越多种题材的小说创作,然其成就最大的领域仍是在乡土小说的创作中。

---

① 鲍昌:《1985:全方位、多样化文学的繁荣》。

"新写实主义"的乡土小说作家最具代表性的要算刘恒和刘震云。他们的作品和其他"新写实主义小说"作家的一样,其所要表现的主题内涵打破了"五四"以来小说以人道主义为母题的阈限,开始了对人的关注的新起点,即从人类学的视角来观察人的生命意识过程,通过对人的自然状态下的生存方式进行客观描摹,从而进入一种生命经验过程的状态。有许多人将此说成是描写生活的原生态,描写人的生命悲剧意识过程,而作为创作的主体——作家在小说中的主观倾向完全被形象所吞噬。作品的叙述进入了"情感的零度"。对这样一种创作态度,批评界当然贬褒不一,众说纷纭。倘使从文学史的角度来看,这样试图打破自"五四"以来小说写实风格的超稳态结构的动机,是建立在对"人"的重新认知的基础之上的。"五四"启蒙运动从西方搬来了人道主义精神,以此作为文学革命和革命文学的母题,当然有其不可抹煞和不可超越的意义。然而,当80年代经过了近十年的改革开放,中国人的思维方式已经有了巨大改变之时,那种只局限于人文主义思考的小说主题内涵,似乎难以挖掘出更新意义来了。尤其是经过了"寻根小说"和"新潮小说"两次大的文学运动后,作家们敏悟到了一种用更高文化层次去观照"人"的母题,即以人类学的态度来反观作为一个完整的"人"——在社会属性和自然属性相生相克过程中,人的生命意识的自觉。从这个意义上来说,"新写实主义小说"在乡土领域内作出的贡献更明显,它突破了七十年的小说主题规范,应该说这种尝试是一种历史的进步,因为时代赋予作家新的使命,小说母题进入二元世界,向多元格局发展是20世纪小说必然完成的历史"转型",而"新写实主义"的乡土小说义不容辞地担当起这一"突击手"的角色。刘恒的《狗日的粮食》、《伏羲伏羲》等,刘震云的《塔铺》等,王安忆的《岗上的世纪》等均为这类代表作。有人误以为这是自然主义的作品,这是没有看到它们更高的写作视角,只有分析其现实主义创作方法的变异才能解开这个谜。

随着20世纪各种哲学文化思潮对新时期文坛的冲击,当今中国的每一个作家都不得不进行重新选择。哲学的冲击直接胎生了大量中国式的现代主义作品,也孕育着一大批"新写实主义小说"作家作品(当然亦包括《红高粱》、《黄土地》电影等其他文学样式的作品),其中当然还包括一批"准新写实主义"作品。其实,从"寻根文学"开始,许多作家就开始表现和再现了作为现代中国人的悲剧生命意识和悲剧的生存状态。贾平凹、王安忆、阿城、张承志、朱晓平、郑义、赵本夫、周梅森、少鸿、陈源斌……甚至包括韩少功、陈建功等在内的一大批写实的作家群,他们作为现实主义"承上启下"的人物,深深地感到整个中国民族心理与中国文化的制约与反制约关系。他们甚至从东西方文化发展的落差和反差中寻觅民族文化的悲剧因素。诚然,由于着眼点不同,各人对"根"的理解亦不尽相同。然而,只要留意一下他们的作品就可以清楚地看到,这批作家对于传统现实主义(尤其是对真善美、假恶丑的审美心态)的悲剧观产生了心理滑坡。他们尽管已意识到旧现实主义扬善惩恶的"劝惩"伦理道德的说教内容已远不能诠释现代人的心理场,但仍旧在再现新旧伦理道德的冲突中保持着进退两难的尴尬窘态。毋庸置疑,是莫言这样的作家打破了这种尴尬的格局。他的"红高粱家族"系列,尤其是《红蝗》,打破了旧现实主义真善美和假恶丑水火不相容的审美临界线,使得整个现实主义失却了"本真"的面目。一部《红高粱》完全是一首悲剧生命意识的抒情诗,奠定了莫言作为"新写实主义小说"作家的前卫位置。可以毫不犹豫地宣称,"新写实主义小说"所有的作家都是以生命的悲剧意识来抒写现代中国人的生存状态的,包括那些表面上是以幽默调侃的喜剧形式而内容构成的却是生命悲剧的作家作品。其实这样的作品不啻是以现代人的思维方式的哲学观念去解析人生,然而它所用的幽默调侃的"语言",则使其呈现出一种具有现代意味的"反讽"效应。但是它并没有用现代主义的形式和"技术"去构架整个作品,因此从本质上讲,它不具备"先锋派"小说的基本特征。从这里我们可以看出"新现实主义小说"表层形态与现代主义小说的酷似之处。但更重要的是怎样区别"新现实主义小说"与旧现实主义小说的异同。

"新写实主义小说"中的许多乡土作家毫无二致地继承了鲁迅的现实主义乡土精神。在这一点上尤为突出的是刘恒的作品,他的作品和莫言的相似点是多取材于丑陋粗鄙的题材。《狗日的粮食》一读题目便使人怵目惊心,那小说的粗糙外壳正如人物的那个丑陋无比的"瘿袋"一样,象征隐喻着一个失却了真善美与假恶丑指向的博大的悲剧性生命内涵,使得作品本身对于生存状态的描述具有超越性的艺术效果。这种超越的反常的艺术描写同时亦出现在他的《伏羲伏羲》等作品之中。那种超越伦常的粗鄙的性描写(王安忆的近期作品,如《岗上的世纪》等亦如此)完全给人一种超越人文范畴的固定的社会人生的主题内涵,呈现出对强大的生命本真意识的惊异和礼赞以及对于悲剧性生存状态戕害人的本性的愤懑与慨叹。这样,小说就不止于停滞在弗洛伊德的泛性论的层次,而是融进了更高层次的人本主义意识。无论如何,作为揭示一个现代人现实生存状态的艺术观照,其观念是新颖奇特的。当然,这并不是用尼采的生命哲学就可以简单加以破译的。像方方、池莉、迟子建这样的女作家亦能够摒弃女作家矜持柔美的描写形态,以粗糙的外壳去描写人的丑陋生存状态,从而体现出一种对生命悲剧意识的恍惚与焦灼情绪。晓剑、王小克等更是用一种粗陋的外形描写对荒诞困惑的生命意识和生存状态作一种形似戏谑调侃而神似警醒严肃的发人深省的人生心态剖析。当然,像刘震云那样以板着严肃的面孔去描写这一状态的也不乏其人,只是显得太呆板直露了一些,缺乏一种使人引起联想的"障碍物"和"象征的对应物"。太易解读,这也是现代作者与读者所忌讳的。

我们之所以将新现实主义小说与旧现实主义小说相区别,其原因是现实主义这个概念在不断的调整中,与原来阈定规范的相交面积逐渐缩小,诸如出现了所谓"魔幻现实主义"、"结构现实主义"(实际上这些现实主义在创作上体现的是现代主义的思潮与技巧)的小说创作,甚至有人干脆用"无边的现实主义"来囊括一切创作,更有像伊恩瓦特这样的理论家认为,从某种意义上来说,《尤利西斯》也是一部伟大的现实主义小说(《小说的兴起》)。然而,现实主义小说概念的混乱,并不能抹煞现实主义小说长期形成的一种隐形特征:它必定要对现实世界作静态的描摹,按照客观事物的本来面目,对描写对象作同等比例、同样色调的忠实临摹,尽量不掺杂个人的主观意念(尽管主观的理性会"自然而然地"流露出来,但它对客观世界对应物的描写始终保持不以自己意志为转移的冷静风度)。真实!真实!!对现实生活的绝对忠诚,则是现实主义的灵魂。典型!典型!!对社会人生的抽象概括,则是现实主义的精义。从这个角度来观照当前中国的一批"新写实主义小说"的创作,我们可以看到一种对这一概念的悄悄修正,而这种修正则明显来自现代主义文艺思潮的冲击,来自对当代新的哲学、文化、历史、社会等观念的融汇和吸收。不难看出这批作家是兼容了表现与再现创作功能的,有些人(如叶兆言、刘恒等)则是可以用两副笔墨来进行反差极大的创作的佼佼者。显然,由于创作主体性的觉醒,对于生活真实的本质理解已发生了偏移和变化,他们笔下的真实有时在局部上会出现卡夫卡式的变形与夸张,有时在局部上出现了乔伊斯式的生活意识流程……凡此种种,集中体现在人们对于真实的理解的变化之中。他们已不甘再作"镜子"式的描写,当然亦更不屑于作"典型"的概括。他们不仅仅是在展现一个个社会现实画面,更重要的是他们立足于呈示一种文化心态的积淀;他们不仅仅满足于展开国民性的深层结构,更重要的是他们付之作品以生命本真的体验与冲动。他们追求生活原生状态和生命律动的艺术视觉与感觉,却又不乏自身的哲学思考和丰厚的社会思想内涵。现实,在这里变成了可塑性很大的气态现象。

其实,目前中国的现实主义已分化成为两种不可遏制的文学现象——一方面是汲取了部分现代主义思潮,意图以"更加真实"的描写来刷新现实主义,这种方法的最终产物就是杂交胎生出的"新写实主义小说";另一方面是现实主义干脆退而变为纪实文学和新闻报道,向非艺术领域倾斜,这一逆转明显导致了一部分现实主义作家对于社会学家和政治宣传家方向的选择、反转、靠拢。前一种流向显然迥异于前期的旧现实主义,而后一种流向的批判锋芒直面人生的精神亦常为一切旧现实主义所望尘莫及的,它们担负起了政治家们不可能达到的社会变革的精神催化作用。

韦勒克说过一句非常精彩的话:"现实主义的理论是极为拙劣的美学,因为所有的艺术都是'制作'(making),并且本身是一个由幻想和象征形式构成的世界。"[1]当然,现实主义理论是极为拙劣的美学之定义自有偏颇之处,但他认为一切艺术的"制作"都须由"幻想"和"象征"所构成,这种带有现代艺术色彩的"制作"方法亦正是"新写实主义小说"作家们所力图融进的描写技术。陀思妥耶夫斯基作为"新写实主义"大师,正是在这一点上推进了现代小说的发展。

正如拉美文学之父豪尔赫·路易斯·博尔赫斯(Jorge Luis Borges)所倡导的现代小说那样:真正的艺术家应该全方位地来观察世界,描绘氛围和网结人和事,打破依靠因果、性格的刻画来平面叙述小说故事的模式。

倘使说"新写实主义小说"是在现实主义和现代主义创作的交叉地带寻找着一种新的创作途径的话,那么,它在其描写形态上除造成一种氛围外,基本保留了故事小说的情节链,这也是与"反小说"倾向的严格区别之一,但在其情节链中并没有一个贯穿于始终的、有明显因果链条的中心情节(或中心事件),而往往是一些散在的、自成单元的琐碎小故事拼合而成,造成一种立体叙述的效果。这类小说不管你用怎样的视角去观察,总可以或多或少、或长或短地清理出一个个故事梗概轮廓来,即便陈源斌《红菱角》那样的作品,你亦可以将它重新按现实主义阈定的小说发展程序进行排列组合。其实,这一特征在前几年走红的作家之中也可以看出其端倪(如莫言的《红高粱》、王安忆的《小鲍

---

[1] 〔美〕R.韦勒克:《文学研究中现实主义的概念》,载《批评的诸种概念》,第243页。

庄》等)。那么,"新写实主义小说"的作家们基本上呈两种创作态势:一种是保留着较完整的故事结构框架的传统的顺序式描述;另一种是拆散故事零件进行重新组合排列,使其显示出不规则的乱序式状态(这就需要读者在阅读过程中不断调整阅读机制,将零乱化为严整)。前者在故事情节结构的解读上基本上没有障碍;后者则需要首先破译故事情节结构上的阅读障碍,这种解读过程本身就是读者再创造的一个必不可少的过程,作者有意不使自己的作品一览无余,造成的效果与现代派的时空倒错法相似,给人以一种心理时空的感觉。但值得注意的是,"新写实主义小说"与现代派小说所不同的是,它经过读者的重新组合,可以还原故事情节的轮廓为完形内容,而现代派小说则根本无须考察其故事和情节的完整性,根本就不可能还原成形。"新写实主义小说"作家中的叶兆言的乡土小说作品则是很为突出的例证:叶兆言的《枣树的故事》和《桃花源记》等是必须小心仔细地重新还原故事情节链的小说,倘不加小心,很可能被误读为现代派小说。相比之下,刘震云、刘恒、肖亦农、王小克、晓剑等人的作品则无须在这一方面多加小心,它们并没有设置陷阱和障碍。

就保证故事和情节的完形结构,使之富有一定的可读性来说,"新写实主义小说"显然是扩大了自身的阅读范围和阅读群体,它不以"贵族化"(这里的"贵族化"是中性词)的面孔拒绝非专门性的阅读。这可能是其受到更大范畴认同的重要前提之一。

同时,"新写实主义小说"在情节描写中还或多或少、或明或暗地保留了旧现实主义的戏剧性"冲突"特征,使之富有深广的社会内涵。这一特征的保留则是一个不容忽视的要素,它确定了"新写实主义小说"的基本指向仍隐含着对于"社会人"景观的热切关注。当然,"新写实主义小说"注意局部吸收先锋派小说对于"自然人"景观——"内心独白"方式的优长特点,打破了线型结构方式,而以多头、散乱的结构方式进行多层次、多指向的扫描与辐射,这是现实主义小说对于现代社会生活和现代人心理世界描写望洋生叹、无能为力的,只有通过局部的借鉴和移植,才可能开掘小说的"有意味的形式"。"新写实主义小说"中的绝大多数乡土小说作品都是既可重新还原故事情节链,同时又折射出较浓厚的社会内涵,然而它们又明显地表现出现代派小说那种"内心独白"式的意识流程特点。

就小说的细节而言,真正严格意义上的现代派小说一般是不注重细节描写和对具象的真实描绘的,尤其是"意识流"小说更是以内心独白、象征、隐喻、荒诞、神话、幻想等手法见长,而唯独不讲求细节描写和常规的修辞手法描写,相比之下,这些似乎是现实主义精雕细刻的产儿。其实,真正优秀的作品并不能完全摒弃和排斥对细节和修辞的运用,像海明威的《乞力马扎罗的雪》就是将"意识流"与细节描写相结合的典范之作。正是在这一点上,"新写实主义小说"是很讲究细节描写和修辞手法的。无论以哪种方法去解读"新写实主义小说",人们都绝不会否定它们在细节描写上所下的功夫。萌萌和陈冲在《人民文学》上就方方的《白雾》所作的争论,都没有在细节描写的问题上发生歧义。然而这里的细节描写绝不等同于传统的白描技法,它融进了更多的"视知觉"和"感觉"的色彩与成分。以《红高粱》为始,这种细节的变异几近成为"新写实主义小说"的某种标志。晓剑的《红土高原的神话》那娓娓动听的"童话"境界则是完全通过一个个细节单元的描写予以强化的,作者用诸如少女举行成人仪式、阿水老师游泳中的一个个细节描写来展开一幅幅绚烂的画面,时而从"我"的视角嵌入"感觉"的描述,使得整个画面跃动着鲜活的生命意识,非常自然地将读者带入了那个原始的"童话"情趣之中,在这里,时空的表述似乎失去了意义。可以说,在"新写实主义小说"中最注重细节描写的,仍是乡土小说的创作,这不由得使我们想起了恩格斯对于细节描写重要性的精辟论断,以及这种论断所具有的美学眼光。刘恒的《伏羲伏羲》从头到尾都在细节上下功夫,然而,他笔下的细节描写则与众不同,细节描写中裹挟着一种属于他自身个性特征的语境感觉效果。杨天青临死前的感觉(女人的手、儿子的手、白胖的脸蛋、美丽绝伦的乳房、蓝天、白云等的构图)与作者对他死后的细节描述("他赤着身子,在腰眼子打了一个大折扣,很优美地扎在北墙根摆的那口水缸里";"杨天青对着人们的是尖尖的赤裸裸的屁股和两条青筋暴突的粗腿,像是留给人世或乡亲们的问候。那块破抹布似的东西和条腌萝卜似的东西悬垂于应在的部位,显示了浪漫而又郑重的色彩";"杨天白傻了。他破例地被邀进厢房,却找不到能呆的地方。他以热烈而又冷淡的目光注视姿态神奇的死人,最后大胆地盯住了那微微敞开的胯部。他目不斜视,似乎已对美丽而又丑陋的物质着了迷")造成了一种夸张变形的细节描写效果,它使我们想起了罗中立的油画《父亲》,这种看似近乎"照相现实主义"的客观描述,实则掺入了较强烈的人文主观意念。这种有意识将静物细节放大仿真的艺术手法,实则是作者试图达到高度心理真实的尝试。这一场景,这一悬垂物的细部描写直接形成了整个作品的象征性寓体,作者的表述意念暗含在其中。如果说像王安忆这样的知青作家也在蜕变中倾向于"新写实主义小说"的尝试的话,我们可以看出,她的乡土小说《岗上的世纪》对于细节的描述是十分精湛的,然而我们也可以清晰地看到作品的细节描写是经过"放大"和"变形"的,使人从极细微的描写中获得涵量博大的"感觉"交流。如在杨绪国和李小琴的几次交合中的细节描写就给人一种生命涌动的质感:李小琴的动作,以及描写"荒草和野花从她的腿间和指间钻了出来,毛茸茸的"细节,简直是一幅视知觉审美享受的美丽图面。这样的细节描写远远超越了传统的白描技法的功能,富有鲜活灵动的生命感觉,同时亦超越了仅仅包含着的人文主义内蕴。

由上可以清楚地看到,"新写实主义小说"的作家们已不在描述过程中保持那种纯客观的绅士风度了。如上所举之例,刘恒在细节描写中嵌入的主观情绪作为一种修辞式的表象形态,留给读者的是丰富而深邃的想象空间,这在其他"新写实主义"乡土小说作家的作品中也是屡见不鲜的。尤其是作者运用了高反差的情境与情绪的对立修辞描写手法:在严肃的言行和场景描绘下,往往会蹦出一种戏谑性的甚而恶作剧式的情绪表述;相反,在喜剧效果的情境描写中却往往涌出一种貌似庄严的情绪描述,这种"反讽"的修辞形式导致了现代读者乐此不疲的阅读快感。

不弃细节,甚至就紧紧地依附于细节描写,这是现实主义小说的基本特征之一。然而,在细节描写中嵌入奇特而鲜活的感觉,给人以视知觉的刺激,甚至融入"内心独白"和"意识流",这不能不说是"新写实主义小说"与旧现实主义小说的区别。

就人物描写来看,"新写实主义小说"既摒弃了以前现实主义的"典型说"的约束,同时亦完全不同于现代派作品那样,一味地只求表现人物的意识流动,以梦境、幻觉、下意识、潜意识、精神倒错等描写手法为己任。

作家们小心地排斥了在人物描写上那种狂轰滥炸的意识流、象征、隐喻、切割、荒诞、变形、夸张等手法,只是巧妙地随机而局部运用之,使之不致造成阅读上的更多障碍。这样,在再现的描述过程中融入有节制的表现形式技巧,使自己笔下的人物具有更多的内涵与张力。

值得注意的是,"新写实主义小说"作家们在现实主义的结构框架中充分地展示了人物的想象,这种想象与旧现实主义的想象有所不同,它酷似现代主义的想象——把想象推入奇特玄妙的极致。几乎是从莫言的小说开始(莫言的小说可说是对"新写实主义小说"的形成起了至关重要的作用),那种从对"透明的红萝卜"开始的奇特想象与感觉的人物意识给这类小说导入了一个人物→作者→读者循环往复的审美过程之中。

人物的荒诞性的局部运用,往往使有些人难以辨别小说的性质。不错,像《白雾》中的那个被描写成近记忆健忘而远记忆极清晰的人物亦光便是一例。但这与现代派的人物荒诞性描写技术则有本质上的区别,作者只是借人物的这种"后遗症"(或许是作者臆造的)来显示出整个作品的"反讽语言"基调,从而达到对现实人生不可理喻的这一现代哲学意念层次上的阐释。

再则,稍微留意的读者就会发现这样一个事实:与现代派小说一样,古典主义、现实主义一贯采用的景物描写在"新写实主义小说"这里也基本消失了,景物描写作为主观世界与客观世界相沟通连缀的描写中介,它起着象征性的隐喻、暗示等功能,也许是对这种使用了几百年的技巧的鄙视,也许是对这种矫饰的反叛,"新写实主义小说"作家们不屑于这种稍有一点文学修养的人都可破译的语码的运用,干脆抛弃这一技巧,这种鄙夷究竟是一种进步抑或是一种蜕化呢?

第四节 新时期文学精神的蜕变对乡土小说的影响

"高张文学革命军大旗"的"五四"新文学运动以它的"三大主义"作为最响亮的口号奠定了中国现代文学精神不可更易的轨迹——(1)与社会和政治不可剥离的"载道"关系;(2)写实主义创作方法的规约性;(3)向大众化通俗化发展的方向。无可置疑,它对当时加速文化史发展的进程起了巨大的推动作用。即使是鲁迅,亦以"遵命文学"为宗旨,基本上是沿着这一轨道前行的。大半个世纪以来,这一文学精神在不断弘扬高张中得到了最充分最极致的发扬光大,以致走进了文学发展的"极地"。随着新时期商品经济浪潮的冲击,随着东西方文化的第二次撞击,随着后工业社会的发展,人们不难发现这种"五四"文学精神在中国悄悄蜕变的现实。这种蜕变明显地给作家们以及"文学圈子"内的人们带来某种失落和惶惑。而这种失落和惶惑亦正是源于"五四"文学精神蜕变给乡土小说带来的心理障碍。倘使归纳一下,就不难看出这种蜕变的几种形态。

"载道"的神圣使命感已不再成为文学精神唯一的支撑框架。

正如阳雨所慨叹"文学失却轰动效应以后"的读者心态那样,人们对于过去那种"政治激动型"的作品有一种阅读疲倦感:"起码从二十世纪三十年代,革命、抗战、胜利、解放、改造、运动、动乱、反帝反修,'一举粉碎'、拨乱反正、改革开放……中国的这一段历史是充满了政治激动性的……全民的热点是为中国找出路,为一次又一次找到了金光大道而激动,为不能走另一条和又一条路而激动,为从今走向繁荣富强、走上金光大道通向天堂而激动,为一次又一次地非昨而是今而激动。"(1988年1月30日《文艺报》)阳雨先生将这一现象归结为"社会的安定化正常化及其对读者心态的影响",这是有一定道理的。我以为还要看到民族文化心理的裂变,如十年的动乱,尤其是"文化大革命"的空前文化浩劫,造成了民族文化心理逆反方向发展。当然,迫切的"思安"情绪以及商品经济的发展迫使人们不得不考虑新的生存方式,于是在一般读者面前,对文学的要求不再是净化和圣化了的"纯精神"的追求了。依附于文学身上的那个"载体"不再是通体圣光的上帝形象了。加上前些时期某些众所周知的"非文学"因素,使得人们对那种带着神圣使命感的"载道"文学失却了热情。即便像柯云路的乡土小说《夜与昼》、《荣与衰》那样典型的"载道模式"也很难再唤起期待"救世主"的普遍共鸣,尤其在"文学圈子"内更不会掀起多大波澜。在这种复杂的民族文化心理情绪的背景下,"载道"文学作为乡土小说的一支当然无可非议,但是它已不再主宰整个文坛了。即便是"载道",也有直接与间接、反映与表现之分。同是"载道",柯云路与贾平凹、张炜就有本质的区别,前者基本上是沿袭"五四"文学精神,直接再现主题内涵,而后者则基本上打破了直接再现的旧模式,旨在弘扬一种新的文学精神——间接表现一种深层的生命意识和生存状态。当然,像《浮躁》、《古船》这样的乡土小说的表层意义似乎也是有"载道"倾向的,但其画面的背后透露出一种并不很确切的当代意识,这就是小说自我的张扬。诚然,任何文学作品均不可能脱离社会和历史,但文学精神的蜕变表现了一种不可逆转的描写趋向——直接"载道"的叙述方式已被摒弃,人们的眼光更注重人的生命内容和人性发展,作家们追求的是一种较为恒定的文学效应,而"载道"文学则在一定意义上成为历史的一块并不完整和并不准确的"化石"存在。

随着开放意识的不断拓进,政治的透明度愈来愈大,它无疑要从封闭的模式中突围出来,愈是趋向于科学的民主的政治,就愈是使人们对政治的热情减弱,因而,"载道"文学便很可能只在一个时期和一个范围内还有阅读的市场。然而这种文学的功能最后会不会被新闻所替代和消解呢?我很赞成一位朋友的观点,他以为报告文学之所以会引起轰动效应,在很大程度上并非其文学性在起作用,而是它的新闻性,一旦新闻开放,大概这种文体就会面临着解体的危险。正因为报告文学的"载道"意识满足的是读者目前不可能实现的新闻需求,所以它的轰动效应则是另一码事。

渐进的文学精神是人们对于世界认识方式的改变而导致的对生命本体的关注,新的审美经验告诉人们,要塑造出自己独特的艺术世界,不再靠"被载物"的分量而定,而是依赖于载体本身的漂亮精致。因而,人们较多地把目光转移到对实验文体的关注。像阿城的《棋王》、莫言的《红高粱》、张承志的《北方的河》、孔捷生的《大林莽》、贾平凹的"商州"系列等等,实可作为"载道文学"的重大题材而论,然而今天的批评家们却几乎没有一个从这一视角去评定它们,而更多的是从人的生存意识、生命意识的角度,从对小说载体的新的叙述形态角度来阐释它们。因为这类小说本身就散溢着一种对庄严的"载道意识"的自嘲、调侃,甚至是亵渎情绪。就连有过最神圣使命感的浩然也试图从直接"载道"的魔圈中跳出来,晚近的乡土小说不也开始从人的生存意识和生命意识里呈示出多种音响来吗?尽管有人对《红高粱》(电影)获得洋人的大奖颇有微词,尽管有人对实验体乡土小说冠以骇人听闻的罪名,尽管……然而,文学义无反顾地朝着回到本体的道路向前滑行,它在逐渐甩掉几十年来压在它身上过于沉重的包袱,试图轻松地走向一个表现的自由王国——它要全方位地表现世界和人生,并不单一地负载某一种观念。过去那种"闯禁区"的勇气和欲望的消失,正恰恰标志着文学的进步,如果一个作家至今还以"闯禁区"为神圣的光荣,这可能不仅是作家个人的悲哀,同时也是文学的悲剧。

"文学是人学"的口号并没错,但"人学"绝不可与狭隘的"载道文学"相提并论。倘使"五四"新文学运动是以"艺术为人生"为主干的话,那么,鲁迅的作品(尤其是《阿Q正传》这样的传世之作,以及《狂人日记》等)就是从人的生存状态和生命意识中表现出一种并不确定的博大思想内涵的。茅盾前期的小说也是如此,但到后期则有明显的"载道文学"意味,而由此发展到解放区文学,发展到新中国成立以后的文学,"载道"成为文学的唯一通道,正因为"载道"意识的普泛,文学失却了为人生的真正价值,成为政治的"简单传声筒",文学的悲剧就在于失去了本体意义,沦为供人随意驱使、玩弄的木偶。然而,一旦文学美学回归,便有人以为它不那么循规蹈矩了。因为他们的心理阴影主要是"工具论"在作祟。但是,这种心理阴影的生存土壤已在逐渐消失。文学只有走向本体才能走向世界,这个浅显的道理不难为人所接受。"载道"的神圣使命感一旦不再成为文学精神的唯一支撑构架,那么,一种滋长着的新鲜的文学精神就会逐渐从文学本体这块土壤上构筑起一片汪洋的大厦之群。

传统的写实主义的创作方法框架已被挣破,重新"拿来"的审美意识和表现方式加速了文学精神的根本蜕变。

近年来文学的变化,尤其是乡土小说的变化,使文坛的新鲜感迭出不穷。如果说,中国现代文学史上现代派文学发展到巅峰状态的是以刘呐鸥、穆时英、施蛰存为代表的"新感觉派"作品为标志的话,那么他们的小说与现今的实验乡土小说相比较,实属低级状态。从80年代初的王蒙开始,到如今的莫言、洪峰、马原、扎西达娃等作家,他们已经将乡土小说的表现技巧推向了一种纯熟的境地。倘若"五四"新文学运动一开始就以写实主义作为宗旨和规约,那么,从"五四"到80年代初的中国文学主潮一直是以现实主义为大旗的(当然,有些大作家的作品并非写实主义和浪漫主义可包容的,如鲁迅的《狂人日记》、《阿Q正传》等,茅盾的《蚀》和《野蔷薇》、《泥泞》等,郭沫若的《残春》、《叶罗提之墓》等)。尤其是中国当代文学史更是一根单轨运行的文学发展线条。现实主义道路在苏联文学和理论的阴影笼罩下愈走愈窄,也窒息着中国文学的发展。这种格局终于在80年代被打破,在传统与反传统的论战中,文学出现了一种多元的格局,说是多元(当然含有现实主义并存的意思),其实,"领导文学新潮流"的却是那种"拿来"而有变化了的现代主义思潮。这一潮流从不被人们所接受,逐渐发展到被人们所默认,主要是归结于人们审美意识的蜕变和要求载体(表现形式)扩张的本能。

正如季红真所言:"在中国当代二十七年的小说创作中,占统治地位的理论是反映论,即以典型的方式,反映外部社会历史的变迁,进一步的庸俗化,则是作为政策的图解工具,要求作家们急功近利地为政治的中心任务服务。而现代主义的文学则无论其各个流派对文学本体的认识有多少差异,譬如:可以是强调直觉,可以是强调体验,或者是强调理性认知,或者注意发掘前意识、潜意识,但就其创作论的基本特征来说,都以表现为小说的基本功能。当然叙事文学走得更远,专力研究小说的独特表现形式及功能。"(1988年1月1日《文艺报》)文学精神的蜕变正表现在人们对于"反映"和"图解"的背叛心理,当小说家和批评家们不约而同地发现小说原来是一个"有意味的形式"后,当小说家们睁大了眼睛去读卡夫卡、福克纳、伍尔夫、尤奈斯库、乔伊斯、萨特、加缪、马尔克斯等作家的时候,斑斓绚丽的强光启开了一代作家的心智。他们突破了文化心理机制的巨大障碍,从皮相的借鉴和简单的模仿开始,很快就进入了一个新的审美境界。当然这种审美意识变迁的成长土壤并非完全依靠一代有心智的作家的主观意念,更重要的是商品经济的客观发展给人的心理世界所带来的现代惶惑感、孤独感、渺小感、失落感等等为新的审美意识提供了向现代主义思潮逼近的可能条件。虽然有人认为,因为种种的条件限制,中国很难出现严格意义的现代主义文学,诸如,"物质水平的限制","缺少现代主义文学产生的哲学土壤","文化心理机制的障碍"(同上)。且不谈这些条件是否具备和成熟,就目前创作的趋势和发展来看,乡土小说审美意识的迅速蜕变正说明文学"向内转"是一个不可遏制的历史必然。我不否认中国乡土小说家在表现自己的审美意念和哲学意念时还存在着矫揉造作的情绪因素,与西方高度物质文明发展下的精神变态描摹还有心理上的差距,但随着商品经济的发展,随着世界性的人类共同生存危机的相似,这种距离必然会逐渐缩小。然而,强烈的现代审美意识的不断强化,促使中国的文学处于迅速蜕变的过程中,正像有人描述的那样,"现代人的焦灼感"正在中国文学的审美河流中游荡着。这种审美意识的蜕变必然要胀破原有的"容器",向更广阔的表现形式的空间拓展。

当现实主义的"容器"已不能容纳这么大量的审美的、哲学的意念,那种线型的再现形式终于被挤破,一种狂放的、奔突的、自由的,甚至是病狂的创作欲念随着形式框架的崩塌汹涌而来。可以说,这一时期作家的创作自由度达到了空前的境地,乡土小说形式技巧真是令人目不暇接,有人用"各领风骚三五日"的喟叹来比喻当今小说形式技巧的变化,可谓人们对于形式蜕变的迫切需求、众多意象的辐射等一股脑儿奔向作家的笔底,甚至相似的模仿、传统的现实主义手法与现代主义手法的"杂交"、拿腔捏调的"东施效颦"的现象亦层出不穷,但这并不妨碍整个形式技巧大迁移的兴奋,人们"兴奋灶"的转移正说明小说形式技巧给人们带来的新鲜的审美经验。叙述形态的蜕变给乡土小说带来了生机,人们在读莫言的作品时,得到的不独是教化,而更多的是使你感到一种生命流动的美感,读残雪的作品使你感到人的价值观的自我分裂,读刘恒的作品使你感到人的生存惶惑……但你就不可能从中抽象出一种很确定的主题,它们主要是通过一种形式的美来诱惑读者,使你在"有意味的形式"中去寻觅你自己的艺术世界。从接受美学的角度来看,它们留下更多的是"空白",让读者有充分再创造的艺术空间可寻。作家们固然看重作品的"内容",但更重要的却又是"形式",有的则遵循"形式即内容,内容即形式"的信条,将两者作为一种新的审美描写视角,使小说变得更有意味。作家们已不再注意写什么,而十分谨慎地选择怎么写了。有人把这批小说比喻成"先锋派"文学,这种"先锋"意识主要是指形式蜕变的自觉。作家们认为只有"怎么写"才能发挥小说的最大美学效应和价值确定,这倒成为作家追求的目标。

也许是我们把形式抛弃得太久太远的缘故吧,而今形式给人们带来的好处似乎远远大于内容对人们的刺激。这种文学精神的蜕变究竟会给文学的发展带来什么样的影响,我想,还是让文学史家们去预言吧。

一种稳态的叙述模式被打破,文学(尤其是小说)便向两极分化。

如果说"五四"以后文学的叙述模式渐渐进入了一个大一统的框架内,它基本上沿着一个向大众化通俗方向发展的道路滑行,那么新时期以来,大约在80年代的不知哪一天起,有些小说和电影便逐渐使人看不懂了,这种叙事型文学在一些青年作家手里悄悄地改变着它们原先的模样。渐渐地,那种在30年代就被批判了的文学现象又重新复苏。"纯文学"和"通俗文学"之间的裂痕愈来愈大,你不能否认"纯文学"愈来愈走进"象牙塔"的高处。如果用中庸之道来解释这种现象是很便当的,它们都可以满足不同层次和达到不同效果的审美需求。但真正要你解释这种现象是文学精神的进步还是衰退的话,你很可能会处在一个尴尬的两难境地。

上海文学理论界的一位朋友很慷慨激昂地认为:倘使陈腐的"贵族文学"、"山林文学"在"五四"时期是对文学的一个反动的话,那么,今天的大众化通俗化的泛滥倾向倒真正又成为文学的羁绊,使文学陷入一种僵死的模式中(不知我这一概括是否准确)。乍听起来觉得挺刺耳,但仔细地体味当代文学史的发展,这种"二度循环"现象的产生并不是没有其特殊的文学精神内涵的。

如果简单地把这一现象归结于现代文学爆炸碎片的辐射,这就很难解释整个文化心理迁移的事实。固然,我很同意民族文化心理积淀有很大的排拒力之说,因为绝大部分中国人的生存精神状态还基本上没有变化。由于"物质生活水平的限制",由于"文化心理机制的障碍",有人断言中国目前的"先锋派"小说只是一种皮毛、做作的病态呻吟。我以为,之所以作家被称为"艺术家",就是因为他们生存的精神状态与众不同,其体验世界的方法与常人有别。他们的长处就在于对生活、对客观世界有优厚的超越感,他们具有一定的超前意识,上帝赋予他们的是敏锐的感觉。商品经济给人们的生活方式带来了不小的变化,而人们观念的变化,其文化心理的变异是很难看清楚的,它们呈隐形状态,而且是在局部位置上的细微变化。这种变化在几千年封建传统熏陶下的社会氛围里,一般常人是很难体验的,即便体验,也是只凭感官的直觉体验而已,而像艺术家这样将其抽象出来再进行形象的艺术放大的特殊体验方式是为数不多的。那种在中国当今土地上萌动着的失落感、孤独感、渺小感、荒诞感,亦只有作家和哲学家才能首先提前意识到它的到来。他们对客观世界的描述往往处在一个夸张的境域里,是某种未来的设想和预感。因而,一种超越对现实世界用客观描述的意念致使一些作家向另一个与传统相悖逆的方向发展。他们依赖着超前的"现代意识"来感觉萌动着的内心世界,他们倚重的是一种新鲜的充满了艺术活力的感觉。"感觉"这个名词几乎成为许多作家、评论家评判一部小说和作品的最基本的标准术语。这能否说正是所谓反庸俗化的张扬,在某种意义上,悄悄地引导一部分乡土小说作家(尤其是乡土青年作家)走进一个不受任何模式驾驭的自由度更大的艺术领地呢?当然,它也可能导致一种反动,即"纯文学"在向"大众文学和通俗文学"挑战的同时,自身也走向一个危险的境地。

目前,"纯文学"固然是越来越高雅了,乡土小说也几乎是目不斜视地昂着自己骄傲的头颅走入艺术的自由王国,它们不屑"大众文学和通俗文学"已堕落到"鸳鸯蝴蝶"、"言情"和"公案"、"地摊"小说模式的趋向,大有从此划上一道文学与非文学、艺术与非艺术的临界线的趋势。然而,"纯文学"的作家们也应看到这样一种危机——正因为商品经济的发展制约了人们文化心理的变异,因而"纯文学"在"商品化"的社会里几乎获得不了多少读者(说得刻薄些应是消费者),当然这和民族文化素质的低下等诸因素有关,而"大众文学和通俗文学"虽没有高雅的艺术格调,但它以庞大惊人的销售数字满足了消费者的娱悦,无疑，在这场"商品化"的竞争战中，它是胜者。难怪有人惊呼目前的形势是大有"逼良为娼"之势，这一严峻的事实不得不迫使"纯文学"作家们考虑一下自己生存的价值和生存的可能性。

说穿了，"纯文学"和"大众文学和通俗文学"的最大分野就在于它们的叙述模态的变异。"五四"以来，文学逐渐走进一个单一封闭的叙述模态——作家站在一个全知全能的视角叙述着他所看到和想到的一切，使作品进入作家单个人的意识统摄和思维阈限内，使作品没有一点"空白"可填。这样就使作品浅露、意向单一，并且窒息了批评家和读者的再创造的想象空间。这种呆板的格局使得文学缺乏一种进取的精神，严重地阻碍着艺术生命的张扬。

可以断言，自"五四"新文学运动以来，除二三十年代的文学大家（鲁、郭、茅）和"新感觉派"在叙事文学中采用过其他的小说叙述模态以外，文学一直在一种叙述模态框架里循环往复。一直到了80年代初，骚动不宁的小说界就打破了这一封闭的格局，开始向多元的叙述模态扩张。大约从《公开的情书》开始，乡土小说便自觉地进入了文体形式改变的里程，而许多批评家对小说叙述形态的关注亦体现于进一步在理论上为之鼓吹呐喊。这又确确实实催发了文学精神向形式技巧的本体蜕变。

我们知道，叙事文学的叙述模态无非采取三种描写视角：(1) 叙述者>人物（被称为"后视角"或"非聚焦"、"零聚焦"），这就是现实主义惯用的全知全能的描写视角。正如罗兰·巴尔特所说的："叙述者既在人物之内，又在人物之外（既知道所有人物身上发生的一切而又从不与其中的任何一个人物认同）。"①(2) 叙述者＝人物（被称作"同视角"或"内聚焦"），这也就是巴赫金所倡导的著名的"人物主体性"（或曰"复调"小说）的理论。叙述者只述说人物所知道的事情，只转述这个人物从外部接收到的信息和可能产生的内心活动，叙述跟着人物走，

---

① 转引自《文学评论》1987年第2期。

可以由一个人物担任,也可以同几个人物轮流担任,不断转换描写视点,这就带来了大量的意识流小说。陀思妥耶夫斯基应该是这类小说创作的始祖。(3)叙述者<人物(被称作"外视角"或"外聚焦"),叙述者比人物知道得少,他像一个不肯露面的局外人,仅仅向读者叙述人物的言行,而不进入人物的意识,它给读者的想象开辟了无数的空间,这种描写视点的哲学基础基本上是不可知论。当然,像鲁迅的《阿Q正传》在采用这种叙述方式时的哲学基础又另当别论。

第一种叙述模态直至目前当然丝毫没有生命力衰减的意思,一部分"严肃文学"仍采用着这种严肃的面孔,而它更多的是被"大众文学和通俗文学"作家所采纳。这样的叙述模态是不会也不应该消亡的。它将继续在文学史中发挥着自己的诸如美学的、社会的、政治的功能。

第二种叙述模态自《公开的情书》发表以后,到王蒙的意识流小说,晚近的"感觉小说"、"先锋派小说"、"新写实主义小说",给80年代的中国文坛注进了骚动的血液,那种埋怨这类文学作品看不懂的声音,至少在文学界已经愈来愈小了。无疑,这类作品叙述形态的大胆转换为新时期乡土小说的蜕变起了至关重要的作用。它的发生和发展将继续为新时期艺术多元格局的文学精神发生作用,它的存在就标志着文学将不再堕落到一个封闭的形式技巧体系之中。

第三种叙述模态的作品在新时期的乡土小说创作实践中愈来愈少了,但我们可以看到许多作品已带有这种叙述模态的成分,或者是作家们有意识地局部采用这样的模式,或者是作家们把它和第二种叙述模态结合起来。如少鸿的《梦生子》,张承志的《黄泥小屋》等,韩少功晚近的乡土作品,阿城的乡土作品,郑万隆的一些乡土作品,也包括莫言的乡土作品(他的作品很具有这类叙述模态的框架),等等。虽然这许多作品并不完全地采用这种叙述模态,但可以预料,这种叙述模态在未来的中国文学中会有不可限量的发展,也可能从这种叙述模态中会走出中国的大作家。我似乎预感到这种叙述模态在中国文学创作中已开始萌动着的强大生命力。

无疑,新时期文学(尤其是乡土小说)从第一种模态向第二、第三种模态的扩张,是中国文学精神蜕变中值得阐扬的大事。但我们亦不可否认,由于传统的民族文学心理机制的制约,由于半个多世纪文学运动的惯性,这场形式与反形式的斗争将会在文坛上不断进行较量。较量的焦点很可能是在读者的层次或寡众上做文章,说到底还是一个"纯文学"与"大众文学和通俗文学"的较量。那种用政治的或某种现成的文学理论经典去划分和斥责"纯文学"或把"大众文学和通俗文学"革命化的批评可能很少出现了,即便出现,也不会再引起轰动效应了。可是因为"纯文学"正受到商品化经济的冲击,那么,它在中国的前途如何?作家写什么和怎么写的选择是否还遂人愿?这些问题,大概是今后人们不得不深思的。

从"五四"到新时期,中国文学经过了将近一个世纪的艰难跋涉,其中曾经有许多所谓纷呈的流派出现,但它们并没有引发整个文学精神的蜕变,而新时期多元艺术的格局确实催化了文学精神的蜕变,这种蜕变给我们带来的是什么呢?无疑,有些人不无疑虑地认为,文学精神的蜕变将会导致民族自信心的丧失。关于这一点,我以为似乎大可不必多讲,因为我们只要有博大的胸怀,就不会把文学看作是一个民族独有的产物,文化是属于整个人类的共同财富,如果连这样的气魄都没有,我们的文学就永远失去一个个参照系。而一个失去比较和借鉴的封闭文学,自然也就不会获得稳定的发展。

我们不否认中国人的文化心理机制有着与西方人不尽相同的艺术情趣,以及思维方式的差异,但可以预料,随着商品经济的发展,小农意识在中国的崩溃,随着中国人文化素质的提高(尤其是高层次文化素质的量和质都在向上浮动),那种对外来文化排拒力的减弱,中国人的艺术情趣和思维方式,甚至生活观念和生活方式都会大大地改观。我想,即使是被人认为充满着有闲阶级做作派头的失落、孤独、渺小、荒诞的西方流行病,在中国的某些文化阶层中也未必都是以"东施效颦"的姿态出现的。如果说中国过去还没有这种艺术情趣和思维方式的哲学土壤,那么今后会不会有？会不会从小到大,从少到多?

　　文学的"输入"和"输出"与文化的"输入"和"输出"一样,有的人大声疾呼,我们的民族文化要向外"输出",而不忙"输入"。其实,"输入"和"输出"并不是一厢情愿的,东西方文化的交流很难说在哪一点上谁是学谁的。说"文学走向世界",主要是指负载内容的艺术技巧被世界公认。我们的时代缺乏鲁迅式的文学大家,其主要原因并非文化素质问题,主要的还是缺乏鲁迅那种敢于"拿来"而包容消化一切中外文化精髓的气魄与那副健强的脾胃。光喊"输出"的人,并没看到半个多世纪以来,中国乡土小说由于缺乏一种宽容的意识已走进了狭隘的"死亡地带"(实际上"文化大革命"已把文学推进了"死亡地带")的事实。有人把"拿来"的西方文学的"容器"使用一下,都被指为洋奴,则实在是文学的一个可悲的现象。70年代拉美文学的爆炸(当然他们亦经过了将近一个世纪的文学精神蜕变)并没有因为拉美文学完全从西方文学中模仿脱胎而来而窒息了本民族本地区乡土小说的发展,相反,它长成了一个"巨人"。至今,风靡欧美、风行全球的文学反而是拉美乡土小说自身。从中,我们的乡土小说不可以得到最深刻的启迪吗?那种抱残守缺的僵死凝固的传统意识只能阻碍和戕害中国文学的正常发育,它是产生"巨人"的巨大的心理屏障。

　　新时期文学精神的蜕变正在推动乡土小说向新的艺术王国进军,但是它也同时存在着生存的危机。如何调整和扩展这种文学精神向更正确的轨道和更纵深的境界发展,这需要中国新时期的一代同人努力。

　　文学的"阵痛"正是因为它在离开传统模式的痛苦心境与走向未来的惶惑中形成的二律背反。要使文学精神在自身的扬弃中获得新的生命,一定要付出很大很多的代价。

第五章　乡土小说的悲剧与喜剧的审美特征

第一节　鲁迅乡土小说的悲剧精神

因着中国长期的封建制度对人的精神世界的统治而造成的历史文化积淀,也因"五四"一代知识分子受了西方人文主义启蒙思想的启迪,当他们第一次睁开眼睛来扫视这满目疮痍的古老精神文化世界时,无疑是带着万分的惊异和悲哀苍凉的情感来咀嚼人生的痛苦的。正因为鲁迅更深切地体味了封建文化精神对人的戕害——这种戕害足以造成中国民族文化心理的自戕力和自虐性,所以他的小说,尤其是乡土小说更具有一种强烈的悲剧意识。然而,这种悲剧意识并不囿于古典的悲剧精神特征,它更具一种现代悲剧精神特征。

首先必须区别的是这种悲剧精神不同于悲剧快感的来源是人性恶的表现,它倾注的是人道主义的哲学内涵,绝不是埃尔肯拉特所描述的那样:"我们从悲剧的演出中获得的快感难道不是首先显得象一种野蛮的快乐吗?我们贪婪地看着受难的场面,连眼睛都不眨一下。因此,这种快感和某些人在看屠宰动物或加入流血斗殴时感到的快乐,不都是同样性质的吗?"[①]这种论断在法国著名批评家法格那里得到了进一步强化:"你们试图在别人的不幸中寻求一种快乐,而看到那些处于水

[①] 埃尔肯拉特语,转引自朱光潜:《悲剧心理学——各种悲剧快感理论的批判研究》,第43页。

深火热之中的人时,你们也找到了这种快乐。你们是残忍的。泰纳会对你们说,你们身上还有些野蛮的大猩猩的痕迹。你们知道,这就是说,人是稍稍有些变化的'野蛮的大猩猩'的后代。淫猥的大猩猩爱看的是喜剧;野蛮的大猩猩爱看的则是悲剧。"[1]这些论者认为人的这种悲剧的恶意快感支配着人们去看一出残忍的悲剧,"从我们的确是最原始的感情中得到一种秘密的、人们没有公开承认的快感"。[2] 无可否认,鲁迅乡土小说中充满着那种对苦难细细品味的"赏玩",甚至带有强烈的戏谑意味。然而这绝不是什么恶意快感的驱使,而是充满了一种对人类生存本身痛苦的诘难和悲悯。阿Q之死的"喜剧"特征,正隐伏着作者更为深切的痛苦,这种痛苦的悲剧根源是建筑在作者对于善的强烈理想要求之上的,由此而产生的怜悯意识笼罩着整个小说。但是仅仅把这种悲剧归于人性善的出发点,而得出作者的悲剧观是以"同情和怜悯"为终结的悲剧观结论,又绝非作者创作的初衷。

我们知道,从亚里斯多德到黑格尔,悲剧是从"借激起怜悯和恐惧来达到这些情绪的净化"到"永恒正义"的悲剧冲突的演化过程,无论悲剧观如何发展,这个"净化"的审美过程就是在怜悯和恐惧中寻求"善"的道德循环过程,寻觅正义、崇高成为一种悲剧的隐形尺度。如果仅仅用这样一种悲剧审美观来看待鲁迅乡土小说作品,似乎是不能穷尽其深刻的哲学内涵的。

也许,当我们把视点放在世纪的转折点上来考察另外两个伟大哲学家时,我们就不难发现这两位哲人的悲剧审美观对于鲁迅的影响是何等的至关重要。

朱光潜先生认为叔本华比黑格尔更接近真理,是有其道理的。叔本华接受了亚里斯多德的悲剧观,但他的最大发现是悲剧中的悲观生

---

[1] 〔法〕法格:《古代与近代戏剧》,转引自朱光潜:《悲剧心理学——各种悲剧快感理论的批判研究》,第43—44页。

[2] 尼柯尔语,转引自朱光潜:《悲剧心理学——各种悲剧快感理论的批判研究》,第44页。

命体验,即人生是毫无价值的,是应当抛弃的。当然,这种悲观主义的论调是建立在他的悲剧审美观上的:"所有的悲剧能够那样奇特地引人振奋,是因为逐渐认识到人世、生命都不能彻底满足我们,因而值不得我们苦苦依恋。正是这一点构成悲剧的精神,也因此引向淡泊宁静。……于是在悲剧中我们看到,在漫长的冲突和苦难之后,最高尚的人都最终放弃自己一向急切追求的目标,永远弃绝人生的一切享受,或者自在而欣然地放弃生命本身。"①无疑,叔本华将悲剧的精神引入生命的体验则是对悲剧审美的一个突破性发展;然而他将此不可解决的人生冲突归结到"淡泊宁静"和"放弃生命本身"上,则是唯心主义的宿命论观念。叔本华把这种悲剧快感视为痛苦的暂时休止,是一种"使我们觉得象安睡在神的怀抱中一样的幸福,并非激情的幸福,只是去掉枷锁、打开镣铐的幸福"。②这本身就是一种对现实生活的逃遁,这种精神胜利则是鲁迅所要批判的。但无可回避的是,鲁迅小说中所显露出的一种对生命的悲观情绪,即那种对人生精神世界的"苦闷的象征"的悲苦之心浸润于其乡土小说的描写之中,不能不说是受到了叔本华的悲剧审美观的一定影响。摆脱求生意志的审美追求不仅成为鲁迅小说的一种内在的精神物质,同时,也成为以后许多乡土小说家所追求的共同创作情结。这是因为正如鲁迅所说的,一代知识分子在醒来后又无精神逃路时的"时代病"所引发的对意志的超越,亦如叔本华在分析《浮士德》中所说:"伟大的歌德在他不朽的杰作《浮士德》中,通过甘泪卿悲惨遭遇的故事,十分清楚地表现了由于遭逢巨大的痛苦而且毫无解脱的希望,最后达到对意志的否定。我不知道有哪一部诗作可以与之媲美。这是通向否定意志的第二条道路的一个完美的范例。"③显

---

① 〔德〕叔本华:《作为意志和表象的世界》,转引自朱光潜:《悲剧心理学——各种悲剧快感理论的批判研究》,第138页。
② 〔英〕伽利特:《美的理论》,转引自朱光潜:《悲剧心理学——各种悲剧快感理论的批判研究》,第139页。
③ 〔德〕叔本华:《作为意志和表象的世界》,转引自朱光潜:《悲剧心理学——各种悲剧快感理论的批判研究》,第143页。

然,叔本华的否定意志,弃绝求生的欲望是和鲁迅及"五四"乡土小说家们有不同时代特征的,前者抛弃了一切社会功利性,而将悲剧完全看作一种审美的需求和意志的消亡;而后者则又以生命体验的实践来反观人世,在得不到精神解脱时复归于生存的摆脱。

如果说叔本华的悲剧观与古典悲剧最大的区别就在于前者拉开了现代悲剧精神的帷幕,那么,使悲剧的生命体验更具有现代精神的论者可能就要算是自称为"第一个悲剧哲学家"的尼采了。尼采作为叔本华的信徒,他信奉人生根植于痛苦的观念,他以为人生是极痛苦、充满着矛盾对立的生物永远在变化和更新的幻梦。但他又认为现实是痛苦的,然而其外表又是迷人的,不要在现实世界中去找你永远寻找不到的正义和幸福,但你可以像艺术家看风景那样去看待它,从中发现美丽和崇高。因此,他总结出悲剧的快感来自"玄思的安慰"论断:"尽管现象界在不断变动,但生命归根结蒂是美的,具有不可摧毁的力量。""受痛苦者渴求美,也产生了美。""意志的最高表现即悲剧英雄被否定了,却引起我们的快感,因为他们只是些幻象,因为意志的永恒生命并不因为他们的毁灭而受影响。悲剧高喊道:'我们相信永恒的生命。'"[①]这种在悲剧中体验并得到超脱和自由的审美快感,是和叔本华的悲剧理论结果相同的,正如朱光潜先生将他俩的全部悲剧理论归结为两条那样,他们的悲剧理论实质是:

1. 艺术反映人生,即具体形象表现内心不可捉摸的感情和情绪。

2. 艺术是对人生的逃避,即对形象的观照使我们忘记伴随我们的感情和情绪的痛苦。

[①] 〔德〕尼采:《悲剧的诞生》,转引自朱光潜:《悲剧心理学——各种悲剧快感理论的批判研究》,第149页。

这是个两难命题,正是在这样的命题中,悲剧才显得深刻和有意味。它亦是悲剧向现代精神进化的标志。

我们需要看到的是尼采对这个悲剧命题的进一步梳理和阐述。尼采将悲剧分割为两种形态,即酒神精神和日神精神,以此来象征两种基本的心理经验。酒神精神就是尽情放纵自己本能的原始情感,纵情欢愉,狂歌狂舞,痛饮大醉,寻求性欲的满足。人与人之间的一切界限完全打破,人与自然合一。"这是为了追求一种解除个体化束缚、复归原始自然的体验。对于个体来说,个性的解体是最高的痛苦,然而由这痛苦却解除了一切痛苦的根源,获得了与世界本体融合的最高的欢乐。所以,酒神状态是一种痛苦与狂喜交织的颠狂状态。"①总之,酒神精神是一种具有形而上深度的悲剧性情绪,而日神精神则是光明之神和形体的设计者:"我们用日神的名字统称美的外观的无数幻觉。"②"人类的虚妄、命运的机诈,甚至全部的人间喜剧,都象五光十色的迷人的图画,一幅又一幅在他眼前展开。这些图景给他快乐,使他摆脱存在变幻的痛苦。""在静观梦幻世界的美丽外表之中寻求一种强烈而又平静的乐趣。"③在这两种对立统一的悲剧观中,可以看出,酒神精神和日神精神是主客观艺术的互融互渗,而尼采与叔本华的根本不同点就在于,尼采摒弃了叔本华的悲观主义的悲剧观,认为"存在和世界只有作为审美现象才是永远合理的"④,由此而将人生与艺术相结合,从正反两题中看到悲剧中所包含的不可解脱的人生悲观与存在创造的艺术乐观。因而,他以为悲剧就是在克服两种倾向中获得艺术生命的:"在每一种艺术的上升之中,我们首先特别要求克服主观性";"只要真正是艺术的作品,不管是多么小的作品,没有一点客观化,没有纯粹与利害无关

---

① 周国平:《译序》,载《悲剧的诞生——尼采美学文选》,周国平译,生活·读书·新知三联书店1986年版,第2—3页。
② 《悲剧的诞生——尼采美学文选》,第108页。
③ 朱光潜:《悲剧心理学——各种悲剧快感理论的批判研究》,第145页。
④ 尼采语,转引自朱光潜:《悲剧心理学——各种悲剧快感理论的批判研究》,第152页。

的静观,都是不可想象的"。①

鲁迅的乡土小说是以内容的深广而闻名于世的,就其悲剧形态特征来说,受尼采的悲剧影响甚大,而且我们也很难以一种固定的悲剧模式来概括之。或许像《狂人日记》这样的象征主义色彩很浓的作品,更多的是以狂放的酒神精神和"佯谬"的写作方法来宣泄作者胸中对封建礼教戕害人性、扼杀情感的忧愤之情,在几千年淤积的浓重封建雾霭下,鲁迅作为一名反封建的战士和先驱者,他要尽情地宣泄胸中郁积的块垒,一种猖狂的活泼之心激励着他勇猛地掀开那黑暗的铁屋子,放纵的情绪像决堤的洪水汹涌澎湃;而作者又不得不顾及在这黑沉沉的大地上,作为一个清醒者的呐喊却不会被更多的蒙昧者所接受,鉴于封建氛围的压迫之甚,他又不得不采用将主人公打扮成病态的"狂人",以"佯谬"的非逻辑方式来阐释深刻的主题和宣泄忧愤的情感。

不同的主题表现在鲁迅的笔下呈现出不同的悲剧观,这种现象并不奇怪。《故乡》和《社戏》是两篇具有不同悲剧内涵的作品,前者表现出的是更接近叔本华的悲观主义的情绪,兵匪官绅的多重压迫,层层的盘剥非但没使闰土式的农民有痛不欲生的感受,而是使他们更加蒙昧麻木,作为人的堕落,精神的毁灭,其存在的意义又何在呢?鲁迅先生欲哭无声、欲罢不能,又找不到可以解脱的人生之路,高声的呐喊也无济于事,那么,充斥整个《故乡》的色调是阴晦的,格调是低沉的,鲁迅在寻觅三十年前那英俊少年面影而不得时,那种"已经隔了一层可悲的厚障壁"的悲观情绪攫取了一颗寻找梦幻世界的心。倘使我们仅仅局限于反封建和阶级对立的主题发掘,而忽视了先生那颗彻底悲哀的大心,那已死亡的心境,则是很难体味到这篇作品更深的艺术情感的。像《祝福》、《离婚》这样的作品都表现了作者"苦闷的象征",倘若我们硬以酒神精神和日神精神去分析这类作品,则是很牵强的,从中我们看

---

① 尼采语,转引自朱光潜:《悲剧心理学——各种悲剧快感理论的批判研究》,第146页。

到的是更多的悲观主义色彩,由这样的作品中我们才能真正体会到一个伟大先觉者的孤独感,真正理解"两间余一卒,荷戟独彷徨"的空寂、阴冷、孤独、悲凉、忧愤和比死亡还要恐惧、比恐惧还要动人心魄的悲剧情绪。相反,像《社戏》这样的作品则是一幅充满着日神精神的美丽图景,一切美丽和谐,平静而充满着温馨的画面,以及人类的真善美情感的显现,充分地表现出作者试图摆脱现世痛苦的悲剧心理,这种仅存于鲁迅作品中的艺术描写的逆反现象,正是先生对于另一种悲剧心理经验的尝试。正如《悲剧的诞生》奥斯卡·列维英译本序言中所言:"他主张面对梦幻世界而获得心灵恬静的精神状态,这梦幻世界乃是专为摆脱变化不定的生存设计出来的美丽形象的世界。"①这种"净化"的处理是抛弃了原始的艺术处理,它一方面意味着作者的思想呈起伏状态,另一方面又显示出作者悲剧美学观念的变幻。

当然,在鲁迅乡土小说,乃至整个鲁迅作品中,最能打动人的作品还是先生糅合了两种悲剧精神的小说《阿Q正传》这部传世之作。作者赋予阿Q这一形象的悲剧内涵完全是以喜剧的形式出现的,这就使小说具有"佯谬"、"反讽"、"调侃"的意味。一方面,阿Q的那种流氓无产者的狂放性格,那种具有原始倾向的性欲需求和弱肉强食的生存竞争本能,被封建秩序的格局所压抑;另一方面,他又以一个病态的形象出现,时时超越封建秩序的约束而做出出格的事情来,这就构成了人物的双重悲剧因素。然而,从作者的悲剧视角来看,一方面,作者试图创造出"人类的虚妄、命运的机诈,甚至全部的人间喜剧,都像五光十色的迷人的图画",通过人物表象世界的虚拟性创造,来达到摆脱现实生存变幻的痛苦。这种典型的日神精神支配着人物,也支配着作者走向悲剧艺术的升华。另一方面,作者在作品描写的表象背后又时时地隐伏着一种无可名状的酒神精神,使其有一种形而上深度的悲剧情绪。作为一个把有价值的东西撕毁给人看的审美判断,鲁迅与尼采的相同

---

① 转引自朱光潜:《悲剧心理学——各种悲剧快感理论的批判研究》,第145页。

之处就在于"肯定生命,连同它必然包含的痛苦和毁灭,与痛苦相嬉戏,从人生的悲剧性中获得审美快感,这就是尼采由悲剧艺术引伸出来的悲剧世界观,也正是酒神精神的要义"①。无疑,鲁迅先生在创造阿Q这个不朽艺术形象时正是采用了与痛苦相嬉戏的酒神精神,作者把这个有价值的生命痛心地粉饰成一个无价值的个体形象,本身就蕴含着巨大的悲剧性;而全篇附于阿Q之身的"佯谬"、"调侃"笔调,正是艺术家"整个情绪系统激动亢奋"和"情绪的总激发和总释放"②的酒神状态。作者试图用一种难以言喻难以名状的痛苦和毁灭的情绪来阐释一种对人进行否定之否定的生命哲学批判。鲁迅的悲剧观一直是建立在对人与生命的肯定基础上的,他往往是通过否定的形式,在对人的劣根性进行扬弃的过程中来肯定人和生命之本体的。这种矛盾心理就决定了他在雕塑自己悲剧艺术形象时采用了那种"曲笔","曲笔"构成了小说酒神与日神精神的交融渗合。一种病态、变态的放纵意识和另一种清醒的摆脱现世痛苦的悲剧意识融合在这部小说中,成为作家主体和人物主体的有机和谐,这不能不说是小说艺术显示的难点,正是在这一点上,《阿Q正传》才更有其不同凡响的艺术造诣,才获得普遍的无愧于"世界文学艺术"称号的悲剧审美内容。

综观鲁迅乡土小说中的悲剧精神,我们可以体会到一个怀着强烈人道主义胸怀的哲人对于现世痛苦和"安命精神"的民族劣根心理的揭露和批判;同时亦可看到鲁迅那种具有"超人"的悲剧精神——在咀嚼痛苦回味痛苦中把握生命把握民族把握人类的强力意志;他虽然执著人生,但更具有酒神不回避人生痛苦的形而上的悲剧精神。站在"世界原始艺术家"的角度来反观人类的痛苦和毁灭,鲁迅的乡土小说呈现了"现实的苦难就化作了审美的快乐,人生的悲剧就化作了世界的喜剧"。③ 这种二度循环所达到的悲剧境界是对人生的最高肯定。

---

① 周国平:《译序》,载《悲剧的诞生——尼采美学文选》,第6页。
② 尼采语,转引自周国平:《译序》,载《悲剧的诞生——尼采美学文选》,第2页。
③ 周国平:《译序》,载《悲剧的诞生——尼采美学文选》,第5页。

第二节 "乡土小说流派"的古典悲剧精神

当然,在不排斥"乡土小说流派"作家们和鲁迅一样所具有的"五四"人道主义胸怀共性的同时,我们不难发现,这些小说家之所以没有达到鲁迅乡土小说的思想和艺术高度,除了哲学意识的强弱深浅之外,其要害之处也归于小说的悲剧艺术观的相异。如果说鲁迅先生是融悲剧的"酒神精神"和"日神精神"为一炉,在充分地肯定个体人生和个体生命由痛苦的毁灭而达到的"形而上"的意志永恒升华的过程中,鲁迅所表达的是超越常人的与痛苦相嬉戏的悲剧审美意识,是对生命本体的经验性描述,是具有生命宇宙观的意义观照。而"乡土小说流派"的众多作家只是站在普泛的人道主义视角上,对苦难和人生的毁灭作常态的描述,也就是采用向自柏拉图到亚里斯多德为始的悲剧快感——产生一种同情、怜悯和恐惧的激情——皈依的形态。"乡土小说流派"作家由此来揭示社会的罪恶和阶级的压迫。这种古典主义的悲剧观被博克解释为这两个命题:

一、我们对受难者的同情产生观看痛苦场面的快感。
二、观看痛苦场面的快感加深我们对受难者的同情。[1]

用这两个命题来看"乡土小说流派"以及后来的许多乡土小说作品(包括新时期的"伤痕文学"在内),是再适合不过的了。

"在博克看来,情境愈悲惨,所需同情愈大,于是体验到的快感也愈强烈。"[2]呈现出人生最痛苦的场面,甚至展示惨绝人寰的人生悲剧性细节,这几乎成为现代中国悲剧小说的共同特征,"乡土小说流派"

---

[1] 朱光潜:《悲剧心理学——各种悲剧快感理论的批判研究》,第54页。
[2] 同上书,第55页。

的小说与鲁迅乡土小说的不同就在于前者用直陈的悲剧手法来充分展现大悲大苦的场面,以引起人们的同情和悲悯之情;而后者却是用"曲笔"(貌似喜剧的手法)间接地发掘更深的悲剧审美内容——这就不仅仅是同情和怜悯,更重要的是在咀嚼痛苦时将人生的毁灭上升到超越人生的形而上的审美阶段,而不膂沉溺于形而下的形象描述之中。我们说,前者的悲剧意义是普泛的人道主义再现,是唤起更多觉醒者投入"五四"后启蒙运动行列的必需的普遍悲剧精神,它在苦难图像的描写中为唤醒更多的蒙昧者起着更普及的悲剧审美效应,而鲁迅的悲剧精神则在激发和开导先觉者的知识分子向更深层的悲剧审美内容进发。它是一种悲剧心智的开拓和延展。

作为"悲凉的乡土"的描摹者,"乡土小说流派"的作家们尽情地再现了乡村悲剧的图景。许杰的《惨雾》描写乡间大规模的氏族械斗场面,许钦文的《石宕》展示了农民开矿致死时的悲剧图画,台静农的《地之子》等作品浸润了乡间悲惨的生活情景,蹇先艾的《水葬》等则以惨绝人寰的风俗画面来渲染作品的悲剧效果……所有这些,是作者将我们导入悲剧性痛苦情境的手段,作者试图达到从痛苦的审美快感中加深对受难者的同情和怜悯之目的。这也是"乡土小说流派"作家所要达到的"五四"启蒙主义和人道主义内容的终极目的。因此,审美的同情是和道德的同情相吻合的,这种"移情"现象是被"五四"以来的中国理论家们所一致认可的美学观念:对悲剧人物产生的道德同情等同于审美同情,由此而产生出的悲剧美感则需要"观众的道德感至少不能受干扰,否则'心理距离'就会丧失,道德的义愤就会把审美同情抹杀得干干净净"①。这就是当人们在观看悲剧《白毛女》时,会开枪将悲剧里的反角打死的缘故。因此,由道德同情的介入而进入审美同情层次,大约从"乡土小说流派"作品为始,这成为乡土悲剧小说的主导悲剧精神。这种随着悲剧人物的悲欢或哭或笑,将心智的沉思让位于感

---

① 朱光潜:《悲剧心理学——各种悲剧快感理论的批判研究》,第60—61页。

情的激动,使自己成为悲剧情境的"分享者",在悲剧审美中是较低层次的审美活动;而较高的审美层次是像鲁迅那样意识到在悲剧的激情中保持自己清醒的个性,将情节和感情的演进视若图画。当然这也并非毫不介入或纯理性地看悲剧图画,而是保持一定的心理距离。我以为"哀其不幸"是进入情感的表现,而"怒其不争"则又是跳出情感来冷观地把握悲剧人物的关键性审美态度。

然而,这里必须强调和说明的是,"乡土小说流派"的普泛人文主义的悲剧精神是建立在"五四"以后新文学运动对于西方古典悲剧精神的普遍认同的基础之上的,和20世纪以前中国的古典悲剧审美特征所不同的是,它带有更鲜明的使读者观众陷入受难境界而不能自拔的悲剧色彩,而非中国古典悲剧那种追求"大团圆"结局的亦悲亦喜、从悲到喜的最终摆脱苦境的悲剧特征。从这个意义上来说,"五四"以后小说家们对西方悲剧精神的领悟,是超越了中国古典"悲剧情感的中和性"——"怨而不怒,哀而不伤","抑圣为狂,寓哭于笑","长歌当哭,远望当归"[①]——的审美特征的。对这种浪漫主义理想主义的悲剧精神的破坏,应该说是"五四"文学中悲剧精神的主旨。或许有人会指出作为《红楼梦》的局部悲剧性描写,"黛玉焚稿"这样的章节无疑是突破了中国古典悲剧的中和性特征。不错,这种悲剧精神的突破是可贵的,同时也是使《红楼梦》成为不朽之作的一个内在的重要因素,因为这一章节的描写是《红楼梦》最具艺术审美特征的苦戏,也最能使观众"入境",可惜这种悲剧精神却在以后的章节中消遁。可以说,《红楼梦》的悲剧结局是一个并不圆满的"大团圆",其中渗透了中国古典悲剧的中和性审美特征,这一点也许并非曹雪芹创作的初衷吧。那么,作为"五四"新文学运动的主将,鲁迅在写《阿Q正传》时便彻底打破了这种"大团圆"的格局。我们从先生那充满着反讽、调侃、揶揄的笔调中,看到的是一出灵魂的苦难悲剧,阿Q想二十年后又是一条汉子的"大

[①] 谢柏梁:《中国悲剧的审美特征》,《文艺理论研究》1991年第8期。

团圆"梦幻,被先生那支犀利的笔戳得粉碎,先生用他那悲悯芸芸众生的人类学和人道主义的眼光,扫视着这普泛的灵魂堕落,浪漫的理想的梦幻显得何等的可笑可悲,由此我们进入的是形而上的悲剧升华。先生不给阿Q留一条可以通往"大团圆"的悲剧结局(阿Q寻觅到自身的精神逃路则是更悲惨的精神悲剧体现),毫不惋惜地置阿Q的头颅于刽子手的屠刀之下,且加以戏谑性的描写,这是"五四"前后任何作家都没能达到的那种敢于咀嚼痛苦、与痛苦相嬉戏的深刻的现代悲剧精神。

当然,我们不能用一个伟大思想家和伟大艺术家的标准来要求每一位"五四"时代的小说家,那么,就"乡土小说流派"的创作来看,突破中国古典悲剧精神的樊篱,造就一种更为深刻的悲剧精神氛围,以唤醒更多的人来认识封建主义吃人的本质特征,成为这批乡土小说家的共同追求。《梁山伯与祝英台》里那种"化蝶双飞"式的浪漫理想的精神慰藉和渴求"大团圆"以寻觅精神家园的悲剧精神,则完全被驻足停滞于惊人的苦难悲剧的"定格"描写所替代。"乡土小说流派"作家基于对人生苦难的刻意写实描摹,丝毫不给悲剧从苦难中进行理想转换的契机,让你在苦痛的精神磨难中不能自拔,而使人在场面的恐惧悲剧审美快感中更加深对受难者的同情和怜悯。这种同情和怜悯的悲剧快感所要达到的目的是作者们要求读者一同进入人物的苦难之中,从而同人物一起向那个黑暗社会发出强烈的控诉!"真正的怜悯不只是畏惧痛苦,而且更希望去经受这种痛苦。……因此,怜悯的实质是自谦的需要,是与别人同患难的强烈愿望。"①因此,我们可以看出,"乡土小说流派"作家选择西方古典悲剧精神的原因是在于和"五四"的启蒙运动相合拍,与人文主义的弘扬相对应。从这个意义上来说,"乡土小说流派"古典悲剧精神的抉择是弘扬"五四"新文化精神的表现。

---

① 〔法〕柏格森:《意识的直接材料》,转引自朱光潜:《悲剧心理学——各种悲剧快感理论的批判研究》,第77页。

第三节　沈从文野性思维对古典悲剧的超越

那个几乎没有受过正统教育,亦未受过系统的美学理论熏陶而又充满着野性思维的乡土小说作家沈从文,因没有任何理论思维框架的束缚,做起小说来就显得异常的潇洒和猖狂,其悲剧观亦显得与他人格格不入。我以为除了其地域环境和风俗乡土文化氛围的陶冶之外,沈从文自身的生存境遇使他悟出了人的生命存在之意义。这也是作者本人活得如此轻松的一种根由所在。沈从文说过:"吾人的生命力,是在一个无形无质的'社会'压抑下,常常变成为各种方式,浸润泛滥于一切社会制度,政治思想,和文学艺术组织上,形成历史过去而又决定人生未来。这种生命力到某种情形下,无可归纳挹注时,直接游离成为可哀的欲念,转入梦境,找寻排泄,因之天堂地狱,无不在望,从挫折消耗过程中,一个人或发狂而自杀,或又因之重新得到调整,见出稳定。这虽不是多数人必经的路程,也正是某些人生命发展的一种形式,且即生命最庄严一部分。"[1]这种被沈从文说成是"情感发炎"的生命过程,在作品的具体描写过程中变成怎样的情形呢? "作者这时节,耳边似乎即还听到感到最后一个死者临咽气前混合在刚生下地的孩子稚弱哭声中的哀呼,哀呼中所包含的希望和绝望,固执的爱和沉默的恨。然而这个哀呼的起始,却近于由笑语而来。这正是一种生命的过程,一个小地方一群平凡人物生命发展的过程。由幻念而接近事实,由枯寂而有所取予,又由习惯上的相差相左而形成爱憎。爱怨交缚,因之在似异实同情形下,燃烧了关系中每个人的心,带来各式各样的痛苦。痛苦的重叠孳乳、变质,即促进生命的逐渐崩毁。"[2]崩毁旧的传统世俗的生命意识形态,创造一种新的狂放的生命意识形态,增强中国民族文化心理中的

---

[1] 《〈看虹摘星录〉后记》,载《沈从文文集》第11卷。
[2] 《〈断虹〉引言》,载《沈从文文集》第11卷。

"野兽气息",也就是用一种野性思维的人生形式来解构原有的生命形式感,正如沈从文所说:"憎恶这种近于被阉割过的寺宦观念,应当是每个有血性的青年人的感觉。"①从这一点上来说,"五四"前后的许多政治家、思想家都异常鲜明地提出了要改变中国民族文化心理内容的宏论,但在文学领域内,除了鲁迅先生披着"狂人"的外衣表现出了这种原始的野兽般的生命情绪以外,这种尼采所一再弘扬的"酒神精神"在悲剧中逐渐消融。这种审美理想被阉割,使沈从文这个从"边城"走来的青年郁郁寡欢,于是他便以另一种生命的体验来唤起"酒神精神",试图以野蛮的气息来冲破"死水"一般的保守生命意识。我十分佩服30年代"最优秀的散文作者"(阿英语)苏雪林女士对于沈从文小说最中肯、最精到的评断:"沈氏虽号为'文体作家',他的作品却不是毫无理想的。不过他这理想好像还没有成为系统,又没有明目张胆替自己鼓吹,所以有许多读者不大觉得,我现在不妨冒昧地替他抉了出来。这理想是什么?我看就是想借文字的力量,把野蛮人的血液注射到老迈龙钟颓废腐败的中华民族身体里去使他兴奋起来,年青起来,好在廿世纪舞台上与别个民族争生存权利。""他很想将这分蛮野气质当做火炬,引燃整个民族青春之焰。所以他把'雄强'、'犷悍'整天挂在嘴边。他爱写湘西民族的下等阶级,从他们龌龊,卑鄙,粗暴,淫乱的性格中;酗酒、赌博、打架、争吵、偷窃、劫掠的行为中,发现他们也有一颗同我们一样的鲜红热烈的心,也有一种同我们一样的人性。那怕是炒人心肝吃的刽子手,割负心情妇舌头来下酒的军官,谋财害命的工人,掳人勒索的绑票匪,也有他的天真可爱处。他极力介绍苗瑶的生活,虽然他觉得苗瑶是被汉族赶入深山退化民族,但他们没有沐浴汉族文化,而且多与大自然接触,生活介于人兽之间,精力似乎较汉族盛旺。"②我以为没有一个批评家能像苏雪林这样有如此敏锐的艺术触角和深刻的

---

① 《〈八骏图〉题记》,载《沈从文文集》第6卷。
② 苏雪林:《沈从文论》,载徐沉泗、叶忘忧编选:《沈从文选集》,第10、12页。

思想见地来分析沈从文。这种"野兽气息"的弘扬,作为一个艺术家的个性,它是有着不同的表现内容和形式的。鲁迅先生的《狂人日记》是以一个哲人的深邃思考结晶来把握人物,让"狂人"沿着作者思维的轨迹进行"疯狂"的表演,以此来宣泄"野兽气息",揭开这铁屋子的黑暗;而沈从文的乡土小说则完全是以充分的形象活动来表达自己也不能表述清楚的一种勃动的生命情感,他只知道用"乡下人"的情感来抵御"城市文明"的侵蚀,更重要的还是抗拒几千年来已经规范化了的民族文化心理结构对原始生命力的戕害。这两种生命情感形式虽有共通的"野性思维"特征,但是前者更多的是以一种新的理性精神来统摄形象分解形象,其"酒神精神"是在原始放纵的生命意识的伪装下,取得一种打破旧有生命意识的力量,作者的目的是在于"出",而沈从文乡土小说人和自然完全重叠合一,是在将现代人融入到那种神秘的原始的野兽氛围中去,是向文明挑战和反叛的一种生命情感,作者的目的则完全在于"入"。

可以这样断言,在整个现代文学史上,沈从文的乡土小说,尤其是前期作品,是最具尼采"酒神"悲剧精神的,是最能超越文学功利色彩的小说。当然,这并非说这类小说就没有主题的阈限,而是说它具有不是常人所能体悟得到的那种对自然和野性的渴求,这种渴求的意义全在于作者在回归自然的途中时时不忘文化和文明对人的困扰和窒息,那种生命力被扼杀的痛苦使作者赋予作品形象以纵情纵欲、狂歌狂舞、形骸放浪。如果仅仅像当时的批评家韩侍桁所说的,沈从文是"带着游戏眼镜来观察士兵的痛苦生活,而结果使其变成了滑稽",这恐怕是一种误读,最起码他没能看出这幕悲剧后面蕴含着的"酒神精神"实质。诚然,在沈从文的许多乡土作品中,对于那种异常惨不忍睹的场面描写,作者是以异常冷峻客观的笔调来作"低调处理"的,而非以充满激情充满人道主义胸怀的"高调处理"来阐释作家主体情感。这种超越固然是时代所不容许的,但生命的悲剧意识又不得不使作家用冷静的眼光来扫视这人间的苦难,对痛苦的超越才是作家的目的所在,把这种苦难视为一个生命的过程,以此来给中国古老的民族文化心理注入新的野性思维之血液,与"西洋民族那样的元气淋漓,生机活泼,有如狮如虎如野熊之观"①的生命意识相抗衡,这恐怕是沈从文乡土小说最大的潜在功利性表现吧。

　　作为悲剧艺术的起源,"酒神精神"表现的是个体自我毁灭与宇宙本体(自然)融合的冲动,这是生命肯定自我的另一种形式,这种生命的兴奋剂给人的是形而下的惊恐,而最终达到的是形而上的慰藉。沈从文把痛苦当作幸福来咀嚼,并不是出于喜剧的滑稽之审美需求,正如尼采所言:"甚至在生命最异样最艰难的问题上肯定生命,生命意志在生命最高类型的牺牲中为自身的不可穷尽而欢欣鼓舞——我称这为酒神精神。"②因此,我们在读沈从文的乡土小说时,则千万别将其中的人物当作悲剧的英雄来理解,因为作者是要通过悲剧的生命过程来达到人与自然的合一。它丝毫没有喜剧的审美特征,同时也不具备一般的悲剧特征:或引起同情和怜悯,或激发"崇高"的审美"移情"。在野蛮惨厉的悲剧故事背后,我们可以"从一个乡下人的作品,发现一种燃烧的感情,对于人类智慧与美丽永远的倾心,康健诚实的赞颂,以及对于愚蠢自私极端憎恶的感情。这种感情且居然能刺激你们,引起你们对人生向上的憧憬,对当前腐烂现实的怀疑"③。正是这种建立在怀疑现实基础上的悲剧精神,触发了作者"用生命力的蓬勃兴旺战胜人生的悲剧性质"④的"酒神"创作精神,以个体毁灭的痛苦快感来达到肯定生命的形式,由此,沈从文乡土小说的悲剧意义才与众不同。倘使将他的乡土小说看作是喜剧,则本身就是阅读沈从文作品的一个悲剧;倘使将他的乡土小说混同于一般形式的悲剧内容,引发出一种同情和怜悯的审美情感的陶冶,或如发掘出"崇高"之美感,也将是一场误读的悲

---

①　苏雪林:《沈从文论》,载徐沉泗、叶忘忧:《沈从文选集》,第11页。
②　〔德〕尼采:《偶像的黄昏》,转引自周国平:《尼采:在世纪的转折点上》,上海人民出版社1989年版,第60页。
③　《〈从文小说习作选〉代序》,载《沈从文文集》第11卷。
④　周国平:《尼采:在世纪的转折点上》,第51页。

剧。只有体悟到作者"酒神精神"悲剧观后面隐伏着的那种对现实生命意识状态的愤懑,我们才能真正读懂沈从文对另一种生命意识的弘扬所存在的真正意义。然而这种生命意识的探求自沈从文始,又自沈从文止,成为现代文学中独存的文学现象,只有到了 20 世纪 80 年代,自莫言的《红高粱》起,这种重新探索狂放原始的生命意识冲动才又在文坛兴起,这其中除了创作个体意识的强化外,还有时代和社会所构成的文化心理氛围的压迫,致使作家在重新审视民族文化心理时,不得不在弘扬"酒神"悲剧精神中去给旧有的生命意识进行大换血。也许这就是 80 年代又重新在哲学思想范围内兴起"尼采热"的缘由所在吧。"人类对于生命的观察越深,对于受苦的观察就越深。"①这便是弘扬"酒神"悲剧精神作家们的共识。

第四节　赵树理的喜剧审美特征和"崇高"美感的滥觞

为探寻喜闻乐见的民族风格和民族形式,赵树理乡土小说的意义还在于它为 40 年代以后的解放区文学以及新中国成立后的三十年文学奠定了一种"大团圆"的抒情喜剧模式。它成为乡土小说,尤其是"山药蛋派"小说所遵循的隐形戒律。如果单用鲁迅对喜剧的看法(即喜剧是将人生无价值的东西撕毁给人看)来衡量这种美学观,显然是不能准确地概括出其特征的。

也许,当贺拉斯提出他那个著名的"寓教于乐"美学判断时,就注定了艺术所要表现的愉悦功能,只有通过这一美学手段,才能达到终极的教育目的。基于这一点,赵树理乡土小说之目的——扬善惩恶的古典喜剧情结是足能满足普通老百姓对于现实生活中的欠缺进行理想性

---

① 〔德〕尼采:《查拉图斯特拉如是说》,转引自周国平:《尼采:在世纪的转折点上》,第 62 页。

的情感宣泄的。真善美通过喜剧的形式得以餍足,这是普通人通俗的美学消费需求。抓住这一点,赵树理乡土小说的教育目的就在于用"笑"的方式来解决现实生活中的"问题"。正如莫里哀主张用讽刺来纠正社会弊端一样,喜剧大师们可能认为:悲剧只能开启心智,揭开心灵的痛苦创面,而不能积极地进行疗救;而喜剧则在潜移默化的美的享受中给人以警策,它是一种积极的间接性的治疗。喜剧"在纠正恶习上也极有效力。一本正经地教训,即使最尖锐,往往不及讽刺有力量;规劝大多数人,没有比描画他们的过失更见效了。恶习变成人人的笑柄,对恶习就是重大的致命打击。责备两句,人容易受下去,可是人受不了揶揄,人宁可作恶人,也不要作滑稽人"①。我这里引莫里哀的这段话,其目的是要说明,"讽刺",在古典美学那里,往往成为喜剧的主要艺术手段;而到了20世纪,"讽刺"手段的运用(尤其是升格为小说的整体性"反讽话语"时)已被悲剧所吸收。所以,依我浅见,赵树理的乡土小说所运用的"讽刺"和鲁迅乡土小说所运用的"讽刺"艺术手段是完全不同的两种美学境界。前者是一种包含着善意的讽喻,是一种美丑对应的,最后丑让位于美、假让位于真、恶让位于善的情感结构模态,"大团圆"成为必然结局。赵树理的时代呼唤这种美学追求,于是赵树理成为这种美学风范的带头人。后者是对一种人生的丑恶作淋漓尽致的讽刺鞭挞,而根本就没有将丑让位于美、假让位于真、恶让位于善,作家甚至将"大团圆"的审美期待也进行了无情而刻薄的嘲讽,从根本上堵塞了喜剧的最后通道,使之沉浸于悲剧的情境之中。这种区别当然也是时代精神使然,因为鲁迅那个时代需求思想巨子的诞生,而赵树理的时代则有了思想巨子,只需艺术家用更明丽的艺术格调来调整现实生活中的不谐调,以求秩序的圆满。

因此,用博马舍和莱辛的喜剧"社会改善论"来说明赵树理以后长

---

① 〔法〕莫里哀:《〈答尔杜弗〉序言》,转引自于成鲲:《喜剧性的美学特征》,《文艺理论研究》1991年第3期。

达五十年的乡土小说喜剧特征则是很不恰当的。"所有那些在我们当前生活中的人都是滑稽可笑的。然而,用来惩戒这些人的嘲弄,是否就是用来打击邪恶的适当武器呢?一位剧作家能用笑话结果他的罪人吗?他不但不能达这个目的,而且还要适得其反。"①当然,博马舍的观点是有偏激之处,他应当看到"笑"的背后所产生的对普通大众的情感满足以及教育作用。但是,用一个思想者的视角来看,这种"笑"并不能止于一种"善意的微笑",以此来调解人民内部矛盾;而"笑"也可是那种令人毛骨悚然的"冷笑",那种狂人似的"狂笑","笑"中藏剑,也即尼采所言:"笑一切悲剧!"如果更加全面一些的话,还应加上另一个并列句式:"笑一切喜剧!"由此而产生的艺术思想内涵和美学内涵则是令人叹为观止的。所以当我们读《汉堡剧评》时就能体会到莱辛为什么要强调"笑"的不同内容:"喜剧是要用笑而恰恰不是用嘲笑来改善一切。喜剧所要改善的并不是它所嘲笑的那些恶劣品行,更不单单是那些具有这种可笑的恶劣品行的人。喜剧的真正的普遍功用就是在于笑的本身,在于训练我们的才能去发现滑稽可笑的事物。如果喜剧不能治好这绝症,它能够巩固健康人的健康这也就够了。"②"笑"是有表层模态和深层模态的不同形式的,我们虽不能贬褒其中任何一种艺术形式,但是,倘若将一种"善意的微笑"作为一个时代的普遍文学精神,则会导致这个时代"哲学的贫困"。所以,当我们来考察赵树理全部的创作历程时,就不难发现,赵树理到了60年代,在陷入了自身设置的"大团圆"喜剧模式中力图自拔而提出"中间人物"、"现实主义深化"时,不正是感觉到这种审美形式对思想深化的阻滞力量吗?当然,赵树理不可能转向悲剧艺术形式,但他深切地体会到了"喜剧"的枯竭。这不能不归结于整个四五十年代的文学理论对于写"悲剧"、写"阴暗面"的批判,它使得廉价的喜剧(就连"中间人物"转化的"喜剧"

---

① 〔法〕博马舍:《论严肃戏剧》,转引自伍蠡甫等编:《西方文论选》(上卷),上海译文出版社1979年版,第402页。

② 〔德〕莱辛:《汉堡剧评》。

形式也遭到批判)成为创作的宗旨。人们似乎根本不懂得悲剧的美学效应,而一味强调社会的功利性。尤金·奥尼尔说得好:"人们责备我写得太阴暗。然而这难道是悲观主义地看待生活吗?我不这样认为。有肤浅的、表面的乐观主义,也有常常和悲观主义搅和在一起的更高度的乐观主义。对于我来说,只有悲剧才具有那种深意的美,这种美也就是真。悲剧构成了生活与希望的意义。最高尚的总是最悲惨的。"奥尼尔将之称为"最高型的喜剧"。①

喜剧处理得当与否是直接影响到其作品的审美效果的,赵树理新中国成立以后的乡土小说与其40年代的乡土小说相比较,很显然,它是由一种轻松的、明朗的"轻喜剧"色调逐渐向一种沉重的、阴晦的"变调喜剧"转化。如果说早期乡土小说的喜剧审美特征中的幽默、诙谐给人带来的是充满着甜蜜愉悦性、娱乐性的审美刺激,是由紧张趋向于松弛的审美过渡的话,那么,五六十年代他的乡土小说喜剧审美特征中的幽默、诙谐却是给人一种苦涩的隐痛,是由松弛向紧张的审美过渡。这种美学心态的细微变化,当然不仅仅是作者对于喜剧审美的认知改变,同时也是作家对生活认知的重新审视之结果。

然而,虽然赵树理自身已感觉到一种廉价的乐观主义喜剧审美形式不能够改变生活中的假恶丑,甚至连其教育作用也受到阻滞,他却不能改变由他所开创的喜剧美学风范。当这种喜剧精神弥漫于中国当代文坛时,"山药蛋派"作家们诚挚地将这种喜剧精神奉若神明。说句公道话,"山药蛋派"作家们是和其师祖作同步艺术思考的,他们也在转化喜剧风格,这种转化当然要比那种盲目廉价的乐观主义要深刻得多。但无可否认的是,由《登记》到《李双双》,喜剧所走的审美通道愈来愈狭窄,完全成为一种时代观念思潮的传声筒。

与喜剧相对的悲剧来说,在一种只能歌颂光明面,而不能揭露阴暗面的理论指导下,悲剧只能陷入一种尴尬的两难境地。尤其是新中国

---

① 〔美〕尤金·奥尼尔:《论悲剧》,转引自《美国作家论文学》,刘保端等译,第243页。

成立以后的乡土小说基本上消灭了整体的悲剧创作,作家们小心翼翼地避开了这一最能促动时代和社会的敏感神经,代之以英雄的"崇高"美感来实现作家作品的教育和认识审美作用。和悲剧英雄的"崇高"美感不同的是:古典悲剧的"崇高"是通过英雄的悲剧结局高潮来达到"移情"陶冶的;而当代乡土小说,尤其是在《金光大通》这一"尖端模式"小说中,体现出的是英雄战胜一切的"喜剧"(有人会说是"正剧",而我以为更多的是一种"胜利大团圆"的喜剧特征)来美化生活和人物,从而达到一种理想境界的"崇高",它带有更大的虚拟性。

如果说当代三十年当中,许多乡土小说作家的长篇力作(从《三里湾》到《山乡巨变》,再到《创业史》和《艳阳天》)是力图在喜剧和悲剧之间寻找第三种审美通道的话,那么,这种现象很值得研究。意大利文艺复兴时期的戏剧家瓜里尼(Battista Guarini)主张一种打破悲剧和喜剧界限的创作。他认为两者结合所产生的第三种状态应是一种和谐之美,正如马和驴的交配产生了骡一样自然:"它是悲剧的和喜剧的两种快感糅合在一起,不至于使听众落入过分的悲剧的忧伤和过分的喜剧的放肆。这就产生一种形式和结构都顶好的诗,不仅符合完全由调节四种液体①来组成的那种人体方面的混合,而且比起单纯的悲剧或喜剧都较优越,因为它既不拿流血死亡之类凶残的可怕的无人性的场面来使我们感到苦痛,又不致使我们在笑谑中放肆到失去一个有教养的人应有的谦恭和礼仪。……它可以投合各种性情,各种年龄,各种兴趣,这不是单纯的悲剧和喜剧所能做到的,它们都有过火的毛病。由于这个缘故,现在许多伟大的有智慧的人都讨厌喜剧,而悲剧则少有人过问。"②如果用瓜里尼几个世纪前这种对悲剧和喜剧美学效应的片面理论来形容五六十年代乡土小说作家的创作心态,也许是很合适的,因为那个时代是无须悲剧的时代(实际上没有悲剧的时代本身就是这个时

---

① 依西方古代医学,人体中有四种汁或液(血、痰、胆汁、黑胆汁),人的性情和健康状况都由这四种液体决定。——笔者

② 〔意〕瓜里尼:《悲喜混杂剧体诗的纲领》,《世界文学》1961年第8、9期合刊。

代的悲剧),而作家又不愿以被曲解了的喜剧形式来表述自己对生活和美的见解,因此,这第三条通道就成了作家们唯一可走的道路。然而作家在这条道路上仍旧需要"戴着镣铐跳舞"。因为这是一个渴求英雄的时代,而英雄却不能处理成悲剧结局,又不合古典"崇高"的美学规范,这个"伟大"美感的"移情"只能依赖于英雄战胜一切的虚拟性矛盾纠葛的冲突,那么只有借助于"阶级斗争"这个"外部动作"来强化中性正剧的矛盾。造成这种悲喜剧"中和"情感的审美内容却根本不可能具备和产生既逃离悲剧情感又逃离喜剧情感的第三种情感形式。综观40、50、60年代的许多乡土小说,它们给人的审美情感大多数带有英雄是战无不胜、攻无不克的"巨人"之色彩,它导致的无疑还是那种廉价的"胜利大团圆"的喜剧特征。作家不敢也不可能超越时代统治精神的笼罩,而去选择最能表述自己审美理想的艺术形式。

第五节　乡土小说悲剧审美观念的蜕变

当《红高粱》掀开了中国人另一种生命形式的帷幕后,其悲剧的审美观念也随之而悄悄地蜕变着。《红高粱》的悲剧美感不同于古典悲剧的美学原则,它并不是在最悲恸之处引起人们的"悲悯"、"同情"和"崇高"的美感,从而达到教育和认识之目的。它展示的是一种生命的悲剧意识,近于沈从文的悲剧审美观。然而,与沈从文不同的是,莫言往往采用的是"反讽"的艺术笔调,给人以一种新的美学体验和感受。可以看出,作者往往写到最惨烈之处就将笔锋一转,以一种轻松、幽默、调侃、揶揄的喜剧手法来超越悲剧的审美经验范畴,使人进入一个更广阔的想象世界,使之有多重的艺术美感。例如,在孙五剥罗汉大爷人皮时,作者用一种独特奇异的审美感觉来写这一场面:一方面是写罗汉大爷"一股焦黄的尿水从两腿间一蹿一蹿地滋出来","肚子里的肠子蠢蠢欲动,一群群葱绿的苍蝇漫天飞舞";另一方面又写父亲看到"大爷的耳朵苍白美丽,瓷盘的响声更加强烈"。这种审美过渡和转换充满了亵渎和贬抑意识,完全是和古典悲剧的审美"移情"背道而驰的,"崇高"、"伟大"的精神升华在这里被阉割殆尽。这种悲剧原则的反叛是"以乐境写哀境,以鹊笑鸠舞写伤心惨目,以轻快写紧张,以洁净衬腌臜,以霁颜写狂怒,把小说中的悲惨和悲壮、坚韧和崇高推到令人震骇的极境"①为特征的。消解悲剧成为一种创作精神,它一直影响着80年代中期以后的众多乡土小说创作。

如果尼采是站在世纪的转折点上呼唤着"悲剧的诞生",那么,后来的萨特、海德格尔、雅斯贝尔斯等一大批"存在主义"者们便进化了尼采的悲剧哲学,以至为西方大量的现代派作品提供了广阔的哲学背景,使得古典主义的、现实主义的悲剧观念发生了根本的动摇。一个具有现代意识的悲剧观念的形成已成为不可遏制的潮流。尼采蛊惑酒神杀死了上帝,而带来了虚无世界的人的悲剧,这种深刻的体验打破了带有浓重宗教色彩的英雄悲剧观,同时亦带来了现代人的悲剧性惶惑。在资本主义的背景之下,现代西方人的悲剧心理大量地为现代派作品所折射,这无须赘述,然而,作为现代悲剧意识在中国这一古老的封建民族文化心理土壤上的命运转换又是怎样的情形呢?

"五四"新文学运动作为一次新文化的启蒙,其主导思想乃以西方先进文艺思潮为本,向陈腐的民族文化心理作了第一次有力的进攻。它的实绩主要是体现在文学领域中,而其中尤以鲁迅小说为最。然而我们看到,鲁迅先生的小说创作中渗透着尼采式的现代悲剧精神,尤其是《阿Q正传》更为突出,它之所以能够烛照几代中国人的心灵,并非完全是由于主题内涵的博大精深,还在于作者那种统摄作品的现代悲剧精神特质,那种骄傲大胆地咀嚼痛苦而以之为快感的审美特征,那种以生命敢于承受超负荷痛苦和灾难为精神胜利的哲学观念。从这个意义上来说,《阿Q正传》不是严格意义上的现实主义作品,起码是融进

---

① 雷达:《游魂的复活——评〈红高粱〉》,载《蜕变与新潮》,中国文联出版公司1987年版,第427页。

了现代主义思想特征的现实主义作品。然而,值得人们回味的是,这种具有现代悲剧特征的作品在中国现代文学中成为绝无仅有的创作现象,况且,随着现实主义在中国的发展与变革,这种现代悲剧精神一直处于被压抑被消融的地位,直到新时期的 80 年代后期才又逐渐复苏。毫无疑问,《红高粱》的出现,标志着酒神精神的弘扬。随着尼采被重新认识,亦随着萨特、海德格尔等哲人的思想流入中国,中国文学(尤其是小说)中的传统式的悲剧观念发生了质的变化。如果说,我们用几十年建立起来的、经过不断修正与规范的具有现实主义特征的悲剧观念并没有被现代主义的"先锋派"们冲垮的话,那么,这些年来突起的"新写实主义"乡土小说的浪潮却在自觉或不自觉地冲击着以英雄性格毁灭为轴心的悲剧精神,代之以人为起点、视死亡为生存的现代悲剧精神。这是一个奇怪的悖论,以旧有的形式来更新旧有的审美观念与形态,完成"先锋派"们在中国不可能完成的艺术审美革命。这确是一件令人费解的事情。以刘恒为代表的"新写实主义"乡土小说(当然,它的起点应为莫言的小说)在咀嚼"个体毁灭时的快感"时显得那样轻松自如,就像在幸福地体味着甘饴琼浆。然而,在这"笑一切悲剧"的情绪笼罩下,人们得到的是一种形而上的解脱,一种体验生命本体之伟大的激情。或许,人们还远不习惯这种审美形态与叙述方式,诸如具有反讽意味的悲剧叙述方式,诸如那种以丑为美的审美经验。这种刺激近于醉态的狂放,正冲击着几十年经营起来的悲剧体系和规范。

"现代西方哲学对于人的研究沿着两个方向发展。一是马克思所开辟的宏观社会学方向,着重揭示社会的人的实践本性。一是尼采所开辟的微观心理学,着重揭示个体的人的非理性本性。"①几十年来,我们的现实主义只注重悲剧的历史和社会的探讨,而很少注重对于心理和潜意识的发掘。即使有些心理分析的文学作品,亦仍然归结到社会学的原点上,中国现代文学作品中只有《阿Q正传》才算得上严格意义

---

① 周国平:《尼采:在世纪的转折点上》,第 30 页。

上的心理分析小说(或曰心理分析与社会分析相交融的杰作)。它裸露的虽是具有反讽意味的国民心态,但它充分体现了个体毁灭与世界本体的生命意志合为一体的酒神境界:"这种艺术表现了那似乎隐藏在个体化原理背后的全能的意志,那在一切现象之彼岸的历万劫而长存的永恒生命。"①也许有人会提出中国20年代末30年代初出现的"新感觉派"的心理分析小说是否具有现代悲剧精神的特征这个问题。我以为它们均没有现代悲剧意识,而只是运用现代小说的技巧剥开了中国小布尔乔亚的心理层面,缺少那种敢于幸福地咀嚼人生痛苦的审美心态和胆略,缺少那种超越悲剧本身的强力意志。直到沈从文,乡土小说才具有这种悲剧精神。而这些年的"新写实主义小说"的创作除在形式技巧上改变了现实主义的旧有规范(这一点我将在其他章节中详述),更重要的是,它们又回复了鲁迅的现代悲剧精神。当然,无可置疑,鲁迅的思想在很大程度上是受到了尼采的影响。这种现代悲剧精神的弘扬又一次激活了中国的小说创作,使得现实主义又一次踏上了新的坦途。这种悲剧心理的形成是以其哲学意念为支撑点,逐渐在审美形态上与旧悲剧观相悖而建立自身体系和规范的。

片面地强调历史的必然性,便忽视了人在偶然条件下的悲剧心理特征,这决定了我们几十年来的悲剧审美阈限。而强调人的悲剧心理场——那种在逆境生存状况下的执著的强力生命意识,打破死亡的恐惧和怜悯,将其作为生命的另一种延续和存在,使之在感性的笼罩下得到人性的张扬,我以为,这首先就在对于悲剧冲突的不同理解上。

无论是亚里斯多德强调悲剧情节的"突转"和"发现",还是黑格尔第一个把矛盾冲突学说运用于悲剧理论,抑或恩格斯的"历史的必然要求和这个要求的实际上不可能实现之间的悲剧性的冲突"的著名论断,都在悲剧的情节冲突和结局中寻找自身需要的答案。这种悲剧冲突无论是来自社会的还是来自自然的,都是一种"外力"的影响。而现

---

① 《悲剧的诞生——尼采美学文选》,第70页。

代悲剧强调的是"内力"的冲撞过程,也就是说,注重生命的体验。"外力"的压迫不是现代悲剧真正的动力,因为它要获得的是形而上的感性体验。正如尼采所说:"严格地说,悲剧已经死去,因为人们现在还能从何处吸取那种形而上的慰藉呢? 于是,人们就寻求悲剧冲突的世俗解决,主角在受尽命运的折磨之后,终于大团圆或宠荣加身,得到了好报。悲剧英雄变成了格斗士,在他受尽摧残遍体鳞伤之后,偶尔也恩赐他自由。神机妙算(deus ex machina)取代了形而上的慰藉。"[1]当然这种趋于喜剧的廉价悲剧与亚里斯多德、黑格尔、恩格斯的悲剧观并不相干,然而,可以明白地看出,这几十年来的中国悲剧精神不正是坠入了这样的反悲剧深渊吗? 从另一角度来看,一味地寻求情节赋予的悲剧冲突,依赖"外力"来强化悲剧英雄的性格已成为现代悲剧发展的阻碍。因而,"新写实主义"乡土小说俨然以反叛的角色来抒写具有现代精神特征的悲剧心理。

可以看出,"新写实主义"乡土小说在对待情节结构的处理上保持着一种很随和的态度,其情节并不构成线型的矛盾冲突线,而是以多元的散在情节来构造一个心理场,如刘恒的《伏羲伏羲》,赵本夫的《涸辙》、《走出蓝水河》,刘震云的《故乡天下黄花》等作品并不强调依赖"外力"来解决矛盾冲突,甚至作者们压根就没有想到要来解决什么矛盾冲突这个似乎是悲剧原则性的问题,他们只是呈现给读者一片充满着现代人焦灼痛苦的悲剧生命意识和废墟林立的心理实验场。他们并不想在悲剧的结局中寻觅恐惧和怜悯,也不想直接揭示出什么有主题学意义的社会思想内涵,只想在灵魂的拷问中,在整个生命的流程中,在个体毁灭的痛苦中寻觅一种形而上的慰藉——用生命的本身力量来战胜生命的痛苦,在亲吻痛苦中获得生命本体的欢乐。当然,作品所呈现出的表层意象往往亦折射出很强的社会的历史的思想内涵,但这并不是作者像旧小说家那样钻进人物和作品情节之中,以沉醉在每一个

---

[1] 《悲剧的诞生——尼采美学文选》,第75页。

角色和每一个场景之中为幸事。相反,他们在呈示出人物心理场后努力站在一个生命悲剧的制高点上去获取更高意义上的强力生命阐释。正如尼采所说:

> 要真正体验生命,
> 你必须站在生命之上!
> 为此要学会向高处攀登,
> 为此要学会——俯视下方!①

用生命力的蓬勃去战胜悲剧本身,而不是依赖"外力"的矛盾冲突来呈示悲剧冲突的最终结局:从而阐释一种社会的必然。这几乎是"新写实主义"乡土小说的共同特征。《伏羲伏羲》中杨天青的悲剧并非只是"外力"导致的冲突结局能够穷尽的,相反,你可以看到在他整个悲剧性的生命过程中那种超越伦理道德的生命本性力量的涌动。作者虽然用冷处理的笔调来进行描述,但我们仍能充分地体味到一股对生命的悲剧意识的礼赞情绪。《枣树的故事》如单单从矛盾冲突的结局中去找答案,我们是很容易上当的,尤其是以阶级分析方法去剖示,那简直是不可思议的。而整个岫云的故事,正是一个个体女性强大心理场的展现,正是一种在生命苦难中寻觅生命本体欢乐的过程。这个过程中的痛苦并不介意"外力"的协助,真正的悲剧动力是人物内心的生命意识的"内驱力"。又如,王安忆的《岗上的世纪》,倘若我们用善恶美丑的标准去衡量它的矛盾冲突,则会谴责作者混淆视听、颠倒黑白。同时,你也不仅仅是以弗洛伊德去简单地阐释人物的反常行动,便可以看到作者对生命,尤其是悲剧生命意识的崇高礼赞。那种在充满着美丽幻觉的情形下的交合,完全超越了伦理道德的规范,呈现出悲剧生命的

---

① 《尼采全集》第 8 卷,转引自周国平:《尼采:在世纪的转折点上》,第 50 页。

欢愉与崇高①。作者要达到的是对生命本体的歌颂,并不关心作品的主题学意义。

不把主题的阐释放在作品本意的首位,不以"外力"的冲突作为作品的结构原则,这是"新写实主义"乡土小说的重要特征,它是传统悲剧观与现代悲剧观分化的重要标志之一。

一般说来,悲剧人物的"英雄化"也是悲剧因素的一个关键问题,照此原则,英雄的毁灭才能使人的感情升华到一个由悲痛怜悯的精神胜利的美化了的更高阶段。然而,像鲁迅那样随便在悲剧人物上抹上一团白粉,使之成为小丑式的悲剧人物的作者还不多。但是,近两年来,大量的"新写实主义"乡土小说的悲剧主人公和悲剧情节都被抹上一层"丑"的油彩,使得读者,尤其是有着几十年思维定势的读者难以理解这样的悲剧人物,似乎以为他(她)们更带有喜剧的色彩。这种艺术紊乱并不止于丑是美的衬托解释上,相反,丑直接被作为对象加以颂扬:"丑是被吸收到美的一种特殊和确定的形态中去的。而美的这种特殊而确定的形态在每一情况下都是由于丑的刺激而产生的。"②大约是从《红高粱》开始,悲剧英雄逐渐被中性描写所淡化,亦更被部分的贬义描写所"丑化"了。我们尚不能判断作者是否有意识将英雄"圣化"、"净化"、"美化"的观念扭曲过来,使现代悲剧从阶级本位回到人的本位上来。但从作者的描述中,我们看到了审美价值判断的变异——一种超越伦理道德的"丑态"是由整个生命意识所支撑的,也就是那个蓬勃兴旺的,充满着高度力感的,敢生敢死、敢爱敢恨的狂放酒神赋予人物和情节的活力。这又和超现实主义的把现实世界当作审判对象,以反常的丑陋的题材来暴露客体不同,"新写实主义"乡土小说作家们通过这样的"异化"过程,使人从不正常中看到正常(这并不止于《巴黎圣母院》中敲钟人的美与丑的对立与衬托的主题意义),从另

---

① 这里的"崇高"并不与朗吉弩斯"崇高"说等同。
② 夏斯勒语,转引自〔英〕鲍桑葵:《美学史》,商务印书馆1985年版,第533—534页。

一个审美角度来表现美的生命流程。读莫言的小说,尤其是像《红蝗》这一类的小说,你看到的是对大便的赞美(这一点连鲁迅先生亦是反对的);读刘恒的小说,如《伏羲伏羲》,你看到的是作者对象征着蓬勃旺盛的生命力的生殖器的惊讶与肃然起敬;正如你读《红橄榄》时,看到那个北京女知青掏出硕大的乳房时的举动一样,这时你想不起弗洛伊德,你的直感就是一种蓬勃向上的生命力意志的激活。即便刘恒笔下的杨天青的肉体已经死亡,你却看到了生命意志在悲剧描写中的永存。凡此种种,都应看作是一种超越悲剧概念——追求真理而达不到真理,追求善良美好而达不到善良美好,追求幸福而得不到幸福——的丑在"异化"过程中的变形夸张,它的意义全然在于人的生命意识,即人的原始生命本能的呼唤和弘扬。看起来,这种"亵渎神圣"、"伤风败俗"的丑陋描写显得有些矫情和做作,那种故作粗鄙的风流似乎会败坏读者的胃口,然而,这些作者似乎别无选择,因为"如果艺术不想单单用片面的方式表现理念,它就不能抛开丑。纯粹的理想向我们揭示的东西无疑是最重要的东西,即美的积极的要素。但是,如果要想把具有全部戏剧性深度的心理和自然纳入表现中,就决不能忽略自然界的丑的东西,以及恶的东西和凶恶的东西"[1]。我们在读少鸿的《梦生子》时,那个古怪的变形的梦生子使我们想起了君·格拉斯小说《铁皮鼓》中的侏儒和"丑怪"奥斯卡坐在美丽绝伦的"49年圣母像"裸体模特儿乌拉大腿上的情形。如果把这一高反差的美丑对比衬托仅仅局限在某种政治寓意的解释上,显然降低了整个作品深刻的悲剧内涵。正如《红蝗》中作者在描述"祭蝗大典"时四老妈坐在驴背上的"异化"感觉那样,"驴背摩擦和撞击着的、大鞋轻轻拍打着的部位,全是四老妈的性敏感区域,四老妈因被休黜极度痛苦,突然受到来自几个部位的强烈刺激,她的被压抑的情欲,她的复杂的痛苦情绪,在半分钟内猛烈爆发,因而说她在一瞬间超凡脱俗进入一种仙人的境界并非十分夸张"。

---

[1] 〔德〕罗森克兰兹:《丑的美学》,转引自〔英〕鲍桑葵:《美学史》,第516页。

如果单单以弗洛伊德去解释是跛足的,因为这段描写是四老妈生命流程的回忆和总结,是那个"美丽肉体"和"美丽灵魂"式的电影镜头的一次次"闪回"。它又使我联想起了那一对手足生着蹼膜的青年男女近亲通奸的情节。这些都完全不在于悲剧的本身意义,而是在竭力张扬着那种原始生命本体的欢愉对于人的悲剧生命意义的重要性。这种亵渎并不在于打破了"圣化"、"净化"、"美化"悲剧英雄形象的格局,关键的是作者要表现的生命内驱力是通过"裸体的女人与糟朽的骷髅是对立的统一"(《红蝗》中叙述者语)的方式予以表述的,读者只有剥开表层的悲剧性外壳,深入到人的生命本体中去解剖,才可能得到一种较可靠的解读。在王安忆的《岗上的世纪》中,李晓琴的悲剧本给人以丑恶之感,那么为什么作者将此抒写得如此辉煌动人?如不能看到主人公进入了一种对生命本体欢乐的原始的本能的追求,我们就无法理解外形美丽的李晓琴与丑陋的杨绪国屡屡超越社会属性的悲剧性的交合的意义。这一点作者显然是很明白的:"激情如同潮水一般有节奏地在他们体内激荡,他们双方的节奏正好合拍,真正是天衣无缝。他们从来不会有错了节拍的时候,他们无须努力与用心,便可到达和谐统一的境界。激情持续得是那样长久,永不衰退,永远一浪高过一浪。他们就像两个从不失手的弄潮儿,尽情尽心地嬉浪。他们从容不懈,如歌般推向高潮。在那汹涌澎湃的一刹那间,他们开创了一个极乐的世纪。"这完全是一首激活了的生命赞歌,倘使我们仅仅用性心理学加以剖析,则会从根本上破坏整个作品的诗意结构——赞美生命本体的伟大,以此超度锈损的心灵世界,从生命的悲剧意识中得到永恒的美的快感,使丑在悲剧的"异化"过程中发生逆转性的变化。

尼采在弘扬旧悲剧中的酒神精神时似乎犯了一个小小的原则性的错误,他说:"如果我们注意到,自索福克勒斯以来,悲剧中的性格描写和心理刻划在不断增加,我们就从另一个方面看到这种反对神话的非酒神精神的实际力量了。性格不再应该扩展为永恒的典型,相反应该通过人为的细节描写和色调渲染,通过一切线条纤毫毕露,个别地起作用,使观众一般不再感受到神话,而是感受到高度的逼真和艺术家的模仿能力。"①倘使尼采所说"心理刻划"是泛指利用各种手段来表现人物的内心世界的话,那么他根本没有想到他死后的这一世纪中,心理描写给旧悲剧带来的巨大冲击,它标志着现代小说所进入的心理悲剧层次。大量的心理描写进入了"新写实主义"乡土小说的创作领域,使得这批小说作品呈现出对生命至深本能的自然流露,这是尼采所没能预见的。可以说,20世纪是心理描写的时代,任何一种流派都依赖于这样的描写手段。它并没有削弱酒神精神,反而助长了酒神精神的表现。

问题还要回到性格描写上来,的确,性格描写的一再强化,尤其是这几十年来在中国文论中已提高到了悲剧创作的首位,以致悲剧人物成为不可企及的非人式的"英雄",这种神话的阴影自"文化大革命"的样板戏发展成高峰后,依旧徘徊在新时期的小说创作中。而"新写实主义小说"创作打破了这个神话,作家们有意无意地在逃避正面的性格描写,破坏着悲剧性格描写的线型结构,打破小说程序化的发展过程,使性格消融在散在的情节和细节的描述之中,成为一个不可捉摸的团块结构,正如尼采所期望的"性格不再应该扩展为永恒的典型"。典型的土崩瓦解,预示着旧悲剧观念到达了"礼崩乐坏"的境地。"反英雄"、"反典型"不光是现代主义的产物,同时成为现实主义改造自身悲剧意识的自觉行动。无疑,"新写实主义小说"的作家们正是如尼采所预言的那样的,用"细节描写和色调渲染"来达到对现实世界的艺术模仿,以增强现代悲剧的艺术效果。

"新写实主义"乡土小说的悲剧细节描写绝非传统的白描技法可以概括的,它无疑融进了更多视觉与感觉的成分和色调。读莫言的作品,你可以从变形、夸张的细节描写中得到某种特殊的生命感觉。这在他的成名之作《透明的红萝卜》中表现得异常鲜明,那种透明晶莹的生命感觉到了"红高粱家族"的描写中,变得更加粗糙奇异。刘恒的作品

---

① 《悲剧的诞生——尼采美学文选》,第74页。

则是通过对于细节的放大(这使我们想起近于"照相现实主义"的罗中立的油画《父亲》),表现出一种对生命感悟的深刻寓意。如果说王安忆这位女作家是在不断发展的话,我以为,从"三恋"(《小城之恋》、《荒山之恋》、《锦绣谷之恋》)开始,作者已进入了对生命体感悟的哲学层次。在描写技巧上,她的《岗上的世纪》虽然不能构成整体的音乐诗的效果,但是部分的细节描写则极有音乐感、画面感和质地感。例如,李晓琴与杨绪国在野外交合中的那段细节描写给人一种超越了悲剧行动本身的生命体验,当你读到"荒草和野花从她的腿间和指间钻了出来,毛茸茸的"时,你似乎看到用强烈的逆光拍摄下的美的裸体,她和充满着蓬勃生命力的荒草野花一起进入你的视知觉,使你在"毛茸茸"的感觉中悟到悲剧生命的伟大和骄傲。

用细节——那种带有特殊色调的细节描写去渲染悲剧生命的崇高,去弘扬酒神狂放精神,这成为许多"新写实主义小说"的共同特征。关于这一点,我不再作较详细的阐述。

"新写实主义"乡土小说在一步步向着现代悲剧精神靠拢,它们没有选择海德格尔和萨特,而是选择了更久远的尼采。我不认为尼采"悲剧的诞生"的哲学意念就是完美的,但他的酒神精神又的确触发了目前中国"新写实主义"乡土小说的悲剧创作精神。我们不能预测这种精神会导致怎样的后果,但我们深信它是中国现实主义精神发展和延续的艺术动力。

"悲剧端坐在这洋溢的生命、痛苦和快乐之中,在庄严的欢欣之中,谛听一支遥远的忧郁的歌,它歌唱着万有之母,她们的名字是:幻觉,意志,痛苦。——是的,我的朋友,和我一起信仰酒神生活,信仰悲剧的再生吧。"[1]我不知道在现代文化的大漠中,尼采的呼唤是否会对中国的艺术起决定性作用,但中国的文学艺术史可能会记下尼采悲剧观念的深刻影响。

---

[1] 《悲剧的诞生——尼采美学文选》,第89页。

第六章　静态传统文化与动态现代文化之冲突

第一节　"五四"文化情感能量释放的负面

欧洲的"文艺复兴运动"用了三个多世纪才完成了文化机制的转换,它作为资本主义向封建主义宣战的标志,直接导致了欧洲文明的进展,显示着欧洲文化(文学、艺术、哲学、史学、政治学和自然科学等)从"中世纪"的神学中解放出来后转入"近代"和"现代"文化的普遍特征。

当资本主义的曙光照耀着整个欧洲时,中国自明朝以后的几次大的政治文化变革都发出了试图摆脱封建主义格局而向"近代"文明发展的信号,但是封建势力以它根深蒂固的顽强生命力,一次次击溃了这种转向的可能性。中国的近代史是一部血淋淋的政治文化历史,即便是推翻了"帝制"以后,这种封建机制的转换仍然是一种虚幻的理想。

"五四"新文化运动以响亮的口号,接过了西方文明新人道主义接力棒。无疑,从文化思想体系来看,"五四"新文化运动所接受的并不是早期文艺复兴时期的人文主义思想,同样是"启蒙",中国的知识分子更看重的是当时在西方文明经历过工业革命后的"现代"文化思潮,而非"近代文明"的熏陶。因此,"五四"时期各种文化思潮给文学带来了无限的生机。当然,我们不能忽视严复等人在中国近代文明在世界范围冲撞下一败涂地的事实中,体悟到必须注重自然科学发展的经验总结对中国现代文化的启迪。然而,我们应该注意到这样一个事实:在

"五四"新文化运动一致需求转换文化机制的呐喊声中,为什么那波澜起伏的反"复古"、反封建的文化斗争始终成为文学斗争的焦点呢?或许人们还会追溯到康有为、梁启超为首的改良主义运动所带来的惨痛教训,这似乎成为中国文化斗争的一个焦点,成为中国文化斗争的一种"集体无意识"。当我们回溯中国现代文学史时,我们不难看出,文学史家们可以如数家珍地摆出一次次文学运动史中的历次文化争斗;但是却没有一个文学史家能够清楚地看到隐伏在许多作家,包括那些新文学运动最激进的呐喊者和倡导者们内心深处的一种文化回归的深层心理结构意识。

诚然,"五四"新文化运动完全和欧洲早期文艺复兴时期的文学泰斗(如当时作为文坛三杰的法兰西的拉伯雷、西班牙的塞万提斯、不列颠的莎士比亚)所运用的以古典文化为武器来冲破神学的桎梏不同,前者所倡导的新文化运动是在借镜西方现代文明几百年积累起来的文化经验后推出更加崭新的中国文化。从这个角度来说,"五四"一代知识分子从理智上来说是异常清醒的,但是从文化情感的角度来说,在他们的灵魂深处还有与传统文化割不断的血缘关系,如果这个理性和感性的"度"掌握不好,就会从一个极端跳向另一个极端。事实证明,许多新文化运动的先驱者后来都发生了根本的文化意识转变和堕落,这不无与这种隐形的深层文化心理结构有着内在联系。

那么,对一个艺术家来说,这种文化心理结构作为作家的主体投射于作品之中,并不妨碍作品成为名著或优秀作品,但是文学批评家和文学史家却不能不看到这种静态的传统文化与动态的现代文化在一个作品中所形成的内在冲突。这种冲突对于作品来说是至关重要的,它作为一个时代的精神和心理的"化石",不仅对于一个作品的解读有意义,而且对整个文学史发展的考察也有重要意义。

我们可以毫不费力地看到鲁迅乡土小说中流溢出的"哀其不幸,怒其不争"的情感内容,但谁又能从文化角度来考察其丰富的情感冲突内容呢?我们在总结"鲁迅风"的时候,可以毫不犹豫地看出作者那批判国民劣根性的强烈呐喊,但我们却不能体会到先生的灵魂深处还依稀深藏着一种深刻的文化眷恋——那种对于传统文化堕落的悲哀。从某种意义上来说,鲁迅乡土小说是对那个逝去的时代,那个破落的阶级所奏响的一曲无尽的挽歌。我不想从先生的生存环境来进行分析,尽管它很重要,单就其乡土小说来看,鲁迅所表现出来的情感是和自己的乡土文学理论相吻合的。他的"回忆"、"童年"和"乡愁"之说,本是暗含了两种情感冲突的:《狂人日记》狂喊着要撕毁这吃人的历史文化,《祝福》显然是对那吃人社会的诉讼状,《阿Q正传》是对民族文化劣根性的抨击和鞭笞。但这些都或多或少掺杂着对于某些文化困扰下人的妥协的同情和怜悯,以及对旧文化的某种形态的困惑——诸如"狂人"并不是作者笔下完全清醒的先觉者形象,从作者朦胧的描写中透露出的是作家主体意识的某种困惑,阿Q从中兴到末路,多少还带有些许用旧文化意识来对人物进行价值判断的阴影。当然这丝毫不影响作品的艺术性,反而增强了作品内在机制的情感冲突,两种价值判断往往会增强作品美学的效应,使之成为说不尽的"莎士比亚"和说不尽的"阿Q"。但我们必须看到这种情感的冲突。

最有说服力的或许要算是鲁迅先生的《社戏》、《故乡》所流露出的深深的"乡恋"情感和怀乡意识。虽然这种美好的情感已被现实生活的黑暗所粉碎,但是,从中我们看到作家试图在自己心灵中所留下的那块情感的"净土",尤其是《社戏》,它是作者保留得最好最为完美的情感结晶,那种没有等级的社会秩序,那种纯朴平和温馨的人际关系几近成为鲁迅的"童话世界",这种美化带有充分的童真浪漫色彩,虽为理想,但多少体现出鲁迅在"乡恋"之情中所表现出的对传统文化的不由自主的流连。"怀乡"一词可能不止于情感上对于地域性血缘关系的眷恋感,更重要的还是对于一种文化的情感问题。

我们决不能贬抑这种情感,况且这种情感对艺术更有用处。问题的关键就在于在这两种文化规范下的情感冲突,正体现出文学不可解脱的艺术情感形式。由鲁迅的乡土小说到"人生派"的乡土小说,再到

"乡土小说流派",我们可以清楚地看到,在民族文化心理(劣根性)的批判中,各个作家因情感差异的不同,或多或少在自己的作品中注入了两种情感的冲突,这种冲突往往会使作家陷入一种两难的情感窘境。正是这种眩惑才使得作品更有耐读性。从王鲁彦、王西彦等到台静农、许钦文、彭家煌、蹇先艾、黎锦明、许杰等一大批乡土小说作家,在两种文化冲突的抉择中所表现出的这种尴尬情感,似乎成为一种无可名状的隐形创作主体情结。这种文化失范的表现愈真愈显,应该说对作品所显示的文化意义就愈大,相对来说,其艺术的生命力也就愈恒久。

作为"五四"新文化文学主体精神,新文学的先驱者们所举起的反封建大旗是指导新文学运动奋勇向前的一个目标和宗旨,它无疑拉开了中国新文化的序幕,开创了新的纪元,但倘若看不到这种每一个中国知识分子,乃至于每个中国人所存在着的隐性文化情感,也就不能对新文化和新文学运动有个清醒的认识。如果每个人都能在两种文化情感的包围中挣脱出来,遴选出最优的文化情感规范,中国的新文化运动不是一蹴而就了吗?

"乡"与"城"似乎成为一种精神象征的载体,两种文化规范的冲突成为20世纪中国文学不可逃避的主题。这在"五四"新文学运动初期的作品中就露出端倪。如果我们忽视了"五四"新文化运动中这种文学情感因素的能量释放,我们就不能很好地厘定文学史中作家丰富的情感世界。

第二节 "乡恋"与怀乡意识及其负面效应

如果说鲁迅及其"人生派"和"乡土文学流派"的乡土小说中面临着两种文化情感困惑的选择的话,那么废名、沈从文也同样面临着这样的选择。

那个口口声声称自己是"乡下人"的沈从文的文化心态更是奇妙无比,他一方面鄙视"城市文化"对"乡村文化"的侵袭,一方面又渴求得到现代文化知识的熏陶,他甚至想得到一张大学生的文凭,甘愿受郁达夫这样的名家所奚落和小视。也就是说,没有北京这个大都市文化氛围的浸润,沈从文想成为一流的小说家则是不可能的。但当他拿起笔来写他的乡土小说时,其心境却表现得异常复杂和困惑。

毫无疑问,沈从文这样的作家,其乡土作品流露出的是过分的"乡恋"(而非"乡愁")情感和怀乡情绪。那如诗如画的"风俗画"和"风情画"、"风景画"更使我们感得了作家对传统文化规范的认同和首肯,如果从其表现形式上来看,它们更像文艺复兴时期欧洲的巨匠们那样以古典主义的文化情感和文学情感为武器来体现一种反禁欲主义的思想。然而,如果我们不能清楚地看到沈从文等人乡土小说中隐含着的另一种情感与其表层"画面"的冲突,也就很难读出其中的情感形式的异质给作品带来的更高美学和史学的价值。

无端地指摘沈从文们的作品是小资产阶级情调的宣泄或是复古主义的体现,是有些风马牛不相及的,证明我们认识作品的情感形式不能完全潜入作品人物和描写的情感之中去。沈从文们用的那种情绪固然包含着对一种静态文化失落的哀惋之情,但它毕竟不能替代作家潜意识之中对现代文化的某种无可奈何的认同。沈从文曾非常过激地说过这样的话:"这种时代风气,说来不应当使人如何惊奇。王羲之、索靖书翰的高雅,韩幹、张萱画幅的精妙,华丽的锦绣,名贵的磁器,虽为这个民族由于一大堆日子所积累而产生的最难得的成绩,假若它并不适宜于作这个民族目前生存的工具,过分注意它反而有害,那么,丢掉它,也正是必需的事。实在说来,这个民族如今就正似乎由于过去文化所拘束,故弄得那么懦弱无力的。这个民族的恶德,如自大、骄矜,以及懒惰,私心,浅见,无能,就似乎莫不因为保有了过去文化遗产过多所致。这里一是堆古人吃饭游乐的用具,那里又是一堆古人思索辨难的工具,因此我们多数活人,把'如何方可以活下去的方法'也就完全忘掉了。明白了那些古典的名贵的庄严,救不了目前四万万人的活命,为了生存,为了作者感到了自己与自己身后在这块地面还得继续活下去的人,如何方能够活下去那一些欲望,使文学贴近一般人生,在一个俨然'俗气'的情形中发展;然而这俗气也就正是所谓生气,文学中有它,无论如何总比没有它好一些!"①我们应当看到沈从文作品在文化选择上的两难情感,以及他的理论和创作实践上的背反现象。《边城》、《萧萧》、《丈夫》……这一大堆乡土小说作品表面上是对静态传统文化的讴歌和礼赞,甚至充满着古典浪漫的情感色彩,但是我们忽视了其中所包孕着的正是一种"反文化"的倾向。沈从文正是通过对文化的消解来达到反封建的目的,甩掉文化对人的困顿,让人走向自然,才是作者的本意。我们绝不能将他对一种原始生命意识的认同和张扬与现代文化的渴求对立起来看待。恰恰相反,他正是想通过这种生命形式的肯定来达到对现代文化的某种认同,无论这种认同带有多少不由自主和无可奈何的情感,但这毕竟是作家一种文化情感的投射,所以,在这些古朴宁静文化氛围的描写背后,我们必须廓清的是那种对现代文化不自主和无意识张扬的情感内容。

读沈从文乡土小说的困难往往就在于将作家的文化情感与小说中人物的文化情感相混淆,而在整个小说的叙述过程中,作家的文化情感的流露却又往往呈朦胧不清晰的状态。如《边城》中所出现的那幅几乎定格在人们脑海中的如诗如画的翠翠亭立在渡河岸边的画面,几乎在作家并不清晰的文化价值判断中变得愈来愈模糊,因为文中虽然有一些作者的文化价值的评判,但这绝对与小说的描写情境相吻合,我们似乎根本看不出作者对现代文化的任何认同感,但是谁也不可否认的是,我们从《边城》中能够很清晰地读到那种对一切文明和一切文化的反叛情感,包括"城市文明"的侵袭,也包括"封建文化"的缠绕。于是,沈从文的乡土小说之所以大肆渲染"乡村文化"氛围,其目的就在于从两个方面来向新的文化逼近:一方面是对传统的"封建文化"的批判和剥离,另一方面是对于现代城市文明对人和自然的侵袭的仇恨与反叛。

---

① 《〈凤子〉题记》,载《沈从文文集》第4卷。

面对这双重的文化负荷,沈从文及"京派"乡土小说就显示出它们特别的文化意义。

静态的文化描述,并不等于不包含着动态的文化冲突。正如沈从文在评论废名时所说:"作者的作品,是充满了一切农村寂静的美。差不多每篇都可以看得到一个我们所熟悉的农民,在一个我们所生长的乡村,如我们同样生活过来那样活到那片土地上。不但那农村少女动人清朗的笑声,那聪明的姿态,小小的一条河,一株孤零零长在菜园一角的葵树,我们可以从作品中接近,就是那略带牛粪气味与略带稻草气味的乡村空气,也是仿佛把书拿来就可以嗅出的。"这不过是作者营造的文化表层结构,在表层的背后却是另一种情感状态:"作者所显示的神奇,是静中的动,与平凡的人性的美。用淡淡的文字,画出一切风物姿态轮廓,有时这手法同早年逝去的罗黑芷君有相近处。"①我以为这并不仅仅是沈从文在谈手法问题,它也隐含着一种文化情感,这就是在静态文化的"静观"中,显示出一种生命"力"的元素,这种"力"的元素便是在"乡恋"和怀乡意识的描摹中潜入了一种对文化的否定,以及对现代文化——封建文化的负面——某种程度的认同。也就是说,这种文化情感的独特表现是:在反对封建文化上,它是与"五四"新文化精神站在同一战线上,以人道主义为武器展开了与传统文化的殊死搏斗;那么在"文化制约人类",扼杀人性和自然的前提下,它又是反一切文化的压迫,包括现代文化对于人和自然的物质和精神的虐杀。

从这个意义上来说,沈从文及"京派"乡土小说作家是在两难的文化困境中徜徉,因此,光看出"乡恋"和怀乡意识及其负面效应——对于现代文化的某种认同还不够,还得看到更深的一层,即他们面临着的是对双重文化压迫的解放斗争。

---

① 沈从文:《论冯文炳》。

第三节　对传统文化的认同
　　　　与农民式的"造反"情结

　　一般说来,静态的封建传统文化所产生的魅力,往往会使人忘却动态文化在激活之中将历史车轮向前推进的事实,而产生"爱屋及乌"的情感。但是经历过五四运动以后,封建文化被扫荡得体无完肤,它只能成为一种隐形的思想状态潜伏于人们的心灵深处。一种渴望工业文明和商品化的心理悄悄滋生。"都市小说"的发展就预示着人们对于现代文化和现代文明的渴求与反叛,从刘呐鸥、施蛰存、穆时英的"新感觉派"小说到张爱玲、徐纡和无名氏(卜乃夫)的小说,都是于"都市风景线"下在两种文化冲突中表现出一种对现代文明的惶惑。那么从乡土小说领域来看,这种文化的困顿更是令人瞩目,但是到了40年代,人们对于民族的乡土文学更加倚重,就使得在这两种文化冲突中的矛盾开始转换。一方面是那种自"五四"以来的强烈反封建意识促动着乡土作家去表现农民在革命斗争过程中的打碎一切旧文化秩序的愿望以及从自发到自觉的无产阶级意识给新文化带来的希望;另一方面是在打破一切旧文化格局以后,新的无产阶级文化观在无所适从中没有明确的指导思想,便造成了一种新的文化困惑。正如列宁在《青年团的任务》中所阐释的那样:无产阶级本身并没有文化,只有在旧文化的废墟上才能建立起新的文化,因此,我们并不能割断与旧文化的关系。于是毛泽东同志的《讲话》便明确地阐述了中国现代文学必须与民族传统相联系的主旨,从理论上指明了中国文学在新的文化机制中所处的位置。这个理论可以说是有着正确指导意义的。然而,在作家的具体创作实践中,由于理论家们的曲解以及作家们的片面性,许多乡土小说陷入了对旧有文化(主要包括道德、伦理观念意义上的作品主题)的认同。这种"二度循环"现象当然是一种文化的悖论,也就是,在世界朝着后工业时代发展时,尤其是在中国的五六十年代,一方面是那种对于"楼上楼下、电灯电话"、拖拉机的轰鸣、高耸入云的烟囱、林立的厂房的工业物质文明的追求和羡慕,另一方面在精神世界(意识形态领域)内又鄙薄由物质文明所引发的伦理道德的堕落。于是,在乡土文学作品中,许多作家不得不对这种文化的冲突作出审美价值判断,例如在柳青的《创业史》中梁生宝和改霞之所以分道扬镳,其根本的分歧就在于前者植根于乡土文化氛围之中,甘愿为土地和农民献生,而后者却要逃离土地向工业文明的城市靠拢,这种对于乡土和农民的背叛当然成为作者笔下最丑恶的思想动机,作者将此归入资产阶级的意识形态是理所当然的了。这种道德伦理标准一旦和政治思想挂钩,其后果就是最后导致"文革"时期的"斗私批修"运动。这种触动灵魂深处污垢的斗争,实际上完全是两种文化冲突选择的结果。这种文化心理形态作为一种人的正常欲念和本能需求,本是无可厚非的,但由于在特殊的政治氛围下被作家们进行夸张和放大,就使其作品的本来意义得以消解,两种文化的冲突在心灵世界的格杀就在浩然的笔下,被英雄的"高大全"人物一下就化解了。我们不能不从这种消解中看到真正的文化意义被排挤的事实,甚至到了80年代初,这种用旧道德旧伦理的价值标准来衡量人物的阴影仍始终缠扰着一些作家的审美价值判断,如路遥的乡土小说《人生》中高加林和刘巧珍之间的决裂评断,多少表现出作者价值标准的失衡。在两种文化价值判断中的钟摆现象当然并不影响作品的美学价值,但是,从文化价值上来说,作者的失衡只能使得广大读者更加惶惑。当然,这种文学现象也并不独存于中国文学,它在世界文学的格局中也是普遍存在的。罗伯特·斯皮勒(Robert E. Spiller)在他的历史评论专著中说:"钟摆又一次摆过了头。在这一理论的指导下,过多地强调了纪录准确的价值,结果似乎最佳的文学作品仅仅是那些最接近于事实的作品。政治及社会的数据挤走了想象;美国文学史有成为仅仅是文献史的危险,而且往往有可能成为关于社会和政治发展的某一特定理论的文献集——甚至帕林顿也未能幸免。"[1]同样,中国这段乡土小说史挤走的是两种文化冲突下产生的美学的、心理的、历史的等从文学内部到外部规律的诸多艺术特征。这种对于旧文化的认同建立在对某种政治需要的图解之上,而且这种"传声筒"还是"单声道"的。

历史往往是循环往复的,如果说五六十年代的这种变异对封建传统文化心理的认同是在某种政治气候的压力下得以实现的话,那么,60年代后期,乃至整个 70 年代,在那种"革命无罪,造反有理"的政治口号下,人们的普遍文化心态是对那种农民式的"造反"情结的认同,虽然这一时期的革命理论是借着马克思的"怀疑一切"理论为立论根据的。其实,这与尼采的"怀疑一切"并无本质的区别,如果要说区别,那就是两种文化思维的模式不同。中国六七十年代的"造反"情结多少都带有农民式的在一定范畴内进行革命的意味,也就是在不根本推翻现存旧秩序的格局中"造反",带有强烈的"替天行道"精神,于是,在找不着摸不清革命对象时,那种堂吉诃德与风车作战的精神促使人们相互寻找文化革命的对象,文化革命反映在文学领域内就是革命文化,所以文学的主题便成为赤裸裸的文化革命的"传声筒"。乡土小说创作(仅剩下了题材意义上的乡土小说),也只有乡土小说创作,成为"文革"时期最能体现文化革命精神的"载体"。在一片白茫茫的小说创作领域,只有《金光大道》才是唯一的范本,它从文化学的意义上为我们提供了一部阶级斗争和路线斗争的模式,从整个作品中所透露出的作者文化心态,当然也是全民的"集体无意识",这便是那种农民"造反"情结的复现。它和马克思所阐述的"怀疑一切"、"革命是历史的火车头"理论相比,从思维模式上就有本质的不同:马克思主义宣扬的是对于整个旧世界旧秩序的挑战,是他为无产阶级指定的与资产阶级作斗争的指南;而"文化大革命"的造反理论却建立在盲目虚幻的斗争理论

---

[1] 〔美〕罗伯特·斯皮勒:《美国文学的周期》,王长荣译,上海外语教学出版社 1990 年版,第 iv—v 页。

基础之上,不仅目标不明确,而且从本质上来说,是用封建文化心态来和已经在挣脱封建文化包围圈的进步文化心态相抗衡,这种倒退的、逆历史而动的"造反精神"最终成为一个文化的悲剧。

在这幕悲剧中,我们看不到作为文化形态的人的内心世界的美学的和历史的冲突,它只是政治的翻版。乡土小说的堕落,就在于像《金光大道》这样的作品除了失却了其"地方色彩"和"风俗画面"的外部描写特征外,更重要的是那种深厚的历史文化意蕴也被政治观念所阻滞隔离。作为乡土小说,一旦失去了文化的参照系统,缺乏两种文化机制的对应、对位、对立,它就显得轻飘而无根底,何况在"文革"期间,作家的心态完全陷入了一种为盲目虚无的"造反精神"而张扬的心理框架中,根本忽视了文学作品除政治意义而外的外部特征和更深刻的内部特征。当然我们并不能否定文学的政治内容和意义于文学作品的重要性,但是只剩下这一点而抛弃一切,则是文学的悲哀和堕落。80年代文学"向内转"显然是一种对前者的反动,"矫枉过正"就是这种反动的手段,其目的是将文学拉回到自行的轨迹中来。

从对传统文化的某种程度的认同到农民式的"造反精神",中国乡土小说在三十多年中所走过的是一条艰辛的沙漠之路,要走出这个沙漠地带,除了思想革命的因素以外,认知方式的改变,以及文化心态的蜕变起着至关重要的关键作用。

第四节 在二律背反中的"眩惑"

70年代末到80年代初,是中国民族文化心理大动荡、大调整的时期,整个民族文化心态试图从自恋情结中解脱出来。随着二次门户洞开和二次思想解放,经济、政治的急剧变革,带来的却是文化心态的不适症。在两种文化和文明的激烈冲撞下,一种难以名状的时代焦灼情绪应运而生:这就是"文化眩惑症"。这种"眩惑"表现在作家主体上是一批承上启下的乡土小说作家在纷繁炫目的经济改革大潮中对工业文明和商品文化侵袭农村现象失去了价值判断的标准。从伦理道德标准来看,人性恶的丑的形态开始渗透于静谧祥和的农业社区人际关系之中,"重义轻利"、"重农轻商"和传统伦理道德观受到了严重的威胁。正如贾平凹的几部中篇小说透露出的这种时代的惶惑感那样,在《鸡窝洼的人家》中,因着经济改革大潮的冲击力,那种千百年来所奉行的恪守土地的观念开始动摇,禾禾和烟峰的结合以及门门和麦绒的结合,似乎是一个"换妻"的古老故事的命题,但从这"合并同类项"的过程中,我们看到的是社会动荡潜入农民心理时的文化选择。虽然门门和麦绒是安分守己的老实巴交的农民,他们有着传统人伦道德给予他们的一切人性美的特征,但是他们最终要被历史和生活所抛弃,而禾禾和烟峰虽然以两颗骚动不宁的灵魂搅乱了农村平静的生活秩序,冲击着传统人伦道德标准,呈现出一切与旧文化道德规范不相适应的文化新质,它带着人性丑和恶的特征,但它又毕竟是推动历史前进的动力,从进化论的观点来看,它给农村带来了物质文明的福音。同样,在贾平凹的《腊月·正月》中,那个象征着几千年旧文化秩序的卫道者韩玄子本是农业社会的"精神领袖",是规范主宰农业文化社区以及民族文化心理结构的"圣者",然而在经济变革的动荡时期,就是这么一个过去根本被排斥在文化道德圈外的泼皮无赖式的人物王才,今天却成为主宰农民命运的主人。从这场"文化人"(道德规范的象征物)与"经济人"(物质诱惑的象征物)的格杀中,我们可以清晰地看出中国农民对物质文化的本能需求远远大于对精神文化的追求。韩玄子的失败预示着中国农业社区旧的文化道德规范的失衡,那种亘古不变的精神统治体系的崩溃瓦解,"礼崩乐坏"带来的是新的道德秩序的重构。像这样的作品,出现在80年代初期以后,形成一种乡土小说的普遍情绪,诸如王润滋的《鲁班的子孙》、李杭育的《最后一个渔佬儿》、铁凝的《哦,香雪》等乡土小说都在这一层次上反映出农村社会人伦道德的倾斜。

这种文化的失范,虽然是在人伦道德领域内首先展开,但对于作为作家这个主体如何来看待这一历史的必然现象,各个作家有着不同的文化选择,当然这种选择无论是以"赞歌"或"挽歌"的形式出现,并不妨害作品的审美构成,但就文化学的世界观来看,显然是存在着高下之分的。我们应该承认这样一个事实,即在这场改革大潮的潮头刚刚涌来之时,所有的乡土小说作家都存在着"二律背反"式的眩惑,对于旧秩序旧格局的被破坏,尤其是那种维持了几千年的公认为是美的善的东西被亵渎,深深地影响着制约着作家对于文化选择的价值判断,以及作家的心理因素的构成。也就是说,像贾平凹、王润滋、铁凝、李杭育这一代承上启下、沟通两代人命运和情感的乡土小说作家,他们的情感表达方式呈现出二元的格局,正如铁凝在《哦,香雪》中所流露出的那种对于两种文化形态双重诱惑难以摆脱的少女情绪那样:在象征着物质文明的商品经济文化的火车头冲进那平静原始的农村处女地时,一方面给香雪们带来了物质的经济的文明,另一方面另一种文化形态给农村少女(虽然她们在躯体上呈现出的是青春活力的女体美,但其文化心理的历史积淀却是异常苍老的)带来的不适症使她们陷入了思考的困境,因为她们的祖祖辈辈是从未遇到过这样严峻的生活文化思考和选择的。作家给人物以这样的文化选择,同时,通过整个作品的情感氛围,我们也看出了作家主体情感中本身的眩惑:一方面是将那宁静祥和的静态文化形态描写得至善至美,呈现出旧文化秩序的无限媚态;另一方面是将城市文明的动态文化形态描写成表面温雅而内藏至丑至恶的人性堕落状。在两种文化和文明胶着状态的描写中,作家无所适从,其艺术的情感形式呈背反状:对乡村原始状态的人际关系中的美质,那种处女贞操被破坏的现状表现出无限的哀惋痛惜;对那种明知是象征着推动历史火车头前进的物质文明抱以进入的快感和痛楚的失落。这种复杂的情绪,几乎成为80年代初期到中期乡土小说作家,尤其是一代知青作家的普遍艺术情感模式。这当然是和当时整个中国的大文化(包括政治、经济在内的意识形态领域)格局的行进态势呈同步发展的情状。

无疑,这些不适症正预示着中国作家,尤其是乡土小说作家试图从文化"自恋情结"的低谷中走出来,以一种新的文化视角来审视和扫描乡土文化社区。恩格斯曾说过这样一句格言:"文化上的每一个进步,都是迈向自由的一步。"①在面临着民族文化心理结构发生裂变之时,如果看不到历史发生作用的动力,而一味沉湎于文化的"自恋情结"中,则是违反马克思主义的历史辩证法的。事实证明,这批乡土小说作家很快就挣脱了这种文化形态的规范,而走向新的创作起点。当然,也无可否认的是有一批作家由于缺乏一种对民族文化心理旧秩序旧格局的自省意识而一味地眷恋乡村田园牧歌的固态文化结构,更多地表现出一种失落和惆怅的情绪,对乡土社会中的"多余人"和"畸零人"表示出更多的哀叹之情。这些作家几乎看不到民族文化心理所面临着的危机和挑战,更看不到这种文化心理只有在危机和挑战中走出低谷才能获得文化的进步和自由这个真理。受着凝固的传统文化心理的牢牢钳制,这些作家的作品只能在文学的娱悦功能层次上得到审美价值确证,而失却其作为文化价值判断的历史观的正确性。由此可见,作家主体意识的文化价值判断不能得到升华,不能用一种全新的历史眼光来把握客体形象,其作品必然会陷入传统文化意识的泥淖。即如像《桃花湾的娘儿们》,虽然写得很美,就其表层结构来看,也渗透着强烈的时代气息,但是,由于作家的文化主体意识尚在传统文化心理的统摄之下,没有看到两种文化冲突结果下的文化新质给历史和人物带来的新的命运契机,因此在整个作品的艺术观照过程中,始终是以传统文化心态去指挥着人物心灵历程的趋向,以凝滞的文化视线去静观固态的乡村文化的优美情境,而未能捕捉到传统旧文化与现代文化进行撞击时所闪现出的艺术火花,以此来作出适合于历史进步的文化选择,这样的作品虽能由于作家的艺术才华而激起人们内心的一时激动,但它毕竟在历史的长河中不能保持自身的艺术生命张力。

可以清楚地看到,这一时期乡土小说中所表现出的一种对传统文化的回归意识,以及在这种回归意识中所呈现出的"二律背反"的眩惑

---

① 《马克思恩格斯全集》,人民出版社1971年版,第126页。

情感形式,呈现出了作家的两难情绪:一方面是对于旧文化格局的"怀旧情结",另一方面是对现代文化格局的"喜新期待"。两种文化心态交融渗合,形成了这一时期乡土小说特异的情调。两种文化文明的冲突张力在这类小说中得以充分表现,而这类小说最终导致的是以一种新的当代文化意识去打破这静态文化的格局,以崭新的姿态来迎接乡土小说动态文化格局的宁馨儿。

第五节 "亵渎"的反文化意识
——《红蝗》意义的解析

几乎是从《红高粱》的那种"审父意识"开始,一种对于传统文化的反观带来了对旧文化格局的颠覆和破坏,它并不止于"五四"反封建文化的批判格局,而是旨在抛弃一切文化对于人和文学的束缚。当然,从理论上来看,还要追溯到"寻根文学"的理论。由于"文化制约人类"命题的提出,莫言们并不像阿城们那样要恢复古典文化的规范,造成"古文运动"的机制,而是不仅要超越现代文化的束缚,而且要超越古典文化的束缚。这一命题与沈从文乡土小说的命题相似,不过前者是以强烈的亵渎意识来反文化,而后者却是用强烈的颂诗意识来反文化。他们的共同焦点是在赞颂讴歌生命本体中取得反文化的认同。

1985年前后的文化大讨论无疑是深深地影响着中国乡土小说创作精神蜕变的。两种文化观的冲突带来了文学界文化认知方式的自觉,渗透于各自的乡土小说创作中却也是异彩纷呈,各行其是。

一方面,中国文化中儒学的中庸之道掣肘着知识分子的思维定势:"中国现代化的进程既要求根本改变经济政治文化的传统面貌,又仍然需要保存传统中有生命力的合理东西。没有后者,前者不可能成功;没有前者,后者即成为枷锁。"[①]"一个民族的文化传统会发展变化,还

---

① 李泽厚:《中国古代思想史论》,人民出版社1985年版,第317页。

可以有革命性的变化,但抛弃不得;抛弃越多,失败越大;若彻底抛弃,必然彻底失败。历史不缺乏证明。"①使西方文化在与民族文化的交融渗合过程中,获得一种新的民族文化心理机制,似乎成为一大批作家所梦寐以求的标准化文化意识。这种文化意识左右着乡土小说创作内涵的局部更新与改造,但始终摆脱不了传统民族文化心理的"阴影"笼罩。作家们仿佛在一种二律背反、二元对立的"怪圈"中盘桓。

另一方面,又有一种彻底否定性的结论在疾呼着:"因为中国是一个'高度一体化的整体',它的抵抗力、保守力相当强大,所以要变就必须整体地变,没有别的道路可选择。""传统文化的破产,使中国面临着全面的危机。"②我以为,"危机"说只不过是为了造成一种氛围,从而在达到全盘否定传统文化心理的同时,要求建立一种全新的现代文化心理。这种矫枉过正、耸人听闻的姿态首先就给许多人造成了心理上的压力。实际上,大多数作家都不能苟同这种文化观念。然而从创作实践来考察,乡土小说创作中与这种观念稍相吻合的便是少鸿的《梦生子》等作品。这种对民族传统文化心理所抱有的亵渎意识是建立在怀疑、否定一切的尼采哲学基础之上的。然而,他们所希冀出现的那种全新的民族文化心理结构,恐怕目前连他们自己也无法构想和设计。但你必须承认,这种深刻的文化批判精神确实又时时诱惑着一批敢于大胆探索创新的青年作家去冒险。承鲁迅之风格,打破儒学思想对于知识分子的禁锢与笼罩,向着多元的文化层面开拓,似乎又是每一个乡土小说作家所向往的另一种境界。

我们似乎又重蹈了"五四"时期一代知识分子们所面临的文化心理选择,如何去突破凝固僵化的传统文化心理屏障,以一种崭新的意识去统摄自己笔下林林总总的形象,使作品呈现出一种更具有当代意识的审美价值呢?乡土小说的创作期待着一种更开阔的文化和艺术的

---

① 金克木:《比较文化论集》,生活·读书·新知三联书店1984年版,第189页。
② 邹谠:《政治与文化》,《读书》1986年第8期。

视野。

确实,一种历史文化现象的出现,往往在它的发生过程中是找不到正确和准确的答案的,这时人们的认识往往是模糊混沌的、朦胧迷惘的。只有在这个历程全部完成以后,我们才能看清它的全貌,作出最科学的判断来。

当我们从20世纪末来回顾80年代中期以后这段文化心理冲突所引发的乡土小说"亵渎意识"泛滥现象时,似乎更能清楚地看到:作为一种反文化的情感形式,它是一种建立在否定之否定的哲学基础之上的对摆脱文化困扰而趋向于文化自由的审美需求。确实,莫言乡土小说的反文化倾向十分鲜明,这在他的"红高粱"系列中表现得尤为鲜明,当然这种"亵渎意识"在同期作家作品和"新写实主义"乡土小说创作中一直延续存在着。毋庸置疑,在这种反文化的"亵渎意识"中表现得最为鲜明的乡土小说,可能要算是《红蝗》这部中篇小说了。作为一部文学"审丑"的范本,我以为倘使能够对此作一详尽的分析,也许能够从中找出一些带有规律性的文化情绪来供文学史参考。

面对一个多元的艺术世界,曲解和误解已经成为批评的必要性,它"被看作是阅读阐释和文学史的构成活动"。[①] 因此,对任何一种阐释都不要太过于用心,即使这种阐释对作家本人攻击性很大。

在"文学失却轰动效应以后",《红蝗》的问世却带来了文坛的"微澜",当然,也有些批评家在反顾1987年的创作时就干脆对它只字不提,这绝不是忽略,而是忌讳着文学描写领域内的一个"禁区"(这绝非单纯内容意义上的指向)。鲁迅先生就明确指出过大便是不能写的,因为它不能引起美感,而莫言在整个《红蝗》中将大便描写得如此辉煌美丽,真可谓"毫无节制"。这不能不说是对近一个世纪以来中国新文学精神的一种反叛。时空交错的《红蝗》是莫言制造的一个"神话",它

---

① 〔德〕H. R. 姚斯,〔美〕R. C. 霍拉勃:《接受美学与接受理论》,周宁、金元浦译,辽宁人民出版社1987年版,第449页。

充满着一种对旧有文化审美观念的亵渎意识。

如果中国现代文学史上还有"以丑为美"的典范之作的话,那么,闻一多的《死水》便是一朵奇葩,然而,人们从他的诗中确确实实地体味到一股强烈的反讽的气息,强烈的诅咒从反语的语境中折射出来,给人一种鲜明的主题感受。而莫言似乎是消解了这种"反讽"的意向,尤其是"我"的高频率出现(尽管莫言一再强调"文中的叙事主人公'我'并不是作者莫言")使得审美的客体很不能适应审美转换的超规约性。

简单地阐述艺术的美与丑和自然的美与丑是两码事,这种现成的理论是人所周知的。正如罗丹所言:"俗人往往以为现实界中他们所公认为丑的东西都不是艺术的材料。他们想禁止我们表现他们所不欢喜的自然事物。这其实是大错。在自然中人以为丑的东西在艺术可以变成极美。"[①]问题的复杂性就在于《红蝗》中作为传统意义上的审美中介的"我"并不把读者引向一个明确的主题阈限,哪怕是一个较为模糊的总体意向也不至于使读者看不清作品的审美判断。作者似乎很不经心地切割了形象与阐释之间的逻辑联系。这变成理解《红蝗》的难点。

在《红蝗》中,作为叙述态度的"我"一直保持着中性立场,其实作者的这种态度在《透明的红萝卜》和《红高粱》中已经很清楚了。问题是到了《红蝗》,人们就不容忍在美丑的强烈对比反差下,再保持这种冷静的绅士风度了,甚至,更不能容忍作者对丑的礼赞情绪。因为美是常态的,而丑是变态的。

莫言的小说往往是在美丑的反差中滋生出一种与别人相反的艺术感觉来。你看,在九老妈被拖上渠畔草地上时,作者用大段的文字描绘了腥臊恶臭的身体各部分后,已使人感觉到一种极度的"丑",然而,作者却笔锋一转:"我朦朦胧胧地感觉到了一种恐怖,似乎步入了一幅辉

[①] 转引自《朱光潜美学论文集》第 1 卷,上海文艺出版社 1982 年版,第 142 页。

煌壮观的历史画面。"(其实,以后的叙述亦并不"辉煌壮观"。)这种变态的感觉,把美与丑的界限给混淆了,把变态作为常态来叙述,一点都不动情,丝毫不露出反语的"表情"来,确实使经过几十年现实主义叙述态度熏陶的读者难以接受,真是比自然主义还要自然主义。这类句式的大量出现,使《红蝗》变得可憎可怕,循规蹈矩的读者受不了这等刺激。您看,"她轻盈地扭动着黑色纱裙里隐约可见的两瓣表情丰富的屁股",它引起的不再是那种静态的被净化和圣化了的女神之美,而更多的是引起一种性欲的冲动。"因此高密东北乡人大便时一般都能体验到磨砺黏膜的幸福感。——这也是我久久难以忘却这块地方的一个重要原因。""我像思念板石道上的马蹄声声一样思念粗大滑畅的肛门,像思念无臭的大便一样思念我可爱的故乡。"极美的词句与极丑的词句的排列组合,怎么也不能将读者导入"我"的审美判断的意向中,而且你根本看不出作者有丝毫的调侃和反讽的意思,他的叙述态度是一本正经的严肃而认真。"家乡"这个名词,在中国人的眼里永远是和美丽相连的,而莫言的亵渎却意味着什么呢?! 莫言笔下要表现的是:"红色的淤泥里埋藏着高密东北乡庞大凌乱、大便无臭美丽家族的过去、现在和未来,它是一种独特文化的积淀,是红色蝗虫、网络大便、动物尸体和人类性分泌液的混合物。"原来,作者是要表现一种变态的"独特文化的积淀",那么,没有一种特殊的感觉作它的对应物,是不能引起人们的警醒和思索的。作者对描写对象的选择是颇有用心的,什么丑我就写什么,几乎是作者故意的夸张。猫头鹰在中国人眼里是不祥之物,是丑陋之怪,而在莫言笔下,"它的眼睛圆得无法再圆,那两点金黄还在,威严而神秘"。它变成了独尊的形象,因为它能"洞察人类灵魂"。就连自己的老祖宗,"我"也带着分不清哪是亵渎,哪是崇敬的情绪来看待。那一对手足上生着蹼膜的青年男女的近亲通奸,被家族活活烧死的情景写得何等壮观、何等美丽。对丑的美化,使传统的人伦道德黯然失色,当今读者的心理承受力也未必就可以接受。尽管莫言庄严地宣布:"这场轰轰烈烈的爱情悲剧、这件家族史上骇人的丑闻、感人的壮举、惨无人道的兽行、伟大的里程碑、肮脏的耻辱柱、伟大的进步、愚蠢的倒退……已经过去了数百年,但那把火一直没有熄灭,它暗藏在家族的每一个成员心里,一有机会就熊熊燃烧起来。"然而,文明与野蛮、进步与落后的人伦审美价值的临界点却消失了。作者给读者出了一个尴尬的难题。作者对于传统的封建人伦的抨击似乎就隐含在这种对已被认定的丑恶之中——四老妈与锔锅匠通奸后被四老爷休掉,作者不惜用大段大段描写来抒写四老妈"美丽的肉体"和"美丽的灵魂":"那两只大鞋像两个光荣的徽章趴在她的两只丰满的乳房……绽开了一脸秋菊般的傲然微笑,泪珠挂在她的笑脸上,好像洒在菊花瓣上的清亮的水珠儿。……母亲第九百九十九次讲述这一电影化的镜头时,还是泪眼婆娑,语调里流露出对四老妈的钦佩和敬爱。"作者继而描写四老妈骑在毛驴上时脸上出现的"一种类似天神的表情"。如果说这象征着一种不可侵犯的人道主义的力量的话,那么,用它去冲撞那个象征着神圣的封建礼教的"祭蝗大典",现代读者是可以理解和接受的,而作者偏不把它单纯地导入这一主题内涵,而是很随便地用"我"的主观臆测进行价值判断,断定四老妈脸上的表情与性的刺激有直接联系,因为"驴背摩擦和撞击着的、大鞋轻轻拍打着的部位,全是四老妈的性敏感区域,四老妈因被休黜极度痛苦,突然受到来自几个部位的强烈刺激,她的被压抑的情欲,她的复杂的痛苦情绪,在半分钟内猛然爆发,因此说她在一瞬间超凡脱俗进入一种仙人的境界并非十分夸张"。本来,这段描写完全可能进入常人的审美判断的阈限之中,变成一种历来被认为深刻的主题内涵,而作者却偏偏脱离这个审美判断的轨迹,将它完全"弗洛伊德化"。这就超越了传统的审美情趣的范畴,给现代读者带来了阅读的障碍。

不可否认,《红蝗》充满着"丑的堆砌",诸如"我被她用一根针刺着血管子,心里幸福得厉害"、"老沙把嘴噘得像一个美丽的肛门"、"家族里有一个奇丑的男人曾与一匹母驴交配"、"我多少年没闻到您的大便挥发出来的像薄荷油一样清凉的味道了"、"多食植物纤维有利健康,大便味道高雅"、"嘴唇搐动着,确实像一个即将泄稀薄大便的肛门"……这种"毫无节制"的意象、想象、情绪、感觉的堆砌和宣泄,使得"有些本来有意义的情节和意象就变得几乎没有什么意义了"。① 我以为,倘使我们抑制住某些审美意识的规约性,从作者美与丑对比的高反差中,是能够体会出有意义的内涵来的。借用《红蝗》里的一句话来说就是:"裸体的女人与糟朽的骷髅是对立的统一。"前者给你的是愉悦、快感,后者给你的是恶心和不快感,那么"自然丑"在一定的语境范畴内是可以富有特定的内涵的,它的美感的转换,在莫言的笔下就是用高反差的刺激作为"媒介"的。这种意义不是也被另一些评论家所推崇吗:"他似乎敏悟到人类的毁灭将无可置疑地来自人类自身的自我作践和相互残害,文明对人感性的抑制和生命的窒息乃是同胞而生。因此他感到了荒诞,感到了'我是社会直肠中的一根大便'。死亡反衬出人生的虚脱和贫血,赞美'像贴着商标的香蕉一样美丽'的大便也就不足为奇。"② 王斌看到的是"死亡意识"意义上的《红蝗》,而我看到的是"生命意识"和生存状态意义上的《红蝗》,因为正如马尔克斯曾经说过的那样:"孤独的反义词是团结。"于是,我便看见了"生命意识"河流中人类的生存状态。其实《红蝗》最后一段便是作者的自白,是整个小说主题内涵的抽象物,读到最后你可能会在作者意识的统摄之下走进作品内部。这一点似乎无须多说,重要的是作者用"一位头发乌黑的女戏剧家的庄严誓词"来阐释了自身的创作观念:"总有一天,我要编导一部真的戏剧,在这部剧里,梦幻与现实、科学与童话、上帝与魔鬼、爱情与卖淫、高贵与卑贱、美女与大便、过去与现在、金奖牌与避孕套……互相掺和、紧密团结、环环相连,构成一个完整的世界。"正是这种掺和、团结、相连,才构成了一个令人瞠目结舌的新的艺术世界,才具有了莫言的独特语言风格。这种新的尝试并不完全归结于作者的一种发泄

---

① 贺绍俊、潘凯雄:《毫无节制的〈红蝗〉》,《文艺报》1988 年 8 月 26 日。
② 王斌、赵小鸣:《一九八七:回顾与思考》,《文论报》1988 年 8 月 5 日第 2 版。

欲(当然我不否认作家有发泄欲,没有发泄欲的作家并不能称之为一个优秀作家),恐怕还在于作者对于长期以来形成的一种道貌岸然的犹抱琵琶半遮面式创作风度的反叛,是对作家们"人格面具"的亵渎。在莫言的小说里,随着一个"严肃"的叙述者的形象消失,读者的审美判断失却了平衡,价值的标准再也找不到一台天平得以确证。叙述者变得诡计多端,不偏不倚又似偏似倚,漫不经心中又偶冒出惊人之语。总之,你压根就找不到主题学意义上的"脉搏"。

《红蝗》带来的不是"看不懂",而是传统的审美经验的失灵,是审美意识的惶惑。像是在甜腻的苏式酒席上端来了一只刚剥皮的带血的鲜活的生老鼠一样,它无疑更引得许多吃客和看客恶心而反胃。然而,这种最丑恶的"自然",能否进入美的"第二自然"呢?我以为这最粗俗的描写与最高雅的描写的组合所形成的高反差,正是把生活中的原生状态(或曰"原色")与经过文明圣化、净化、洗礼的生存状态进行比较,呈示出人类的二重性——自然属性与社会属性的对立统一。这种构图的方法使美与丑的落差加大,且作者并不在构图的空白处进行"补白"和注释,而需要读者突破阅读的障碍,自行"补白"和注释,使小说在多维多元的空间领域内展开。因此,它给读者传统的审美心理的依赖性(依赖叙述者的现成审美判断)带来了巨大的惶惑。

《红蝗》的意义便在于它打破了这种传统的审美定势,意图以一种亵渎的姿态,来促使人们审美心理的演变递嬗。

人们通常是将丑作为美的衬托物来接受它的,一旦丑变异成美,便会使人不可接受。然而,"更真实的理由应该是,普通知觉目之为丑的东西,往往是最高贵的艺术中十分突出的东西,深深地灌注着不可否认的美的品质,以致不能解释为只是同丑自身明确区别开来的美的要素的衬托物"[①]。是的,如果你读《红蝗》时没有超越普通知觉的敏悟,看不到其中灌注着的不可否认的美的品质——这种美的品质需要读者从

---

① 〔英〕鲍桑葵:《美学史》,第516页。

反义的视角来理解,而仅仅把其看作一种衬托物,则是远远不够的,也就不能深刻地理解作品本身,只有把许多丑的线条、团块、色彩与整个作品的总体意象连接起来,你才能得到完整的感觉和印象。就连对丑有着偏执解释的罗森克兰兹也不否认丑对艺术的贡献。"如果艺术不想单单用片面的方式表现理念,它就不能抛开丑。纯粹的理想向我们揭示的东西无疑是最重要的东西,即美的积极的要素。但是,如果要想把具有全部戏剧性深度的心灵和自然纳入表现中,就决不能忽略自然界的丑的东西,以及恶的东西和凶恶的东西。希腊人尽管生活在理想之中,还是有他们的百手怪、独眼巨人、长有马尾马耳的森林之神、合用一眼一牙的三姊妹、女鬼、鸟身人面的女妖、狮头羊身龙尾的吐火兽。他们有一个跛脚的神,并且在他们的悲剧中描写了最可怕的罪行(如在《俄狄浦斯》和《俄瑞斯特》中),疯狂(如在《阿雅斯》中),令人作呕的疾病(在《斐洛克特蒂斯》中),还在他们的喜剧中描写了各种罪恶和不名誉的事情。此外,基督教是要劝人们认识罪恶的根源并从根本上加以克服的。因此,丑终于也随着基督教在原则上被引进到艺术世界中来。所以说,由于这个原故,要想完整地描写理念的具体表现,艺术就不能忽略对于丑的描绘。如果它企图把自己局限于单纯的美,它对理念的领悟就会是表面的。"①我之所以不惜大量篇幅引用这段话,目的是在说明,一切自然丑只有在一定的理念统摄下才能进入艺术世界,成为具有美感意义的审美客体,忽略这种丑的艺术开掘正是我们自新文学运动以来的一个描写弊端。我以为《红蝗》是有一个理念的幽灵笼罩全文的,正如前文所言,它是"死亡意识"的反义词"生命意识"在生存状态中的挣扎现象。因而,被描写的客体所呈示出的种种丑恶的、粗俗的、令人作呕的现象,正是作者描述的与众不同的"独特的文化积淀",至于读者从中可以看到什么,这无须作者阐释,现代阅读方式叫

---

① 〔德〕罗森克兰兹:《丑的美学》,转引自〔英〕鲍桑葵:《美学史》,第516—517页。着重号系原文所有。

我们自己去感悟和理解。问题可能出在这里:作者时时流露出来的对丑的真诚的礼赞又作何解释呢?首先,我以为作者是想以这种写法来向传统的文化审美观念挑战,打破文化审美趋向的单一性和同一性,造成美与丑在艺术世界内的"生态平衡";其次,把丑的意象和形象与美的意象和形象作一个尖锐的对比,这种掺和、团结,不仅是审美观念撞击的后果,更为重要的是作者对于旧有的文化审美格局的反叛。

倘使说莫言推翻了前人的审美规律性——仅仅把丑看作是美的衬托物而存在,那么《红蝗》的意义可能就局限于使丑转化为美的轨迹中了。然而,作者正是用不可知论的哲学观念来观照美与丑,使美与丑失却了价值判断,才使人们认识到美与丑的判断原是人为的,那种独特的与众不同的感觉正是莫言否定一种人为的做作美和肯定一种原始的本色美的逻辑起点。这可能便是一种对现代物质文明下的变态美学观念的反讽和对原始生存状态的美学精神的眷恋的"后工业社会"人的超前审美意识的裸现。如果将丑作如下的定义是远不够的:"丑是这样的事物的审美特征,它的自然的(天生的)条件在社会发展及其生产的现代水平下具有消极的社会意义(虽然对人类没有严重的威胁),因为包含在这些对象里的力量已被人掌握并从属于人。"①如果丑的内容一旦重新被发现和认识(我是指描写的内容),成为一种富有新的历史观的内容,那么,丑必然会向美的方向转换,也许,另一种审美价值观念随着时代的前进而改变其运动的方向,这就是美与丑的倒错与互换。

出于历史的和现实的种种原因,莫言不敢也不能够用一种明确的叙述模式将这种审美价值判断的迁移表示出来,于是他才采取了"隐身人"的叙述形态。

毋庸置疑,从《透明的红萝卜》开始,乃至文学界公认的佳作《红高粱》,一直到《红蝗》,莫言逐渐把丑的描写当作一种无可阻挡的强烈欲

---

① 〔苏〕鲍列夫:《美学》,乔修业、常谢枫译,中国文联出版公司1986年版,第149页。着重号系原文所有。

望,发展到了"毫无节制"的地步。他把遍布于自然界的丑作为一种神圣的炫耀,使一般阅读者感到的不是滑稽与可笑,而是恐怖与恶心。究竟是作者的错? 还是读者的错? 我以为只要阅读思维方式加以改变,转换一下视角,从丑的负面来观察丑,也许会得出另一种感觉和印象。"因此看来,通常参与美的丑只是我们不妨称之为表面上的丑的东西,换言之,只不过是乍看之下使毫无经验的知觉感到吃力的一种相对的复杂性或狭隘性而已。看来,在一个能够正确欣赏的人看来,它在事实上永远不作为丑而呈现出来。"[1]需要强调的是,使我们对这种新鲜的审美经验感到吃力的原因就在于几十年来,甚至上千年来,我们习惯了一种单向的对美的审美经验感受知觉,而对一种新的相反的审美经验出于狭隘性和保守性而表现出巨大的排拒力。这是现代审美观念不断进步中的可悲现象。你如果不能感受到丑的转换——这种转换需要读者自行完成,你就不可能进入整个作品的特定氛围和境界。相反,一旦你感受到了丑的转换——这种转换依靠你自己开拓审美思维的空间,那么,对于作品的理解,你就可以超越原有的审美经验,走向一个新的飞跃,同时,你也超越了作品本身,也超越了作者所提供的形象与意象的范畴。丑是美的变异,你只有在阅读过程中不断地转换,才能得到最后审美价值的确证。

这个"毫无节制"的莫言确实闯进了一个既涉及内容亦涉及形式的"禁区"内,他似乎带着"嬉皮士"式的亵渎意识走进了文学的神圣殿堂,像孙猴子那样,吃了仙桃还要拉出一泡漂亮的屎来摆在蟠桃宴的供桌上。他塞给读者的究竟是什么? 难道就是"高密东北乡庞大凌乱、大便无臭美丽家族的过去、现在和未来"吗? 我似乎从"我清楚地知道我不过是一根在社会的直肠里蠕动的大便"的宣告声中感觉到"莫言现象"的来临并非偶然的现象,诸如赵本夫亦一反过去的常态,在《涸辙》中对自然丑表现出一种貌似很虔诚的颂扬,少鸿的《梦生子》里对

---

[1] 〔英〕鲍桑葵:《美学史》,第552页。着重号系原文所有。

丑表现出的一种惶惑的审美意识……这些是否孕育着一种审美价值判断整体迁移的风暴?!

《红蝗》这个亵渎神话的出现有历史的必然性吗？它可否作为文学史的一个有意义的现象存在呢?!

这种对传统文化中人伦道德的美与善的颠覆和破坏,成为一种隐形的文化特征潜伏于80年代后期乡土小说之中,同时,也作为一种沿革的历史惯性影响着90年代中国乡土小说,不知历史还有否可能改变这种惯性的滑行方向？

第六节 男性文化视阈的终结
——女权主义意识在城乡小说中的显现

20世纪60年代在西方盛起的女权主义文学批评已悄然进入了中国文坛。作为一种全新的文化视阈,这种批评往往给人一种令人悚然的解读结论。无疑,中国的这批女权主义批评家们自身的批评历程一开始就是侧重用心理分析的方式来摧毁着中国几千年形成的以男性文化视阈为核心的牢固建筑体系,从事物的负面,也就是从女性文化的新视点来营造一个伦理道德观念和对世界认知方式的全新体系,以此来达到对事物"本质"真实的认识,与沿袭了几千年的男性文化视阈相抗衡,将文学从古老单一的文化包围圈中突围出来,使她不再蒙受意识被强奸的痛苦,从而昭示出真正女性意识的觉醒。

中国文学几乎从它的开端就是以浓烈的夫权意识来完成"香草美人"或"女人是祸水"的主题阐释的,即便是《红楼梦》、《金瓶梅》这样的精品亦逃脱不了了这一主题的笼罩。可以断言,中国古典文学没有一部作品是真正站在女性的文化视阈来对自身作品中的形象进行"由内向外"观察的。显然,到达和进入女性意识深层的通道完全被封建的夫权意识所阻隔,男性作家们对于女性形象的描绘至多是一种"俯视"的同情与怜悯,这种亘古不变的男性视阈成为一种集体无意识,一种全民文化的唯一视角,一种民族文化心理的积淀,使得即便是女作家来塑造自身形象时也不得不屈从这一既定视阈,无论她们是自觉还是不自觉的。那么,到了"五四"新文学运动时的情形又是怎样的呢? 无疑,受着人文主义启蒙思想的熏陶,先驱者们亦试图打破这种格局,为妇女的解放而呐喊,然而能在作品中真正以女性的视阈来解释社会文化现象,来塑造起有自身独立品格的女性形象的作家尚未出现,就连西人眼中当时最擅长描写女性的茅盾,也只是用一种深藏着炽烈情感的"冷峻"外部描写来把女性作为情绪宣泄的对象进行"人生"阐释,茅盾笔下的女性心理世界完全是男性社会心理的演绎,作者只不过是借女性的心理场来达到人生观注释的终极目的。《自杀》和《一个女性》中女主人公的心理世界是逼真的,然而,又不能不说她们的心理是经过了"雄化"过程的,也就是经过了男性文化视阈的过滤后,主人公认同了男性认知方式后的心理放射,是男性作家对于社会外力挤压下的"情绪方程式"的病态呻吟。正如贾宝玉把女人比作纯净的水,任凭他怎样比喻象征,女人在他的眼里总是一种种属关系的"物质",一种情感宣泄的对应物。冰心的作品以"童心",以"伟大的母爱"来独树一帜,但从另一角度来看,它无形中要取得男性为中心的社会文化认同。丁玲的《莎菲女士的日记》《梦珂》可说是女性的"叛逆"形象,女主人公大胆地玩弄男性,几乎就是一篇女权主义的宣言书,它宣告了女性对于自身的把握是合理的,同时这种进攻性的特征成为文学史上女性形象的独特表现,那么如果再深一步考察,你会发现这种病态的反抗只是想获取被传统束缚得太久的爱情能量的释放,是想得到一次自觉的自然本能属性的委婉宣泄。正如曹禺认为《雷雨》中"最雷雨的性格"女性是繁漪一样,作为被封建礼教束缚得"发疯"的女性,她们最终只能用病态方式来完成女人最悲壮的自然属性的欲求,这是向男性文化世界发出的悲哀的呼号。同样,这类形象亦是浸润了对于男性世界的某种企求。如果有人把这类形象与《金瓶梅》中那些女性形象等量齐观,则是大错特错了。前者是要求获得情欲的平等权;而后者完全是依附于男性文化世界的满足于男性需求的被动对象,那种对"淫"的张扬,首先是在满足男性文化心理的前提下才能获得的自然。那么,现代文学中女性意识的觉醒程度也就止于新的女性对于爱情的平等要求。

新时期乡土小说中第一个为男性文化视阈自掘坟墓的作家是张贤亮。非常有趣的是,他的《绿化树》和《男人的一半是女人》曾以万分虔诚的情感形式来讴歌女性的伟大,是马缨花、黄香久这样充满着自然活力、青春活力的女人拯救了,甚至是重新创造了像章永璘这样的知识分子。但是女权主义的批评家们也清醒地看到:章永璘(当然也包括作家本体)完全是站在一种男性文化的视阈来俯瞰玩味他手中的猎物的,尽管这男人似乎显得十分虔诚,然而廉价的眼泪只能获得一些低层次的被男性文化迷惑得太深而不觉悟的读者。有些人已经看到了必须用"自己的眼光"来重新塑造女性形象的历史的必然性。女作家们再也不堪忍受那种自上而下的"怜爱"目光的鸟瞰,决心重铸新的充满女性意识的形象系列。从某种意义上来说,张贤亮的作品触发了中国一代女性作家在背反中的深层思考。

大约是从 80 年代后期,一些女性作家便开始用强烈的反叛意识来营造笔下的人物,向男性文化视阈的负面突进,从而对封建伦理道德观念提出了更深刻的诘问。像张洁的《他有什么病?》几乎是用主人公丁小丽放大了的处女膜作透视人们病态心理的显微镜,从女性深层思维的角度,网罗和强行制约代表着整个社会文化病态的男性文化视阈。在这样的作品中,男性文化视阈特征的思维方式已被女性视阈的角度切入完全替代。这也是新时期文学作品第一次背离《人到中年》中陆文婷那种贤妻良母情结阴影笼罩的尝试。

在文学作品中最能集中表现女权意识的敏感区域是对于性的描写,无论是西方女权主义批评,抑或中国新近出现的个体女权主义批评者们,都将聚焦对准这个敏感区域,以此来阐述自己的新见解。作为作家,一个充满着跃动着女性思维的女作家,王安忆可以说是第一个自觉地用女权意识来营构她的小说世界的。现代汉语较之于古汉语的进步,就在于发明了"她"字,然而只要在人群中有一个男子,那么就必须用"他们"作指代。这就非常形象地说明了社会对于男性文化视阈的认同。王安忆从"三恋"开始便有意识地抛开男性文化视阈的钳制,用全新的女性感受去塑造人物。这种意识到了《岗上的世纪》则更为清醒和明晰了,这部乡土小说作品的精彩之处并不在于小说叙述层面上的新意,重要的是它完全以女性心理的性态发展为线索,把两性关系中一直以男性为中心的快感转移到一个女性文化视阈的心理世界的真切感受上。小说中的性对象杨绪国完全丧失了那种以男性为主导地位的情感体验,整个小说就是以李小琴细腻的、蓬勃的,从形而下到形而上的性心理的情感方式和生命体验过程为线索的,这是一个真真切切的女性心理世界,作为对象化的男性世界显得非常猥琐可悲,甚至自觉地趋同于投身于女性文化的制约之中。如果说,王安忆从前的作品是在用趋同于男性文化视阈的态度写作,那么,"三恋"以后的作品则用一个女人的眼睛来观察世界、认识世界了。她的中篇《弟兄们》从题目上来看就表现了作家的一种强烈愿望——将女性文化视阈男性化,让她们和男人一样来主宰民族文化心理的进程,虽然这种美好的愿望终究会淹没在以男性为中心的封建文化体系的汪洋大海之中,但作者毕竟从女性文化的视阈中抛开了以男性为特征的思维方式,成功地描写了女"弟兄们"女权意识的心理流程。这些作品发表之后,人们似乎还不能体察到作者强烈的情感意识,只是被大胆的性描写搞得眼花缭乱,把批评的焦点集中到它的艺术特征和社会特征的阐释上,而没从根本上看到作家在视阈转移中释放出的小说的更新意义。

  随着铁凝乡土小说对自身的不断超越,作家终于感悟到了一个全新情感世界的诱惑,作为一个真正的女人,她的情感体验应该是有独立品格的,只有真正把握住这个情感世界,她笔下的人物才能有新的意义。我们且不谈铁凝近期的中短篇乡土小说中女性意识的自觉,就以她的长篇小说《玫瑰门》(这部小说虽然不是乡土小说,但它具有强烈的反封建文化的意蕴,具有浓郁的"乡土意识"观照)来说,可以十分明晰地看到作家对于自己笔下充满着女权意识的芸芸众生的塑造是何等的得意。这部长篇同样涉及性描写,而且局部描写是那样的细腻和夸张,真有点惊心动魄。用一般的评论方式来衡量,这类作品总逃脱不了人→自然→社会的圈套。我不否认小说在这一层面上的意义,但是看不见作品中渗透得快要溢将出来的女权意识——也即从新的女性情感方式中获得对世界新的体验,那么我们就枉读了这部作品。作为女权主义"现在时"的"经典"之作,铁凝把笔下的女主人公们当作自己的外婆、母亲、舅母、姐妹、邻里来研究,绝对从女性视角来观察人物的内心世界(眉眉是一个由童年到成年女人的"成长视角",她虽然不能与作家画等号,但从某种意义上来说,她代表着作家的本体意识)。从外表上来看,作家是从"情感的零度"来写人物,实际上人物形象倾注了作者十分强烈的情感体验。这部作品展现的是女人的世界,主人公从生存的角度来体现自主意识,来展示其生存的价值。司漪纹这个为充分体现自身存在价值的女人,无论在什么时代都有其强烈的表现欲,外部的社会变迁对她来说并不重要,作品首先要展现的是她那种日益增长的强烈的存在的价值观,作者没有让她走上"五四"以后林道静的革命历程,而是让她在旧家庭的铁屋子煎熬中分离出那种带有病态的独立人格和自我存在价值观。更为惊心动魄的是"文化大革命"的政治风云变幻使她形成了一套自我生存哲学心理,这种生存哲学竟然使她苟活得何等的有滋有味。她鄙夷姑爸那种操守贞洁的活法,她狡诈虚伪,在出卖自家姐妹(虽非同母)后又真诚地去看望;对姑爸的死,她是有一定责任的,然而,她比姑爸这些人更加仇恨她们的新邻居和那个惨无人道的黑暗社会,只不过她能用持久的耐力和韧性来等待复仇的一天。她是一个复仇的女性,报复世间一切敢于阻挡自己道路的障碍。她杀戮了丈夫、公公,包括姑爸在内的仇视者,她斗败了自己最强大的敌人——罗大妈她们一家。她的报复手段是那样的毒辣阴狠,使人瞠目结舌,她竟然用夸张的露阴方式去勾引公爹,实际上她的公爹是死于她的阴险毒计之下,似乎在中国近代小说的女性形象描写中没有再比这

第六章 静态传统文化与动态现代文化之冲突

一幕更惊心动魄的了,她比真枪真刀杀人更阴毒,如果说她是一种性变态,是把爱情的结果当作仇恨的结果,似乎是不能穷尽这个形象意义的。我们只有从这个形象的内心深处来发掘她那种强烈的女权意识,方才能解释她生存和行动的一切行为方式。她有极强的权欲,家庭、财产以及对人的征服成为她一生追求的目标,她耗尽了毕生的精力完成了对丈夫、公婆、姑爸、姊妹、儿媳,甚至最强大邻邦的征服。当然她还千方百计地去征服第三代人,例如她竟不顾七十多岁的高龄穿着时髦地去和年轻人爬香山,其心态可见一斑。当然她亦得到儿媳那使她活着忍受心灵重创的报复,含恨而终。但她的心灵世界曝光呈现出的完完全全是和男性化社会目光相对立的观察视角。作家对她的描写是客观中性的,亵渎和同情中甚而有某种褒扬的韵律,使这个充满着仇恨的女人的女权意识得以充分地张扬。作者提供的这一文本的形象带有测不准艺术效应,它的放射性结构足以使批评家们发挥其想象的空间和潜能。至于姑爸、竹西、眉眉都是这部长篇中竭力用心描绘的女人形象,作者试图以形象本身的行为方式和心理历程来呈现有别于男性文化视阈的女性文化特征,尤其是竹西的生活哲学,更使人看到司漪纹血脉的遗传性,当然也可以看到她与司漪纹的迥异之处。苏玮的生活方式也充分展示了新一代女性的文化特征。凡此种种,均可看出铁凝对于女权意识人物形象的有意关注,而这些形象又为当代文坛提供了什么样的价值和意义?

　　feminism(女权主义)"预示了90年代乃至下一世纪人类精神天地中一朵膨胀的星云"!当中国女作家们有意识地转换了文化视阈,为女权主义的批评家们提供了丰富的理论素材时,随着中国女权主义批评的势头愈来愈汹涌,一种新的文化价值观念冲击着民族文化心理的稳定结构。但须指出的是女权主义的批评家们至今尚在横移西方女权主义批评理论的范畴中徜徉,即便是对于当代作家作品文本的探索和解读也停滞在比较浅显的层次。譬如,对刘西鸿、赵玫、刘索拉、黄蓓佳等人作品的分析只停留在女性自主意识张扬的层次,只驻足于女性向男性文化世界"企求"和"挑战"的视阈,而没有从根本上确立与男性文化视阈相背的女权意识的地位,也就是说批评家们尚没有从大量充满着女权意识的作家作品中抽象出更有分量的形象结晶,以此来推动中国女权主义批评的发展。无疑,有些理论家看出了王安忆《岗上的世纪》所呈现出的全新意义,但没将这类作品放在历史和同时代同类作品的纵横坐标中来进行总体剖析,就很难辨析出它与同类作品的异质来。同时,作为新的发现,我们的女权主义批评家们还似乎缺乏那种在浩繁的作品中寻觅与自己理论相对应的文本意识,这样就很容易使自身的理论悬于浮泛空洞。说实在的话,有些女权主义批评家本身对文本的体验就缺乏一种本能的"女权意识",而恰恰呈现的是向男性文化视阈趋同的"女奴意识",其理论阐释的视点完全是站在男性文化视阈对于女性和母爱的讴歌之中,殊不知,这种讴歌本身就包孕了男性文化视阈对第二性自上而下的"同情和怜悯"。这种悲剧意识非但没有被女权主义批评家们觉察,反而成为她们文章的认同视角,这不能不说是女权主义批评的悲剧。

我想乐此不疲地反复强调这样一个事实,即有些批评者将抒写女性文化心理的文本都归入女权主义的解读范畴,这也是一种误读。我以为无论什么人,无论作者本人性别如何,均可进入女权意识的视阈描写范畴,其重要的标志就是作者本人必须真正摆脱男性社会文化阴影的笼罩,自觉走入女性心理世界内部,以女性的生命体验来经验世界,认知世界。如果仅仅把浅层次的女性心理描写与女权意识画等号,那么就很容易把女权主义批评引入庸俗和浅薄的低谷。我们这里所理解的"第二性"应该是与"第一性"并存的"自然人"和"社会人",丝毫不能将视阈移位或是将两性文化特征相中和,从而抹煞和混淆两性视阈的临界点。

我们也非常遗憾地看到:女权主义批评在中国非但没有与男性文化批评并存,也尚没有形成一支庞大的理论批评队伍,仅就其对文本阅读的方式而言也是较为单一的。我以为借鉴西方女权主义批评的类型,就目前国内的女权主义批评文章而言,大多是囿于"社会女权主义"批评和"心理女权主义"批评的范畴。无疑,这是两个非常重要的领域,它们对于女权主义批评简直就是两个最稳固的支点,有了它们才能完成对于传统文学中单一男性文化视阈的整体爆破。然而,重要的是对于马克思主义女权主义的批评方式我们尚未作全面的、构成体系的探索。这是需要女权主义批评家们引起注意的。当然像"符号学女权主义"的批评方式亦不是不可借鉴,问题是作为一个有"女权意识"的批评家,也须有强烈的自信心和创造性特征,能否根据中国文化的特点,建构起符合中国文学特征的有独立"女权意识"的女权主义批评新体系,以此来打开单一闭锁的文化视阈,使中国的文艺理论批评呈现多元的文化批评视阈。

作为文化视阈的两极,女权主义批评无疑促进了理论的发展,同时也作用于作家的创作。当人们真正认识到在摆脱对被损害被侮辱形象"同情"目光注视后所获得的女权意识的重要性时,在这一点上,我们和西方的女权主义批评站在同一起跑线上,正如托瑞尔·莫瓦所言:"英美女性主义批评的主要问题存在于它所代表的女性主义政治与父系家长制美学之间的剧烈矛盾之中。"换句话说,父系家长制的美学特征已经成为一个很难攻破的文化视阈,而女权主义只有首先从政治上取得与男性的同等权利才能改变这种一成不变的文化视阈。在中国也是如此,假使女人参与政治,那么,吕后、武则天、江青这类"祸水"形象就成为男性文化视阈的正统解释。这种恐惧情结当然也制约着中国作家从正面去塑造带有政治色彩的当代女性形象,尽管女权主义批评家们在理论上鼓吹视阈转移的意义重要,但作家一接触了形象本体,就出现了"阴痿",就自觉认同于"祸水情结"。到目前为止,我们的文学形象序列中尚没有出现一个真正的政治女强人形象(这当然不是和那种皮相的"女改革家"同日而语的),这就是莫瓦所说的文学首先没能进入政治生活,也就谈不上进入美学范畴的本意所在。诸如这样的理论问题,我们的女权主义批评家倘使能够通过文本的解读,促使作家作这一角度的形象思考,或许也就不能不估计到中国女性主义文学在迈向世界文学前列上所作出的贡献。

在中国,女权主义在文学领域内逐渐从不自觉进入到自觉的层次。可喜的是,我们不仅拥有女权主义的批评家,同时也看到女权意识在一些中国女作家的文库中已变成一种自觉的"话语",不过,我们不能重蹈西方女权主义批评所犯下的致命错误,这就是过分强调性的意识和两性对立,从而忽略了阶级、种族、文化价值等方面的差异和障碍,把性别绝对化。更为重要的是在完全摆脱男性文化视阈束缚后,女性文化视阈成为唯一的视点和中心,将会悄悄地滋长女性中心论的思想。这似乎成为一种"怪圈",其实,任何事物的运动都有潮涨潮落。"矫枉过正"有时是必不可免的,但我们尽可能避免和减少不必要的失误。女权主义的历史重任不仅仅是消除强加于自身的男性文化视阈的影响,更重要的是与男性文化视阈共同担负起摧毁旧封建文化体系的重任,使中国文化通过阴阳两极的不同视阈参照、互补来面对世界文化的挑战。

那么对于女权主义批评来说,我们不仅仅把阅读文本过程中的女性立场和角度作为理解作家和作品的唯一通道,同时,还需要进一步从风格学、主题学、文体学等诸方面对女性文本进行不同角度的解读。例如,对一种独特的"话语"的理解有时就很能使我们进入女性的更深心灵世界。像对残雪作品的解读,显然,光依赖于男性文化视阈往往是会引起一些误读的,只有用一种女权意识中的半癫狂"话语"来解读文本,似乎才能达到一种更深的新解;迟子建的作品,光靠视角的理解还是不够的,如果我们的批评不能站在勾勒出作家朦胧的女权意识的高度上认识本体,也是够遗憾的了;方方、池莉的作品,只是看到"黑色幽默"和新写实主义小说的技巧是远远不够的,更要看到的是那种摆脱柔情和高雅时所呈现出的比男性作家还要潇洒动人的放射性"话语"形式和语言的机巧;如果我们不仅仅在林白的作品中看到那奇特的想象力给人带来的新的生命体验感,而且能看到一种迥异于男性体验的超验性感觉的诱惑力,又从洒脱的叙述中看到一种强烈的审母潜意识的流动,那么读这类"有意味的形式"就会更有意味。如果我们在范小青、黄蓓佳、梁晴的作品中越来越体味到那种超越泛文化的需求,而不能在作家特有的风格"话语"中找到一种对女性世界进行整体把握的象征隐喻功能,也是不能够对女权主义的文本进行深层文化解剖的。同样,我们在对现代文学作品进行重新解读的时候,如果仅仅局限于用新思维去对历史的"活化石"进行重新衡量和测定,而忽略了对女性意识和女性特有的文本内涵的发现,亦同样不能将此项研究推到一个更有深度的境地。

也许,我们在近年来的小说创作中可能看到女性作家所采用的特定视角——在作者→叙述者→主人公之间循环往复地萦绕着一种"自我亵渎"的意识。当然这种"自我亵渎意识"是包容了对整个妇女的灵魂拷问的批判意蕴的,它大胆地用调侃的、谐趣的,甚至有些"黑色幽默"意味的笔调咀嚼着女性心灵深处的痛苦。这种敢于直面惨淡人生、敢于将痛苦和悲剧从形而下的境界上升到形而上哲理的勇气,毫不逊色于那些男性批评家们所一再阐扬的以男性文化视阈为基准的所谓"审父意识"(也即自我批判的情感形式)。毫无疑问,作为一种人类的总体文化意识,我们的女作家们已经十分清晰地看到了第二性文化所面临的多重责任;一方面是消除人类中单一的男性文化视阈阴影的全方位笼罩;一方面又要担负与男性文化世界共同改造民族文化精神的重任;另一方面还要面对女性文化世界内结构的自我审视和批判,在自身生命的矛盾运动中求得发展和更新。因此,女性作家和批评家们在这艰难的困扰中起飞,必然是付出更多的心血。

第七章　乡土小说创作视角和形式技巧之嬗变

第一节　参照系:"五四"后小说的二元倾向

"五四"新文化运动以其宏博的胸怀容纳了西方各种文化思潮,那种"取精用宏"的风度使得众多文学流派和创作方法涌入国门,大量的翻译作品使得中国作家在眼花缭乱中寻觅着适合自己胃口的创作方法。诚然,由于"五四"新文化的先驱者们更推崇和鼓吹写实主义和浪漫主义,因此从表面形态上来看,这两种创作思潮在20年代似乎是造就新文学实绩的两根庞大的支撑物。

然而,值得注意的是,作为倡导写实主义文学的主将,鲁迅在其自身创作中却往往没有采用纯客观的写实主义创作方法,而是汲取和杂糅了多种艺术表现方法。这就使得我们用现实主义创作方法的批评框架去范围鲁迅小说创作时,难免显得尴尬和窘迫、牵强和穿凿。无疑,鲁迅的《狂人日记》绝非现实主义的产品,而是象征主义的乡土小说。这以后的《孔乙己》、《药》、《兄弟》、《明天》、《一件小事》、《风波》、《故乡》等虽然在描写的笔法上近乎写实,但这些小说明显呈示出淡化情节、淡化背景的表征,而给人的却是一种强烈的印象和意念。谁也不会怀疑鲁迅先生《阿Q正传》的写实主义特征,它是中国现实主义小说的奠基之作,至今能够超越这部小说成就的尚不多见。然而,在反复品味这部小说之后,也许你很难用写实主义的客观描摹来解释作品。阿Q是一种民族精神的提炼,这绝非用单一写实的方式方法即可抵达的,从中我们足可以看到那种夸张变形小说意念的透视,甚至那种荒诞意念和梦幻构织的民族病态的畸形的阴暗心理完全溢出了阿Q作为一个农民的性格内涵,小说的复义性多义性模糊性造成的阅读障碍和多解,致使它至今还有强大的生命力。这充分证明了鲁迅成为小说宗师所采取的兼容风度。很难想象,一个恪守一种创作方法的作家能够成为一流的文学大家,鲁迅创作至少在形式上超越了既定的规范,才使其内涵更深广辽远。从中不难看出一种奇特的现象:许多作家在理论上往往鼓吹某种创作方法,然而一俟进入自身的创作境界时,往往是实践超越理论,甚至二者形成背反,呈现出另一番景观。像茅盾这样的理论家和大作家,亦往往是在自身的背反中运动着。茅盾在20年代一直鼓吹写实主义(当然他也介绍了许多西方现代派的创作方法和技巧),视其为中国文学的正宗和主潮。然而待他拿起笔来写第一部作品《蚀》三部曲和短篇小说《创造》、《自杀》、《一个女性》、《诗与散文》、《昙》以及乡土小说《泥泞》等作品时,却或多或少地糅进了现代派小说的创作方法。因此,我们不难看出,从鲁迅开始,对于西方现代主义的创作方法的借鉴似乎已被人们默认。实际上这种"拿来主义"的精神亦在深刻地影响着20年代和30年代的乡土小说创作。荒诞、夸张,甚至变形的人物阿Q不仅作为一个民族文化心理结构的象征而屹立于中国小说的艺术画廊,同时,它亦是鲁迅把西洋艺术技巧融化到民族传统审美骨髓之中去的一种典范性创造。

由于新文学运动建立在白话文运动基础之上,也由于"五四"的先驱者们在反对人吃人的旧礼教,反对陈腐的士大夫文学,提倡个性解放和文学革命的既定目标下急于"拿来"一种最为先进的创作方法,因此,在"为人生"的旗帜下麇集了一大批写实主义的小说家。他们以为写实主义最能够揭示旧社会的黑暗,又最能够满足知识分子的"载道"意识和要求。作为欧洲现实主义的定义,现实主义的目的就在于客观描述当代社会现实,它自认为在题材方面无所不包,在方法上追求客观,因此,"这种现实主义小说的传统——具有启发性的、道德主义和改良主义的——在中国是通过对社会的认真关心和对社会正义的原则性要求相结合而发展起来的,这正是中国传统文学中最优秀的作品和十九世纪欧洲文学中占优势的那种个人主义的人道主义所具有的特点"。① 强调文学的人生作用,也即强调文学的社会作用,必然成为中国文学的正统趋势,尽管"五四"先驱者们在理论上高举着反封建的大纛,但承继其文学传统时却表现出与旧文人"成仁"意识的极大亲和性。因而,"五四"以来的小说家们(包括鲁迅在内)尽管各人接受了不同的西方哲学思潮——就像尼采、叔本华之于鲁迅,布鲁诺、斯宾诺莎之于郭沫若,巴枯宁、克鲁泡特金之于巴金,等等。尽管各人在形式技巧上引进了适合自己艺术口味的创作手法,然而,作为一种隐形的内在精神和气质,那种为人生和社会进行奋力"呐喊"的使命感,始终扼制着小说家们的灵魂。他们鉴于中国的国情,把小说创作作为一种向旧世界宣战的思想武器,为拯救民族危亡和人民疾苦而写作,这不能不说是中国文学的一种难以摆脱的特征。但不可否认的是,"为人生"的文学观念的提出又必然招致与之相异的文学观念的抗衡,"为艺术而艺术"的"创造社"的大将们对于现代心理悲剧的揭示,尤其是性心理的深刻剖析,充满着浪漫主义的悲伤。从郭沫若"身边小说"始,主观的抒情色彩十分浓郁,即便到郁达夫的《沉沦》以及成仿吾、张资平、叶灵凤、白采等人的作品都是企图在逃避现实人生的社会悲剧中来达到对于个人内心的悲剧的宣泄,正如郑伯奇在《中国新文学大系·小说三集》的"导言"中所说的那样:"因为他们在国外住得长久,当时外国流行的思想自然会影响到他们。哲学上,理智主义的破产,文学上,自然主义的失败,这也使他们走上了反理智主义的浪漫主义的道路上去。"诚然,促进这种思潮漫延的原因绝不止这些,我以为最根本的一条就是这批受了西方哲学文化思潮熏陶的智识者们(有些虽是在日本留学,

---

① 〔美〕M.S.杜克:《毛以后年代的中国文学:回到"批判现实主义"》,《国外社会科学动态》1985 年第 8 期。

但明显是从日本的西方思潮热中受到影响)对于传统的哲学文化的本能厌倦,而对一种新的审美经验,一种对世界的新的认知方式的现代精神的深刻迷恋。像20年代初的"弥洒社"所主张的无目的的艺术观,只发表顺应灵感的作品的教条,更是对"五四"新文学主潮的一种逆反,这种不和谐音调,如果仅仅理解为"五四"以后小说创作的多元倾向,则是肤浅的。我们需要看到的是,这股与现实主义抗衡的浪漫主义的"艺术纯情"为什么很快就被现实主义的大潮所淹没、消解。无可否认,"创造社"的"大亨们"无论从文坛上的影响或是其创作的实绩来说,都足以与一批现实主义的代表作家抗衡、匹敌,然而,他们最终的瓦解不只在于流派内的个人原因,倒是在于他们对不可遏制的文学主潮的审美心理的恐惧、无可奈何,乃至悄悄投降。"创造社"也好,"弥洒社"也好,他们都是以失败为代价,逐渐将审美观念移向现实主义,郁达夫从变态性心理宣泄的"私小说"转向对社会人生"客观化"的描摹,胡山源等从"咀嚼着身边的小小的悲欢"到冷峻客观的写实,足可以看出当时作为主潮的现实主义的巨大消融力量。它迫使一切背道而驰的艺术主张举手就范。

然而,我们还要清楚地看到,两种艺术观念的冲突虽然形成了一边倒的格局,这种"二元倾向"在"五四"后的20年代并未真正形成文坛的对峙格局,但是作为一种与现实主义相对立的潜在"意念"是存在的(以后的"新感觉派"小说倾向即可说明),同时,即便是现实主义的大师们,也是在一种现实主义和浪漫主义以及新浪漫主义或现代主义的审美对立中寻觅一种互为渗透交融的新质。也就是说,在现实主义和现代主义隐性的双向交流中,撷取一种新的小说要素。在鲁迅和茅盾这些大师们的影响下,许多作家在现实主义的叙述框架下,融入了某种现代主义的哲学文化思想的内蕴,同时亦在局部叙述过程中采用了现代主义的表现技巧方式。一方面,是鲁迅、茅盾这样的现实主义大师们在自身的创作实践中众采了象征主义、表现主义、意识流等现代派的创作技术,同时往往以西方哲学大家的思想为底蕴来阐述自己拯救民族、抨击民族劣根性的哲学观念;另一方面,是郁达夫、胡山源那样的"为艺术而艺术"的作家们突破了"纯艺术"的樊篱,面对旧中国水深火热的国情,他们的立足点逐渐向现实主义靠拢,但不可否认的是,他们的小说创作即便是在转变风格后,仍然带有一种表现的成分。

现实主义小说作为文学的主潮,它的真正的确立,可能还要依赖于20年代中期以后那批植根乡野的"乡土小说流派"的兴起。所谓"乡土文学",我以为实乃为鲁迅对自身小说创作的一种评价,鲁迅之所以倡导它,而且把它提到较高的文学地位,只不过是借"乡土文学"这块招牌阐述自己的小说观念和哲学观念而已。其实鲁迅一系列著名的小说无一不是"乡土文学",其中寄寓了作者深邃的智慧和思想,作者强烈的主体意识统摄笼罩着他笔下的芸芸众生,使得作者在鸟瞰这个世界时能够高人一筹。鲁迅之所以能够成为大家,就在于他突破了一般作家所采用的超人与平民之间的等距离视角(也就是"平视视角"),而采用了"俯视视角"。正如有的外国学者在描述鲁迅小说时所言:"我们似乎可以看到形成了'精神界之战士'(超人)的'心声'直达'朴素之民'这样一幅构图。这个'二极结构',在此后鲁迅作为小说家的活动的全过程中也得到了确认。现在审视一下他的全部作品,以此观点对照他所塑造的人物形象,我们仍可感觉到,作为一个现实主义小说作家,他的关心还是朝向同一个'两极'。"①毫无疑问,鲁迅的小说是将改造民族文化心理结构的强大主观意念(主体意识)融化在一种古老、凝滞、僵化、悲凉的习俗和愚钝麻木灵魂的客观再现之中,使之形成一种强烈的"文化反差",这种看似冷峻,实则炽热的内外反差情感,铸就了现实主义小说的一种风范,它所包容的主客观两极,须得作者一方面具有强烈的主体意识,一方面又得在具体的创作中尽力隐匿情感的外露。鲁迅的《祝福》、《孔乙己》、《故乡》、《阿Q正传》、《药》等传世之

---

① 〔日〕伊藤虎丸:《鲁迅早期的尼采观与明治文学》,徐江译,《文学评论》1990年第1期。

作,就是用"曲笔"来抒发自己那个高屋建瓴的哲学总命题的。鲁迅对于"乡土文学"的解释,大体可归纳为:首先,是用哲学思想的"高反差"来统摄作品。鲁迅所说的"在北京"不是一个纯空间的范畴,而是指经过高层文化和文明熏陶过的作者;"写出他的胸臆来"和"隐现着乡愁"都是指作家哲学思维的主体性,亦是指思想被"放逐"过的、有了更新哲学观念的作家思想体系。其次,就是鲁迅所一再强调的小说的审美性,这是"乡土文学"的前提,没有了"乡土气息","因此也只见隐现着乡愁,很难有异域情调来开拓读者的心胸"。而茅盾只不过是将作家主体意识和作品的审美要求的次序颠倒了一下而已,强调的重点仍是作家的世界观和人生观。可以说,鲁迅和茅盾对于"乡土文学"的界定,奠定了"乡土文学"现实主义创作方法的基础——"为人生"的前提成为作家主体意识中不可超越的规范。然而,他们作为文学的大师,同时不忘记文学的审美功能——"异域情调"的描写是愉悦读者,使读者进入作家主体范畴的美学通道,因而,在先觉者的启迪下,一批乡土小说作家的崛起,进一步发展了现实主义的精义。然而,这里须得说明的是,为什么这批乡土小说作家都没能成为鲁迅式的大家呢？我认为其关键并不仅仅是作者对现实主义的精义的理解力不够,亦不仅仅是对愚昧麻木的农民劣根性揭示不够(说实在话,这批乡土小说作家均有着强烈的人道主义和启蒙主义思想),更不仅仅是对那充满着悲凉的"异域情调"描摹得不精彩,而恰恰在于一般作者不能够完成一种"超越"——这是一种强大的哲学文化层次的理性灌注于作品的每一个情节、细节、人物的力量,这是用"精神之战士"的睿智目光(包括尼采在内的20世纪哲学思想合理内涵的结晶)洞察、烛照客观世界时所体现出的有着极大隐匿效果的哲学精神之光。然而,相形之下,王鲁彦、蹇先艾、裴文中、许钦文、黎锦明、李健吾、徐玉诺、潘训、彭家煌、许杰、王任叔等人的作品,虽然充满着人道主义和启蒙主义的思想内涵,虽然"有异域情调来开拓读者的心胸",但整个作品还缺乏一种整体把握形象的高层次的哲学文化主体意识。或者,这种主体意识只是一些朦胧的、支离破碎的、未成系统的、介于自觉与不自觉之间的作家意识的本能。但无论如何,这批乡土小说作家的创作,无疑是驱动了作为本体的现实主义(写实风范)在中国文学中的发展,它之所以形成了一种流派,足以证明一种小说观念的形成——那种不事雕饰而充满着浓厚人道主义和启蒙主义思想的"五四"精神得到了广泛的认同和普遍的延展。

毋庸置疑,在"五四"以后的第一个十年中,作为文学先锋的小说门类,它无论是在哲学文化观念——人道主义和启蒙思想,还是艺术观念——"为人生而艺术"的艺术观,都与"五四"新文化运动的思想主潮相吻合。然而,倘若看不到文学先驱者们(尤其是鲁迅和茅盾)在理论和创作上存在着的背反现象,看不到大师们矛盾着的两重心理状态,则就不可能发见在"为人生而艺术"的总趋势下存在着的一种现实和现代主义思潮、再现与表现艺术观念隐性双向交流的现象。在中国,无论是当时的"新浪漫主义",还是有一打多的现代派文学思潮,抑或是占统治地位的"写实主义"的西方人文主义文学主潮,都不可能完全排拒和摒弃其他的创作思潮和方法对其的影响,虽然在理论上各执一词,但真正进入创作境界时,则不可能完全抵御其他方法和技巧的诱惑。鲁迅的小说创作和茅盾早期小说创作就是在很大程度上采用了别一种的方式方法,它们与后来所阈定的现实主义小说模态则完全不同,以至于我们至今在解读时还嗅到了现代主义表现艺术的深深韵味。即便是在"为艺术"初衷下进行小说创作的郁达夫等人,亦不是在浓郁的"自我表现"的心理小说的结构框架中逐渐渗入了"为人生"的社会思潮和再现的艺术成分了吗?由此可见,在第一个十年间,小说观念虽然在"为人生"的呐喊声中声势壮大(尤其是《小说月报》改革成为"文学研究会"的"为人生"阵地后),但小说从来不排斥对于其他观念的吸收和表现。也就是说,第一个十年前后,把小说作为只容纳一种思潮和模态的意识尚没有形成,虽然一些先驱和大师们在鼓吹和倡导写实,但现实主义的主潮地位只是在理论上有所呼吁,而真正从创作实绩来看,现实主义的再现艺术成分并不占绝对优势。我以为后来的文学史家们多少以一种偏见来概括这段历史,忽视了这一时期创作中存在着的奇特现象,致使人们对这一时期的小说创作形成一种误解,认为它完全是以现实主义为主潮的历史。殊不知,它其中隐匿着的现代主义思潮,尤其是现代派的表现手法的运用,成为许多有成就作家的自觉,足以说明一种表面形态与深层内容相生相克的"二律背反"现象反而促进了文学的发展和成长,以至后来还出现了像"新感觉派"这样的现代派的流派。我并非想把"五四"以后的第一个十年概括成一个多元的小说世界,但是,小说观念在这个十年前后,并不是一个凝滞的、固态的思潮模式下的制作机器,它的可变性是极大的,倘使我们仔细厘定,是难以用一种准确的断语加以简单地概括的。小说从书斋走向十字街头和广袤的乡野大地,这是小说的社会性进步,但同时,小说从十字街头走向人们的内心世界,这又不能不说是小说对人和生存环境更深刻的认识。如果中国小说能像这样的形式自然而然地发展下去,它将是一个什么样的格局呢?尽管像茅盾这样的文艺理论家在20年代不断著文抨击唯美主义的作家,抨击感伤主义的病态文学,但真正轮到他写第一部作品时则又始终摆脱不了这两个"魔影"的纠缠。这种小说理论与创作的背反现象正说明了现实主义和现代主义在中国小说界不是以一种对立格局存在的,而是以极大的亲和性相交融渗透的。

无疑,这种二元的小说格局不仅促进了"五四"前后乡土小说的繁荣,而且还增强了作家的创新意识,诸如王鲁彦、台静农、废名、沈从文等乡土小说作家在自身的小说创作中所采取的新的审美方式与表现技巧和方法都促进了乡土小说的进一步繁荣。

但不可忽视的是在30年代以后过分地强调小说的政治、社会的功利性,致使乡土小说,乃至整个小说创作在以后的几十年中忽视审美特征和表现技巧的重要性,尤其是对于新的表现技巧的创造几近于零。

这种状况直到新时期才得以重新厘定、恢复和提高。

第二节　新时期乡土小说中的"复调"意味

我们的文学丧失过主体性,这个主体性起码包括两个方面:作家的主体意识和作品中人物的主体意识。随着新时期文学自身主体意识的复苏和觉醒,人们热切地关注和厚爱着文学中作家主体的强化和发展;而对于文学中人物主体性的关注却很少,这种忽视,当然对于文学技巧的发展是不利的。同时,我们分析新时期乡土小说时,如果忽略了这一现象的存在,也就是部分消解了其方法和技巧的长足进步。

陀思妥耶夫斯基以人物主体性构筑"复调"小说世界是小说描写领域内的一次重大革命,它创造了心理现实主义的最佳表现手段,但它被人接受却经历了一个难以被人理解的漫长的历史过程。陀思妥耶夫斯基曾以极强的自信宣称:"虽然我不为现在的俄国人民所理解,但我将为将来的俄国人民所理解。"是的,随着审美认识的深化,人们愈来愈感觉到这个伟大作家在开掘人物心理世界时所显示出的巨大能量,亦愈来愈感觉到其作品高度的美学价值。

倘使纵观中国现代文学的艺术轨迹,我们似乎不难发现,即便是以冷峻的现实主义著称的一代宗师鲁迅先生,恐怕不仅仅是塑造了有个性的典型形象,更重要的是,像《狂人日记》、《阿Q正传》等传世之作是采用了以人物为主体的描写视点,而将作者自己隐去的艺术手段,才使得这些作品辐射出无穷无尽的丰富内涵。愈是以"复调"出现的小说,就愈有其广袤的主题疆域。茅盾的《蚀》和短篇小说集《野蔷薇》以及短篇小说《泥泞》等便是具有"复调"特征的"狂乱的混合物"。而这些小说的辐射力量至今还是灼人的,有着亘久的艺术生命力。

新时期的小说创作较为清晰地显现出两次以人物主体性为轴心的创作现象。第一次"复调"小说的出现是以靳凡1980年在《十月》第1期上发表的一代青年知识分子身居乡土而对历史和文化作出深刻思考的力作《公开的情书》为标志的。这次显现给以绝对现实主义的创作方法为唯一目标的中国文坛吹进了一股新鲜活气。当然，许多人还是以现实主义创作的框子去分析它。但起码，这部作品的出现开拓了现实主义作家的视野，促进了现实主义体系的开放，向着现实主义的心理层次进发，这不能不说是当代文坛最活跃的描写艺术技巧的因子。然而，正因为处在文学嬗变时代的初期，人们的大脑尚不可能进行逆向的思维，亦就不可能对这种人物主体性倾向的"复调"小说进行全面的艺术观照，因此，它还不能向更高层次发展创造，使之与文学的内容和民族精神融为一体，亦不会从更深的层次去批评再造这部小说的涵义。因而，当我们重新来回顾这一创作现象时，不得不承认，这次人物主体性的初次显现，还处于一个较低层次。首先，作品时空的观念仍是沿用写实的技法，次序井然，转换清晰，使读者一目了然。其次，作者没有打破线型的表现方法，虽在人物与人物之间尽力隐去作家的主体意识，但由于用清晰的日记书信体将人物主体分割为若干个单元的"自我"，形成一条条鲜明的"临界线"，而不是指示符号消失后的模糊性所造成的混乱的心理冲突世界。亦就是说，这种分割法，阻隔了人物主体性之间的心灵撞击，以及由撞击而产生的人物内心世界的分裂。这样，我们在阅读这部作品时，便缺乏一种阅读障碍，这就削弱了人们的艺术期待视野。

第二次"复调"小说的出现，是以1985年年底发表的张承志的中篇小说《黄泥小屋》(《收获》1985年第6期)和相继发表的陈源斌的《红菱角》(《中国作家》1986年第2期)、残雪的《苍老的浮云》(《中国》1985年第5期)等为标志的。当然，带有人物主体性倾向的小说甚多，如莫言的小说创作、"寻根文学"中韩少功的《爸爸爸》、贾平凹的《商州》、少鸿的《梦生子》、赵本夫的《那——原始的音符》等。这次人物主体性倾向的复现比起1980年年初的那次来说，具有更自觉的意识，它已经突破了现实主义创作方法的模式，向一个更广阔的描写领域延伸和拓展。它不再是线型的描述手段，而是具有辐射张力的多面体描写手法。由人物各主体之间形成的心理冲突的反差与落差，将许多不同的哲学意识推到读者面前,而作者又以捉摸不定的主观意图(似乎似是而非的立场)而悄然巧妙地隐退,便使作品的涵量陡然增大,人们似乎再也不能用一种机械的方法对它作出貌似公允、正宗的批评了。多义性成为人物主体性"复调"小说的一个重要的代名词。这类小说愈是给读者带来阅读障碍,便愈发受到批评界的重视。似乎文学的哲学底蕴的探讨将要成为一种时尚。

然而,随着作家主体性的强化,作品愈来愈形成理念外化的倾向,文学倘使走这条路,必然会失却形象的魅力而向晦涩的哲学论文的形式蜕变。人们既不愿意回到现实主义旧有的描写模式中去,却又忽视了作品人物自身心理世界无限疆域的张力,便陷入了困惑两难的尴尬境地,而人物主体性的创作方法正是把作家从纯理性的阐释和破译中解放出来,使作品获得新的生命力。从运用这种方法进行描写的作品透视中,我们找不到作为主体的作家(并非没有),满目看到的却是作为主体的人物。我们看到的是人物自身心理世界由正负极相撞而形成的阴阳大裂变,或者是一个人物主体与另一个人物主体的撞击产生的炫目火光。这样,作家的主体性才真正找到了最恰当的新的表现形式。也就是说,人物主体性的表现方法补救了作品理念外露、枯燥,形象浅化、干瘪的弊端,以灵活变幻的描写手段去调节、促进了文学的嬗变。由此,我们似乎才真正悟出了恩格斯那句"作者的见解愈隐蔽,对艺术作品来说就愈好"的伟大名言对于文学的描写艺术所起着的永恒效力。

毋庸置疑,人物主体性在整个创作中起着至关重要的作用,是衡量一部作品成败的重要标准之一。忽视了这一点,我们往往只能是坐井观天,把自己永远禁锢在试图表达什么主题的框架中。当今的批评家们有的已经注意到了这种奇特的二律背反现象,有如某位学者所推演出的公式:

作家愈有才能　　作家(对人物)愈是无能为力;
作家愈是蹩脚　　作家(对人物)愈是具有控制力;

> 作品愈是成功　　作家愈是受役于自己的人物；
> 作品愈是失败　　作家愈能摆布自己的人物。

这位学者认为：“作家对描写对象的尊重,就是赋予对象以人的灵魂,即赋予人物以精神主体性,允许人物具有不以作家意志为转移的精神机制,允许他们按照自己灵魂的启示独立活动,按照自己的性格逻辑和情感逻辑发展。作家处于最佳心理状态时,也是自己的人物充满着主体意识,充满着生命活力的时候,此时,作家不是受自己的意志所支配,而是受到充分调动起来的主体潜在力量的支配,并沿着潜意识的导向前行,在可感知的范围内,造成了'意外'的效果,即愈有才能的作家,愈能赋予人物以主体能力,他笔下的人物的自主性就愈强,而作家在自己的笔下人物面前,就愈显得无能为力。”①我们说,这位学者所阐述的人物主体是普遍的、宽泛意义上的认识,这在胡风的文学理论中也有所体现。它基本上已经成为被认同的普遍真理(即使是旧现实主义也不否认),用它来衡量作品,那么,其人物主体性的作品包容量就相当可观了。虽然这样的作品都带有普遍意义的人物主体性,但它基本是巴尔扎克式描写形态下的正统现实主义的人物主体性,有如卢卡契的"人物独立"论,也有如胡风那种创作方法补足世界观不足的观点。而我们所要阐述的却是陀思妥耶夫斯基式描写形态下的心理现实主义的人物主体性,亦即巴赫金所描述的那种狭义的人物主体性观象。

巴赫金在论述小说形态时,曾把它分为两种类型：“第一类是传统的,即在作者单一的意识统摄下形成的小说,他称之为'独调'的或'同调'的小说；第二类是'复调'的小说。”这两类小说的区别在于：“传统小说的作家通常是独调式地介绍、叙述、描绘、评论主人公的品格特点、社会地位、社会的和性格的典型性、习惯、精神面貌等等,从而塑造出一个稳定的完成了的形象。而主人公的自我意识仅仅是构成他整个形象

---

① 刘再复：《论文学的主体性》,《文学评论》1985 年第 5 期。

的诸因素中的一部分,它超脱了整个形象的框框。因此,主人公只是作者意识的客体。"而"复调"小说的"主人公成为观察他自身和他的世界的视点,主人公的自我意识构成了在其形象中占优势的成分。……主人公不只是作家意识的客体,而且也是自我意识的主体"。"复调小说的作者不是直接描绘客体形象,而是经由主人公的自我意识去描绘形象。"①如果仅仅以人物的视点来进行描写,那么,新时期的小说创作从王蒙的变奏开始便一直延续至今,其作品浩如烟海,不胜枚举。那么,在作家隐去自己的前提下,不仅仅以一个人物主体出现的心理世界为满足,而是以多元的心理世界来摆脱作者意识的统摄,摆脱单一人物主体的控制,使之呈现出一个个"没有指挥"的独立的人物主体,其中蕴涵着多元的人生哲理的交锋,才是这种狭义人物主体描写的重要特征。亦正如巴赫金所说的那样:"许多种独立的和不相混合的声音和意识,各种有价值的声音的真正的复调确实是陀思妥耶夫斯基小说的基本特点。"②当然,"复调"不仅仅是小说的艺术结构,亦是小说内容。多元化成为变革时代的思维特征,它就不能不在小说的内容和形式上有相应的反映。并存不悖的多种观念要找到最佳的表现形式,于是,作家们便攫取这种狭义的人物主体描写方法。

《公开的情书》最先以人物主体性的描写方式出现,正表现了那个特定时期一代知识分子对历史回顾的一种焦灼不安的情绪,那种对极"左"路线的竭力抨击而后快之情,试图通过象征、哲理的外化形式予以表现。多种人生哲学的观念是对于那个悲剧时代深思的结晶。作者试图以几种不同的人生哲学观的撞击来表现一种超群的人生意识。于是,他借助了人物主体性的表现方法。真真与老久、老久与老嘎、老嘎与老邪门、真真与哥哥、真真与石田……每一个人都构成了独立的心理

---

① 樊锦鑫:《陀思妥耶夫斯基艺术世界中的时间和空间》,《国外文学》1983年第3辑。
② 转引自王圣思:《陀思妥耶夫斯基的现代性——析〈罪与罚〉》,《读书》1986年第10期。

世界,而且在几者之间的撞击中,尽力避免了作家主体的介入。作品都是从人物的各个视点去观察世界。由此可见,人物从内在形式上已基本上获得了自我意识,从表象来看,整个作品已经是"没有指挥"了。但是,作者采用了以章节来切割各人物主体之间联系的手法,使人物主体性变成一种人为的独立体。这就使作品进入一种凝滞的稳态结构之中,时空没有倒错,指示符号(作家的叙述语言)虽然表面消失,但其实却有一条无形的"指示符号"在联结着情节的有序展开。况且人物自身缺乏内心的分裂(只表现作为"社会人"的意识形态,而未表现作为"自然人"的潜意识。最多不过是浅层次的人本主义的观照),意即缺乏双重的分裂(人物与人物之间、人物内心世界之间)。从接受美学的角度来看,整个作品始终缺乏一种阅读障碍。如果说作品有一种"效价"的话,那么,满足读者需要的作品产生正效价,具有较高的审美价值,反之,则产生负效价。正效价产生吸力,而负效价产生斥力。我们认为:《公开的情书》中每个人物所形成的独特的心理世界,和他们之间人生哲学观念互相撞击下所产生的耀眼火花,激励鼓动着那个时期一颗颗青春勃发的心,它产生着较强的正效价;而由于作品采用的简单的切割法,以及作为人物个体自身内心所缺乏的分裂状态,又产生了负效价,足以消泯这部作品本来可能成为的那一时期或者一个时代文学观念和艺术描写开山意义的地位。这只能说是人物主体性在作家意识中尚处于一个非理性化的不自觉的阶段。

在1985年文学界的"方法论"热方兴未艾时,作家们似乎亦对描写方法的更新由衷地热心起来,除去其他描写领域的蜕变外,单就一些作家对于人物主体性描写的关注来看,足以体察到文学变革的足音。

作为一个优秀的作家,现实主义往往要求作家的主调清晰,在作品中鲜明地阐述自己的世界观,站在"全知全能"叙述角度去破译生活。这样,高明的现实主义作家,无非是采用以下几种描写方式:或者是在作品中塑造理想人物,使之成为代言人;或者是将自己的思想在情节的场面中自然流露;或者是直抒胸臆;或者是以象征性的景物描写或间接议论而达到介入之效果。无论用以上哪种方法来表白作家的主体意识,读者都不容易产生阅读的障碍,作家的世界观立场一眼见底,了了分明。这种描写方式逐渐麻痹了现代读者的感受机能,使之产生倦怠情绪。打破这种平衡便成为这个时期文学的自觉要求。而那些机械模仿现代派描写方法作品的泛滥所造成的文学的矫揉造作,似乎愈走愈远,终于又使人们产生阅读上的困乏和逆反的心理。那么,寻求一种新的表现形式便成为作家们的迫切需求。从1985年年底至今,人物主体性的描写方法表现于乡土小说创作,大致经过了以下的递嬗过程。

从《黄泥小屋》开始,张承志似乎摆脱了人物单一的描写结构方式,采用了多元人物的描写,加大了人物各主体间的撞击系数;在总体象征的惯用描写手法上逐渐向人物主体性移位。考察这部小说,作者基本上是以作家主体加人物主体的叙述形态为轴心展开的。一方面,整个作品的指示符号并未消失,在以作家为主体的描述中,作者采用的抒情性手段从外部视点来透视人物,融入了作家主体意识;另一方面,作品中的人物基本上已形成一个个相对独立的内心世界,主人公的自我意识构成了在其形象中占优势的成分。这就使得这部作品变成了"独调"与"复调"小说的混合物。

从整个作品的时间结构来看,其转换轨迹尚是较清晰的。首先,它的故事情节基本上是顺时态的;其次,空间的转换亦是按照情节的需求而变动的。其中最重要的因素就在于张承志仍保持了由作家本人介入的第三者角度的"全知全能"叙述形态。也就是说作家掺入的叙述正是一种指示符号,它是将读者引向作家自我意识中心的一种手段。这些,基本上是保留着现实主义"独调"小说的描写方法痕迹。在这样的描述形态下,作品呈现了它的明朗、清丽的色调。实际上,作家不仅介入了人物,也介入了读者。

从整个作品的人物描写来看,无论是苏尕三、贼娃子、阿訇、韩二、丁拐子,还是那个尕妹妹的她,都以各自强烈的主体意识去接受生活的挑战。他们每个人的内心世界都是可以分割的两个矛盾体的融合与撞击；同时，每个人的主体意识又与外部世界发生激烈的冲突，许多种独立的不相混合的声音和意识交织在一起，形成了"复调"小说的艺术效果。不要说苏尔三和她丰富的人物主体意识构成了这部小说耀眼的人物主体性特征，即如贼娃子这样的人物也有着丰富的自我意识运行的轨迹。作者处理这个悲剧人物的死时，完全是以人物的主体意识去感受外部世界的，作品形成了一种似幻觉又非幻觉的效果，写出了世界的隔膜、荒诞、残忍。总之，在人物主体性的描述形态下，作品又充分显示了"复调"小说的晦涩、隔离的色调，无形中使得作品的内涵加大，模糊性所造成的阅读障碍，增加了现代人所需求的审美韵味。

从整个作品的内容来看，作者似乎也要和陀思妥耶夫斯基那样造成一种人与人之间的非常态心境下形成的孤独感，阐释一种理解和不被理解的欢愉和痛苦，这是一种深层的心理意识。正像作品中的人们所面对的那个强大的无形力量——"谁也没说自己见过东家的面"。外部世界的无形重力对人的压抑，强化了人们内心的孤独，由此产生的人物主体性描绘，更能准确地传达出作为人的丰富内心世界所受到的压抑和本能的反抗。

《黄泥小屋》作为新时期继《公开的情节》后第二阶段人物主体性倾向的第一乐章，其主旋律似乎是作家主体性和人物主体性的混成交响曲。

如果把后来的主体性倾向的小说发展比作"序列音乐"（"序列主义"也摒弃传统音乐的种种结构因素［主题、乐句、乐段，以及它们的逻辑发展等］和创作规律）的话，那么，翻开第二乐章，我们便可以清晰地看到这样的事实。

随着《红菱角》的出现，我们可能遇到了更大的阅读障碍。因为整个作品的故事情节结构已经被打乱，带有"意识流"的特征（当然，"意识流"是每个人物自我意识主体的生活流）。由作家介入的第三者角度的描述形状逐渐递减，其指示符号呈局部消失状。即使有些第三者角度，其叙述语言亦是由"群体人物"的主体意识的视点来阐释描述的。如小说最后一段的追述,看似由作家主体意识介入的产物,实则却是愚昧的、固态的民族心理结构笼罩下的被歪曲了的客观事物形态。这部乡土小说已基本上打破时空的流程。用六指——一个破坏传统的个体象征物和大伯——一个维护传统的群体象征物之间的那种自我意识的冲突,来展开人物主体性之间的撞击。正如融恩所说的那样:"比起集体心理的汪洋大海来,个人心理只像是一层表面的浪花而已。集体心理强有力的因素改变着我们整个的生活,改变着我们整个的世界,创造着历史的也是集体心理。集体心理的运动规律和我们所能意识到的完全不同。原型(archetypes)是种巨大的决定性力量,它导致了真正的事件的发生。……原始意象(The archetypal image)决定着我们的命运。"[1]由此来理解六指与霞的毁灭,我们似乎更能意识到改造我们民族文化心理结构中的"集体无意识"是何等的艰难困顿。

这部小说虽然是一部短篇乡土小说,但是,小说的内涵却异常深厚博大。作为传统的破坏者,六指是个有思想的人物,他的心理呈分裂状态,他有残忍的一面,有不被人们所理解的隐痛,他内心所产生的孤独感是一种变态的情感,是个体与群体之间的隔膜。值得深思的是,他肉体的牺牲也并没有能够拯救群体精神上的沉沦,亦没有逆转传统意识对他的宣判。小说不仅描述了他自身的心理分裂,而且还展示了他与另一个个体(大伯)以及群体(众乡亲)之间的心灵冲突。作品提出的摧毁固态的民族文化心理结构的内涵是以恰当的人物主体性的描写方法得以最佳表现的。试想,如果单用现实主义的再现方式是不是能达到这一主题现有的深度和广度呢?

倘使我们翻开这个"序列音乐"的第三乐章,我们看到的将是光怪陆离的世界。乡镇小说《苍老的浮云》的出现,可算是将人物主体性描写方法送上了极端。作品采用的几乎全是"内心独白"或"旁白"的表

---

[1] 〔瑞士〕融恩:《分析心理学——它的理论与实践》,载《融恩著作集》第18集,转引自朱狄:《当代西方美学》,人民出版社1984年版,第30页。

现形式;时间紊乱、倒错;所有的指示符号完全消失,使得许多人大呼其读不懂,而极少数人却连连惊呼此为中国现今唯一可读的作品。读这部小说,有人会马上想到加西亚·马尔克斯的《百年孤独》,而我却更多地想到了陀思妥耶夫斯基的《罪与罚》。同样,在作者的哲学意识中,陀思妥耶夫斯基、马尔克斯、残雪这几个不同国度的作家所要表现的都是人与人之间的隔膜,表现作为个体的现代人共有的孤独感。但从表现方式来看,《苍老的浮云》的作者更接近陀思妥耶夫斯基。也就是说,《苍老的浮云》这部作品的人物主体性倾向表现得十分鲜明。

这是"一个没有时间的世界",我们看到的似乎是陀思妥耶夫斯基笔下一些离群索居的精神病患者式的人物。这些人物的内心世界与外界无法沟通,其自身亦无法统一。整个作品以男主人公更善无和女主人公虚汝华的想象、幻觉为线索,来展示这两个心灵世界在外部世界重压下的变态。初读起来是满纸荒唐言,堆砌满篇的是莫名其妙的幻象、莫名其妙的答非所问、莫名其妙的荒诞细节的颠倒重复……一切都莫名其妙。然而,细细品尝,其中似乎散在着许多内涵丰厚的可解底蕴。如果,它在主题上与《百年孤独》有相似点的话,那么,那种由孤独所造成的愚昧、落后、保守僵化的现象,以及各自生活在封闭的自我堡垒中,以自己的思维方式来排遣孤独——"徒空无益地挣扎了一辈子"(《苍老的浮云》),形成了两部作品主题内涵的共同点。其实,我们满可以把这部作品两个男女主人公的主体意识看作是两个分裂状态的内心世界;它们又同时与那些男人、女人、母亲、慕兰、女儿等象征物(其实就是一种外力而已)进行着性格撞击。当然,作品更多的是表现人物自身非常态的心理分裂。而与陀思妥耶夫斯基不相同的地方是,残雪似乎不是以一个分裂的心理世界与外部世界相抗衡,而是把两个共同的分裂的心理世界相沟通,来面对共同不可理喻的外部世界,以使人们得到一种这样的直觉:究竟是他俩疯了?还是这个世界疯了?!也许,这部作品提出的也是如鲁迅先生一样的改造国民劣根性的主题吧。因此,这部作品与鲁迅先生的作品的表达方式却是很相同的。它往往不预先,也不过后指示出主人公的行为方式,例如梦境、幻象、意念等。作者试图达到"变幻想为现实而又不失为真"的艺术效果,有意混淆时空中的间距,试图把读者亦拉入和主人公一样的梦幻中去,表现出极大的颠倒性、非逻辑性,使"叙述的过去时态转换为人物正在意识着、体验着的现在时态"。① 这样,共时效果似乎消融了读者与人物之间的心理屏障,使你向人物主体意识的深层中走去。

人物的即时反应是增强作品人物主体性的重要手段。《苍老的浮云》就是在形象描写的过程中不断出现人物的即时反应,如虚汝华看到白花后产生的幻觉,如更善无看到虚汝华吃酸黄瓜所产生的联想……这一切静态的或动态的物象描写被人物的即时反应所切割,它的"频繁使用能积极地驱动读者的想象连续不断地在客观物象世界和人物内心世界之间来回跃动,从而打破通常的物象描写的静态时间,使静态获得动势"②。无疑,这种观照外部物象时采用的以人物的点位去描述,使人物作出即时反应的方法,的确增加了整个作品的模糊性。别林斯基曾就陀思妥耶夫斯基的小说,对此模糊性提出过批评:"作者以自己的名义叙述主人公的遭遇,可是完全用主人公的语言和想法:这一方面显示出他才能中有极多的幽默感,客观洞察生活现象的无限强大的能力;所谓钻到和他不相干的旁人的皮肤下面去的能力;可是,另一方面,这就使小说里的许多情况变得模糊不明。"③我们觉得:别林斯基对这种模糊性的批评是站在现实主义创作方法的视角上来进行评判的。然而,用今天富有当代意识的眼光来看,这种模糊性正是现代读者所需求的阅读障碍。

在《苍老的浮云》里,我们已经完全看不到作家的主体意识,代之的是完全的人物主体意识,它已成为真正的"复调"小说。当然,我们也并不排斥这部小说对其他的现代派描写方法(如"意识流"等)的借

---

① 樊锦鑫:《陀思妥耶夫斯基艺术世界中的时间和空间》。
② 同上。
③ 转引自樊锦鑫:《陀思妥耶夫斯基艺术世界中的时间和空间》。

鉴和运用。但我们以为这部小说的重要特征是鲜明的人物主体倾向。

当然,还有许多乡土小说带有人物主体性的倾向,如《爸爸爸》、《那——原始的音符》等等,在这里我们就不一一剖析阐释了。

以上对新时期乡土小说中的人物主体性倾向作了一个轮廓式的粗略描述。其中,难免有片面、遗漏、武断之处。但是,我觉得,对这类小说的抽样分析,使我们处在一个尴尬两难的境地。尤其是在肯定人物主体性倾向的前提下,对哪一种人物主体性的描写方式进行肯定呢?是张承志?还是陈源斌?抑或是残雪?

随着人们思维空间的拓展,现代人的审美意识在不断地迁移、递嬗。我们不能用凝滞的眼光去看待每一部作品。

从读者层次来看,目前,当然仍是现实主义表现方式的作品拥有更广大的读者,更具有可读性。那么,就人物主体性倾向的作品来看,像《公开的情书》那样的作品拥有的读者要比《黄泥小屋》多得多,而《黄泥小屋》的读者又要比《红菱角》多,而《红菱角》的读者又要比《苍老的浮云》多。然而,为什么个别人惊呼《苍老的浮云》是中国唯一可读的作品呢?这种片面的夸张之中,或许也有它一定的道理。

从接受美学的角度考察每一部作品,那么,被历史认同的传世之作只有在不断被读者阅读的过程中进行连续不断的新的阐释,才具有强大的生命力。好的作品只有提供一个多层次的结构框架,其中留有许多未定点,其丰富的内涵才能逐渐显现出来。难怪陀思妥耶夫斯基敢于骄傲地宣称自己的小说会被将来的俄国人民所理解。从这个意义上来说,《苍老的浮云》或许是有其较恒长的审美价值的。

如果从文学的时代作用(也可称作文学的功利性)来说,那么,愈是直接的描述就愈能获得近距离的效果;愈是间接的表现,就愈失去现行的效应。倘使单就这一点来衡量作品,人物主体性的小说就很难得到青睐。

真的需要我回答对人物主体性倾向的小说的褒贬的话,那么,从多种因素加以考虑,还是以为,为了满足不同层次的读者的需求,应该提倡多样化,即便同是人物主体性的小说,也应倡导作家们根据自己的风格去进行再创造。

第三节 叙述视角转换的意义与局限

80年代后期,在经过了前段时期的小说本体革命的尝试后,许多小说家开始对"新小说派"感兴趣了,这就引发了小说描写"向内转"的风潮。这种反对传统小说以人为中心的艺术形式是建立在"物本主义"基础上的。我们且不论其思想特征和世界观对创作的关系问题有偏颇之处,如"新小说派"对于文学社会功能的彻底否定,单就其艺术形式与技巧来说,那种希冀打破传统小说格局的欲望却是有益于小说发展的。乡土小说在艺术形式上和技巧上吸纳了"新小说派"的许多东西。

"新小说派"认为现代小说是语言的冒险和试验,所以采用"中性"语言来记录自身感知世界的零碎片段,着重于事物形态的描写和内心意识活动的叙述,人物的面目模糊不清,情节平庸,前后不一,不断"闪回"……这一切被"新小说派"的代表人物罗布-格里耶称之为"创作与毁灭并举的叙事法"。这种艺术观念深深地影响了中国的"新潮"小说作家,当然也包括"新潮"乡土小说作家。在他们的小说中,我们看到的是更多的交叉叙述方式,它打破了老巴尔扎克以来近百年的线型叙述模态,现在、过去、未来可以打破时间的链条,同时出现在小说叙述中,"共时性"穿透了"历时性"的雾霭而走向感觉世界。同时,现实、梦境、幻觉、想象、意识流动可以交织在一起变成一种非线型的团块结构。于是,小说家们的视角是对事物进行静物写生。当然,我们很难确定这种叙述视角对乡土小说的影响起于何时何人,但总的来说,"寻根文学"中像韩少功的《爸爸爸》就多少具有一些这种艺术特征,那么到了残雪,这种倾向就益加鲜明了。除了上述的《苍老的浮云》以外,她的《黄泥街》等均带有这种艺术特征。那么,最讲求这种叙述效果的小说可能要算是"新潮"小说的代表人物马原了,他的许多小说是我们阈定的广义乡土小说。除了风俗描写而外,马原的小说用他自己的话来说是"把握对混沌状态的感知","对超验事物的想象的还原"。他的叙述方式转换的新的里程是《拉萨河女神》,这部小说当时引起了不小的反响。有人认为它是一部纯粹操作性语言的表演,具有强烈的叙述意味,它的艺术特征就是不断在消解"故事",不时告诫读者:不要进入"故事"的圈套。这就和罗布-格里耶在《橡皮》中巧妙地运用橡皮这个道具,不断把出现的线索和场面擦去,意在破坏传统小说致力创造的逼真感一样,马原试图消泯自我的情绪色彩。同时,在叙述结构上作家采用了把六个不相干的故事嵌在一个故事空间中的方式,试图穿越线型的时序描写方法。作为第二个里程,马原的《冈底斯的诱惑》更加扩大了小说的空间效果,作者—叙述者—人物,成为一个有机的叙述视角,作者试图通过不同的叙述来达到对不同的心理空间构成的扩张。而作为第三个里程的《叠纸鹞的三种方法》和《拉萨生活的三种时间》则抵达到了"新小说"艺术形式的极致。前者是用三种叙述视角的转换(三个不同叙述者的视点来描述三个不同人物的三个故事)完成了对于三个心理空间的把握;后者则是旨在对小说的时空交叠作出语言的冒险。作者试图像"新小说派"那样把过去、现在和未来这三种不同的故事时间镶嵌在同一空间中,打破传统小说的时序状态,这种叙述方式使阅读者首先必须阅读叙述方式,否则,就无法进入故事的阅读。

自马原以后的许多"新潮"小说家踩着马原的脚印向前走,洪峰、余华……这其中不乏对"新小说"出色精彩的模仿,甚至一时成为中国小说家所钦羡的对象。然而,当马原走完了自己的道路后,随着文学史的自然规律的淘汰,在一场历史性的"旧死"中,"新潮"小说被另一种更有生命力的艺术形式所替代。

正如"新小说派"的理论家萨罗特在描述"新小说"时所作出的相互矛盾的判断一样,它一面背弃了老巴尔扎克式的现实主义的传统形式技巧,另一方面又需求"真正的现实主义"的到来:"真正的现实主义作家致力于抓住他认为是现实的东西,仔细加以观察,刻划出尽其目力所能达到的深度。"[1]这种文学理论上的背反现象导致的是西方小说向故事情节,向传统现实主义的回归。那么,当"新潮"小说走到尽头时,小说家们都在思考艺术形式,尤其是叙述模态的转换,将会给中国小说带来的命运。于是,一种试图悄悄修正现实主义创作方法和艺术形式的思潮在滋长,它试图通过对"现代小说"(不仅仅是"新小说派")的形式技巧的吸纳,来完成人们对"故事"本体的渴求。1987年以后,一大批致力于乡土小说写作的作家们首先通过这样的试验,达到了与这种思潮的默契。一批理论家继而在对这种思潮的厘定中概括出了"新写实主义小说"的概念。需要强调的是:它绝不是现实主义(老巴尔扎克式的或卢卡契式的现实主义)的平面回归,而是呈螺旋上升状的"取精用宏"的叙述模态的转换。忽视了这一点,我们就很难看到这种小说模式的意义所在。我以为,它对于旧现实主义和现代主义均有反动意义;同时,它对两者的融合和借鉴也同样具有文学史的进步意义。

无疑,作为"新写实主义小说"的试验者,除了一批写城市题材的,如方方、池莉等作家外,更多的是一批致力于乡土小说的作家,如刘恒、刘震云等乡土作家。我在第一章里已经对这些作家作出了一些描述,但为了对这种叙述模态的转换有一个比较清晰的感性认识,我试图以另外两个作家的作品为描述对象进行厘定。我之所以选中了赵本夫,因为他是专门致力于乡土小说创作的,通过他的叙述模态变化,可以看出这类小说的变化过程;我之所以又选中了叶兆言,则是因为他从不局限于题材范畴的约束,从城市题材到乡土题材,他都进行试验,在这个试验过程中,我们庶几能在其叙述模态的转换中看出中国小说叙述转换的"这一个"形象特征来。

---

[1] 转引自龚国杰等编:《文学》,第99页。

第四节　叙述模态文本（一）：
乡土小说范例的分析

80年代的中国文坛容纳了整个欧洲一个世纪的文学观念变迁。从意识流到现代派，从现代主义到后现代主义，中国的当代作家（尤其是青年作家）经历了传统与现代观念、技术撞击的抉择。在蜕变过程中，一批作家在借鉴、分离和消化之中，逐步形成了自身的风格，赵本夫就是这类乡土作家中的一位。

从20世纪的"五四"以来，中国的现代文学一直是沿着欧洲启蒙时期的人文主义主题向前演进的，而以后的西方后工业社会思潮中的现代主义和后现代主义从对人的关注转向对物的关注亦不断冲击着新时期的中国小说界，大批的"先锋"、"实验"、"新潮"小说作为一种观念的尝试向文坛宣告自我的存在。赵本夫的乡土小说创作从表面的阅读来看，它在整个叙述过程中显现出对人物和人物性格的忽视，那种凸显的具有立体性格特征的"黑嫂"式的人物已不复存在，但这绝非意味着作者对于物（这个后工业时代的庞然大物对人类心理的压迫阴影）描写的重视，相反，赵本夫始终是在对人的充分关注和解剖中完成对于民族和人类本质的思考与探索。当这种哲理性的思考外化为具体的表现形式技巧时，赵本夫则又悄悄地移植了一些"新小说"的新质。

现实主义的小说往往是通过对人物外形的详尽描述和对性格深刻细致的分析，来达到"真实"效果的，而现代读者已不满足这种"栩栩如生"的人物所提供的审美空间和心理空间了，它要求读者与人物一起在小说的创作过程中，共同探索一种"深层的真实"。这就首先要求小说家对人物的处理打破那种虚构的痕迹，创造出一种近于纪实的心理形象和映象。《走出蓝水河》中，作者所塑造的三个不同时间段的同一人物的历史过程（也即心理演变的历程）标志着赵本夫对于三种不同人物塑造方式的认同。野孩→徐一海→老头，这个民族心理形象演变历程的化身和象征,明显地是虚构人物→虚实人物→纪实人物三个不同描述方式下的重叠人物。作为"野孩",那种写意的诗化的情绪融化于其中,显示出一个未经"文明"雕琢的自然人物形象的诗意魅力,不难看出作者对于大自然伟大和古典主义审美情趣的眷恋;作为徐一海,那种现实主义人物"情结"作为潜在力量,左右着人物的心理机制,这个人物在整个作品中成为一个最引人注目、最"栩栩如生"的形象;而那个"纪实人物"——编箩筐的老头是一个最不起眼的"过场"人物,然而,这个人物正是整个作品对于人的生命过程的思考结晶,亦正是作者将其哲学意念升华抽象到"形而上"阶段的一个焦点人物,这个老头那些古怪的话语和古怪的念头,正是作者要探讨的:人在经受过"文明"的熏陶以后,虽然并未完全回到"原点",但为什么反而变得失却了人的本质特征,向非人的方向转化呢? 显然,作为表述内容的三个人物的复叠,同时用三种不同的描述方式予以表达亦正是作者自己对于古典主义→现实主义→现代主义三种描述方式不分高下的认同。正是这三种表述方式存在于同一作品之中,便使整个作品更加扑朔迷离。也许有人认为这有点不伦不类,但我认为,这正是这一代作家思想艺术特征的最形象的表露。眷恋古典主义的诗意,摆脱不了现实主义力量的诱惑和笼罩,同时亦向往现代主义那种"有意味的形式"对于人类思维的独特表现。这就是从"文革"走过来的一代青年作家独特的创作心态。

"新小说"的代表人物罗布-格里耶以"物本主义"与"人本主义"相抗衡,认为"真正的人道主义不应该强调世界的一切是人",所以他们主张小说写人物活动的生存空间和故事本身。现代作家不可能像传统小说作家那样对人物的命运作出事先的全面安排,作家只能描写时间长河中的一瞬间,生活现象是周而复始、无限循环的,生活中的现实、幻想、回忆、想象、梦境往往是混沌交错、相互重叠的,不能截然分清。赵本夫的小说可以说一直是用人文主义的眼光看待一切的,只是在近期的小说中,这种人文主义的眼光是用一种变态的方式加以折射的。与"新小说"作家所不同的是,赵本夫的小说并没有"以物易人",从而否定文学的社会功能。然而,他在作品中却采用了"新小说"那种自由处理时间和空间的方式,把人物的心理空间进行无限放大,使线型的时间概念变成具有空间意义的心理时间。这一切,并不是"新小说"把人物作为"临时道具"的作法,而是一切围绕着人物心灵历程的变化而作出的技巧选择。在赵本夫的近期小说中,我们可以看出其浓缩了的叙述性语言的增强,除了故事情节的大量舍弃外,这就是人物的语言对话呈消失状态。传统小说往往以"传神"的对话来表现人物心理世界,而现代小说却认为它是一种外部描写,是表面的真实。内心的真实则要求人物塑造不一定面目清晰,对话不要求连贯,而是表现人对现实一瞬间的感受,把内心世界表现作为一种运动。赵本夫小说中人物对话的"失语"现象无疑是作者试图扩大小说的心理空间而造成的,然而不同的是,赵本夫并没有表现人面对现实世界的一瞬间感受,而是把心理的时空拉长,展开一个生命的心灵历程,如《涸辙》中的似乎只是空间意义上的人物,展现的却是一个民族生命意识的坚韧心理演进的过程。《走出蓝水河》中作者干脆把同一人物面对即时的现实世界的心理分成三个时间段,来展现生命在外力挤压下变形的心理过程。从中可以看出作者虽然在许多形式技巧上运用了"新小说"对于人物的处理方式,然而,就其哲学观念的立足点来看则完全是不同的。赵本夫只是想通过这种"有意味的形式"来达到他对人物心灵历程变迁的描述,从而阐释自己对生命本体的哲学思考。

　　从 20 世纪初就开始的小说革命,在不断破坏小说的因果关系和逻辑联系中取得了惊人的一致,从现代主义到后现代主义,一直将此作为圭臬。小说的支撑物不再是人物和故事情节,而成为叙述的形式和描写的语言,"新小说"的代表作家克洛德·西蒙(Claude Simon)宣称小说已由"历险的叙述"变成"叙述的历险",在他们的笔下,故事没有开始和结局,人物甚至没有姓名,情节前后不一,经常使用"闪回"的电影手法。也就是说,那种线型的故事叙述法中的内在因果逻辑联系已被完全切割,顺叙、倒叙、插叙的传统手法已被彻底抛弃,那种没有规律的交叉、重叠、循环使人难以捉摸其确定的奥秘,时间(现在、过去、未来)可以毫无界限地同时出现,空间可以任意转换跳跃,现实、梦境、幻觉、意识流动、想象等可以失去临界而无节制无理性地蔓延在整个作品之中。他们认为传统小说中引人入胜的故事情节诱惑读者进入作家虚构的"谎言世界",从而取消了读者参与创作的权力。近年来的"新潮"小说无疑是借鉴"新小说"的这一小说观念的,这种时髦冲击着旧小说观念。面对这种两难的选择,赵本夫的乡土小说也作了相应的调整。首先,从《涸辙》开始,他已完全打破了线型的叙述方式,整个小说在历史和现在、梦幻和现实的交错、叠印的变焦距艺术描写中,呈现出的是一片混沌状态的时空现象,但仔细地厘定,通过重新拼合,基本上仍可以还原故事的基本情节和整个情节的时间链条。可以看出,作者有意识打破传统小说的叙述惰性,造成一定的"阅读障碍",然而,这种"阅读障碍"绝非一种叙述形式的探险,它是服从于作者的终极目的——引导读者向更广袤的哲学思维领域迈进。形式最终为内容而存在。那延绵几代人的栽树运动成为小说的情节线索,也成为人物的心理线索。它成为一种氛围,一种固态的民族文化心理板块,既显现出这个民族的劣根性,同时又弥漫着这个民族精灵般的意志和凝聚力。作者不是像"新小说"派作家那样要表现世界的虚无,而是要表现那扎扎实实的人的自我挣扎状态和生存现象,那种对人性的弘扬和对兽性的鞭挞包孕着作者无可言状的悲剧性阐释,作者清晰表达出"使人更深刻地感受到整个生活的美好和痛苦,感受到生存的欢乐和复杂性"这样的主题内涵。《走出蓝水河》的时序性更是被打乱了,线型的结构几乎被场景的组合和心理的描述所淹没,但是明眼的读者可以看出作者精心打破的时间链条和空间的转换标识,只需把三个不同时间段上的人物加以重新整合,便可以理出一条清晰的时间顺序和空间的转换联系。赵本夫近年来的小说实验并非对现代派小说本质的模仿,而是局部地运用其艺术技巧,为更深刻地阐述自身的人文主义哲学观念而借鉴之。这在他运用象征、隐喻等技巧的变化上也可略见一斑。

读赵本夫的《涸辙》和《走出蓝水河》，总能感受到一种魔幻和神话的氛围和意蕴，在作品中呈现出一种飘忽不定的情绪。如果说魔幻现实主义采用古代神话、传说、幻想、幻境来制造一种既超自然而又不脱离自然的神奇气氛，通过魔幻来折射现实，"变现实为幻想而又不失其真"的话，那么，赵本夫的这两部小说亦是通过带有神秘魔幻色彩的象征和隐喻性的描绘来达到"变幻想为现实而又更加其真"的艺术效果。在《涸辙》中，那反反复复回荡在作品中的"砰！——砰！——砰！"的劈柴声，那蚂蚱滩上神秘的雾霭和独臂老人的古老躯体，那鱼王庄枯河中的鱼王，那庙里的和尚……它们与其说是象征、隐喻，还不如说是一种文化的积淀，是作者所要表现的那个黄河精灵的文化生存环境，是作者所要表现的这个现实世界中人的集体无意识。《走出蓝水河》中野孩在神秘的蓝水河的怀抱中成长时童话般的仙境，使你难以分清究竟是梦幻还是流逝的现实。那蓝水河上的女妖充满着夏娃式的诱惑……这一切梦境般的自然描写正是作者对一种虚假文明的诅咒与反叛，在自然与文明的反差中，作者要阐释的是虚假的人类文明比起未经熏陶的大自然来，后者更美，作者用这种反差来达到对现实世界的形而上阐释："走出蓝水河"本身就是人类向文明迈进的象征。无疑，赵本夫的这种象征、隐喻的描写总是要用人物的心理语言加以形而上的哲学阐释，这也是理解赵本夫小说的一个重要的关键性的指示词——破译小说内涵的密码。

当然，对于现代小说技巧的运用如果仅仅止于模仿，而不与作品本身的内容相融合，则是可悲的。赵本夫近期乡土小说中的许多技巧都有明显的模仿痕迹，但他的模仿却完全是出于内容的需求。例如，在《走出蓝水河》中作者采用了在大段的描写中取消标点符号的手法和尽量用不带主观感情色彩的中性词语进行描述的手法，使小说形成了一种心理的描写气势，形成了一种多重复义的艺术效果。这不能不说是一种纯技巧的试验。不管这样试验的实际效果如何，就其探索求变的精神来说，是应该肯定的。

现代小说在视角转换中获得了小说变革的成功,视角不断的转换,使读者能够与人物一同进入一个个奇妙的心理世界,这样,小说才有了"复调"小说的意味。难怪人们把巴赫金"人物主体性"的理论作为小说变革的一个重大发现。巴氏能在陀思妥耶夫斯基的小说创作中将它上升为现代小说的经验总结,确实为现代小说的心理深层意识打开了淋漓尽致表现的新颖通道。中国新时期的许多小说家纷纷效仿以后,才真正体会到它的奥妙之处。航鹰在写《老喜丧》这部乡土中篇时,初稿仍是用传统的线型结构方式,但是"在二稿动笔之前,我请了两位文友就'民俗淹没人物'问题作了探讨,终于找到了改换叙述人称,顺着人物心理去写事件的路子。虽然我对现代小说技法中多视角多人称的叙述方法不太熟悉,但靠着话剧编剧出身以写台词见长的看家本领,为每个主要人物的语言特点作了设计,力求符合其身份、年龄、文化教养、性格特征。各种人物的语言反差很大,加上必要的第三人称宏观刻划,读起来虽然有些跳,却能使艺术空间立体起来,比初稿的第三人称作者全知全能的叙述方式强多了"。对进入不惑之年的一代"知青"作家来说,他们在新时期文学的初始,往往成为艺术形式探索的先锋,但是一俟有了名气,探索就容易停滞,形成一种艺术的思维定势。当然,赵本夫的乡土小说创作标志着他在这方面的不懈努力,然而,我发现赵本夫尽管在很多表现方式和技巧上汲取了现代小说的精华,但在整个小说的叙述构架上却没有很大的变化。同许多作家一样,这种固定的叙述视角阈限了作者的叙述视野,阻碍了自身小说向心理的深层意识开掘的通道。我常常想,倘使赵本夫的小说能够换一下叙述的角度,用人物主体性的方式来构成他小说中人物自身内心的斑斓世界,使一个个人物"向内"时是一个独立的主观心理世界,"向外"时,现实世界和其他人物构成的是一个与"我"相对立而存在的客观现实世界,这样,小说的构成就不再是仅仅依赖外在的矛盾,而趋向于内心世界本身的冲突,以及这个心理世界与现实世界的反差所构成的具有现代小说认知方式的内在冲突。

赵本夫的乡土小说是千方百计地要进入更深的心理层次,以表现他反复思考的人类生命意识的母题,但由于他忽略了对于人物内心世界更有效的表现方式的探索——这就是巴赫金"复调"小说的叙述视角的转换,将自己的小说叙述模式固定在全知全能的古典式的"叙述者>人物"的"内视角"之中,这就使得小说中人物对于主观心理世界不能作出即时性反映,这就不能使"主人公成为观察他自身和他的世界的视点",也就不能成为"自我意识的主体"。也正是巴赫金反复强调的"复调小说的作者不是直接描绘客体形象,而是经由主人公的自我意识去描绘形象"。平心而论,赵本夫的新近小说在艺术技巧的更新上花了很大气力,但是那种"独调"小说的固定叙述视角却妨害了他试图进入的更深心理层次。以前我只发现赵本夫的小说的流动美感往往被作者插入的议论(无论是作者的即时议论或是以人物替代作者的议论还是以抒情写景替代作者的议论)所切割,但是,从《涸辙》以后,我发现是这个固定视角阻碍了小说进入更深层次。如果赵本夫将"叙述的过去时态转换为人物正在意识着、体验着的现在时态",如果"小说似乎是由若干个作家以他们各自的观点写成的",如果整个作品"像一个没有指挥的乐队",那么,赵本夫的小说又将是一个什么样的面目呢?

第五节 叙述模态文本(二):
从城市到乡土小说范例的分析

在中国小说的本体蜕变的过程中,无形中对作家的主体意识的忽略,几乎成为一种"先锋意识"的时尚,当然,对于那种长期以来形成的极"左"思潮,这种反动力是有意义的。然而,作为一部作品,它无论如何不能逃脱作家主体意识的统摄,关键就在于作家在体现的过程中采用的是什么样的方式和叙述观念。我认为,正是在这一点上,叶兆言的小说恰恰完成了一个从直接表述到间接表述再到潜在表述的过程。

当叶兆言于80年代初以邓林、孟尼的笔名在《雨花》、《青春》等刊物上发表短篇小说时,甚至在1983年写第一个长篇《死水》时,他始终没能摆脱老巴尔扎克叙述形态的诱惑。不错,《死水》虽然在表现人生观时有一种超凡脱俗文化哲学的意味,但就其表现出的那种直奔主题的叙述方式,实在是给人一种陈旧的阅读疲劳感。作者采用的第一人称的叙述视角至多也没能超出五六十年代以来的所谓"活生生的心理描写"的阈限。作者没有意识到作家主体性和人物主体性的区别,因而,那个书中的主人公男大学生基本上是和作者的意识相交叠的,它不可能成为人物意识的流程。直露成为这部小说致命的弊端。这种传统小说的困扰并不是一下就可以解脱的,在《状元境》的叙述过程中,作者的主体意识不再与人物的主体意识复合叠印,小说的叙述冷峻客观,近乎左拉的自然主义,但读完全篇,你可从中体味到作者在叙述过程中投下的意识阴影——那种对待社会人生的超脱与抗争是一样的苍凉与悲哀——成为一种间接的表述,将你引入作家设下的意识包围圈。从《五月的黄昏》开始,作家的主体意识则隐匿成为一种潜能,它的指向呈一种多义的模糊的状态。在整个阅读过程中,你几乎体察不到把握不住作家的情感状态,冷漠超然的叙述语态使你捉摸不定作家要表现的内涵,阅读者似乎只有靠着自身的艺术感觉来触摸人物和故事为我们提供的主题内涵。这是不是作家主体意识的消遁与流逝呢?我以为,这是作家对于世界的认知方式以及小说观念蜕变所致:作家的主体意识不应是单一阅读指导,认知世界的方式是通过多元的渠道来对对象起作用的,如果把读者引入一种思维模式之中,无疑是宣布自身小说的艺术死亡。不管你在《五月的黄昏》里看到的是一个病态的心理世界也好,是一个人生离奇的故事也好,抑或是一幅五月的黄昏中令人难忘的绚丽幻象也好,都不妨碍你在阅读的过程中寻找你所应该找到的答案。作家的主体意识就在于把小说分解成若干不同的方程式,使它呈现出多解,甚至超越和溢出作家自身的思维空间。

从《五月的黄昏》到乡土中篇《枣树的故事》的叙述结构开始了叶

兆言小说的另一种方式——把作家和叙述者进行表象的叠加,在这样的构架中,人们往往会在一种"传统的"、亲切的叙述形态和口吻中误读作家→叙述者→人物之间的关系。叶兆言把那位写电影脚本的"作家"推到台前出卖给读者,使你在整个阅读过程中,往往会觉得这位"作家"的影子在干扰你的阅读,意图把你拉入一种主题的陷阱。然而,透过那层叶兆言替代"作家"设置的第三人称式的全知全能叙述体态的雾霭,你会发现,作者叶兆言虽然惯用第三人称的叙述方式去描述人物的内心世界,但是,读者看到的却是充满了"复调"小说意味的人物"内心独白",尤其是反复出现的岫云的本能幻觉和感觉,成为小说主人公的"人物主体意识",这就是你在读叶兆言作品时,难以分解作家主体意识和人物主体意识的关键。一方面,像《枣树的故事》里,有一位"写电影脚本"的"作家",还有一位从传统小说观念来讲与叙述者完全吻合的与女主人公的儿子"同年同月"的"作家",也就是叶兆言本人的虚拟,你在这两个"虚幻"的"作家"中,很难辨别作家的主体意识的心理区域。因为在"反讽"的叙述语调中,你很难区分哪是真诚哪是调侃,"真实"往往成为一种飘忽不定的叙述情感,作家的主体意识没有一个确定的价值标准,也就是说,它已呈模糊的知觉状态。作者更多的是把判断留给读者。那个评头论足的叙述者只不过是一个"客串"的"丑角"。当然,你也可能从他幽默调侃的语调中找到严肃真实的内容。这种形似复叠交叉的叙述者和作家本人之间的对应关系,将作家的主体意识带入了一种多维的艺术空间,这种艺术空间的把握,还要取决于读者本人的经历和认知方式。这便是现代艺术对于对象的要求。另一方面,小说中呈现出来的人物主体意识又与其他新潮小说不尽相同,作者的叙述方式仍在一个传统小说的框架中进行,其采用的视点没有形成各自的独立的第一人称式的"内心独白",没有呈"放射性"的叙述结构形态,因此,其外部特征与现代派作品格格不入,倒像非常接近于传统小说的处理。然而,叶兆言小说中人物主体性则是异常强烈的,虽然他采用了第三人称的表述方式,但你可从中明确地感觉到人物

"内心独白"。这种"内心独白"包裹在传统的叙述结构中,便使得小说更具有"意味",它与作家充满着矛盾的主体性相生相克,形成了作品多声部的旋律效果。

《五月的黄昏》中叙述者"我"与作家本人复叠后形成的"重影效果"(对不相交的"虚幻"部分的比喻)使人看不清作家主体意识最清晰的面目;叔叔由"我"作"替身"来进行"内心独白",恰恰又形成了对不可知世界的新的认识方式——从人物"内心独白"中寻觅到一种人物的顿悟——正是作家主体与人物主体所共同承担的责任。但作者却让两者之间形成"差序格局",从相互的撞击中展示一种"有意味的形式"对于小说的强烈反作用。这种写法几乎成为其小说的惯性。乡土游记式小说《桃花源记》中的小编辑"我"作为叙述者与作家叶兆言之间的距离不定(两者之间既等于又不等于的事实);而作为小说参与者的小编辑"我",又是一个成功的人物"内心独白"的主人公形象。因而作家叶兆言的主体意识就像戴上了一个面具,时而戴上,时而取下,相互交替,造成了一种主体意识的人格分裂效果。我以为,这正是作者故意把自己的主体意识扩展到一个不受任何思维限制的领域内的标志。这一点,作家叶兆言自有自己的主张,他在小说《最后》中,用作家对于评论家的反驳,似乎在证明现代小说并不是不要求作家的主体性——"既然他根本不知道为什么,又怎么可能写好这些为什么"——但是在真正行动的时候,叶兆言又将"作家"作为一个十分蹩脚的向导,把读者领入一个个设下陷阱的"误区",倘使你仅仅用现代的生命死亡观念等等去进行"单声道"的剖析,你就很可能只是解读了作品的一个"区划范围"。而好的作品是要"多声部"的解读的,阅读的层面愈是广泛,就愈是高明。当今的优秀作品的解读应该由众多读者"合力"而构成。

当传统小说中的线型的、明晰的、逻辑的叙述思维方式渐渐退却,代之以团块的、模糊的、非逻辑的叙述思维方式时,却并不意味着小说一概排拒理性的力量,而问题的关键就在于作者是否能够将这种理性化解成为一种多指向的潜在功能,从而扩大小说的丰富内涵。叶兆言的努力或许就在于此。

罗兰·巴尔特把作品分为"可读的文本"和"可写的文本"两大类。"可读的文本"是指用传统手法写成的作品,它给读者明确的意义,要求读者被动地接受它;而"可写的文本"是指用现代手法写成的作品,它不给读者明确的意义,而是要求读者参与作品的创作。因此,作品不再是凝固、静态、封闭的意象,而成为活跃、动态、开放的意象。这种理论虽然未必在一切创作实践中畅通无阻,然而,它却在一定程度上启迪了许多中国当今的小说家,叶兆言小说的叙述构架之所以呈三种形态——一种是心理放射型的(如《儿歌》、《绿色的咖啡馆》等),一种是外倾型与内向型相交融的(如《五月的黄昏》、《枣树的故事》、《红房子酒店》、《桃花源记》、《最后》等),还有一种则是传统的外倾型的(此类作品除却早期的作品以外,就是作者陆陆续续写出的"夜泊秦淮"系列,即《状元境》、《追月楼》、《十字铺》、《半边营》)——就是因为作家要使自己的"文本"更加有意味,他的三路笔法恰似一个扇面包围了读者,同时也遮掩了自己。但是,我们可以从这三种叙述类型中找出一条带规律性的结果,这就是,无论作者用哪种叙述框架,都没有消解掉作品中的再现成分,即对于故事情节构架的营造,以及对细节的钟情。当"先锋派"小说把小说的故事进行充分的"简化"以后,淡化情节、淡化外部动作、淡化背景,甚至淡化细节一度成为一种小说的时尚。我们不能不说叶兆言的部分小说也是如此,如《儿歌》、《绿色咖啡馆》等,但是,作为一种心理型小说的"试验场",使自己在创造一种新的叙述体态时,更游刃有余,他仍然不抛弃小说的基本故事构架和细节的放大,而非全是杂乱无章的心理放射的散在流程。正如克莱夫·贝尔在《艺术》中所言:"简化并不仅仅是去掉细节。还要把剩下的再现形式加以改造,使它具有意味。假如某些再现成分不会损伤构图,就最好使它成为构图的一部分,使它除了给予知识之外,还得激发审美情感。这一点恰好是象征主义者不能做到的。"①与传统小说相比,叶兆言的小说是经过了充分的"简化"的;与"先锋派"小说相比,他的小说却又明显地在"简化"过程中保留着再现型的基本叙述构架。说实话,叶兆言如果写"先锋派"小说,照样会"红极一时",同样,他写传统小说也会获得"一片喝彩",《追月楼》的得奖很能说明这一点。但叶兆言小说的意义绝不在这两者,而是在这两者之间。他的大量的作品均为前文所述的第二种形态,即"外倾型与内向型相交融"的叙述构架,也就是再现型与表现型相交融的叙述方式。

综观叶兆言的这类作品,可以清楚地看到,叙述一个较完整的故事情节,哪怕是一个最简单的构架,已成为他的小说不可剥离的重要因素。然而,叙述故事不再成为作家的目的,它只是一种表述的手段而已。也就是说,作者往往是在利用"故事"作依附,来表现人物的内心世界,形成人物的"内心独白"。《五月的黄昏》是通过"我"来叙述主人公"叔叔"的故事之谜,而这个故事之谜又正好是"叔叔"在社会环境挤压下的"内心独白"的过程;《枣树的故事》是通过一个与土匪斗争的故事,来叙述一个叫做岫云的女人的独特的心理世界,同时形成这个女人的"内心独白";《桃花源记》通过一个编辑采撷《叶群自传》的故事构架,叙述的却是"我"的内心对于这个世界的恐惧、焦躁不安,整个作品贯穿着跳跃性的"白日梦"式的"意识流"和"生活流";《最后》却是以一张布告作故事的基本构架,描写犯人阿黄的整个犯罪、逃亡和被捕的过程,但它展开的却是一个犯罪心理的深层意识结构,罪犯的外部行动与其"内心独白"形成了一种对应关系;《红房子酒店》描述了一个上海回乡知青阿娟几十年的生活变迁,小说的故事叙述呈传统的线型结构,然而,整个作品分为四章,每章叙述的是一个主要人物的"内心独白",与其他各章人物的"内心独白"形成了对应、对位关系,"拼贴式"

---

① 〔英〕克莱夫·贝尔:《艺术》,周金环、马钟元译,中国文联出版公司1984年版,第155页。

的结构正体现作者在"故事"叙述过程中的良苦用心。无疑,叶兆言小说的故事性仍然是很强烈的,它首先赢得了"可读性",但是,在"可读性"之下隐藏着的作品的巨大"阅读潜能"则是作者有意识构建的"期待视界"。

现代小说打破了传统小说单一的线型结构方式,代之以多头的、散漫的放射型结构方式。在这一点上,叶兆言往往是在一个线型的故事构架中嵌入多头的、散漫的、跳跃性极大的纷繁小故事,这绝不是所谓传统小说中的大故事套小故事的技巧,而是作者把一个个具有团块色彩的情感弥漫于小说之中的手段;《红房子酒店》写得很散乱,似乎不是以人物为中心的结构,在主人公周围发生的许多故事,乃至下一代的故事,打破了作为传统小说叙事模态的流畅线条,这种"阻隔"的意义正是作者故事造成的"艺术空白";《枣树的故事》也是如此,全文并不是流畅的叙述,其间充满着故事的"断裂带",这种断裂形成的正是留给读者的"填充思考题";像《五月的黄昏》中的许多与"叔叔"毫不相干的琐碎情节,正是"叔叔""心理生活"的真实对应物。

叶兆言的小说叙事模态虽然"可读性"很强,但是,他的小说的"阅读障碍"则往往是由于作者在故事叙述中采用了现代小说"共时态"与"历时态"互相交错重叠的叙述方式,场景的切割、时空的跳跃具有很大的随意性,而且往往切断了各个场景单元之间的内在逻辑联系。《桃花源记》中那个编辑一忽儿高空,一忽儿地下,一会儿是家庭,一会儿是"世外桃源"的叙述,使你在真实世界和虚幻世界之间来回跳跃,最终模糊了真实与虚幻的临界点,陷入一种深层的莫名情感之中。而且,作者还有意识地在时间空间的转换过程中完全隐去了转换标志,即把指示性代词全然抛弃。这一点,在叶兆言的大部分小说中已成为一种惯用的手法,其目的是使这种切割更具"有意味的形式"。

当现代小说叙述在某种场合下不屑于进行细节描写的时候,叶兆言的小说恰恰是在把细节进行大胆的"放大",使其更有一种心理的真实感。它与传统小说要求细节描写的绝对真实不同,但它更具有一种

"形而上"的真实感。《最后》中主人公阿黄杀老板时的描写,其细节完全是染上了杀人者当时的情感色彩的,那录音机里放出的节奏感很强的音乐,那似乎被特写镜头渲染过的满是脂肪的肥肚皮,那冰凉的刀子……这些都成为作者刻意处理过的"大特写"镜头,你从夸张的细节描写中体验到一种膨胀了的弥漫情绪,构成了进入人物情感的一座桥梁。《桃花源记》中"我"变成了孩子,而老李变成了"巨人",老李"扒开我的腿,开始把尿,嘴里吹起口哨"。我们从这种极度夸张的细节描写中看到的是一种人的自我萎缩的情感,看到是一种对渴望物质追求的羞报的恐惧……细节,作为叶兆言小说的重要表现因素,它既增强了小说的"可读性",又为开掘读者新的审美经验和现代情感提供了深邃的叙述方式。

叶兆言小说的叙述视角(point of view 或 view point)大都采用的是第一人称视角,这种视角为故事的叙述提供了方便。但是如果你稍稍推敲一下,这个"我"是一个很不可靠的叙述者,他既作为作品的人物,又作为故事本身的叙述者,然而他又是一个"补形人物"。像《枣树的故事》中"我"与那位"作家"之间形成的对位,《最后》中"作家"的构思假设与人物的犯罪动机的互为补充,《五月的黄昏》中"我"与叔叔的心理同构,使小说具有"镜像人物"的意味,在这种"模糊的补形律"中,你隐隐约约可以看到主人公内心世界的丰富内涵。尤其是《五月的黄昏》中,"我"通过各种人物对于叔叔的不同态度来进行"散点透视"式的对位补形,使得这个根本不怎么出台的主人公的心理世界具有主体化的艺术效果。因此,我们读叶兆言小说时,千万不能把它当作一种纯粹的第一人称的传统叙述方式,因为其中的"我"既不与叙述者又不与人物呈对等关系,而是一种三角对位、对应的关系。它既成为一种内容表述的"载体",又成为内容本身。从中我们可以寻觅到更多更深的"有意味的内容",当然也能体味到"有意味的形式"给整个作品带来的更多的审美效应。

叶兆言的小说在叙述语言上是有其独特性的。

寻找一种"黑色的感觉",已成为现代小说的时尚。那种板着面孔以严肃客观的叙述语态对对象进行"逼真"模仿已成为小说的过去时,作家们更多的是在描写语言中寻找一种带有强烈主观色彩的具有心理真实的艺术感觉。《五月的黄昏》中,当"我"看到"叔叔"的第一封情书时的感觉表述语言就具有一种活跃的心理表现力:"上面滚烫的字眼,熏得我都不敢睁大眼睛。"而在整个作品的最后,作者用景物描写抒写了一幅心理影像的图画;房屋变成了"黑森林",太阳落在高脚酒杯里,辉映幻化成一片人生的苍凉和莫名的心理情感。《枣树的故事》中那种描写春雨的方式则与人物的主观心理世界相契合,"空气湿漉漉沉甸甸,挤得出水,压得人心烦"。这种"通感"的表述方式当然古今中外皆有之,但作为小说的表述语言层出不穷地出现,则是不多见的,如《最后》中,阿黄杀死老板以后,音乐声戛然而止,作者在描写屋内的静态时,用的比喻好像不伦不类,实际上,作者用"通感"的表现方法来渲染阿黄的恐惧心理:"屋子里太静了,静得像张照片,像老鹰在天空滑翔时留下的一道阴影,像夜间墓地里冰冷的石碑。"这段充满了"黑色感觉"的语言正隐喻了阿黄所逃脱不了的最后的命运结局,这是人物即时性的一种心理感觉的表现。又如在描写阿黄磨刀时,作者对这种"黑色感觉"的处理是还原到人物主观感受的直觉中去。"机械磨刀动作,使阿黄想起老式座钟肚子里那不知疲倦的钟摆。他觉得自己是这间黑黝黝农舍里一颗正跳动着的心脏。贞丫头的一举一动,都在他心灵上投下那遥远的女中专生曾留过的阴影。"这种"通感"的描述无疑是和故事情节、罪犯的最初心理动机对应的。在一种感觉的负面,你还可以寻觅到情节留下的空白,寻觅到人物外部行动的内在根源。一般来说,一个有独创性的作家多半是与其深厚的文化素养和独特的人格力量分不开的。当艾略特把四月明媚的春光说成是"残忍"时,内心是包含了多么深厚的艺术情感啊。作为一个中国的青年作家,叶兆言在严格的"书香门第"的家训中,受到的是古今中外文学的耳濡目染。同时,当他攻读完中国现代文学研究生课程时,却又来写小说,将一种哲理化的理性转换成一种情感化的感性时,他选择的是一种"形而下"的感觉表达形式,但是从中可以读出一种深藏其中的"形而上"的理性精神。这一点不是当今每一个青年作家都可以做到的。有的作家"感觉"虽好,但始终进入不了一个更高的境界,道理也就在这里。譬如,在《绿色的咖啡馆》里,作家在写李谟再一次看到虚幻中的"绿色咖啡馆"时,对于那对石狮的描写不仅是一种"拟人化"的精彩,而且是主人公心理变异的写照,更是这篇小说对于人生经验感觉的一种"外化"形式:"绿色咖啡馆说不上任何变化,除了那对蹲在一人高一尺见方的细水泥石柱顶端的石狮子。石狮子低着头,冷冷地看着李谟。久违之后,李谟的感觉中,那对石狮子似乎瘦了不少。公的那只说不出的一种疲倦样,懒懒的好像纵欲过度。母石狮子爪子前添了只小石狮,皮球一般大,皮球一般地淘气。"这不是"红楼梦"式的古典"拟人化"描写,因为石狮的描写正好与人物的心理,与整个小说表现的哲理成为一种对应关系。"形而下"中包孕着"形而上"的情感内容。

80年代后期,中国小说中的"反讽"(irony)运用已成为一种司空见惯的文学现象,近年来,更是方兴未艾。无可否认,叶兆言的小说大都采用的是"反讽"结构,那种传统小说中隐藏在叙述背后的"严肃的法官"偶像已被打得粉碎。调侃、幽默,甚至亵渎的意识漾溢在作品的字里行间。但这种对叙述者的不恭,则不能完全与作家的主体意识画等号。例如,叶兆言经常在自己的小说中把"我"的小说设计暴露给读者,故意把玄虚化为平淡,造成作品的整体"反讽"效果。作品中的"自我贬损者"只是作为一种对主题直接表现的"阻隔者",完成小说的多义、复义的指向。我们不想就其整个作品的"情境反讽"作过多的描述,因为它已经成为许多青年作家的共性特征。而就"言语反讽"来说,叶兆言的小说表现出了其特有的个体特征。如《五月的黄昏》中,在形容蚊子和蚊香的厉害时,作者的表达就颇具特色:"这里的蚊子和蚊香都厉害,我不是让蚊子叮得果实累累,便是让蚊香熏得半死不活。"这种近于"黑色幽默"的语感,时常是在作家不动声色的语体叙述中完成的,作家采用的是种"冷面滑稽"的艺术手法,把可怕与可笑的语言材料组合在一起,模糊了悲喜剧之间的概念,就是柏格森在《笑——论滑稽的意义》中所阐释的那样:"将某一思想的自然表达移置为另一种笔调,即得到滑稽的效果。"在《枣树的故事》中,当岫云的儿子勇勇即将调回城市的那一刻,他却死去了,他的死本身是个悲剧,而对于主人公来说则是一个更大的悲剧。而作者的描述却充满着一种"可笑的误用"(malapropism):"勇勇迎着太阳撒尿,哗哗地洒出去。小五子离他远远的,背朝着他。紫红色的酱油汤一般的尿滴在翠绿的麦田里,勇勇有一种湿漉漉凉飕飕的感觉。红红的太阳一动不动,勇勇站在那一动不动。小五子笑着迟疑着朝他走过来,走过来。"这充满着死亡意识的"血尿"本暗示着人物的巨大悲剧性,但是,从字里行间透露出的却是充满着生命张力的意蕴,它像一幅绚丽的充满着大自然伟大的图画,那情人小五子走过来的"慢镜头"描述所留下的韵味恰与作品的情调形成"反讽"效果。作家消泯了悲喜剧的界限,使得小说在多重的复义中产生出更大的潜在功能。在《最后》中,杀人犯阿黄在被拖上警车送去枪毙时,他想到的是与一个性变态的犯人一起走向死亡,"觉得十分窝囊",继而又描写了他的"失禁",这不由得使我们想到了鲁迅先生笔下的阿Q,他的"画圆"、"二十年又是一条好汉"和最后的瘫软,形成了描写的强烈"反讽"效果,它留给读者的思维空间则更大更辽远。无疑,叶兆言的小说中像这样的语言描述是很多的。又如《五月的黄昏》中"我"竟然似乎"看见死者的嘴动了一下",而那个"老头"竟然也说:"有的人死了一个礼拜还能说话呢。"这种夸张的"反讽",把读者从一种惊奇的情景中引入对于人生的社会变态的深刻思考之中,使得你在阅读中进行二次创作。"反讽"的语言不仅是一种叙述结构形式的需要,而且,它也起着改变传统的审美习惯的作用,现代小说就是要把读者从作者阈定的思维定势当中解放出来,把无限的创造功能还给读者。

叶兆言小说的叙述模态是在不断转换的,这种转换甚至使你很难掌握其规律性,说不定什么时候它又回到了一个"原点"中,前两年发表的《艳歌》和《绿河》的叙述框架似乎又回到"故事的叙述"中去了,前者写爱情故事犹如流水账,后者又似乎精心设计了一个"推理小说"的故事构架。但这种转换的目的并不重要,重要的是作者以为哪种表述方式更适应于情感表达的需要就选择什么样的外在形式,其终极目的是作者对于叙述模态背后人的生存环境和生存方式的关注。正如兆言在《〈艳歌〉后记》中所描述的那样:"我喜欢艳歌这两个字,放在一起,有些俗气的好看。当然更喜欢它的来头和含义。在决定以它为小说名的时候,事实上我根本不知要写什么,仿佛得了一只雅致耐琢磨的瓶子。小说家所干的故事,无非在那些自以为漂亮的瓶子里,装些酒,插上几枝花。到底是酒瓶还是花瓶并不重要。艳歌可以作为我打算写的任何一部小说的篇名。"①《艳歌》从叙述模态来看似乎是用传统的"全知观察法"来进行故事构架的,但整个作品给人的是一种心理深层的真实。这就是作者并不介意作品的"能指",而十分关注作品的"所指"的结果。《艳歌》无疑是揭示了现代青年的一种生存状态,尤其是那在生存环境挤压下现代青年的心理无规则的发展轨迹描写得十分精彩透彻。虽然小说叙述的是一些很琐细平淡的生活场面,而且无梦幻型叙述结构的穿插和多视角的叙述放射,然而就是通过这一个个主客观镜头的叙述,作者完成了对于现代中国人(知识市民阶层)内心世界那种莫名其妙的无可奈何的充满焦灼情感的真实描摹。

《艳歌》不算什么"有意味的"形式探索,但是它却是"有意味的"心理探索,也许有人会在《艳歌》"冷面"和"直观"的叙述体态中找出更有现代小说意味的形式特征来,但我仍以为小说的目的是"所指"——对这个时代人的"世纪末"情感的"形而上"概括。主人公迟钦亭欲罢不能、欲动有惧的心理状态是时代心理的一种表现。

《绿河》从表层形态来看似乎是一部云谲波诡的"推理小说",作品

---

① 叶兆言:《〈艳歌〉后记》,《中篇小说选刊》1989 年第 4 期。

时而采用历时态的叙述方法,时而采用交叉并行的叙述方法,凡此种种,纳入一个线型的叙述构架之中,使得小说具有很大的可读性,然而,整个小说在故事的诱惑中将你引入的是一个非常普泛的习焉不察的心理机制的揭示——每一个人都处在一个滑稽可笑的位置,然而每一个人都在非常认真地用自己阈定的生活方式去体验着这可笑的生命。如果说《艳歌》更趋于一种生存状态的嘲讽,那么,人对自身命运的抗争是显得渺小可笑幼稚天真的在这两部作品中却是同一语调的悲剧感叹。《绿河》中有许多人物的故事,有许多不同的故事叙述。它的"瓶子"与《艳歌》的"瓶子"相比,似乎更有"大众文学"的倾向,但我始终认为其"所指"的意义远大于"能指"的探索。

从某种意义上来说,叶兆言的小说是很讲究叙述模态的转换的,他始终在不断"转换"中给人以一种新鲜感。但是看不到这个"转换"的真正目的,而只看到"转换"表层的快感,则是阅读叶兆言小说的一个悲剧。

我们不禁会问:在"转换"的背后,小说还有什么更多更广的意义和生命力呢?!它对乡土小说的未来创作形式有何预测性的意义呢?!

再版后记

　　1985年是我学术十字路口的彷徨期。那是一个躁动的时代，文坛上的小说创作开始活跃，各种各样的西方理论和方法开始涌进国门，我面临着自身的学术究竟选择一个什么样的主攻方向的困境——是选择当代前沿作家作品的评论呢，还是从本专业的学术研究考虑，选择较为宏观的专门史研究呢？最后，我还是决定从整个新文学史中剥离出五四文学两大题材中的乡土小说作为研究对象。于是，我就沉浸在大量材料的搜集和阅读中，那一年是我远离当代文坛创作评论的一年，也是我一生中发表文章最少的年份，仅仅写了四篇文章。

　　1986年，一家学术出版社的编辑朋友竭力促成我写出此书，并将其纳入了出版计划，当我刚刚将详细提纲交出时，正碰上了出版业的空前"大滑坡"，在一片唏嘘声中，我只能挑选一些有"即时性效益"的章节在杂志上发表。其发表的几篇文章，就是意图从宏观的角度来看中国当下的乡土文学，比如《论当中国乡土文学的现状与趋势——兼与日本学者山口守先生对话》(《新苑》1986年第1期)、《新时期乡土小说的递嬗和演进》(《文学评论》1986年第5期)。及至1988年，我又写了《新时期乡土小说与市井小说：民族文化心理结构的解构期》(《小说评论》1988年第2期)、《中国乡土小说创作审美观念的蜕变》(《当代文坛》1988年第2期)。可以说，这些文章都是我撰写《中国乡土小说史论》的前期准备。

　　无疑，那是一个充满着希望的年代。

　　忘不了1989年那个早春时节，阳光洒在中文系门前狭窄的坡坡上，我们教研室的几位前辈先生许志英、邹恬、胡若定、黄政枢和我在中文系办公室楼下,也就是赛珍珠小楼前抽烟聊天。他们在论及年轻教师的研究方向时,盼咐我将中国乡土小说史做下去,邹恬先生并告知我有一个"'七五'国家社科青年基金项目"可以申请。那个时代对什么项目毫无概念,也可能这是第一次有国家项目吧,很快这个项目就批下来了,竟然还有 4000 元的项目资助,那个时代这是一笔不小的数目,在那个出版业开始萧条的时期,用它来资助出版,也足够了。于是,我便一鼓作气,在一年之内,完成了初稿,并且一边写一边将写完的章节在杂志上发表出来,当时的"人大复印资料·现当代文学"几乎每篇都转发,有的还在《新华文摘》转发。那时候这些都不算"工分",谁都不会在意什么引用率,但是,我作为系统性的中国乡土文学研究者,却是有了一定的反响,书籍出版后,被引率就达三百多。

当年,我交稿的时间是 1990 年上半年,而出版周期却长达两年多,尽管周折甚多,我还是感谢伍恒山和朱建华两位编辑对此书付出的辛劳,尤其是朱建华先生当时是江苏出版系统编校考试的状元,他带着伍恒山一起,出色地完成了编校。想当年,作为邻居,他经常晚间到我家来聊天,一杯白酒当茶饮,海阔天空聊天,快哉! 我便欣然请他为此书作序,因为我认为,他是一字一句读透了此书稿的编辑,他纠结推辞了许久,最后还是答应了。可惜朱建华英年早逝,我不甚悲痛,他留给我的那幅"曾经沧海"的墨迹,还存在我的收藏箱里。同时也感谢美编李娜女士,她对我的书籍内容理解透彻,取了乡土文学其中一面的"田园牧歌"意境,一圈卷草花纹凸显出了农耕文明时代的静态之美,甚合我意。尽管这位美编我从来就没谋面过。更要感谢那时江苏文艺出版社的社长蔡玉洗先生,他力主推出这本不赚钱的专著,也是一种对学术的尊重吧。

当然,我还得感谢我的母校扬州师范学院中文系的许多老师,尤其是曾华鹏先生引我走上学术征程,感谢南京大学中文系许许多多前辈先生的教诲,更要感激《文学评论》编辑部许多正直的编辑,尤其是我第一篇文章的责编杨世伟先生,正是 1979 年的那篇文章在他的指导下发表出来,才使我有了写这本书的底气。

白驹过隙,岁月倥偬,三十二年后,商务印书馆将此书纳入"中华当代学术著作辑要"丛书,这也是对此书的一种历史肯定,在此,我表示由衷的感谢,同时,感谢责编陈若薇女士为此书付出的辛劳。

2024 年 5 月 16 日写于南大和园桂山下